LUCA FONTANELLA
Trattoria Mortale – Der tote Bischof

AF198216

Buch

Das toskanische Städtchen Volterra sucht einen neuen Bürgermeister. Der alte Wirt Angelo Panda glaubt, dass er der perfekte Kandidat für das Amt ist und die Geschicke des Ortes mit links lenken kann – zum Entsetzen seines Sohnes, Agente Sergio Panda. Im Kampf um die Gunst der Wähler tritt Angelo gegen den Bankier Ugo Marchetti an. Die Stammgäste seiner Trattoria ziehen alle Register, um Angelo zu unterstützen. Auch das traditionelle Kirchenfest im Viertel wird für den Wahlkampf genutzt – und endet mit einem schockierenden Fund: In der Kirche San Giusto wird der Leichnam von Bischof Roberto Amendola entdeckt. Der Geistliche wurde im gläsernen Kasten unter dem Altar eingesperrt, wo normalerweise wertvolle Reliquien aufbewahrt werden, und ist qualvoll erstickt. Sergio Panda nimmt die Spur des Täters und der verschwundenen Gebeine auf, um wieder Ordnung ins Städtchen zu bringen …

Weitere Informationen zu Luca Fontanella
sowie zu lieferbaren Titeln des Autors
finden Sie am Ende des Buches.

Luca Fontanella

Trattoria Mortale
Der tote Bischof

Ein Toskana-Krimi

GOLDMANN

Für Andrea, der Volterra so liebt, wie es ist

Penguin Random House Verlagsgruppe FSC® N001967

2. Auflage
Originalausgabe Juni 2024
Copyright © 2024 by Dirk Husemann und Jutta Wieloch
Copyright © dieser Ausgabe 2024
by Wilhelm Goldmann Verlag, München,
in der Penguin Random House Verlagsgruppe GmbH,
Neumarkter Str. 28, 81673 München
Umschlaggestaltung: UNO Werbeagentur GmbH
Umschlagmotiv: Alamy Stock Foto/4k-Clips; gettyimages/StefanZZ;
© FinePic®, München
Redaktion: Dr. Ulrike Brandt-Schwarze
LS · Herstellung: ik
Satz: KCFG – Medienagentur, Neuss
Druck und Bindung: GGP Media GmbH, Pößneck
Printed in Germany
ISBN: 978-3-442-49519-1

www.goldmann-verlag.de

KAPITEL 1

An diesem Abend gab es in der Trattoria des alten Angelo Panda nur ein Gesprächsthema: Angelo sollte als Kandidat bei der Bürgermeisterwahl antreten.

»Stellt euch mal vor, er würde gewinnen!« Trommelfeuer, einer der Stammgäste in dem kleinen Lokal, machte seinem sozialistischen Kampfnamen Ehre, indem er seine Begeisterung mit der Faust auf der Tischplatte zum Ausdruck brachte. Die Fläschchen mit Kräuteressig und Olivenöl hüpften über das Holz.

»Wisst ihr, was sich in Volterra alles ändern würde, wenn Angelo Bürgermeister wäre?«, rief Zitadelle. Der mächtige Toskaner hatte sich diesen Namen auch durch seinen Körperumfang verdient. Er fixierte seine Zuhörer wie ein Zauberkünstler, der das Publikum auf die Folter spannt, bevor er das Kaninchen aus dem Zylinder zieht. »Überhaupt nichts!«

Die Männer lachten. Angelo war dafür bekannt, dass er an seinem toskanischen Städtchen alles genau so liebte, wie es war. Abgesehen von Gästen, die auf seine Kosten Witze rissen.

»Hört schon auf«, rief er mit seiner heiseren Stimme über die Theke hinweg, wo er vorgab, beschäftigt zu sein. »Ich hab ja noch gar nicht zugesagt.«

»Na klar!« Kugelblitz, der Dritte in der Runde der Stammgäste, winkte ab. »So was behaupten Politiker immer, wenn man sie fragt, ob sie Staatspräsident werden wollen.« Er schenkte allen am Tisch Rotwein aus der Karaffe nach. Die Pensionäre hüteten, in Jeans und Polohemden gekleidet, ihren Lieblingstisch nahe der Theke. Von dort hatten sie die maßgeblichen Punkte des Lokals im Blick: die Tür, wo jeder Ankommende mit dem Klingeln eines Glöckchens gemeldet wurde; die Durchreiche zur Küche, wo der Koch Matteo zubereitete Gerichte mit dem Läuten einer Kapitänsglocke verkündete; und natürlich die Gaststube, in der gerade das Telefonino des einzigen Gasts schellte, der so früh an diesem Donnerstagabend speisen wollte. Es war kurz nach sieben, um diese Zeit aßen sonst höchstens Touristen. Ugo Marchetti hielt sich den Apparat ans Ohr und sagte laut und deutlich: »*Sì, sì, sì*, ich bin gerade im Il Gusto. Angelo Panda macht bestimmt mit. Der Wahlkampf kann weiterlaufen.« Er murmelte noch etwas, dann steckte er das Telefon ein und schob seinen Teller von sich. Ein Häuflein *penne alla boscaiola*, Nudeln nach Holzfällerart, lag noch darauf.

»Hast du es dir überlegt?«, fragte Marchetti, als Angelo das Pastagericht abräumte und einen missbilligenden Blick auf die Reste warf. Die Steinpilze hatte sein Schwager am Morgen im Wald gesammelt. »Bitte, Angelo. Würdest du mir diesen kleinen Gefallen erweisen?«

Der Wirt verharrte vor Marchettis Tisch. »Ich glaube nicht, dass ich der Richtige dafür bin. Bürgermeister sollen andere werden. Ich kümmere mich lieber um meine Trattoria.«

»*No, no, no!*« Ugo Marchetti wedelte mit der rechten Hand und stand auf. Der Bankier war ein kleiner Mann Mitte fünfzig. Seine mangelnde Körpergröße versuchte er durch Schuhe mit hohen Absätzen und Hemden mit Längsstreifen auszugleichen. Außerdem legte er stets den Kopf in den Nacken, was ihm den Spitznamen La Giraffa eingebracht hatte. »So meine ich das nicht«, sagte er. »Du sollst nicht Bürgermeister werden, sondern nur als Kandidat antreten. Wir brauchen schnell jemanden, weil mein einziger Gegner ausfällt. Du hast bestimmt gehört, dass er in Rom Tourismusbeauftragter für die Toskana wird. Und ich will jetzt nicht der Einzige sein, der zur Wahl steht. Das wäre peinlich und würde meinem Ansehen schaden. Verstehst du?«

Angelo seufzte. »Aber das ist ziemlich merkwürdig, findest du nicht? Ich soll den Leuten vorspielen, dass ich ihr Bürgermeister werden will, obwohl das gar nicht stimmt? Danach nimmt mich doch keiner mehr ernst!«

Marchettis Hände versuchten, nach Angelos knochigen Altmännerschultern zu greifen, doch der Teller zwischen ihnen störte, also fasste Marchetti nun ebenfalls an den Rand des Porzellans, das Angelo in Händen hielt. Die beiden Männer standen sich mitten im Lokal gegenüber, verbunden und zugleich voneinander getrennt durch die Überreste eines Pastagerichts. »Niemand würde etwas von deinen wirklichen Absichten erfahren. Du wärst bloß ein Name auf der Liste. Das ist alles.«

»Und wenn Angelo die Wahl gewinnt?«, meldete sich Kugelblitz im Hintergrund zu Wort.

»Das wird er nicht«, versicherte Marchetti und streckte sich, um einen Blick über Angelos Schulter auf den Sprecher zu werfen, »weil die meisten Volterraner gar nicht mitbekommen werden, dass er antritt. Angelo muss keinen Wahlkampf machen, keine Interviews geben, nichts dergleichen. Es gibt nur seinen Namen auf dem Stimmzettel. Basta!«

»Ich weiß nicht, Ugo.« Angelo ließ den Teller los, sodass Marchetti mit dem Porzellan allein dastand. »Das riecht nach schmutzigem Geschirr. Es ist Betrug am Wähler.«

»Bla, bla, bla, Betrug am Wähler!« Marchetti holte tief Luft und schien ein Stück größer zu werden. »Es ist eine Möglichkeit, unser Städtchen vor den Politikern aus Pisa, Florenz oder sogar Rom zu bewahren.« Vom Stammtisch her war ein Raunen zu hören. Jeder Volterraner, der etwas auf sich hielt, bestand auf der Selbstverwaltung der kleinen Gemeinde. Pisa, die Provinzhauptstadt, lag aus Sicht der meisten im Ausland. Florenz, die Hauptstadt der Toskana, galt als Heimat skrupelloser Krimineller. Und Rom … schon die Erwähnung des Namens ließ die drei Stammgäste so verächtlich schnaufen, dass die Schalen der Pistazien auf ihrem Tisch aufstoben.

Seit dem Frühjahr hatte Volterra keinen Bürgermeister mehr. Emilio Ragagioni war wegen einer Affäre zurückgetreten, die irgendetwas mit der Einrichtung eines Foltermuseums in der Stadt zu tun hatte. Kaum jemand kannte die genauen Hintergründe, aber alle wussten: Der Bürgermeisterposten war unbesetzt, der wuchtige Schreibtisch im historischen Rathaus verwaist. Mittlerweile war der September angebrochen, und die Geschicke Volterras wurden von Beamten aus Pisa und Florenz geleitet. Ein neuer Bürgermeister war überfällig – bis zur Kommunalwahl in eineinhalb Jahren wollte niemand warten. Doch jetzt gab es nur noch einen, der sich bereit erklärte, die Aufgabe zu übernehmen.

»Es soll auch nicht zu deinem Schaden sein, Angelo«, säuselte Marchetti. »Als Bürgermeister kann ich in Volterra eine Menge bewegen. Zum Beispiel könnte ich dafür sorgen, dass die Todesanzeigen vor deiner Trattoria endlich verschwinden.«

Das öffentliche Anschlagbrett mit den Namen der Verstorbenen aus dem Viertel hing an der Hausfassade gegenüber dem Eingang und hatte Angelos Lokal, das eigentlich Il Gusto hieß, den Namen Trattoria Mortale eingebracht.

»Wer hat gesagt, dass ich das will?«, krächzte Angelo und bedachte Marchetti mit einem stechenden Blick aus seinen hellblauen Augen.

»Und ich könnte vor dem Ristorante deiner Konkurrentin Sofia die Straße aufreißen lassen und die Baustelle dann auf unbestimmte Zeit stilllegen.« Marchettis Augenbrauen wanderten in die Höhe.

»Nichts als Worte und Versprechungen«, kommentierte der Wirt. »Bist du eigentlich sicher, dass du gewählt werden wirst? Auch ohne ernst zu nehmende Gegner bräuchtest du einen stabilen Prozentanteil der Stimmen. Oder hat sich daran etwas geändert?«

Marchetti schüttelte den Kopf. »Keineswegs. Die Stimmen sind mir sicher, denn ich werde unseren Mitmenschen ein Angebot machen, das sie nicht ausschlagen können.« Er schwieg einen Moment, fuhr sich mit der Zunge über die Lippen, sein Kopf wanderte in den Nacken, dann sah er jeden der Anwesenden kurz an. »Ich schenke euch eine neue Stadt!«

»Was? Wozu soll das gut sein?«, fragte Zitadelle. »Wir haben doch schon eine.«

»Und die hat gerade erst die Goldene Sonnenblume als schönste Stadt der Toskana gewonnen«, ergänzte Kugelblitz.

Marchetti lächelte nachsichtig. »Eure Sonnenblumen wachsen auf goldenem Boden. Aber der Rest der Welt quält sich durch Energiekrisen und Klimawandel.« Er stellte den Teller mit der Pasta weg, um besser gestikulieren zu können. Jetzt war er in seinem Element. »Überall auf der Erde suchen Menschen nach umweltfreundlichen Energiequellen. Und wir können ihnen so etwas bieten.« Er stampfte mit einem Fuß auf. »Unter unseren Füßen liegt ein Schatz.«

»Oh nein!« Angelo hob beide Hände. »Nicht schon wieder Archäologen in meiner Trattoria. Die sind ja noch nicht mal mit dem Loch im Waschraum fertig, das sie im Frühjahr dort hineingerissen haben.« Die Farbe verschwand aus seinem Gesicht, und seine Haut wurde so weiß wie sein Stoppelhaar.

»Keine Sorge«, sagte Marchetti. »Es geht nicht um Archäologie. Der Schatz, von dem ich rede, liegt viel tiefer. Unter uns schlummern vermutlich gewaltige Thermalquellen, und die lassen sich für geothermische Kraftwerke nutzen.«

»So wie in Larderello?«, fragte Angelo und deutete mit ausgestrecktem Arm in die Richtung, in der der etwa dreißig Kilometer entfernte Ort lag.

»Genau. Larderello ist seit der Entdeckung seiner unterirdischen Felsspeicher ein Vorzeigeobjekt für alternative Energiegewinnung.« Marchettis Stimme wurde leiser. »Ich habe Hinweise bekommen, nach denen es solche Speicher auch unter Volterra geben könnte. Heißes Wasser und Dampf für Jahrhunderte. Stellt euch das vor! Wir wären nicht nur unabhängig von den Energieriesen in Rom, sondern wir könnten sogar selbst Energie verkaufen. Grüner Strom für ganz Italien! Aus Volterra!« Er umarmte die Luft.

»Du willst, dass unser Städtchen zu einem zweiten Larderello wird?« Angelo betonte jede Silbe.

»Wer würde das nicht wollen?«, rief Marchetti. »Alle Probleme unserer Stadt wären gelöst. Wir hätten genug Geld, um die Schulen zu renovieren, das Krankenhaus mit modernen Apparaten auszustatten, wir könnten die Stadtmauer reparieren lassen, die Zahnradbahn für einen Bahnhofsanschluss wiederbeleben, Hunderte von Arbeitsplätzen würden entstehen, ein neues Zeitalter würde anbrechen.«

»Warst du schon mal in Larderello?«, wollte Angelo wissen.

»Natürlich. Mein Neffe wohnt mit seiner Familie in der Gegend. Wieso fragst du?«

»Weil du dann offensichtlich blind bist«, blaffte Angelo. »Pflück dir die Golddublonen von den Augen, Ugo, und dann fahr noch mal dorthin. Larderello ist der hässlichste Ort der Welt. Hast du die riesigen Röhrensysteme vergessen, die sie in die Landschaft gebaut haben? Diese monströsen Schlangen aus Stahl, die schon aus der Ferne in der Sonne gleißen? Da sieht es aus wie auf einer Mondbasis.«

»Damit hast du natürlich recht«, sagte Marchetti beschwichtigend. »Aber durch diese Röhren wird der heiße Wasserdampf aus der Erde zum Kraftwerk geleitet. Das geht nun mal nur oberirdisch.« Er lächelte verlegen. »Man könnte die Röhren auch als Symbol einer wunderbaren Zukunft für Volterra betrachten.«

»So was kommt mir nicht in meine Stadt«, krächzte Angelo.

»In meine auch nicht«, bekräftigte Kugelblitz. Die anderen schüttelten die Köpfe.

Marchettis Lächeln fiel in sich zusammen. »Aber es ist das Beste für alle«, sagte er kraftlos.

»Wer entscheidet hier, was das Beste für alle ist?«, fragte Angelo. Marchetti musste nicht lange überlegen. »Der Bürgermeister. Und das bin in diesem Fall ich.«

»So?« Angelos Tonfall war trotz seiner heiseren Stimme mit einem Mal süßlich. »Du bist also der Bürgermeister? Dann bin ich offenbar so taub, wie du blind bist. Ist es nicht so, dass die Wahl zum Bürgermeister erst noch ansteht?«

»Reine Formsache. Es gibt ja keinen zweiten Kandidaten.« Die letzten Worte kamen Ugo Marchetti zäh fließend aus dem Mund. Dann verschwand der freundliche Ausdruck von seinem Gesicht. Dafür zuckte es jetzt um Angelos Mundwinkel.

KAPITEL 2

Bürgermeister? Du bist wohl verrückt geworden!« Sergio hielt seine Uniformjacke in der Hand, gerade war er dabei, seine abendliche Metamorphose zu durchlaufen: die Verwandlung eines Polizisten in einen Kellner. Nach Dienstschluss in der Wache im historischen Zentrum Volterras, hoch oben auf dem Stadthügel, führte sein Weg den Borgo San Giusto hinab ins Il Gusto, wo er seinem Vater dabei half, die Gäste zu bedienen. Oft hatte man ihm schon gesagt, dass ein Polizist kein Kellner und ein Kellner kein Polizist sein könne, aber Sergio liebte beide Aufgaben gleichermaßen, und wenn ihm, wie an diesem Donnerstag, am Abend der fröhliche Lärm aus dem Lokal entgegenwehte, schmeckte die Luft wie Wein.

Doch dieser Wein war zu Essig geworden. Sergio hatte die Trattoria um acht Uhr betreten und zufrieden festgestellt, dass alle Tische besetzt waren, das Klicken des Bestecks und das Murmeln der Gespräche waren ihm wie eine Sinfonie vorgekommen – bis Angelo ihm mit seiner krächzenden Stimme eröffnet hatte, dass er für das Amt des Bürgermeisters in Volterra kandidieren werde.

»Und das nicht nur der Form halber!«, ließ sich Zitadelle vom Stammtisch aus vernehmen. Was auch immer das nun wieder bedeuten mochte.

»Aber ...« Die Gedanken rasten durch Sergios Kopf. Er strich sich das Haar nach hinten, um die Wogen unter der Schädeldecke zu glätten. Ihm fielen tausend Gründe ein, warum Angelo nicht Bürgermeister werden konnte, aber er konnte nicht einen einzigen benennen, der dafürsprach. »... du bist Gastwirt, kein Politiker«, brachte er hervor.

»Tatsächlich?«, krähte Angelo. »So wie du Kellner bist und kein Polizist? Oder bist du Polizist und kein Kellner? Ich bringe das immer durcheinander.«

Da war er wieder: der alte Streit zwischen Vater und Sohn. Angelo ließ keine Gelegenheit aus, darauf hinzuweisen, dass Sergio den Beruf des Polizisten niemals hätte ergreifen dürfen und stattdessen in die Fußstapfen seines Vaters hätte treten sollen. Vor dreiundzwanzig Jahren war Sergio auf Wunsch seiner Mutter zur Polizei gegangen. Kurz bevor Pina Panda gestorben war, hatte sie Sergio darauf eingeschworen, damit jemand da war, der Angelo beschützen konnte – vor allen Dingen vor sich selbst. Wie sich herausgestellt hatte, war das auch notwendig. In den vergangenen Jahren hatte Sergio seinen Vater davor bewahrt, als Mordverdächtiger angeklagt zu werden, er hatte die Trattoria vor korrupten Politikern gerettet und verhindert, dass Angelo bei einem Festbankett vergiftetes Tiramisu servierte. Doch gegen Torheit war sogar die Polizei machtlos.

Die Kapitänsglocke läutete. Das Gesicht von Matteo,

dem Koch, erschien in der Durchreiche, gleich neben dem Stammtisch von Kugelblitz, Trommelfeuer und Zitadelle. Matteo reckte zwei dampfende Teller in den Gastraum. »Nimmt mir das jemand ab, oder soll ich es selbst essen?«

Mit stolzer Miene und hochgerecktem Kinn marschierte Angelo los.

Sergio hängte seine Uniformjacke an die Garderobe, verschwand in der kleinen Kammer hinter der Theke und tauschte sein blaues Hemd gegen ein weißes. Zurück in der Gaststube, nahm er die nächsten Teller entgegen und brachte sie zu Tisch fünf. Dort saßen Clara Manfredi, die Notärztin von der Misericordia, und Silvano Arpini, einer der Rettungssanitäter. Sergio begrüßte die beiden.

Clara strich sich eine der blond gefärbten Haarsträhnen hinters Ohr, die sich aus ihrem Zopf gelöst hatte. »Nicht dass du glaubst, Silvano und ich hätten ein Rendezvous«, stellte sie klar. »Wir sind mit Padre Bonacelli verabredet, um die letzten Details für das Fest der Heiligen und die Prozession am Wochenende zu besprechen. Wenn du später Zeit hast, wäre es gut, wenn du dazukommen würdest. Die Sicherheit der Teilnehmenden ist schließlich auch Angelegenheit der Polizei.«

Das schien wieder einer dieser Abende zu werden, an denen alles zugleich passierte: der Betrieb im Lokal, die Organisation des Kirchenfestes und die Verrücktheiten seines Vaters.

»Ich bin gleich bei euch«, versprach Sergio. Er wollte erst noch Angelo zur Rede stellen.

Doch in diesem Moment klingelten die Türglocke und

die Kapitänsglocke gleichzeitig. Angelo nahm Matteo eine Platte mit Vorspeisen ab, während Sergio auf die neuen Gäste zuhielt – Signora Bianchi vom Lebensmittelladen im Stadtzentrum, gefolgt von ihrem kleinen Hund und ihrer Tochter Maria. Als sich die Wege der beiden Männer mitten im Lokal kreuzten, nutzte Sergio die Gelegenheit, um Angelo zuzuraunen: »Wenn du Bürgermeister würdest, müsstest du die Trattoria im Stich lassen.«

Angelo, den Geruch von *finocchiona*, Fenchelsalami, und Leberpastete auf warmem Weißbrot hinter sich herziehend, hatte gerade noch Zeit vorzuschlagen, dass die Trattoria ja sein zweiter Amtssitz werden könne. Außerdem sei doch Sergio da, fügte er hinzu, als er von Tisch drei mit zwei leeren Martinigläsern zurückkehrte.

»Mach unser Lokal doch gleich zu deinem Wahlkampfbüro«, brummte Sergio bei ihrer nächsten Begegnung, diesmal traten die beiden Männer mit *fagioli all' uccelletto*, Bohnen nach Art der Vögelchen, und Stockfisch in Tomatensugo gegeneinander an. Sergio knurrte der Magen, er hatte wegen der unerwarteten Eröffnung seines Vaters noch nichts zu sich genommen, und das würde wohl erst mal so bleiben, denn die Trattoria lief auf Hochtouren – so wie seine Wut.

»Wahlkampfbüro?«, krächzte Angelo im Vorübereilen. »Eine hervorragende Idee.«

»*Porca miseria!*«, fluchte Sergio auf ein Wildschweinragout herab. »Du hast doch überhaupt keine Ahnung von Politik. Mit welchen Themen willst du denn überhaupt antreten?«

»Ich bin gegen Geothermie«, versetzte Angelo, »so wie alle hier. Also werden mich alle wählen.« Sergio schaute erstaunt zu, wie sein Vater sechs Teller auf einmal – je drei auf einem seiner dünnen, weiß behaarten Arme – und vier Weingläser zu Tisch sieben brachte und elegant darauf abstellte. Angelo war der perfekte Wirt.

Aber kein Bürgermeister.

»Man muss nicht nur *gegen* etwas sein, sondern auch *für* etwas«, rief Sergio bei der nächsten Runde. Seine Füße wurden allmählich heiß. Er brachte den Stuhl für Kleinkinder zu Tisch eins, wo Giovanna Benini ihren jüngsten Enkel erwartungsvoll in die Höhe hielt.

»Ich stehe durchaus für etwas ein«, hatte Angelo bei der nächsten Begegnung parat. »Dafür, dass in Volterra alles so bleibt, wie es ist.«

Während der Abend voranschritt, erfuhr Sergio über zwei Dutzend Gerichten in kleinen Happen, was sich zuvor in der Trattoria abgespielt hatte. Er hörte von Ugo Marchetti und von dessen Plan, nach geothermischen Vorkommen unter Volterra suchen zu lassen – um das pittoreske Städtchen in ein Kraftwerk zu verwandeln.

Angelo hatte recht. Das musste um jeden Preis verhindert werden. Bloß wie?

Als Padre Bonacelli in die Trattoria kam, waren die letzten Gäste beim Nachtisch angekommen. Der Geistliche, ein Mann um die dreißig, trug sein langes Haar am Hinterkopf zusammengebunden und einen tadellos gekämmten Oberlippenbart. Wie die meisten Männer im Viertel San Giusto kleidete sich Adriano Bonacelli in Jeans und Polohemd, allerdings mit einem anthrazitfarbenen Sportsakko darüber. Er war ein Mann des Volkes, und jeder im Viertel mochte ihn.

Sergio führte den Pfarrer zu dem Tisch, an dem Clara und Silvano beim zweiten Digestivo angekommen waren. Claras Wangen waren ein wenig gerötet, ebenso wie Silvanos Augen. Die drei begrüßten sich, Bonacelli nahm Platz. Sergio mischte an seiner kleinen Bar in der Kammer hinter der Theke noch eine Runde »Tatütata«, Claras Lieblingscocktail, den alle drei bestellt hatten, servierte den arztkofferroten Drink mit einem weißen Streifen aus Kokosnusslikör und zog für sich einen Stuhl vom Nebentisch heran.

Der Pfarrer sah sich um. »Stimmt es, dass dein Vater Bürgermeister werden will?«, fragte er unvermittelt.

Sergio stutzte. Die Kirche von San Giusto lag zwar nur ein paar Schritte entfernt, aber dass die Neuigkeit bereits bis dorthin vorgedrungen war, überraschte ihn. Andererseits hätte er damit rechnen müssen, denn immerhin waren Trommelfeuer, Kugelblitz und Zitadelle in der Trattoria zu Gast gewesen – Männer wie Schwämme, wenn es darum ging, Gerüchte aufzusaugen und zuverlässig durch die gesamte Stadt zu spülen.

»Das ist nur ein Scherz«, wiegelte Sergio ab und warf einen Blick zur Küche hinüber. Aus der Durchreiche drang das Klirren von Besteck und das Klappern von Tellern. Während Angelo dort beschäftigt war, konnte Sergio das Gerücht vielleicht noch entkräften.

»Ein Scherz?«, fragte Clara gerade. »Dein Vater hat noch

nie über etwas verfügt, das Humor auch nur im Ansatz ähneln würde.«

»Ist es bei der geplanten Uhrzeit für die Prozession geblieben, Start um zehn Uhr?« Sergio wechselte einfach das Thema. Er musste diese Runde auflösen, bevor Angelo in die Gaststube zurückkehrte und alles noch heißer aufkochte. Solange niemand von seinem Vater erwartete, sich zur Wahl zu stellen, würde sich Angelo vielleicht noch vom Gegenteil überzeugen lassen. War die Katze aber erst aus dem Sack und lief durch die Stadt, konnte Angelo keinen Rückzieher mehr machen, auch dann nicht, wenn er es wollte.

Padre Bonacelli legte Sergio und den beiden Rettungskräften auseinander, wie das religiöse Fest am Samstag ablaufen sollte. Wie an so vielem in Volterra änderte sich auch daran nie etwas.

»Die Prozession mit den Gebeinen der Heiligen zieht vom Dom den Borgo hinunter bis zu unserer Kirche hier in San Giusto. Zwischendurch halten wir vor dem Seniorenheim Santa Chiara und lassen dort die Fahnenschwinger auftreten, damit unsere Alten etwas zu sehen bekommen. Anschließend gehen wir gemeinsam bis zur großen Wiese vor der Kirche, und Bischof Amendola wird das gewachste Seil segnen, das wir in Stücke schneiden und verteilen, damit die Leute es als Licht in ihre Fenster stellen. Schließlich werden die Reliquien in ihren Schrein unter dem Altar von San Giusto e Clemente niedergelegt. Danach beginnt das Volksfest.«

Sergio nickte. »Bene. Wir halten den Verkehr aus dem Stadtzentrum raus, und wenn die Prozession durch die

Porta San Francesco kommt, steht einer von uns, wahrscheinlich Kollege Bertini, auf der Landstraße und sorgt dafür, dass alle die Fahrbahn vor dem Stadttor sicher überqueren können.« Er warf einen raschen Blick zur Küche hinüber. Von dort war das Gelächter von Matteo zu hören. Vermutlich hatte Angelo dem Koch gerade berichtet, dass er Bürgermeister werden wolle.

»Auf die Unterstützung der Misericordia dürfen wir auch zählen?«, fragte der Pfarrer Clara und Silvano. Während die beiden vortrugen, wer aus ihrem Team Dienst haben werde und wo die Ambulanzfahrzeuge postiert sein würden, schob Sergio die leeren Cocktailgläser auf dem Tisch zusammen. Die Geste gab eindeutig zu verstehen, dass es Zeit zum Aufbruch war, warum musste Clara jetzt auch noch die Geschichte vom vergangenen Jahr zum Besten zu geben, als Sergios Onkel Lorenzo so lange mit Sofia Zacchi getanzt hatte, dass er nicht mehr laufen konnte, und von der Ambulanz nach Hause gefahren werden musste? »Das war bislang das einzige Mal, dass wir beim Fest der Heiligen jemanden verarzten mussten.«

»Ich werde dafür beten, dass diesmal alle gesund bleiben«, versicherte der Pfarrer.

»Dann ist ja alles klar«, schloss Sergio das Gespräch, schob seinen Stuhl mit bedeutungsvollem Scharren zurück und stand auf. Der Lärm in der Küche war verklungen. Das verhieß nichts Gutes.

Bonacelli hielt Sergios Hand fest. »Aber wir haben doch noch gar nicht über die *brigidini* gesprochen«, sagte der Geistliche.

Die *brigidini*! Wie hatte Sergio die vergessen können? Angelo stellte jedes Jahr eine ganze Wagenladung von dem hauchdünnen Anisgebäck für den Jahrmarkt beim Fest der Heiligen her. Es ähnelte den Hostien bei der Eucharistiefeier, war aber viel süßer und – das sagte man nur hinter vorgehaltener Hand – viel beliebter. »Die *brigidini* werden pünktlich fertig sein«, versicherte Sergio. »Wie immer.«

»Hat da jemand *brigidini* gesagt?« Angelos heisere Stimme war mit einem Mal ganz nah an Sergios Ohr, als Nächstes landete Angelos Hand auf seiner Schulter und der Rest seines Vaters auf dem nächstbesten freien Stuhl.

»Angelo Panda!« Der Pfarrer umfasste die freie Hand des alten Wirts. »Wie schön, dich zu sehen. Wir sind wegen des Festumzugs hier und haben bereits alles mit Sergio besprochen.«

»Das glaube ich nicht«, verkündete Angelo. Bei diesen Worten blitzten seine hellblauen Augen auf, und in Sergio zog sich alles zusammen.

»*Babbo*«, hob er an, in der Hoffnung, sein Vater werde wohl bemerken, dass Sergio ihn sonst nur selten in Gesellschaft so ansprach und dass etwas nicht stimmte.

»Wisst ihr schon das Neueste?«, fragte Angelo und schaute erwartungsvoll von einem zum anderen.

»*Babbo!*«, sagte Sergio noch einmal, dringlicher. Aber wenn Angelo Panda einmal in Fahrt war, war er nicht zu bremsen.

»Ich trete bei der Wahl zum Bürgermeister an«, tat der Wirt kund.

Sergio presste Lider und Lippen zusammen. Seine Ohren

empfingen die Ausrufe des Pfarrers, der Notärztin und des Sanitäters. »Es stimmt also. Vermutlich darf man noch nicht gratulieren«, sagte Bonacelli, »aber Glück zu wünschen ist gewiss erlaubt.«

»Danke, Padre. Vielleicht kannst du deinen Vorgesetzten um ein bisschen Beistand bitten.« Angelo zwinkerte Bonacelli zu.

»Gott ist unpolitisch«, erwiderte der Geistliche.

»Wir waren gerade bei den *brigidini*.« Sergio versuchte, das Gespräch wieder in andere Bahnen zu lenken. »Gerade habe ich dem Padre versichert, dass du sie backen wirst.« Wenn es ums Essen ging, waren in Volterra immer alle einer Meinung.

»*Brigidini?*« Angelo zog das Wort in die Länge wie frischen Pizzateig. »Wenn Gott wirklich unpolitisch ist, dann wird er doch gewiss nichts dagegen haben, wenn ich die Plätzchen in diesem Jahr ein wenig anders gestalte.«

Kapitel 3

Die kleine Wohnung am Ende der Via della Frana, nur einen Steinwurf von der Trattoria entfernt, roch immer ein wenig nach altem Gemäuer. Deshalb stellte Giulia gern Süßgras, gelbe Glyzinien oder Elfenflieder in den vier Zimmern auf, die sie gemeinsam mit Sergio bewohnte. Doch an diesem Abend roch es in allen Räumen nach aufziehendem Ärger.

Sergio begrüßte Giulia mit einer Umarmung und einem Kuss, kraulte Cardenio, ihren Mischlingshund, hinter den Ohren, warf die Polizeimütze und den Schlüsselbund auf die alte Anrichte und ließ sich auf das Sofa mit der seidenen Decke fallen. Er legte den Kopf in den Nacken und presste sich die Handballen vor die Augen. Normalerweise war er beschwingt, wenn er spät am Abend von der Trattoria nach Hause kam, denn dann erwartete ihn der schönste Teil des Tages: Giulias Nähe, ein Glas Wein und der Blick aus dem Fenster über die Hügel bis zum Tyrrhenischen Meer hinüber, wo in der Ferne die Lichter der Küstenorte blinkten.

Diesmal nicht.

Giulia setzte sich neben ihn. Sie trug ein leichtes Kleid

aus hellem Stoff und darüber eine lange grüne Strickjacke, die ihre Augenfarbe betonte. Mit den Füßen streifte sie ihre Ballerinas ab und zog die Beine an. Dann hob sie Sergios Hände von seinem Gesicht. »Was ist denn los?«

Sergio schaute sie lange an, ihre Augen, ihre Nase, deren Spitze immer ein wenig wippte, wenn sie lächelte – augenblicklich fühlte er sich ein bisschen besser. »Angelo will Bürgermeister werden.«

Giulias Lächeln erlosch. Sogar Cardenio, der mit aufgestellten Ohren vor dem Sofa stand, schien die schwarzweiße Schnauze zu verziehen.

Sergio berichtete, was sich in der Trattoria zugetragen hatte. Zum Schluss kam er zu den *brigidini*. »Mein Vater will das Gebäck für den Wahlkampf nutzen.« Sergio lachte. »Du kennst doch dieses Muster, das darauf zu sehen ist.«

»Ein Stern?«

»Es sieht aus wie ein Stern. Aber ich glaube, es sollen Palmblätter sein. Jedenfalls sind die Eisenplatten, zwischen denen der Teig gebacken wird, mit diesem Dekor verziert.«

»Was hat Angelo damit vor? Du willst doch nicht etwa sagen …«

»Doch.« Sergio stand auf und ging in dem kleinen Wohnzimmer umher.

Er spürte, wie das Erdbeben in ihm zu rumoren begann, wie immer, wenn ihn etwas aufregte, von dem er nicht wusste, wie er es in Ordnung bringen sollte. Weil in Sergios Kindertagen bei solchen Gelegenheiten häufig etwas zu Bruch gegangen war, hatte man ihn aus der Küche des Il Gusto verbannt und seitdem Terremoto, Erdbeben, genannt. Nur Giulia verwendete diesen Namen auf eine Art, die Sergio liebte.

»Angelo will neue Eisenplatten anfertigen lassen. Damit soll statt der Blätter sein Konterfei in die *brigidini* eingebacken werden. Zusammen mit dem Wort *sindaco*, Bürgermeister. Er ist von seiner Idee begeistert. Halb Volterra wird beim Fest der Heiligen anwesend sein und *brigidini* essen. Jeder wird Angelos Gesicht vor Augen haben und sich seinen Plan, Bürgermeister zu werden, einverleiben. Mein Vater hält das für den perfekten Wahlkampf.«

Nun stand auch Giulia auf. Sie zog die Seidendecke vom Sofa und warf sie auf einen Stapel Zeitungen.

»Was sagt denn Padre Bonacelli dazu? Immerhin ist es doch ein kirchliches Fest und keine politische Veranstaltung.«

»Angelo und der Pfarrer sind in der Trattoria aneinandergeraten. So habe ich Bonacelli noch nie erlebt. Du kennst ihn. Er ist die Freundlichkeit in Person, immer hilfsbereit, immer aufmerksam, das Paradebeispiel eines Christenmenschen. Aber als Angelo verkündete, er wolle das Fest der Heiligen für den Wahlkampf nutzen, war es mit der Geduld des Pfarrers vorbei. Er hat die Trattoria verlassen und angekündigt, Bischof Amendola von der Angelegenheit zu berichten.« Sergio nahm das Glas Rotwein entgegen, das Giulia ihm eingeschenkt hatte. Er atmete den schweren Pasiteo ein. Mit dem Aroma der Trauben schien sich seine Aufregung allmählich zu legen. Schon nach dem ersten Schluck entspannten sich seine Muskeln, was dazu führte, dass sich sein Magen meldete. Er hatte immer noch nichts gegessen.

Sergio ging in die Küche. Der Kühlschrank enthielt nur einige Gläser mit eingelegten Kapern und Peperoni. Leere offenbarte sich auch beim Blick in die Küchenschränke – wenn man von einigen Dosen Hundefutter für Cardenio absah. Nein, das kam nicht infrage!

»Wenn du mir den Schlüssel gibst, hole ich was aus der Trattoria rüber«, schlug Giulia vor. Sie wusste die Geräusche aus der Küche offenbar zu deuten. »Ich dachte, du hättest dort etwas gegessen.«

»Danke, das ist lieb von dir«, erwiderte Sergio, kehrte zurück und küsste sie auf die Wange. »Aber Angelo ist noch da und macht die Abrechnung. Er wird dich nicht wieder gehen lassen, bevor du dir die ganze Geschichte aus seinem Mund angehört hast. Bis dahin bin ich verhungert.« Er sah sich im Wohnzimmer um.

»Es gab doch noch diese Schachtel Grissini.« Die mit Rosmarin gewürzten Gebäckstangen wären jetzt seine Rettung. Sergio wühlte durch einen Haufen Papier auf der Anrichte und zog die Seidendecke weg, die Giulia zuvor auf den Zeitungsstapel gelegt hatte. Oder auf das, was Sergio im Augenwinkel für einen Stapel von *Volterra Adesso*, der Lokalzeitung, gehalten hatte. Sein Hunger war augenblicklich vergessen. »Was ist das?«, fragte er, obwohl er deutlich sehen konnte, was da auf dem Boden lag: ein Haufen Plakate. Von dem obersten lächelte ihm das Gesicht Ugo Marchettis entgegen. Die Giraffe hielt den Kopf gereckt und strahlte. Darüber stand in großen Lettern: *BÜRGERMEISTER MARCHETTI: RETTUNG FÜR VOLTERRA.*

»Wo kommen die denn her?« Sergio hob das erste Plakat

auf, nur um feststellen zu müssen, dass darunter dasselbe zu sehen war, und darunter wiederum dasselbe. Einige Dutzend Marchettis grinsten ihn vom Wohnzimmerboden herauf an.

Giulia nahm ihm die Plakate aus der Hand und legte sie wieder auf den Stapel. »Das wollte ich dir vorhin eigentlich erzählen, aber du warst so voll von deinen eigenen Erlebnissen, dass ich nicht dazu gekommen bin.« Sie räusperte sich. »Ich habe mich Ugos Wahlkampfteam angeschlossen. Die Plakate hänge ich in den nächsten Tagen während meiner Tour auf.«

Giulia war Busfahrerin. Mit der Linie 1 fuhr sie kreuz und quer durch Volterra – wenn sie nicht gerade in der Musikschule unterrichtete, denn eigentlich hatte sie am Konservatorium in Florenz Musik studiert.

Dass Sergio plötzlich schwindelig wurde, lag nicht nur an seinem leeren Magen. Er ließ sich zurück auf das Sofa fallen. »Du unterstützt Marchetti?«

»Ja«, sagte Giulia und setzte sich ebenfalls, diesmal allerdings nicht zu Sergio auf die Couch. Stattdessen nahm sie den Sessel und legte die Hände auf die Armlehnen. Ihre Fingerspitzen drückten kleine Dellen in die Polsterung. »Ugo steht für Fortschritt. Er will in Volterra etwas verändern. Das gefällt mir. In dieser Stadt ist viel zu lange alles beim Alten geblieben, und Marchetti wird neuen Schwung bringen.«

Das Erdbeben in Sergio näherte sich der nächsthöheren Stufe. Das konnte doch nicht wahr sein! Erst wurde sein Vater mit dem Politikvirus infiziert, und jetzt hatte es auch noch Giulia erwischt. »Hast du gehört, was ich dir gerade erzählt habe?«, fragte er. »Marchetti will unsere Stadt in ein Kraftwerk verwandeln. Das ist doch genau der Grund, weshalb Angelo ihn als Bürgermeister verhindern will.«

Giulia nahm ihr Weinglas vom Tisch und trank einen Schluck. Dann sah sie Sergio lange an. »Ich kenne Ugos Vorhaben«, sagte sie schließlich. »Und ich bin dafür. Ugo hat erkannt, dass die Menschheit so nicht weitermachen kann. Wir brauchen alternative Energiequellen. Und eine davon könnte direkt unter unseren Füßen schlummern. Wir müssen nur nachsehen.« Sie beugte sich vor. »Sergio. Wir hier in Volterra könnten ein kleines bisschen dabei helfen, die Welt zu verändern.« Ihre Augen leuchteten auf eine Art, von der Sergio gedacht hatte, nur er könne das bei ihr bewirken. Die Erkenntnis traf ihn wie ein Schlag. War Marchetti mit seinen Ideen etwa ein ernst zu nehmender Konkurrent, nicht nur für Angelo Panda, sondern auch für seinen Sohn? Das Loch in seinem Magen bekam Zähne. Er sprang auf.

»Seit wann kümmert dich, was in Volterra geschieht?«, rief er. »Du hast die Stadt doch verlassen.«

Auf Giulias Stirn erschienen Falten. »Da war ich ein Kind. Meine Eltern sind weggezogen. Du kennst doch die Geschichte.«

Sergio wusste, es wäre besser, wenn sein Ausbruch versiegen würde, aber er fand das Ventil nicht. »Am besten wäre es, wenn du dich mit Angelo darüber auseinandersetzt und ihr beide euch an die Gurgel geht. Dann bin ich zwei Probleme auf einmal los.«

»Ich bin also ein Problem für dich«, stellte Giulia fest.

»Das schönste Problem, das ich je hatte«, versuchte Sergio abzuschwächen. Aber es war zu spät. Das Tappen von Giulias bloßen Füßen verklang im Flur, Cardenio folgte schwanzwedelnd, in der Hoffnung auf einen späten Spaziergang. Etwas polterte. Dann herrschte Ruhe.

In dieser Nacht schlief Sergio auf dem Sofa. Als es kühl wurde, dachte er darüber nach, die Seidendecke über sich auszubreiten. Aber dann hätte er Ugo Marchettis Konterfei entblößen müssen. Es war schon schlimm genug, die Nacht ohne Giulia zu verbringen, aber wenn es schon so sein musste, dann wollte er nicht auch noch neben Ugos lächelndem Gesicht aufwachen müssen.

KAPITEL 4

Ich habe noch nie jemanden so essen sehen.« Alessandro
stützte die Ellbogen auf die Schreibtischunterlage und
formte mit den Fingern eine Hängematte für sein Kinn. Der
Chef der Volterraner Polizeiwache schaute mit einer Mischung aus Faszination und Abscheu zu, wie Sergio das
dritte Panino mit Bazzone-Schinken verschlang. Ohne die
Papierserviette zu benutzen, die Alessandro aus der Tüte
mit der Aufschrift *Mario Mitris Bar* gefischt und ihm gereicht hatte.

»Gleich fertig«, sagte Sergio kauend. »Dann können wir
über den Tagesablauf sprechen.« An Alessandros Gesichtsausdruck erkannte er, dass er seinen Hunger auf Kosten der
Verständlichkeit seiner Worte stillte. Er schluckte den letzten Bissen seines Frühstücks herunter. »Was liegt an?«

Bertini und Morelli, die beiden anderen Kollegen, kamen
näher. Wegen des großen Kirchenfestes war die kleine Wache
schon am Freitag mit allen vier Beamten besetzt. Die Fenster
im zweiten Obergeschoss des mittelalterlichen Palazzo Pretorio standen offen und ließen die milde Septemberluft und
die Stimmen der Passanten von der Piazza hereinwehen.

Alessandro schaute auf seinen Notizblock. Der Leiter der Polizeiwache liebte es, Listen anzulegen. Sie waren seine Geheimwaffe im Kampf gegen das Chaos, von dem er befürchtete, es würde sonst über seine Dienststelle hereinbrechen. Diejenige, die er jetzt in der Hand hielt, war kurz.

»Die Baustelle auf der SP 15 sorgt Richtung San Cipriano für stockenden Verkehr. Die Leute sind besonders zu den Stoßzeiten ungeduldig und riskieren Unfälle, wenn sie um die Absperrgitter herumfahren. Bertini, du regelst den Verkehr dort zwischen sechzehn und achtzehn Uhr.«

Der jüngste unter den Kollegen nickte.

»Dann haben wir Ausgrabungen am Nordhang der Stadt, neben dem Friedhof. Wegen eines Bauvorhabens rücken die Archäologen an und schauen nach, ob sich etwas historisch Wertvolles im Boden befindet.«

»Was soll denn da gebaut werden?«, fragte Morelli. »Ein Supermarkt?«

Alessandro blätterte durch einen Stapel Formulare. »Jemand möchte Probebohrungen an der Stelle durchführen, um nach heißen Quellen zu suchen.«

»Ugo Marchetti?« Gerade hatte Sergio die Streitigkeiten der vergangenen Nacht mit den belegten Broten hinuntergeschluckt, da wurde ihm das Thema wieder aufgetischt. Giulia hatte an diesem Morgen ohne ein Wort die Wohnung verlassen. Alles nur wegen Marchetti!

Alessandro nahm ein Blatt zur Hand. »Hier steht, ein gewisser Romolo Volpi habe die Bohrungen beantragt«, las er vor. »Wie kommst du auf Marchetti?«

»Nur so ein Gerücht.« Sergio winkte ab, aber an dem

Blick, den ihm Alessandro zuwarf, erkannte er, dass sein Freund und Vorgesetzter ihm die Gleichgültigkeit nicht abnahm.

»Die Archäologen wollen gegen neun Uhr dreißig anfangen, also in einer halben Stunde. Für ihre Suchschnitte bringen sie Minibagger mit und werden einen Teil der Via di Porta Diana sperren. Morelli, schaust du dir das bitte mal an?«

Der Kollege nickte über einer dampfenden Tasse Tee. Kräuterduft zog durch den Raum. Der eigenbrötlerische Morelli zog die Pflanzen für sein Lieblingsgetränk im eigenen Garten.

»Sergio, wir beide kümmern uns um die Vorbereitungen für die Prozession morgen«, fuhr Alessandro fort.

Gerade wollte Sergio berichten, dass er am vergangenen Abend mit Padre Bonacelli über den Ablaufplan für das Fest gesprochen habe, da ertönte draußen auf der Piazza Geschrei. Eine Männerstimme stieg von unten herauf, wurde von den Fassaden der hohen Gebäude hin- und hergeworfen. Eine zweite Stimme antwortete.

Sergio war als Erster am Fenster. Gegenüber der Wache ragte der Palazzo dei Priori in den wolkenlosen Himmel. Am Fuß des Rathauses schimpften zwei Männer aufeinander ein. Einer war Juan, der Straßenmusiker, der vor dem Palazzo Lieder über die Menschen auf dem Platz zum Besten gab. Der andere: Ugo Marchetti.

»Ich kümmere mich darum.« Sergio war aus der Tür, bevor Alessandro ihn aufhalten konnte.

»Dann schlag doch zu!«, rief Marchetti gerade, als Sergio die Streitenden erreichte. Er griff nach der Gitarre, deren Hals Juan mit den Händen umklammert hielt.

»Das ist keine gute Idee«, sagte Sergio und nahm dem Spanier das Instrument aus der Hand. »Wie willst du denn dann noch Musik machen?«

»Wenn es nach dem da geht«, rief Juan, »überhaupt nicht mehr.«

Sergios Blick folgte Juans ausgestrecktem Finger hinüber zu Ugo Marchetti. Der Bankier und Bürgermeisterkandidat trug einen dunklen Anzug mit Satinrevers und blau-gold gestreifter Krawatte. Seine Sonnenbrille war so schwarz wie eine Rohöllache. Marchetti brachte seinen verzerrten Gesichtsausdruck von einer Sekunde auf die andere unter Kontrolle und lächelte Sergio an. »Gut, dass die Polizei so schnell kommt. Dieser Mann wollte mich schlagen.«

Sergio wollte etwas sagen, die Streithähne beruhigen, so wie er es schon Hunderte Male zuvor getan hatte, mit der sonoren Stimme des Ordnungshüters und der Autorität der Polizeiuniform der Polizia di Stato. Doch als er jetzt vor Marchetti stand, dem Urheber allen Ärgers, brauchte er eine Weile, um sich die richtigen Worte zurechtzulegen. »Was ist hier los?«, presste er schließlich hervor. »Weshalb streitet ihr?«

»Weil dieser Mann hier nicht öffentlich auftreten sollte. Es ist gegen die guten Sitten und ein schlechtes Vorbild für die Kinder.« Marchettis Stimme zitterte ein wenig.

Sergio runzelte die Stirn. »Gute Sitten?« Dann ahnte er, worauf Ugo Marchetti anspielte. Juan war homosexuell.

Und jetzt fiel es Sergio überhaupt nicht mehr schwer, in dieser Angelegenheit Partei zu ergreifen.

»Signor Marchetti«, sagte er, »das geht Sie nichts an.« Ebenso wenig wie Sie Giulia etwas angeht, dachte er bei sich, begrub den Gedanken aber rasch wieder unter dem Auftreten als Ordnungshüter.

»So?« Marchetti tippte sich gegen die Brust. »Das geht mich also nichts an. Stimmt. Solange dieser Ausländer sich nicht in der Öffentlichkeit präsentiert und den Kindern Lieder fragwürdigen Inhalts vorsingt.«

Sergio wies Marchetti wegen seiner Anfeindung zurecht und warf Juan einen fragenden Blick zu.

»Was der Mann da behauptet, habe ich nicht getan, und ich würde es auch niemals tun«, versicherte der Straßenmusiker. Auf die Beleidigung Marchettis ging er nicht weiter ein.

Sergio mochte Juan. Tagtäglich saß der Spanier auf dem Steinsims des historischen Rathauses und füllte die Piazza dei Priori mit seiner wundervollen Musik. Darin drehte sich in der Regel alles um Liebe, um das Menschliche, meist mit einer Prise Humor versetzt. Aber Fragwürdiges hatte er noch nie von Juan zu hören bekommen. Eher von Marchetti.

»Natürlich«, rief Ugo jetzt, »behauptet er, so etwas niemals gesungen zu haben. Es kann ja auch niemand nachprüfen. Musik ist schließlich flüchtig. Aber ich!« Er tippte sich so heftig gegen die Brust, dass es Sergio schon vom Zusehen schmerzte. »Ich habe gehört, was ich gehört habe. Und wenn die Polizei diesen Schreihals nicht zum Schweigen bringt, dann werde ich es tun, sobald ich Bürgermeister geworden bin. Und das wird sehr bald sein.«

Sergio bemerkte, dass Passanten stehen geblieben waren. Ein Kreis von Schaulustigen hatte sich um die Männer gebildet, und ihm wurde klar, was hier passierte. Marchetti machte Wahlkampf und warb für seine Anliegen. Hoffentlich würde er niemals ins Rathaus einziehen. Aber wer ihn als Bürgermeister verhindern wollte, musste Angelo Panda wählen. Sergio rieb sich die Stirn. Das wollte er ebenso wenig.

Marchetti sah sich um. Er hob die Arme, lächelte und rief: »Liebe Volterraner und Volterranerinnen. Liebe Gäste unserer Stadt. Ich bin Ugo Marchetti und werde als Bürgermeister …«

Der Rest ging unter in Gitarrenklängen. Juan hatte sich sein Instrument wieder umgehängt, schlug die Saiten an und sang: »Ugo Marchetti. Das ist Ugo Marchetti. Der schönste Mann im Land.«

Marchettis Hand, die nach der Gitarre greifen wollte, traf Sergio, der sich rasch vor den Straßenmusiker gestellt hatte. Juan war ein Meister der Improvisation, und jetzt sang er ein Loblied auf seinen Widersacher, in dem er diesen als reizvoll, adrett und unwiderstehlich beschrieb. Die Umstehenden, die die tiefere Bedeutung der Worte nicht kannten, sangen den schmissigen Refrain mit. Auch nachdem Marchetti davongestürmt war, fielen Juan noch weitere Strophen ein. An diesem Tag klingelten besonders viele Münzen in seinem aufgeklappten Gitarrenkoffer.

KAPITEL 5

Am Abend hatte Sergio doppelt so viel in der Trattoria zu tun wie sonst, denn sein Vater hatte sich in die Küche zurückgezogen, um *brigidini* für das Volksfest zu backen. Angelo war es gelungen, noch an diesem Tag neue Eisenplatten mit seinem Konterfei anfertigen zu lassen. Dazu hatte er Federica Tulli aufgesucht, eine Kunst- und Silberschmiedin im Zentrum der Stadt. Wie Angelo sie davon überzeugt hatte, dass sein Auftrag keinen Aufschub dulde, war Sergio ein Rätsel, aber sie hatte sofort mit der Arbeit begonnen und die Gesichtszüge seines Vaters auf eine der Servietten gezeichnet, die er mitgebracht hatte, zusammen mit zwei Portionen *stoccafisso toscano*. Während sie in Federicas Werkstatt den Stockfisch verspeisten, hatte Angelo seine Mission erläutert: dass es nicht um seine Person gehe, sondern um das Schicksal der Stadt. Federica war sofort Feuer und Flamme gewesen, hatte ihm versprochen, die Platten für das *brigidini*-Eisen am späten Nachmittag in die Trattoria zu bringen, und ihr Wort gehalten. Jetzt saß die Kunstschmiedin, eine herbe Schönheit mit langen braunen Locken, am Stammtisch mit Kugelblitz, Zitadelle und

36

Trommelfeuer beisammen. Ausnahmsweise wurde dort nur geflüstert.

Vier Tische waren besetzt, damit kam Sergio allein klar, zumal an allen Plätzen Einheimische saßen, deren Vorlieben er kannte. Bei Touristen war das etwas anderes. Oft musste er Gästen aus anderen Ländern die Namen der Speisen übersetzen und, wenn das nicht genügte, erklären, worum es sich handelte. Dann konnte es trotzdem noch vorkommen, dass ein Besucher seine *scaloppine* zurückgehen ließ, weil das Kalbsschnitzel nicht paniert war, so wie er es von zu Hause kannte. Sergio konnte mit derlei Situationen umgehen, schließlich war er in der Trattoria aufgewachsen, und wenn das Schweigen der Gesättigten die Gaststube füllte, fühlte er sich auf wunderbare Weise mit seinen Vorfahren verbunden, die das Il Gusto betrieben hatten und nun von den alten Fotografien an den Wänden dem Treiben in der Trattoria zusahen.

Aus der Küche wehte der Anisduft der *brigidini* ins Lokal, und man konnte Angelo leise pfeifen hören. Sergio schaute auf die Uhr. Halb zehn. Giulia hatte längst Feierabend. Entweder war sie zu Hause oder noch in der Musikschule. Es war der richtige Moment für einen Anruf, sagte ihm sein Gefühl. Ob sie so friedlich gestimmt war wie er? Er zog sich in die Kammer hinter der Theke zurück, hob den Hörer von dem alten Wandtelefon ab und versuchte es zuerst in der Wohnung. Beim ersten Klingeln nahm sie ab.

»Ugo?« Giulias Stimme war viel zu freundlich. »Tut mir leid, die Verbindung war plötzlich weg und ich …«

Ein massives Erdbeben in Sergios Innern brachte alle

guten Gedanken zum Einsturz. Er überwand den Impuls, einfach aufzulegen. »Ich bin's, Sergio. Tut mir leid, wenn du jemand anderen erwartet hast.«

Eine Pause entstand. »Ugo hat mich gerade angerufen und mir berichtet, was heute auf der Piazza vorgefallen ist.«

»Hat er das?« Sergio versuchte, so normal wie möglich zu klingen. »Was hat er dir denn erzählt?«

»Dass du ihn vor allen Leuten blamiert hast. Ausgerechnet vor dem Rathaus.«

Jetzt verbreitete Marchetti auch noch Lügen über ihn. Natürlich: Der Mann wollte Politiker werden, da gehörte so etwas wohl zum Handwerk. Aber diesmal hatte er die Rechnung ohne Sergio Panda gemacht. »Hat er dir auch erzählt, was auf der Piazza los war?«

»Danach hatte ich ihn gerade gefragt, da war plötzlich die Verbindung weg.«

Die Verbindung. Natürlich. Marchetti hatte aufgelegt, um seiner Wahlkampfhelferin nicht beichten zu müssen, dass er gegen Juan gewettert hatte. Sergio lehnte sich gegen die Wand und spürte, wie der Hörer an seinem Ohr warm wurde. In knappen Sätzen erzählte er Giulia die Geschichte: Juan, der auf der Piazza Lieder sang, Marchetti, der versuchte, ihn daran zu hindern und ihm vorwarf, gegen die sogenannten guten Sitten zu verstoßen und mit zweifelhaften Liedtexten Kinder zu verunsichern.

»Juan?«, Giulias Stimmlage ging in die Höhe. »Das ist doch Unsinn!« Sie musste es wissen, denn Giulia und Juan waren miteinander befreundet. Schon bevor Giulia die Musikschule im Frühjahr aufgebaut hatte, waren sie bei einigen Gelegenheiten in der Stadt gemeinsam aufgetreten, Juan als Sänger mit der Gitarre und Giulia mit ihrem Saxophon. Sie hatte Jazz studiert und nutzte jede Gelegenheit, ihr Instrument zu spielen, bisweilen sogar im Linienbus, wenn sie Pause machte. »Sergio, wenn du dir das ausdenkst, um mich gegen Ugo aufzubringen, werde ich das herausfinden.«

»Das einzig Gute an Ugo Marchetti ist, dass man keine Geschichten erfinden muss, um ihn in ein schlechtes Licht zu stellen. Dafür sorgt der Mann schon selbst.«

Giulias empörtes Schnaufen kam wie ein Windstoß durchs Telefon, und ihm war, als spüre er einen Lufthauch an der Wange. »Das ändert nichts daran, dass er den Fortschritt nach Volterra bringen will.«

»Darüber solltest du mal mit Juan sprechen. Der findet Ugos Ansichten wohl eher rückständig.«

Giulia legte auf. Das sah ihr gar nicht ähnlich. Normalerweise fochten sie und Sergio Streitereien bis zum Ende aus. Sergio hängte den Hörer ein. Was war nur los in dieser Stadt? Ugo gegen Juan, Giulia gegen Sergio, Sergio gegen Angelo und Angelo gegen Ugo. Ein Reigen der Missgunst lief durch Volterra.

In der Gaststube winkten die letzten Gäste mit der Geldbörse, und der Stammtisch war bereits verlassen. Das war ungewöhnlich. Angelos Kumpane fühlten sich mit den ausgestopften Wildschweinköpfen an den Wänden und dem Wildschweinragout auf ihren Tellern normalerweise so wohl, dass man sie schon verjagen musste, damit sie nach Hause gingen. Immerhin würde Angelo mit dem weiteren

Abend in der Trattoria allein fertigwerden. Sergio wollte gleich nach Hause, um mit Giulia alles ins Reine zu bringen. Er dachte daran, ihr ein paar frische *brigidini* mitzubringen, doch dann fiel ihm wieder ein, wer darauf zu sehen war. Keine gute Idee.

Die Türglocke klingelte und verstummte abrupt. Im Eingang stand ein hochgewachsener Mann mit weißem Haarkranz und abstehenden Ohren. Mit seiner dunklen Hose und dem weißen Hemd sah man ihn selten, trotzdem erkannte Sergio Bischof Amendola sofort. In der Trattoria war der Monsignore noch nie zu Gast gewesen. Dass er jetzt erschien, bedeutete gewiss nicht, dass er Hunger hatte. Amendola stand mit ausgestrecktem Arm in der Tür und hielt die kleine Glocke mit seiner weiß behaarten Faust fest.

»Ich verlange, mit Angelo Panda zu sprechen«, sagte der Bischof und ließ das Glöckchen los. Sein Gesicht war eine kantige Fläche aus Granit. Sergios Begrüßung erwiderte er nicht und lehnte den angebotenen Platz an einem der bereits für den nächsten Tag gedeckten Tische ab. Also blieb Sergio nichts anderes übrig, als den Monsignore in der offenen Tür stehen zu lassen, durch die nun kühle Abendluft hereinwehte und den Duft des Anisgebäcks verdünnte.

»Angelo?«, rief Sergio in die Durchreiche zur Küche. »Du hast Besuch.«

»Ich hab keine Zeit«, kam es zurück. »Wer zum Teufel glaubt, er sei so wichtig, dass er mich von der Arbeit abhalten kann?«

»Dein Bischof, Angelo Panda.« Die Worte rollten wie Donner durch die kleine Trattoria, und wie der dazugehö-

rige Blitz tauchte Angelo in der Gaststube auf. Seine blau-
weiß gestreifte Schürze war mit Mehl bestäubt. Der Gastwirt
und der Geistliche standen sich gegenüber, der eine ein
Riese, der andere eine Maus. Angelo verzichtete von vorn-
herein darauf, dem Monsignore einen Platz anzubieten. Die
Luft war mit einem Mal so dick, dass Sergio glaubte, ein
Stück *scaloppine* herausschneiden zu können.

»Die *brigidini* bleiben, wie sie sind«, krächzte Angelo.
Offenbar stand für ihn keine Sekunde lang infrage, warum
der Bischof hergekommen war. »Das ist alles, was ich dazu
zu sagen habe.«

»Dann ist es also wahr«, stellt Amendola fest. »Ich hatte
gebetet, dass Padre Bonacelli sich getäuscht hat, als er mir
davon berichtete. Das ist eine schlimme Verfehlung, Angelo
Panda. Du missbrauchst ein Fest der Kirche für deine selbst-
süchtigen Zwecke.«

»Irrtum, Monsignore.« Während Angelo dem Geistlichen
erklärte, dass er Bürgermeister werden musste, damit Ugo
Marchetti die Stadt nicht verschandelte, ging Sergio in die
Küche. Das neue *brigidini*-Eisen stand auf der Arbeits-
fläche, umgeben von Mehl und Teigresten. Schüsseln, Rühr-
geräte und Eierschalen erzählten von arbeitsreichen Stunden.
Der Boden war mit Mehl gepudert, darin waren Angelos
Fußabdrücke zu sehen wie die Signaturen eines Künstlers.
Drei Kisten voller Anisgebäck standen bereit, morgen früh
würde Angelo es in die typischen länglichen *brigidini*-Tüten
füllen. Die jüngste Produktion lag in einer großen Schüssel
und kühlte aus. Sergio nahm eins der Plätzchen und hielt
es ins Licht.

Das Gesicht, das darauf zu sehen war, bestand nur aus einigen Strichen, trotzdem war sofort zu erkennen, wen es abbilden sollte. Falls es aber in Volterra jemanden gab, der nicht wusste, wer ihm da entgegenblickte, konnte derjenige *Angelo Panda* über dem Haupt des Dargestellten lesen. Unter Angelos Kinn stand das Wort *Sindaco*, Bürgermeister. Gar nicht schlecht, musste Sergio zugeben. Sein Vater war einfallsreich, und das war schon mal ein wichtiges Talent, wenn man eine Stadt wie Volterra leiten wollte. Er griff noch mal in die Schüssel und schob sich gleich zwei *brigidini* in den Mund.

»Die sind köstlich«, sagte er, als er in die Gaststube zurückkehrte und Angelo und dem Bischof je ein Plätzchen anbot. Wenn er gehofft hatte, dass der Kirchenfürst zu den Menschen gehörte, die einen Streit über gutem Essen vergaßen, so sah er sich getäuscht.

»Und aus diesem Grund muss jemand gegen Ugo Marchetti antreten«, schloss Angelo gerade seinen Bericht, »sonst wird Volterra das Opfer geldgieriger Ignoranten. Ich verstehe deine Bedenken, Roberto, aber du musst zugeben, dass meine Beweggründe alles andere als selbstsüchtig sind.«

»Das würde jeder sagen, der Karriere im Rathaus machen will«, entgegnete sein Gegenüber. »Ugo Marchetti ist so gut oder so schlecht wie jeder andere. Immerhin gehört er zu den Menschen in unserer Stadt, die regelmäßig in die Kirche gehen.«

Sergio runzelte die Stirn, steckte sich die *brigidini* selbst in den Mund und kaute langsam darauf herum. Hatte der

Bischof gerade seine Sympathie für Ugo Marchetti ausgesprochen?

»Wer für Marchetti ist, der ist auch dafür, dass Volterra zerstört wird«, versetzte Angelo. »Willst du das, Roberto?«

Amendola machte einen winzigen Schritt rückwärts. »Ich würde mich niemals auf die Seite eines Bürgermeisterkandidaten stellen«, sagte er entrüstet. »Ich stehe für die christlichen Belange der Menschen ein, weltlicher Streit geht mich nichts an.«

Diese Bemerkung des Bischofs ließ Sergio aufhorchen. »Erlauben Sie eine Frage, Monsignor Amendola. Was verstehen Sie unter den christlichen Belangen der Einwohner von Volterra?«

Der Bischof musste nicht lange überlegen. »Die Kirche hat dafür zu sorgen, dass die guten Sitten in der Stadt aufrechterhalten werden«, sagte er.

Sergio nickte. Genau das hatte er erwartet. »Und wenn einer der beiden Kandidaten Ihnen den Erhalt dessen, was Sie ›gute Sitten‹ nennen, garantieren würde, könnte er dann mit der Unterstützung der Kirche rechnen?«

»Natürlich«, stieß der Bischof hervor. Er schien noch etwas hinzufügen zu wollen, schloss jedoch den Mund. Bevor Sergio fragen konnte, was er von Juan, dem Straßenmusiker, hielt, drehte sich Amendola um und verschwand in der Nacht. Angelo ging hinterher. »Was ist denn in *den* gefahren?«, wollte Sergio wissen, als sein Vater zurückkehrte.

»Der Teufel vielleicht«, antwortete Angelo. »Ugo Marchetti.«

KAPITEL 6

Die Gelassenheit des Samstags lag über den Straßen des Stadtviertels San Giusto. Die Morgenluft war kühl. Der Wind trug einen Geruch von Spreu heran, blähte die Leinwände der Verkaufsbuden entlang des Borgo und schüttelte die Ketten an den Sitzen des Kinderkarussells. In der Hüpfburg auf der Kirchwiese, die ebenso wie die anderen Aufbauten für das Fest der Heiligen bereits am vorhergehenden Abend errichtet worden war, hatten sich über Nacht Pfützen gesammelt, denn es hatte ein wenig geregnet. Mit gesenktem Kopf stand Cardenio, Giulias Mischlingshund, in der Ritterburg und schleckte das Wasser auf. Alles war vorbereitet für das Volksfest am Nachmittag. In einer Stunde, um zehn Uhr, würde im historischen Zentrum der Stadt der kirchliche Teil des Spektakels beginnen: die Prozession. Die Gebeine der Heiligen Giusto und Clemente wurden das Jahr über in der Kirche des Viertels aufbewahrt, um am Festtag in den Dom, Volterras Hauptkirche, gebracht zu werden. Von dort kehrten die Reliquien dann im Rahmen eines festlichen Umzugs an ihren Aufbewahrungsort zurück. Nur der Bischof fehlte noch, um dem Transport der Reliquien beizuwohnen.

Alessandro schob den Ärmel seiner Uniform zurück und schaute auf seine Armbanduhr, dann auf die Liste in seiner Hand. »Wenn Monsignor Amendola nicht bald auftaucht, fahren wir die Reliquien mit Blaulicht nach oben in die Stadt.«

Alessandro scherzte, aber Sergio erkannte, dass sich der Polizeichef über die Unpünktlichkeit des Bischofs ärgerte. Ohne Amendola konnte der Transport der Gebeine nicht starten. Nur der oberste Kirchenvertreter durfte den Schrein unter dem Hochaltar öffnen und die Reliquien herausholen.

»Ich rufe mal bei ihm an«, schlug Padre Bonacelli vor. Der Geistliche trug einen hellen Talar mit dunkelroter Stola und fröstelte im Wind. Er hob sein Gewand an und suchte umständlich in seiner Hosentasche herum, bis er ein Telefon hervorzog. Während er darauf herumtippte, entfernte sich der Pfarrer einige Schritte über die Wiese.

»Wie war die Nacht zu Hause?«, flüsterte Alessandro. »Habt ihr euch wieder vertragen?« Sergio hatte seinem Freund von dem Streit mit Giulia und seinem Dilemma erzählt. Alessandro war der Einzige, dem sich Sergio in derartigen Angelegenheiten anvertrauen konnte, auch deshalb, weil der Polizeichef mit einer reizenden, aber streitbaren Volterranerin verheiratet war und über einen gewissen Erfahrungsschatz verfügte.

»Als ich gestern von der Trattoria nach Hause kam, hat Giulia schon geschlafen«, berichtete Sergio. »Auf dem Sofa. Verstehst du das?«

Alessandro nickte. »Die Lage ist eindeutig. Sie will in eurem Streit keinen Vorteil haben, indem sie im Bett schläft und du im Wohnzimmer nächtigen musst. Denn dann würdest du ihr irgendwann leidtun, und das will sie auf keinen Fall. Dann würde sie nachgeben.«

Ja, das passte zu Giulia. Sergio bewunderte Alessandros Durchblick.

»Du hast dich doch hoffentlich daraufhin nicht ins Bett gelegt?«, fragte sein Freund.

»Zunächst schon«, gab Sergio zu. »Das Bett war ja die einzige freie Schlafgelegenheit in der Wohnung. Als ich aber nicht einschlafen konnte, bin ich mit einer Decke in den Sessel gegenüber dem Sofa umgezogen.« Er verschwieg, dass er vom Sessel aus Giulia beim Schlafen zugesehen hatte. Da hatte sie ganz friedlich ausgesehen. Mit ihren tiefen Atemzügen im Ohr war Sergio eingeschlafen. Als er aufgewacht war, hatte Giulia das Haus bereits verlassen. Durch das Fenster hatte er noch den Motor ihres Fiat Cinquecento gehört. Mit der Erbse, wie Sergio den Wagen wegen seiner Winzigkeit und Lackierung nannte, fuhr sie jeden Morgen zum Busparkplatz und stieg zur Arbeit in die Orange, ihren Linienbus, um.

Alessandro legte Sergio eine Hand auf die Schulter und raunte ihm etwas zu, da kehrte Bonacelli zurück. »Die Haushälterin des Monsignore sagt, sie habe den Bischof heute noch nicht gesehen, er muss früh aufgebrochen sein. Auf seinem Mobiltelefon konnte ich ihn nicht erreichen.«

»Dann wird ihn unterwegs jemand aufgehalten haben«, mutmaßte Alessandro und schaute wieder auf seine Armbanduhr. »Padre, besteht die Möglichkeit, dass Sie Monsignor Amendola vertreten? Er kann ja später dazustoßen.«

Bonacelli strich sich über das Haar, seine Hand verharrte an seinem Hinterkopf. Seine Miene war die von jemandem, der gerade versucht, einen Nierenstein auszuscheiden. »Davon würde ich lieber absehen«, brachte er hervor.

Alessandro beugte sich zu dem Geistlichen hinüber. »Padre, oben in der Stadt versammeln sich gerade einige Hundert Menschen. Wenn wir mit der Prozession nicht bald beginnen, werden die Leute nach Hause gehen. Dann waren alle Vorbereitungen umsonst. Ein schwarzer Tag für Volterra, finden Sie nicht auch?«

Bonacelli trat von einem Fuß auf den anderen. »Es würde Bischof Amendola gewiss nicht gefallen, dass wir so eigenmächtig handeln.«

»Ich nehme die Verantwortung auf mich«, versprach der Polizeichef. »Wenn sich der Monsignore darüber ärgert, dass Sie für ihn eingesprungen sind, werde ich mit ihm reden und ihm klarmachen, dass man zu so einer Gelegenheit nicht zu spät kommt. War Gott etwa schon mal unpünktlich?«

Bonacelli lächelte. »Das lassen Sie besser nicht Roberto Amendola hören. Also gut, ich übernehme das. Wir holen die Reliquien aus der Kirche und bringen sie mit dem Polizeiwagen hinauf ins Zentrum. Vermutlich wird uns der Bischof auf dem Weg entgegenkommen. Dann kann er übernehmen.«

Der Geistliche winkte den Küster zu sich heran, der neben der Hüpfburg Cardenio seinen Schlüsselbund apportieren ließ, und erklärte ihm die Lage. Der Küster, ein Mann mittleren Alters mit einem sanften, erschöpften Gesicht, führte den Pfarrer und die beiden Polizisten über die Kirchwiese zur Pforte von Santi Giusto e Clemente. Das Gotteshaus war ein gewaltiger frei stehender Bau. Seine Fassade hatte den Schwung des Barocks, aber die wuchtigen Gebäudeteile erinnerten an die Wehrhaftigkeit mittelalterlicher Burgen mit hohen Trutzmauern und kleinen, Schießscharten ähnelnden Fenstern. Flankiert wurde die Fassade von vier Säulen, die aus der Antike stammen sollten. Sie trugen die Figuren der Heiligen Giusto, Clemente, Linus und Ottaviano. Die Morgensonne strich über die Kirche und ließ das Bauwerk erstrahlen.

Sergio hatte das große Gebäude in der Nachbarschaft der Trattoria schon immer gemocht, vor allem, weil sein gewaltiger Innenraum schlicht und im Vergleich zu dem prunkvollen Dom im Stadtzentrum eher schmucklos war. Über den Seitenaltären hingen Kopien von Ölgemälden exzellenter Qualität, die Szenen aus dem Leben der Heiligen zeigten. Die hohen Wände waren gelb gestrichen, die Pilaster und Gewölbebogen weiß abgesetzt. Trotz der kleinen Fenster wirkte das Innere der Kirche hell und freundlich. Als die Tür nun ins Schloss fiel, hallte der Knall durch das hohe Kirchenschiff. Augenblicklich wurde es kühler.

»Nicht erschrecken«, sagte der Küster, während er in Richtung Hochaltar vorausging. »Hier klingelt immer mal ein Mobiltelefon, das muss jemand nach dem Frühgottesdienst liegen gelassen haben, aber ich kann das verdammte Ding nicht finden.«

»Francesco«, Bonacellis Stimme klang mahnend, »fluche nicht im Angesicht des Herrn.«

Der Küster entschuldigte sich und schlug mit einer beiläufigen Geste das Kreuzzeichen.

»Ich werde es noch einmal bei Monsignor Amendola versuchen«, setzte der Pfarrer hinzu und holte sein Telefonino hervor. Sein Blick flog hinauf zum Kruzifix, während er sich den Apparat ans Ohr hielt. Für einen Moment verharrte die kleine Gruppe zwischen den Kirchenbänken, und Sergio hatte den Eindruck, selbst Teil der Darstellung einer biblischen Szene zu sein.

Im nächsten Moment gellte ein hohes Pfeifen durch das Kirchenschiff. Die vier Männer zuckten zusammen. Der Küster hob eine Hand. »Sehen Sie?«

»Ich sehe überhaupt nichts«, gab der Pfarrer zurück, »dafür höre ich etwas.« Erneut hallte der schrille Klingelton durch die Kirche, von den hohen Mauern hin und her geworfen, bis er hundertfach verstärkt war.

Alessandro presste die Hände gegen die Ohren. »Das ist ja grässlich.«

»Da geht niemand ran.« Bonacelli steckte das Telefon weg. Im selben Moment verstummte auch der Lärm in der Kirche.

Die Männer sahen sich verwundert an.

»Vielleicht ist der Bischof doch schon hier.« Sergio sah sich um. Die Kirche war leer. »Könnte er in der Sakristei sein?«

Der Küster zuckte mit den Schultern. »Ich schau mal nach.« Francesco schlurfte auf eine Tür an der linken Seite zu.

»Das Läuten kam hier aus dem Kirchenschiff.« Alessandro drehte seine Dienstmütze in den Händen. »Von weiter vorn.« Er deutete mit der Kappe auf den Hochaltar.

»Monsignor Amendola?«, rief Bonacelli. Die Männer näherten sich dem Altar. Niemand antwortete.

Sie erreichten den Ambo, die Stufe vor dem Altar. Bonacelli ging um den Aufbau herum. »Da ist niemand. Es muss Zufall gewesen sein: Gerade als ich den Bischof angerufen habe …«

»Versuch's bitte noch mal, Adriano«, bat Sergio den Pfarrer.

Der Küster kam aus der Sakristei zurück. »Da ist er nicht«, meldete er.

Bonacelli tippte Amendolas Nummer. Wieder läutete es im Kirchenschiff. »Das ist ganz in der Nähe.« Viele Möglichkeiten gab es nicht. Sergio drehte sich langsam im Kreis. Dabei stieß er gegen Alessandro und schlug ihm versehentlich die Dienstmütze aus der Hand. Als Sergio sich bückte, um sie aufzuheben, verharrte er vor dem Sockel des Altars. Er ruhte auf kleinen Säulen, in deren Mitte ein Glaskasten eingepasst war. Darin lagen die Reliquien der Heiligen. Die gläsernen Wände waren mit Dekor aus Bronzeblech verziert, das zwar Licht durchließ, aber die Gebeine doch vor neugierigen Blicken schützte. Man musste schon vor dem Altar in die Knie gehen, um die Knochen zu sehen. Mit einem Mal war Sergio sicher, dass das Klingeln aus dem Schrein kam. Er ließ sich zu Boden sinken, stützte sich an dem kühlen Marmor der Altarseite ab und spähte zwischen den bronzenen Ranken in den Glaskasten hinein. Der Anblick der mit allerlei Schmuck behängten Gebeine war ihm vertraut. Als er noch ein kleiner Junge war, hatte es als mutig gegolten, sich in die Kirche zu schleichen und den Resten der beiden Skelette die Zunge herauszustrecken – natürlich ohne dabei die Augen zu schließen.

Was er jetzt in dem Schrein sah, war schlimmer als alle Schrecken, die er sich jemals hatte vorstellen können. In dem Glaskasten lag ein Mensch. Die leblosen Augen von Bischof Amendola schauten Sergio aus dem Reliquienschrein entgegen.

KAPITEL 7

Roberto Amendola lag auf einer Trage der Misericordia. Daneben kniete Notärztin Clara Manfredi. Sie war in Begleitung von zwei Männern ihres Teams sofort zur Kirche gekommen und hatte den Tod des Bischofs bestätigt.

»Es gibt keine sichtbaren Verletzungen, kein Blut«, stellte sie fest und tastete mit einer in einem Gummihandschuh steckenden Hand den Nacken des Toten ab, »die Halswirbel scheinen in Ordnung zu sein. Einen Herzinfarkt kann ich nicht ausschließen, aber ich fürchte, der Monsignore ist in dem Glaskasten erstickt.« Sie nickte zu dem Schrein hinüber.

Nachdem Sergio den Bischof darin entdeckt hatte, war es der Küster gewesen, der den Kasten geöffnet hatte. Padre Bonacelli hatte sich nicht dazu bewegen lassen, Sergio und Alessandro den Schließmechanismus zu zeigen: die Spitze einer bronzenen Ranke, die in eine ebenfalls bronzene Blüte gesteckt wurde. Der Pfarrer saß noch immer kreidebleich in der vordersten Kirchenbank und starrte vor sich hin.

»Er könnte dort hineingekrochen sein«, sagte Alessandro, »dann ist die Klappe heruntergefallen, und durch die

Erschütterung ist der Verschluss runtergeklappt. Er kam nicht mehr heraus, und ihm ist in dem Glaskasten die Luft ausgegangen.«

»Wie entsetzlich!« Pfarrer Bonacelli hielt sich eine Hand vor den Mund.

Sergio beugte sich zum Fuß des Altars hinunter und hob die Klappe des Glaskastens an. Sie war etwa so hoch, dass sie ihm bis zum Knie reichte und ein großer Mann wie Roberto Amendola hindurchpassen mochte.

»Warum sollte er unter den Altar gekrochen sein?« Sergio wandte sich zu Bonacelli um. »Kannst du dir einen Grund dafür vorstellen, Adriano?«

»Nein«, sagte der Pfarrer, erhob sich von der Kirchenbank, blieb aber in einiger Entfernung zu dem Schrein stehen. »Die Ruhestätten der Heiligen sind sakrosankt. Geweihte Kirchenmänner dürfen sich den Gebeinen nähern, und das auch nur in Ausnahmefällen.«

Sergio ließ sich eine Lampe von Clara Manfredi geben und leuchtete durch die offene Klappe in den Schrein hinein. »Die Reliquien sind nicht mehr da drin«, stellte er fest. Normalerweise ruhten die Überreste von San Giusto und San Clemente in dem Glasbehältnis auf einer purpurnen Samtdecke. Jetzt war der Kasten leer, auch die Decke war verschwunden.

Alessandro stützte die Hände auf den Knien ab und spähte in den Schrein. »Der Bischof hat die Knochen vielleicht herausgenommen, bevor er hineingeklettert ist. Möglicherweise hat er etwas in dem Kasten gesucht und wollte sie nicht beschädigen.«

»Ich verstehe das nicht«, rief Bonacelli. »Wo sind die Heiligen jetzt?«

Sergio ließ die Klappe los. Sie fiel von selbst herunter. An den Rändern des Glases waren Gummidichtungen befestigt, wohl um zu verhindern, dass die Knochen mit zu viel Sauerstoff in Berührung kamen. Diese Dichtungen waren Amendola zum Verhängnis geworden. Er musste noch versucht haben, sich aus seinem Gefängnis zu befreien. Das Mobiltelefon, das sie bei ihm gefunden hatten, war dem Bischof keine Hilfe gewesen. Es hatte in seiner Gesäßtasche gesteckt. Eingezwängt in den Schrein, hatte Amendola den Apparat nicht erreichen können.

»Der Dorn des Verschlusses schnappt nicht von allein zu.« Sergio hob die Klappe wieder an und ließ sie noch einmal hinunterfallen. Die anderen beugten sich zu ihm. »Seht ihr?« Sergio legte einen Finger auf das Bronzestück. Er musste Kraft aufwenden, um es in die dafür vorgesehene Aussparung zu drücken, wo es mit einem Klacken einrastete.

»Du meinst …«, hob Clara an.

Sergio stand auf und strich sich die Uniformhose glatt. »Jemand hat den Monsignore da drin eingesperrt. Wir rufen besser die Mordkommission.«

Schon als er aus dem Wagen stieg, sah man Commissario Fabrizio Baldi seine schlechte Laune an. Er stapfte mit Ispettore Rossi an der Seite zur Kirche hinauf und würdigte die Umstehenden keines Blickes.

Mittlerweile wusste ganz Volterra, dass in der Kirche Santi Giusto e Clemente eine Leiche gefunden worden war.

Die Neugier hatte die Leute den Borgo hinunter ins Stadt-viertel getrieben. Aus einer Prozession zu Ehren der Heili-gen war eine Versammlung von Schaulustigen geworden. Das Karussell, die Hüpfburg und die Verkaufsstände stan-den verlassen am Rand der Straße und erinnerten an eine Ausgelassenheit, für die niemand mehr empfänglich war.

Alessandro und Sergio begrüßten Baldi und Rossi. Schon mehrfach hatten die beiden Vorgesetzten aus Pisa in Vol-terra Verbrecher jagen wollen und feststellen müssen, dass man in der Provinz nur dann ermitteln kann, wenn man die Bewohner genau kennt.

»Wo ist der Leichnam?«, fragte Baldi laut. Auf seinem fülligen Gesicht trug er eine Brille mit Goldrahmen. Sein Haar war ihm fast vollständig ausgefallen, und seine Kopf-haut glänzte wie von Sonnencreme. Sein dunkler Vollbart bewegte sich, als er die Lippen spitzte. »Ich will einen voll-ständigen Bericht, mündlich sofort, schriftlich bis heute Abend.«

Als Sergio und Alessandro die bisherigen Erkenntnisse zusammenfassten, schnitt Ispettore Rossi ihnen schon nach wenigen Sätzen das Wort ab. »Ob es sich um Mord handelt oder nicht, entscheiden wohl besser die Profis.«

Neben dem Altar ließen sich Baldi und Rossi von Clara Manfredi erklären, was sie bei der Untersuchung des Toten herausgefunden hatte: Roberto Amendola war vermutlich erstickt, Tod durch Asphyxie. Sie könne keine Verletzungen feststellen, ebenso wenig Stauungsblutungen im Gesicht, wie sie auftreten, wenn einem Menschen gewaltsam die Luft abgedrückt wird. Amendola sah sogar recht friedlich aus. »Die Gerichtsmedizin wird das bestätigen können, wenn sie den Körper untersucht«, schloss die Notärztin ihren Bericht.

Anschließend nahmen Baldi und Rossi den Schrein unter dem Altar in Augenschein. Nachdem Sergio ihnen den Verschluss gezeigt hatte, erklärte der Commissario: »Dieser Mann ist von jemandem getötet worden. Niemand verschließt diesen Glaskasten, ohne zu bemerken, dass ein Mensch drinsteckt.« Er knetete sein Kinn. »Der Tote war also Bischof. Ein hoher Würdenträger der Kirche.«

»… der in einem sakralen Kontext ermordet wurde«, ergänzte Rossi. »Ich tippe auf einen religiös motivierten Täter.«

»Ein Ritualmord mit einem prominenten Opfer«, führte Baldi den Gedanken weiter. Mit einem Mal schien sich seine Laune zu bessern.

Sergio und Alessandro warfen sich einen Blick zu. Der Commissario machte keinen Hehl daraus, was er von Ermittlungen in der Provinz hielt, aber er liebte das Rampenlicht. Die überregionalen Zeitungen würden die Geschichte vom toten Bischof auf den Titelseiten bringen, mit Bildern von Baldi und Rossi bei einer Pressekonferenz.

Rossi nickte zufrieden. »Dazu passt, dass die Reliquien verschwunden sind.«

Baldi schaute sich um. »Haben Sie die Kirche schon durchsucht?«

Alessandro schüttelte den Kopf.

»Dann sollten Sie das schleunigst nachholen. Wir haben noch einige Fragen an den Padre. Wo bleibt denn nur die Spurensicherung?«

Während Alessandro nach Bonacelli Ausschau hielt, holte Sergio den Küster zurück in die Kirche, um nach den Reliquien zu suchen. Sie begannen in der Sakristei, stöberten in der Garderobe, wo die liturgischen Gewänder der Priester und Messdiener hingen. Sie schauten in der Sakramentskapelle nach und öffneten sogar den darin stehenden Tabernakel. Zurück im Kirchenschiff, untersuchten sie die vier Seitenaltäre, über denen Kopien monumentaler Gemälde hingen. Vor mehr als zwanzig Jahren waren Diebe in die Kirche eingedrungen und hatten die Originale gestohlen. Die Qualität der Ersatzstücke fiel im Vergleich zu den Originalen natürlich ab, trotzdem waren die Werke eindrucksvoll.

Sergio betätigte sich in seiner Freizeit gern als Fotograf und arbeitete mit Schwarz-Weiß-Film, denn er liebte es, Formen zu einer Komposition zusammenzufügen. Farben hingegen störten meist, denn er fand sie selten zu einem harmonischen Ganzen vermischt – jedenfalls in der Wirklichkeit, die er durch den Sucher betrachtete. Bei den Farben auf den Ölgemälden war das anders. Die Künstler der Renaissance und des Barocks hatten es verstanden, ihren Werken durch Farben dramatische Wirkung zu verleihen.

»Warte mal, Francesco«, sagte Sergio. »Die Tür der Kirche ist doch verschlossen, oder nicht?«

Der Küster nickte. »Vor dem Einbruch seinerzeit soll das Gotteshaus immer offen gestanden haben. Ich war damals noch nicht hier, aber so hat man es mir erzählt. Seit die Gemälde verschwunden sind, verriegele ich abends die Tür.«

»Hatte Bischof Amendola einen Schlüssel?« Sergio ging zum Eingang hinüber.

»Natürlich. Es ist ja seine Diözese.«

Die Pforte der Kirche war nicht besonders massiv. Sergio drückte die Klinke. Der Bolzen bewegte sich gut geölt in der Führung. Das Schloss war unbeschädigt. Das Holz der Tür hätte einen Anstrich vertragen können, doch Spuren von Gewalteinwirkung, wie sie ein Stemmeisen hinterlassen hätte, waren nicht zu erkennen.

»Eingebrochen ist jedenfalls niemand«, sagte Sergio, nachdem er auch die Seiteneingänge überprüft hatte.

»Und das bedeutet?«, fragte Francesco.

»Dass der Bischof in Begleitung seines Mörders war und diesen kannte«, schlussfolgerte Commissario Baldi, nachdem Sergio ihm mitgeteilt hatte, dass er weder Reliquien noch Einbruchsspuren gefunden hatte. »Also haben wir den Täter im Umfeld des Bischofs zu suchen.«

»Es gibt noch eine andere Möglichkeit«, warf Sergio ein. »Amendola ist mit seinem Schlüssel in die Kirche gekommen und hat hinter sich nicht wieder zugesperrt. Der Mörder könnte dann nach ihm hereingekommen sein.«

»Möglich«, gab Baldi zu, »aber unwahrscheinlich.«

»Vielleicht hatte der Mörder einen eigenen Schlüssel«, überlegte Alessandro laut.

»Das wären dann drei Optionen«, seufzte Baldi. »Möchte vielleicht sonst noch jemand etwas hinzufügen?«

Clara Manfredi öffnete den Mund, schloss ihn aber wieder, als der Blick des Commissario sie traf.

»Dann werden wir jetzt Folgendes unternehmen«, ordnete der Kriminalist an. »Ispettore Rossi und ich werden ins Stadtzentrum hinauffahren und uns im Zuhause und im Büro des Bischofs umsehen. Sie beide«, er deutete auf Sergio und Alessandro, »finden heraus, wer einen Schlüssel für die Kirche hat, und erstellen eine Liste mit Namen, Adressen und Telefonnummern. Hören Sie? Es geht nur um eine Liste. Ermittlungen auf eigene Faust kommen nicht infrage.«

»Verstanden, Commissario Baldi«, sagte Alessandro auf eine für ihn ungewöhnlich militärische Art.

»Außerdem müssen wir herausfinden, wer den Bischof zuletzt lebend gesehen hat«, fügte Rossi hinzu.

»Das könnte mein Vater gewesen sein«, gab Sergio bekannt. »Bischof Amendola war gestern Abend noch bei uns in der Trattoria, um über den Verlauf des Festes zu sprechen.« Den Streit über die *brigidini* ließ er aus. Baldi und Rossi waren nicht gut auf Angelo zu sprechen und brachten es fertig, einen Zwist um Anisgebäck zu einem Mordmotiv aufzubauschen.

»Ihr Vater?«, rief Baldi aus. »Angelo Panda?« Ihm war anzusehen, was er davon hielt, mit dem Wirt sprechen zu müssen. »Rossi«, sagte er nach einer Weile. »Sie gehen rüber in die Trattoria und sprechen mit ihm. Ich kümmere mich derweil um den Haushalt und den Schreibtisch des Bischofs. Rufen Sie mich an, wenn Sie fertig sind.«

»Wäre es nicht besser, wenn Sie …«, begann Rossi, doch Commissario Baldi hatte sich bereits in Bewegung gesetzt und hielt auf den Ausgang der Kirche zu.

KAPITEL 8

Die Tür des Il Gusto stand offen, der Duft von würziger *minestrone* und *caffè* zog durch die Gasse. Sergio ging voraus, in der Hoffnung, Angelo warnen zu können. Sein Vater war schon mehrmals mit Baldi und Rossi aneinandergeraten, einmal hatten die beiden den Wirt sogar verhaftet. Das Verhältnis zwischen den Männern als angespannt zu bezeichnen, wäre eine Untertreibung gewesen. Sogar ein Mann mit sanftem Gemüt hätte allergisch auf die Kriminalpolizisten aus Pisa reagiert. Hier aber hatte man es mit Angelo Panda zu tun.

Beim Eintreten tauchte Sergio in ein Gewirr aus Frauen- und Männerstimmen. Es war Mittag, und das Lokal war so voll, dass nicht nur alle Plätze besetzt waren, sondern die Gäste auch zwischen den Tischen standen, Suppe aus Schalen löffelten, *caffè* tranken und aufeinander einredeten. Der Tod des Bischofs schien die Leute in die Trattoria getrieben zu haben, wo sie sich über das Geschehen austauschten. Die Gaststube hatte sich in eine Markthalle verwandelt.

»Was ist denn hier los?«, rief Ispettore Rossi. Das jedenfalls las Sergio an dessen überraschter Miene ab, verstehen konnte er nichts. Da sah er ein Tablett voller Espresso-tassen, von einem dürren Männerarm in die Höhe gehal-ten, und darunter Angelos weißes Stoppelhaar. Sergio streckte eine Hand aus, nahm seinem Vater das Tablett ab und zog ihn zwischen den Leuten hervor, in eine Ecke neben der Theke, auf der er das Tablett abstellte. Sofort grif-fen mehrere Hände nach den Tassen.

»Du hast wohl schon gehört, dass Monsignor Amendola tot ist«, rief er.

Angelo hob die Augenbrauen. »Tatsächlich? Und ich hatte gedacht, unsere Gäste wollten mich auf den Arm neh-men.«

Sergio überging die ironische Bemerkung. »Ispettore Rossi ist hier.«

Angelo schaute an Sergio vorbei. Sein Blick verfinsterte sich. »Der bekommt nichts zu trinken.«

»Das will er auch gar nicht. Er will mit dir reden.«

»Ich habe zu tun. Sieht man das nicht?«

»Du warst vielleicht der Letzte, der Bischof Amendola lebend gesehen hat. Du musst eine Aussage machen. Sie könnte helfen, den Täter zu finden.«

»Dann war es also Mord?« Angelos Augen wurden größer.

Porca miseria! Sergio presste die Lippen zusammen und sah sich um. Wie hatte er vergessen können, dass noch nie-mand außerhalb der Kirche davon wusste? Oder besser: gewusst hatte, denn jetzt war es raus. Ob es einer der Um-stehenden gehört hatte? Dass es sich um einen Mordfall handelte, wollte vermutlich Commissario Baldi bei einer Pressekonferenz bekannt geben – im Blitzlichtgewitter.

»Das muss du für dich behalten.« Sergio bedachte seinen Vater mit dem strengen Blick des Polizisten, aber er ahnte, dass er die Aufforderung ebenso gut hätte gegen die Wand sprechen können.

Angelos Gesicht wurde ausdruckslos, er war Weltmeister im Zurückstarren. »Der Ispettore kann von mir aus verschwinden«, sagte er und wandte sich der Theke zu, um sich an der wuchtigen Kaffeemaschine zu schaffen zu machen. In dem verchromten Gehäuse spiegelte sich das Gedränge wider. Die Leute riefen nach mehr Espresso, einige verlangten Kuchen.

Jemand berührte Sergio an der Schulter. »Ich muss jetzt mit Ihrem Vater sprechen«, verlangte Dino Rossi. Er hatte seine Sonnenbrille aufgesetzt, nachdem er ins Lokal gekommen war. Mit den spiegelnden Gläsern im Pilotenstil und seinem eleganten Anzug sah er aus wie ein FBI-Ermittler aus einem amerikanischen Spielfilm. Das war vermutlich auch seine Absicht. Niemand in der Trattoria ließ sich etwas anmerken, aber neuen Gesprächsstoff lieferte Rossis Auftreten bestimmt.

Sergio wollte dem Ispettore gerade *caffè* anbieten, um ihn zu beschäftigen, da zwängte sich Angelo an ihm vorbei. »Kommen Sie, wir können uns vor der Tür unterhalten«, hörte er seinen Vater sagen. »Hier versteht man ja sein eigenes Wort nicht.« Dann drehte sich Angelo um, griff hinter die Theke und holte mehrere Schüsseln mit seinen *brigidini* hervor. Die drückte er Sergio in die Hand. »Du übernimmst. Die Uniform kannst du diesmal anlassen, das passt zum Gesprächsthema.«

Sergio blieb nichts anderes übrig, als zuzusehen, wie sein Vater Rossi zur Tür begleitete – er legte ihm sogar eine kameradschaftliche Hand an die Schulter. Vor dem Eingang blieben die beiden stehen, Angelo zog die Tür zu, und Sergio musste sich damit begnügen, durch die Sprossen des Türfensters zu beobachten, wie sich die Männer unterhielten. Was war nur in Angelo gefahren? Was auch immer er im Schilde führte, es konnte nichts Gutes dabei herauskommen.

Was sollte er tun? Die Schüsseln einfach abstellen und die Gäste warten lassen? Jeder andere hätte so entschieden. Aber Sergio war in der Trattoria Mortale aufgewachsen. Sie war ein Teil von ihm und er ein Teil von ihr. Ein unzufriedener Gast war für den Sohn des Angelo Panda ein unerträglicher Gedanke, ein ganzer Raum voller unzufriedener Gäste unvorstellbar.

Die *brigidini* gingen weg wie warme Cornetti. Sergio schnitt Panforte und richtete das fruchtige Gebäck auf einer Platte an, holte Tiramisu aus dem Kühlschrank in der kleinen Kammer hinter der Theke und Zitronenkuchen aus der Küche. Er brauchte eine Viertelstunde, um alles zusammenzustellen, danach verputzten es die Leute innerhalb weniger Minuten. Die Fragen über das Schicksal des Bischofs, die Sergio zwischen dem Knuspern und Schmatzen gestellt wurden, überhörte er geflissentlich und gab vor, sich dringend um den nächsten Gast kümmern zu müssen. Zwischendurch steckte Angelo den Kopf durch die Tür und rief Sergio zu, er solle einen *caffè* für Ispettore Rossi bringen.

Nach und nach leerte sich das Lokal. Die erste Aufregung war verflogen. Diejenigen, die wegen des ausgefallenen Volksfestes gekommen waren, hatten sich nun immerhin in der Trattoria stärken können, ihr Entsetzen mit anderen geteilt und ihre Neugier befriedigt. Gerade als die Letzten gingen, kam Angelo herein. Er verabschiedete die Gäste mit ernstem Gesicht und festem Händedruck. Dann stand er wieder hinter der Theke und stemmte die Hände in die Hüften.

»Dieser Rossi ist gar nicht so einfältig, wie ich immer dachte«, krächzte er.

»Was hast du ihm denn erzählt?« Sergio trocknete sich die Hände an einem Spültuch ab und faltete es zu einem Quadrat.

»Die Wahrheit. Schließlich habe ich nichts zu verbergen.«

»*Babbo!* Was hast du dem Ispettore gesagt?«

Angelo klopfte Sergio gegen die Brust, das sollte wohl eine beruhigende Geste sein, eine, die man bei einem Pferd anwendet. »Ich habe ihm erzählt, dass Bischof Amendola gestern kurz vor Lokalschluss bei uns war, dass er Zweifel angemeldet hat wegen der Neugestaltung der *brigidini* und dass ich ihm versprochen habe, noch mal darüber nachzudenken.« Angelo hob die Hände. »Bevor du mir jetzt vorhältst, dass der letzte Teil nicht stimmt, lass dir gesagt sein, dass ich wirklich noch einmal darüber nachgedacht habe, ob ich das Gebäck für den Wahlkampf verwenden sollte. Aber ich habe halt nur sehr, sehr kurz nachgedacht und bin zu keinem anderen Ergebnis gekommen als zuvor. Ich habe dem Ispettore also keinen Bären aufgebunden. Oder nur einen Bärenwelpen. Damit wird er schon zurechtkommen.«

Immerhin hatte Rossi Angelo nicht sofort verhaftet, weil der sich kurz vor dessen Ermordung mit dem Bischof angelegt hatte.

»Und worüber habt ihr euch dann die ganze Zeit so angeregt unterhalten?«

»Ich habe dem Ispettore vorschlagen wollen, Ugo Marchetti nach seinen Verbindungen zum Bischof zu fragen.«

»Du hast ... was?«

»Ein kleiner Hinweis wird ja wohl erlaubt sein, habe ich gedacht. Du selbst hast den Bischof gestern Abend gefragt, ob er einen Bürgermeisterkandidaten unterstützten würde, und seine Antwort war mehr als dubios.« Angelo stellte eine frische Schale mit *brigidini* auf die Theke und schaute hinein wie in einen Spiegel.

»*Babbo* ...«, begann Sergio.

»Keine Angst«, unterbrach ihn Angelo und sah ihn mit einem Blitzen in den hellblauen Augen an. »Du weißt, ich bin keine Petze, und auf so eine Art würde ich nie jemanden in Verlegenheit bringen. Auch nicht im Wahlkampf. Dem Ispettore habe ich stattdessen die traditionsreiche Geschichte unserer Trattoria erzählt.«

Sergio griff in die Schüssel mit *brigidini*. »Dein Wahlkampf würde sonst auch nicht jedem schmecken. Dir selbst schon gar nicht.«

KAPITEL 9

Die Kirchwiese von San Giusto lag wie ein Teppich vor dem Gotteshaus – ein Teppich mit hellen Flecken. Im Spätsommer wich das Grün aus Stadt und Landschaft, über Monate gebleicht von der toskanischen Sonne und getrocknet vom Wind um Volterras Stadthügel. Das Gras knirschte unter Sergios Schuhen, als er über die ansteigende Fläche auf die Kirche zuging. Vor der Tür, nichts weiter als ein Mauseloch in der mächtigen Fassade, stand Alessandro, der sich gestenreich mit jemandem unterhielt.

Eine leere *brigidini*-Tüte wehte über die Wiese. Das Fest der Heiligen und der Jahrmarkt im Viertel waren abgesagt, die Gruppe der Schaulustigen vor der Kirche hatte sich zerstreut. Die Hüpfburg und der Spieleparcours für Kinder waren abgebaut, die bunten Kulissen lagen aufgestapelt an der Mauer zum Park mit der Bocciabahn. Dahinter waren Stimmen zu hören. Wahrscheinlich hatte sich dorthin die Meute aus dem Il Gusto zurückgezogen. Die Bocciabahn war als Umschlagplatz für Neuigkeiten ebenso berüchtigt wie die Gerüchteküche der Trattoria Mortale.

Der Tag neigte sich inzwischen fast dem Abend zu.

Sergio hatte Rossi mit dem Polizeiwagen in die Stadt gefahren und zur Diözesanverwaltung gebracht, wo Baldi auf den Ispettore wartete, und war selbst in die Wache gegangen, um die Kollegen dort über die Vorkommnisse in der Kirche von San Giusto zu informieren – dem Gotteshaus, das zum Schauplatz eines Mordes geworden war. Sergio fing die *brigidini*-Tüte auf und stieg die Steinstufen hinauf, die auf das Plateau vor der Kirchpforte führten.

»… verlange ich, die Pflicht des Chronisten wahrnehmen zu können«, hörte er Alessandros Gesprächspartner sagen. Mit einem Nörgeln in der Stimme, das Sergio nur allzu bekannt vorkam. Im nächsten Moment blickte er in das sommersprossige Gesicht von Joe Bonos. Der Reporter der Lokalzeitung *Volterra Adesso* trug neuerdings eine Hornbrille in der Farbe seiner rotblonden Haare, die seine winzigen Augen geweitet erscheinen ließ, sowie ein kurzärmeliges Hemd über dem verwaschenen T-Shirt. Wenn es in der Stadt Ärger gab, war Giovanni Buongiorno, wie Joe Bonos eigentlich hieß, nicht weit. Um professionell zu wirken, hatte sich der schlaksige junge Mann einen Künstlernamen zugelegt – ebenso wie ein Repertoire an Beharrlichkeiten.

»*No, no, no*«, erwiderte Alessandro gerade, schlug im Takt der Worte in seine Dienstmütze und setzte sie auf. »Es gibt keine Auskünfte, keine Fotos, keinen Blick auf den Tatort. Ah, Sergio, gut, dass du kommst.« Alessandro bückte sich unter dem rot-weißen Absperrband hindurch, das vor der Kirchentür gespannt war. »Ich muss mit den Kollegen von der Spurensicherung sprechen. Sorg bitte dafür, dass sich kein Unberechtigter«, er bedachte Bonos mit einem Seitenblick, »Zutritt zur Kirche verschafft.« Dann öffnete er die Holztür und verschwand im Innern des Gotteshauses.

»Agente Panda«, Joe Bonos deutete mit dem Bleistift auf Sergio, »es gibt hier einen nachrichtlichen Notfall. Ich brauche polizeiliche Hilfe, um mein Recht auf Auskunft durchzusetzen. Tun Sie Ihre Pflicht, helfen Sie mir. Sagen Sie mir, was da drinnen passiert ist, und lassen Sie mich hinein.«

Sergio knüllte die *brigidini*-Tüte zusammen und steckte sie ein. »Das können Sie vergessen, Bonos.« Knapp zu antworten war hilfreicher, als zu diskutieren.

Die Miene des Reporters nahm einen listigen Ausdruck an. »Wie wäre es mit einem Handel?«, schlug er vor. »Mein Wissen gegen das Ihre?«

»Das wäre ein schlechtes Geschäft für mich«, erwiderte Sergio.

»Bisher hat sich unsere Zusammenarbeit immer für uns beide ausgezahlt.« Bonos blieb hartnäckig, er setzte mit einer ausholenden Geste den Bleistift an den Notizblock. »Ist Bischof Amendola Opfer eines Ritualmordes geworden?«, fragte er, ohne aufzusehen. »Oder waren übernatürliche Kräfte am Werk?«

»Wenn Sie so etwas schreiben wollen, sollten Sie zum Groschenroman wechseln«, schlug Sergio vor.

Bevor Bonos darauf reagieren konnte, klingelte es in seiner Hemdtasche. Der Reporter steckte Stift und Notizblock in die Fototasche, die an seiner Schulter hing, zückte sein Mobiltelefon und entfernte sich mit einem »*Scusi*«.

Sergio sah ihm stirnrunzelnd nach. Ritualmord – das konnte Bonos nur von Commissario Baldi oder Ispettore Rossi aufgeschnappt haben. Die Polizeikollegen aus Pisa hatten angesichts des ungewöhnlichen Leichenfundes diesen Schluss gezogen und vielleicht eine Andeutung fallen lassen. Aber übernatürliche Kräfte? Wo hatte er das her?

»Die Kriminaltechnik braucht noch ein, zwei Stunden in der Kirche.« Alessandro war wieder hinter Sergio aufgetaucht. »Ich mache mich jetzt auf den Weg zur Wachstube.« Er sah sich um. »Bist du diesen Nervtöter Bonos losgeworden?«

Sergio zeigte auf den Reporter, der telefonierend über die Kirchwiese auf den Durchgang zum Park zuging. Noch einmal wandte er sich um und hob kurz die Hand zum Gruß.

»Nur vorübergehend, fürchte ich.« Sergio winkte zurück. »Haben die Leute von der Spurensicherung schon was gefunden?«

»Nichts Brauchbares bisher, morgen erhalten wir einen Bericht«, erklärte Alessandro. »Bis dahin müssen wir Commissario Baldi die Namen derjenigen liefern, die einen Schlüssel zur Kirche haben. Darum kümmere ich mich. Padre Bonacelli weiß Bescheid und stellt die Liste für uns zusammen.«

Sergio nickte. Von Baldis Ermittlungsmethoden hielt Alessandro eigentlich nicht viel, von Listen allerdings schon.

Im Wohnhaus an der Ostseite der Kirchwiese öffnete sich eine Tür, und eine ältere Frau in einem geblümten Kittel trat heraus. Sergio erkannte Maria Campana, die dort mit zwei Freundinnen wohnte. Maria trug einen Eimer mit Wasser und leerte ihn über den Pflanzen aus, die in allerlei Tontöpfen vor dem Hauseingang aufgestellt waren.

»Ich werde mich mal ein bisschen in der Nachbarschaft umhören«, verkündete Sergio.

»Denk an das, was der Commissario gesagt hat.« In Alessandros Stimme hatte sich ein mahnender Ton gemischt, den sonst wohl nur seine drei kleinen Söhne zu hören bekamen. »Ermittlungen auf eigene Faust kommen nicht infrage. Ich will keinen Ärger, Sergio.«

»Ein bisschen Plauderei wird wohl erlaubt sein«, erwiderte Sergio. »Vielleicht hat hier jemand den Schlüssel zu unserem Fall – den setzen wir dann auf unsere Liste für Baldi.«

»Natürlich habe ich schon vom Tod des Bischofs gehört.« Maria Campana unterbrach Sergio, kaum dass er die erste Frage gestellt hatte. Sie war von schmaler Gestalt, ging leicht gebeugt und trug über ihrer Sehbrille eine große Sonnenbrille. Geduld war nicht ihre Stärke, wie sich auch an ihrer Gießtechnik zeigte. Statt mit einer Kanne eine Pflanze nach der anderen zu wässern, zielte sie mit dem Blecheimer grob in eine Richtung, dann landete ein Schwall auf Blumen und Kräutern. Diese Behandlung schienen Geranien und Jasmin, Basilikum und Minze gewohnt zu sein, denn nicht ein Stängel knickte.

»Gott sei seiner armen Seele gnädig«, fuhr Maria fort. »Er ist heute schon ein paarmal verflucht worden, weil wegen ihm das Fest im Viertel abgesagt worden ist.«

»Die Trauer um Monsignor Amendola hält sich wohl in Grenzen«, stellte Sergio fest.

»Er war nicht bei allen beliebt.« Wieder schwenkte Maria den Eimer, Wasser klatschte auf einen Tontopf mit einer Weinrebe, die an der Hausfassade rankte. »Stimmt es eigentlich, was man sich erzählt – dass unsere Heiligen ihn zu ihrem Schrein gelockt haben, um daraus zu entkommen?«

Sergio bemühte sich, keine Miene zu verziehen. Vielleicht waren damit die übernatürlichen Kräfte gemeint, von denen Joe Bonos gesprochen hatte. Die Volterraner liebten geisterhafte Geschichten über ihr Städtchen.

»Was genau geschehen ist, müssen wir noch herausfinden«, antwortete er. »Womit hat sich der Bischof denn unbeliebt gemacht?«

»Zu viel Frömmelei, zu wenig Glaube, der von Herzen kam.« Sie sah ihn an, aber wegen der dunklen Brillengläser konnte Sergio ihren Gesichtsausdruck nicht erkennen.

»Hast du Monsignor Amendola gestern Abend zur Kirche gehen sehen?«, fragte er.

Wie die meisten Menschen im Viertel saß Maria nach Sonnenuntergang gern vor dem Haus, genoss den warmen Wind und tauschte Neuigkeiten mit Vorbeikommenden aus. Zwischen den Topfpflanzen standen drei Stapelstühle aus weißem Plastik, die jetzt tropfnass waren.

»Nein.« Maria füllte den Eimer an einem Wasserkran in der Hauswand. »Er muss spät unterwegs gewesen sein«, rief sie über das Knattern hinweg. »Ich habe mir von hier aus die Vorbereitungen für das Fest der Heiligen angesehen, gegen zehn Uhr bin ich reingegangen.«

Wahrscheinlich hatten sie sich knapp verpasst. Der Bischof hatte die Trattoria um kurz nach zehn verlassen. War Amendola direkt zur Kirche gegangen? Was hatte er dort gewollt? Und: War er allein gewesen?

»Könnten Rossella und Gina etwas wissen?« Sie waren Marias Mitbewohnerinnen. Rossella war ein halbes und Gina ein Vierteljahrhundert jünger als die alte Dame, die nach dem Tod ihres Mannes vor einigen Jahren in ihrem Haus eine Wohngemeinschaft gegründet hatte, statt zu ihrem Sohn und dessen Familie zu ziehen.

»Das ist möglich«, sagte Maria und entließ eine weitere Ladung Wasser aus dem Eimer, »die beiden haben länger hier draußen gesessen als ich. Aber sie sind bei der Arbeit.«

Rossella führte Besucher durch das altehrwürdige Etrusker-Museum Guarnacci, und Gina saß im Kassenhäuschen der Akropolis, dem Ausgrabungsgelände am höchsten Punkt der Stadt. Deshalb waren die Frauen auch an den Wochenenden im Einsatz.

»Wenn du mit ihnen sprechen willst, musst du später noch mal wiederkommen.« Maria schüttelte die letzten Tropfen aus dem Eimer. »Oder du gehst morgen zu unserem Hexenzirkel, dort triffst du die beiden auch an.«

Was war das nun wieder? Sergio wollte Fakten in einem Mordfall zusammentragen, und dauernd drängte sich irgendein Hokuspokus dazwischen. Er spürte jene Erschütterungen in seinem Innern, die nicht nur durch Ärger, sondern auch durch seine Rastlosigkeit ausgelöst wurden. »Hexenzirkel?«

»So nennen wir unsere Runde bei Sofia Zacchi, wir erforschen die Vergangenheit unseres Viertels. Angefangen hat das mit dem Masso di Mandringa, das sagt dir doch was, oder?«

Natürlich kannte Sergio den Masso di Mandringa, einen imposanten Felsbrocken neben der Landstraße am nordwestlichen Ende der Stadt – und auch die Geschichten, die man sich darüber erzählte. Unter dem ockerfarbenen Gestein lag eine Quelle, aus der angeblich nicht nur Wasser, sondern auch dämonische Geräusche aufstiegen. Von einem Zischen oder Heulen, Stimmen und sogar von Schreien war die Rede. Wer natürliche Ursachen für das Phänomen anführte, wurde mit bösen Blicken zum Schweigen gebracht. Lieber gruselte man sich bei der Vorstellung, dass der Fürst der Finsternis den Masso di Mandringa beherrschte und des Nachts Hexen über der Felsenquelle tanzten. Darauf war wohl auch der Name des heimatkundlichen Stammtisches im Il Mulino zurückzuführen. Dass sich an all den Legenden ernsthaft etwas erforschen ließ, bezweifelte Sergio. Ein gewisser Zauber verband ihn jedoch selbst mit dem Felsen – schließlich hatte er an genau dieser Stelle Giulia getroffen. Er hatte in Uniform auf der Straße gestanden und ihr kleines grünes Auto zum Anhalten gezwungen – eine Begegnung mit Folgen.

Eine Fanfare aus Huptönen riss ihn aus seinen Gedanken. Der orangefarbene Bus der Linie 1 kam den Borgo San Giusto hinuntergerollt, mit Giulia am Steuer. Strähnen ihres zum Zopf gebundenen dunklen Haars wehten im Fahrtwind, die Vordertür stand – verbotenerweise – offen, gleich würde sie an der engsten Stelle des Borgo, an der

Trattoria Mortale, einen außerplanmäßigen Stopp einlegen und Neuigkeiten aus dem Bus gegen einen *caffè* tauschen. Sergios Herz schlug schneller. Er winkte. Giulia winkte zurück und rief: »Ciao, Maria!« Offenbar hatte sie gar nicht ihn gemeint, ihr Streit war also noch nicht ausgestanden. Die alte Frau lachte scheppernd und rief Giulia einen Gruß zu. Der Bus fuhr weiter.

Sergio verabschiedete sich von Maria und ging über die Kirchwiese in den Park mit der Bocciabahn. Eine Rauchwolke schlug ihm entgegen, in der ein Hauch von Fischgeruch lag. In dem Qualm war Trommelfeuer zu erkennen, seine schweißnasse Glatze glänzte. Mit einer Zange hantierte er auf einem Grill herum, der neben der Bar aufgestellt war, beim Näherkommen erkannte Sergio Sardellen und Weißbrot darauf, die wahrscheinlich für den Jahrmarkt bestimmt gewesen waren. Alle Bänke im Park waren besetzt, und einige Bewohnerinnen und Bewohner des Viertels standen schwatzend in Trauben zusammen, dazwischen flitzten Kinder hin und her. In San Giusto, Volterras schönstem Viertel, geriet jeder Abend zu einem Fest, ob das nun angebracht war oder nicht.

An der Bar zog sich Sergio einen Hocker heran, bestellte einen Espresso und begann ein Gespräch mit Michele, der sich um den Getränkeausschank kümmerte. Von ihm erfuhr Sergio, was sich die Leute über den Tod des Bischofs erzählten, darunter die Geschichte von den geflüchteten Gebeinen der Heiligen Giusto und Clemente, die er schon von Maria gehört hatte. Auch die Theorie vom Ritualmord kursierte, gespickt mit grausigen Details, die man aus dem

Fernsehen von anderen Fällen dieser Art kannte. Darüber hinaus hatte Joe Bonos versucht, jemanden zu finden, der ihn heimlich in die Kirche schleusen konnte – vergeblich, soweit Michele wusste.

Ein Kreischen ließ Sergio herumfahren. Eine Gruppe Kinder kam schreiend vom Sportplatz her angerannt, sie sahen verängstigt aus. Sergio erkannte den kleinen Tommaso mit seiner grünen Brille und rief ihn zu sich. »Was ist denn mit euch los?«

Tommaso zupfte mit beiden Händen an seinem neongrünen Fußballshirt. »Wir haben Angst vor dem Bischof«, erklärte der Knirps mit einem Zittern in der Stimme.

»Vor welchem Bischof?«, fragte Michele von der Bar her.

»Bischof Amendola«, gab Tommaso atemlos zurück. »Man kann vom Fußballplatz aus seine Stimme hören. Er spricht Latein. Marco sagt, er betet für seine eigene Seele.«

KAPITEL 10

Ein Geist, der auf Latein betet und Kinder erschreckt? Jetzt war es aber genug mit dem Aberglauben. »Was haltet ihr davon, wenn sich die Polizei darum kümmert?« Sergio trank seinen Espresso aus. Mittlerweile hatte sich die Dämmerung über die Stadt gesenkt. Der Himmel war noch tiefblau, doch in der Höhe schien ein starker Wind zu wehen, denn eine Wolkenbank näherte sich rasch. Es sah aus, als schließe sich das Augenlid eines Riesen.

Die Lichter gingen an: über der Bocciabahn und an der Bar, außerdem stellte Michele Kerzen auf. Auch der Sportplatz war mittlerweile in Licht getaucht. Die Nachbarschaft sorgte dafür, dass die Anlage in Schuss gehalten wurde, und hatte vor einigen Jahren Geld zusammengekratzt, um zwei Masten mit Flutlicht aufzustellen. Jetzt lag der Platz mit den beiden Fußballtoren verlassen da.

Umringt von Tommaso, Marco, Alfredo, Pierluigi und Isabella ging Sergio über die rote Asche bis zum Mittelkreis. Aufgeregt redeten die Kinder durcheinander. Marco ahmte die Stimme nach, die alle gehört haben wollten. Sergio legte einen Finger an die Lippen. Aus dem daraufhin herrschenden Schweigen stiegen die Geräusche des Abends auf: Pinien raschelten im Wind, von weiter vorn, wo die Landstraße verlief, war das Brummen eines Automotors zu hören, die Hochspannungsleitungen sirrten, die Gespräche der Männer an der Bocciabahn waren zu einem Murmeln zusammengeschrumpft.

Wenn es einen Geist geben sollte, dann schwieg er.

»Vielleicht hat der Bischof sein Gebet beendet und ist in den Himmel aufgestiegen.« Sergio deutete nach oben, wo die Wolke jetzt über die Stadt hinwegzog. »Seht ihr? Das da könnte so eine Art Autobus für die Seelen der Verstorbenen sein. Da ist er bestimmt gerade eingestiegen.«

Isabella lachte und gab den Blick auf eine große Zahnlücke frei. »Was redest du für einen Unsinn, Sergio? Das ist doch nur was für Babys.«

»Und ihr seid wohl keine Babys mehr.« Sergio streckte eine Hand aus, entriss Pierluigi den Fußball und dribbelte ihn auf eins der Tore zu. »Dann könnt ihr bestimmt besser Fußball spielen als ich. Los! Alle gegen einen.« Er stellte einen Fuß auf den Ball und wartete, bis die Kinder herbeigelaufen waren und versuchten, ihm das Leder abzunehmen. Eine Schlacht um den Ball entbrannte, die schließlich Alfredo für sein Team entschied, indem er Sergio den Ball mit den Händen abnahm, kurz bevor der ihn in eins der Tore befördern konnte.

»Handspiel!«, protestierte Sergio. »Elfmeter für die Polizei.«

Die Kinder berieten eine Weile, wer als Torwart den Sieg des Erwachsenen verhindern sollte. Schließlich stellte sich

Isabella vor das Netz, streckte die Arme aus, spreizte die Finger und setzte eine entschlossene Miene auf.

Sergio legte sich den Ball zurecht, nahm Anlauf und trat zu. Er zielte absichtlich daneben, unterschätzte aber seine Kraft. Der Ball flog in hohem Bogen über das Tor hinweg und verschwand mit einem Rascheln im Buschwerk hinter dem Platz.

»*Porca …!*«, begann Sergio, zerbiss den Rest des Fluchs aber zwischen den Zähnen.

Die Kinder standen ums Tor herum und schauten in die Richtung, in der der Ball verschwunden war: Jenseits der Begrünung ragte die Kirche auf. Die Strahler waren eingeschaltet, und der gelbe Sandstein der mächtigen Fassade leuchtete vor dem dunklen Himmel. Zwischen Kirche und Sportplatz lag unbeleuchtetes Gelände. Ausgerechnet dorthin war der Ball geflogen.

»Ich geh schon«, sagte Sergio. »Schließlich war es ja meine Schuld.« Er zwängte sich durchs Gebüsch und stand unvermittelt im Schatten der toskanischen Nacht. Wie sollte er den Ball finden? Seine Taschenlampe lag in der Wache. Aber er hatte sein Telefonino. Er zog es aus der Jackentasche, da blitzte etwas vor ihm auf. Im ersten Moment glaubte Sergio, ein Gewitter sei in der Ferne aufgezogen. An der ligurischen Küste brauten sich häufig Unwetter zusammen, und die Entladungen waren als Wetterleuchten bis nach Volterra zu sehen. Es blitzte wieder, und ihm fiel auf, dass das Licht nicht vom Himmel kam, sondern aus dem Gesträuch vor ihm. Kugelblitze, die über den Boden rollten, waren zwar ein seltenes Phänomen, aber sie kamen vor.

Nicht von ungefähr trug einer der Stammgäste der Trattoria genau diesen Namen.

Er warf einen Blick zu den Kindern zurück. »Ihr geht besser wieder zur Bocciabahn«, rief er ihnen zu. »Es kann ein bisschen dauern, bis ich den Ball in der Dunkelheit finde. Ich bringe ihn rüber.«

Das musste er nicht zweimal sagen. Ohne den Polizisten an ihrer Seite schienen sich Marco, Alfredo, Pierluigi, Tommaso und Isabella unwohl zu fühlen. Im Laufschritt verließen sie den Platz und blieben dabei dicht beieinander.

Aus dem Augenwinkel sah Sergio wieder das Aufblitzen. Es drang zwischen den Tamarisken hervor. Er teilte die Sträucher mit den Händen, ging hindurch und fand sich auf dem Trampelpfad wieder, der zur Tombe hinabführte.

Der Lichtschein kam aus dem Felsengrab hervor.

Fünf Stufen führten zu der Kammer. Vor über zweitausend Jahren war sie von den Etruskern in den felsigen Untergrund gehauen worden, um Tote darin zu bestatten, in Urnen, so kunstvoll verziert, dass sie heute noch die Besucher des Archäologischen Museums von Volterra in Staunen versetzten. Gräber wie dieses gab es an mehreren Stellen um die Stadt herum. Im neunzehnten Jahrhundert waren sie erforscht und ausgeräumt worden. Aber auch die leeren Kammern lockten Touristen an. Sogar am helllichten Tag verspürte derjenige, der in die Tomben hinabstieg, einen Schauder. Jetzt, im Dunkeln, lag der Durchgang am Ende der Treppe wie ein schwarzer Schlund, wie das Tor zur Unterwelt vor Sergio. Diesen Effekt hatten die Etrusker seinerzeit wohl auch beabsichtigt.

Das Blitzen wiederholte sich nicht. Stattdessen war ein Scharren zu hören, gefolgt von einem Stöhnen. Überall dort, wo Sergio Haare hatte, stellten sie sich auf. Trotzdem trat er auf die erste Stufe zu dem aus dem Fels geschlagenen Eingang. Wieder blitzte es. Einen Wimpernschlag lang war das nackte Felsgestein im Innern der Kammer zu sehen. Dann huschte ein Lichtschein darin hin und her.

Das Licht einer Taschenlampe. Gespenster benutzten so etwas nicht.

»Hallo?«, rief Sergio und nahm die letzten Stufen. Vielleicht war das dort unten nur ein Tourist, der geglaubt hatte, er könne auch im Dunkeln noch etwas in der Tombe erkennen. Aber Touristen stöhnten nicht. Hatte sich ein Liebespaar dorthin zurückgezogen? Ein junger Mann hoffte vielleicht, dass sich seine Angebetete in der Dunkelheit an ihn klammerte. Den Geräuschen nach zu urteilen, schien er Erfolg zu haben.

»Ich komme jetzt zu Ihnen hinein«, rief Sergio und duckte sich unter dem niedrigen Eingang hindurch. Im nächsten Augenblick wurde er geblendet.

»*Scusi*«, sagte eine Stimme, gefolgt von einem Husten. Das Licht ging aus, was zur Folge hatte, dass Sergio nun überhaupt nichts mehr sah. Eine weitere Entschuldigung folgte, im nächsten Moment flutete ein Lichtstrahl gegen die Decke und trieb die Schatten zurück in die Winkel zwischen den Felsen. Erst erkannte Sergio die Hand, die die Lampe festhielt, dann einen Arm, der in einem weiten Ärmel aus braunem Stoff steckte und schließlich, kaum sichtbar hinter der Säule aus Licht, einen Mann in einem weiten Gewand mit einem Strick um die Hüften, in dem drei Knoten zu sehen waren: die Kutte eines Mönchs.

Der Kopf des Mannes hatte die Form einer Olive, seine Haut schimmerte bleich im kalten Licht der Stablampe. Sein helles Haar wirkte verstrubbelt. Hatte er wirklich ungewöhnlich große Nasenlöcher, oder lag das an dem Licht, das jetzt von unten auf sein Gesicht traf?

»Sind Sie von der Polizei?«, fragte der Unbekannte.

»Agente Sergio Panda. Sie sind zu einer ungewöhnlichen Zeit hier, um sich die Grabkammer anzusehen.« Sergio schaute auf seine Armbanduhr. Kurz nach neun.

Der Mönch trat einen Schritt nach vorn und streckte eine Hand mit langen, weichen Fingern aus – die Hand eines jungen Mannes. »Mein Name ist Don Tiberio.« Seine Stimme war hell. Er schien nicht älter als Mitte zwanzig zu sein. »Ich bin nicht hier, um die Grabkammer der Heiden zu bewundern, sondern wegen der Vorfälle in der Kirche.«

Sergio ergriff die Hand und schüttelte sie. Warum trieb sich dieser Mönch dann hier unten herum? Laut sagte er: »Sie meinen den Tod von Bischof Amendola?«

Der Mann in der Kutte verzog das Gesicht. »Der arme Roberto. Ich habe ihn nur flüchtig gekannt, aber er soll ein gerechter Streiter im Namen des Herrn gewesen sein.« Einen Moment war es still. »Ich bete für seine Seele«, fuhr Don Tiberio fort. »Deshalb bin ich allerdings nicht hier. Doch bevor ich in Rätseln spreche, möchte ich Ihnen etwas zeigen. Kommen Sie!« Er winkte Sergio, ihm zu folgen. Nacheinander betraten die beiden Männer die westliche Kammer des Felsengrabs. Sergio war nicht ganz wohl dabei, dem Fremden in den hintersten Winkel eines unterirdischen Gewölbes zu folgen, andererseits hatte dieser Mann der Kirche, der mit einer Taschenlampe in einem Grab der Etrusker herumstöberte, seine Neugierde geweckt.

Vor einer Nische im Gestein blieb der Mönch stehen und hielt die Stablampe so, dass sie direkt auf den Felsen schien – und auf eine Tür. »Kennen Sie die?«, fragte er.

Sergio nickte. Er war in San Giusto aufgewachsen, lebte seit dreiundvierzig Jahren in dem Volterraner Viertel, und schon als Kind war er wie ein Abenteurer in das Felsengrab geklettert. Die Tür war immer dort gewesen. Dahinter lag, so hatte man ihm erzählt, ein kleiner Bereich der Kammergräber, der einsturzgefährdet sei und deshalb nur von Forschern betreten werden dürfe.

»Als Geistlicher ist mir das Wetten natürlich verboten«, sagte Don Tiberio, »aber wenn ich es dürfte, würde ich darauf setzen, dass diese Pforte in die Kirche führt.«

»Aber …« Sergio stutzte. Damit könnte der Mönch sogar recht haben. Der Eingang zum Kammergrab lag am Hang unterhalb der Kirche. Innerhalb der Tombe waren sie ein Stück nach Nordwesten gegangen und hatten sich damit den Grundmauern des Gotteshauses genähert. »Wie kommen Sie darauf?« Im nächsten Moment sah er es selbst.

Die Tür war aus Holz und in der Farbe des sie umgebenden Tuffsteins gestrichen. Einem beiläufigen Blick in der Dunkelheit würde sie entgehen. Deutlich sichtbar waren hingegen die Kratzspuren und die Splitter, die herausgebrochen waren, wo das Schloss die Tür in ihrem Rahmen hielt.

Die Bruchstellen waren frisch. Sergio strich mit den Fingern darüber.

»Hier hat vor Kurzem jemand versucht, gewaltsam einzudringen«, stellte Don Tiberio fest. »Die Mühe macht sich keiner, wenn er dahinter nichts vermuten würde. Ich habe versucht, die Tür aufzuziehen, aber sie klemmt.« Er demonstrierte, wie er die Finger in den Spalt zwischen Holz und Fels gesteckt und daran gezogen hatte. Vermutlich hatte er dabei vor Anstrengung so hingebungsvoll gekeucht, dass er sich wie ein Liebespaar angehört hatte.

»In dem Moment, als ich nicht weiterkam, waren Sie zur Stelle.« Er lächelte. »Gott scheint an der Aufklärung dieses Ereignisses interessiert zu sein.«

Aufklärung? Sergio runzelte die Stirn. Also ging es doch um den toten Bischof. »Die Untersuchung des Todesfalls lassen Sie besser uns erledigen.«

»Oh, aber natürlich.« Der Mönch arrangierte seine Miene zu einem Ausdruck der Beflissenheit. »Die Polizei geht ihren Aufgaben nach und ich den meinen. Ich bin hier, um die verschwundenen Gebeine der Heiligen wiederzufinden. Wenn Sie so wollen, bin ich ein Einsatzkommando im Dienst der Märtyrer. Helfen Sie mir mit der Tür?«

Sergio zögerte. Eigentlich müsste er die Tür verschließen und am nächsten Tag mit Alessandro wiederkommen. Aber der offizielle Weg würde unweigerlich zu Baldi und Rossi führen. Und es war nicht schwer, sich vorzustellen, wie die beiden Ermittler aus Pisa in der Tombe für die Kameras posierten.

Zusammen mit Don Tiberio ruckte Sergio an dem Holz.

Nach drei Versuchen gab die Tür nach. Das Holz knarrte, als sie sich öffnete, aber es quietschte nicht. Er tastete nach den Angeln und spürte Feuchtigkeit an den Fingern.

»Leuchten Sie bitte mal«, forderte er Don Tiberio auf. Der Mönch richtete den Strahl der Taschenlampe auf Sergios Hand, die nun mit einem dunklen Film überzogen war – Öl. »Jemand hat die Aufhängung geschmiert.« Sergio rieb die Finger aneinander.

»Ein Grund mehr, diesen Gang zu untersuchen.« Der Mönch leuchtete in einen gewölbten Korridor. Sergio stieg in den Tunnel hinein, und Don Tiberio folgte ihm. Die Männer gingen geduckt unter der niedrigen Decke, ihre Schatten tanzten über die gemauerten Wände, unter den Schuhen knirschte es. Sergio fiel auf, dass ihm kaum Spinnweben ins Gesicht wischten – auch das war ein Zeichen dafür, dass der Gang gerade erst benutzt worden war.

Vorsichtig berührte er die Wände. Ein ungutes Gefühl stieg in ihm auf, er fühlte sich eingezwängt und konnte in der feuchten, modrigen Luft schlecht atmen. Schließlich erreichten sie eine Treppe, nahmen die wenigen Stufen hinauf und fanden sich vor einem vergitterten Tor wieder. Dahinter war es dunkel. Als Don Tiberio durch die Stäbe leuchtete, bestätigte sich die Vermutung des Mönchs: Der Gang führte in die Krypta der Kirche. Erst vor wenigen Stunden hatte Sergio auf der anderen Seite des Gitters gestanden, als er gemeinsam mit dem Küster unter der Kirche nach den Reliquien gesucht hatte. Zwischen den Stäben war eine Kette hindurchgezogen. Sie endete in einem eisernen Ring in der hell verputzten Wand. Sergio streckte einen Arm durch die Stäbe und zog an der Kette. Klirrend fiel sie zu Boden. »Wer auch immer hier ein und aus gegangen ist«, sagte er und zog die Gittertür auf, »hat die Kette aufgetrennt und später wieder um die Stäbe geschlungen.« Er trat in das Gewölbe hinein.

Die Krypta war klein. Sie enthielt keine Sarkophage. Stattdessen waren in den Wänden die Gräber der Bischöfe eingelassen und mit Steintafeln verschlossen, auf denen die Namen und Lebensdaten sowie ein Segensspruch zu lesen waren. Don Tiberio drehte sich um die eigene Achse. Der Lichtstrahl kreiselte durch den Raum.

Sergio nahm dem Mönch die Lampe ab und richtete sie auf die mit weißem Marmor ausgelegte Treppe, die hinauf ins Kirchenschiff führte. Sie sahen sich an.

»Der Dieb muss diesen Weg genommen haben«, sagte der Mönch.

»Und der Mörder vermutlich auch«, ergänzte Sergio.

KAPITEL 11

Wie immer am Samstagabend war die Trattoria Mortale voll besetzt. Nach dem Geruch des feuchten Mauerwerks in der Tombe war der Duft im Lokal reiner Nasenbalsam. Das Aroma von frischem Brot, von Thymian und einer Spur Knoblauch zog durch die Luft, darunter lag der fruchtige Hauch von Tomaten und Olivenöl. Sergio atmete tief ein, dann rief er: »Angelo, ich habe einen Gast mitgebracht.«

Sein Vater kam kauend aus der Küche, mit dem federnden Gang, mit dem er jeden neuen Gast begrüßte. Er musterte Don Tiberios Aufzug. »Schon wieder so einer?«, fragte er.

Sergio spürte, wie ihm das Blut in die Wangen schoss. »Das ist …«

»Don Tiberio«, stellte sich der Mönch vor und hielt Angelo die Hand hin. Als der Wirt keine Anstalten machte, sie zu ergreifen, bemächtigte sich Don Tiberio von selbst Angelos Hand und schüttelte sie.

Immerhin wischte sein Vater seine Rechte danach nicht an der Schürze ab. »Ist das der Nachfolger von Roberto Amendola?«, wollte er wissen.

»Ich bin nur ein einfacher Ordensbruder«, erklärte Don Tiberio. »Von den Franziskanern. Wir tragen den Habit auch außerhalb des Klosters, um an das Armutsgelübde des heiligen Franziskus zu erinnern.«

»Armutsgelübde?«, krächzte Angelo. »Bedeutet das, Sie dürfen nur Wasser und Brot zu sich nehmen?«

Sergio schob den Mönch in die Gaststube hinein und setzte sich ihm gegenüber an einen eben frei gewordenen Tisch. »Mein Vater ist aufgebracht wegen des Todes von Bischof Amendola«, erklärte er und reichte ihm die Speisekarte. »Suchen Sie sich etwas aus, auf Kosten des Hauses. Ich werde noch ein wenig dabei helfen, die Gäste zu bedienen, dann können wir uns unterhalten. Sie haben es doch nicht eilig?«

Don Tiberio schüttelte den Kopf und fuhr sich mit einer Hand durch das strubbelige Haar, während er mit der anderen die Speisekarte so sorgsam öffnete wie einen Folianten aus der Klosterbibliothek. Der Mönch war tatsächlich noch jung. Der Schmelz der Jugend lag auf seinem Gesicht, seine Haut war hell und glatt, und er sah aus wie jemand, der gerne lachte. So wie in diesem Moment. »Sie haben *stoccafisso*?«, fragte er freudig überrascht.

Nachdem Sergio sich in der Kammer umgezogen hatte, servierte er Don Tiberio das Gewünschte. Der Stockfisch war in Tomatensugo angerichtet – eine Spezialität von Angelo Panda und sein Stolz als Gastwirt. Im Frühjahr war eine Delegation der Norwegischen Stockfischgesellschaft nach Volterra gekommen und hatte Angelos Kochkünste prämiert. Jetzt lehnte er mit verschränkten Armen im

Durchgang zur Küche und schaute dem Franziskanermönch beim Essen zu.

»Das Armutsgelübde«, raunte er Sergio zu, »gilt wohl nicht, wenn andere bezahlen. Nun, immerhin kennt er sich mit gutem Essen aus.«

Als die Tische sich allmählich leerten und sein Vater die verbleibenden Gäste allein bedienen konnte, räumte Sergio noch den Geschirrspüler ein und ließ sich dann Don Tiberio gegenüber auf einen Stuhl fallen. Er verschränkte die Arme auf dem weißen Tischtuch und beugte sich vor. »Und jetzt erzählen Sie mir mehr darüber, was Sie unter die Kirche von Santi Giusto e Clemente geführt hat.«

»Wie ich vorhin schon sagte, suche ich nach den verschwundenen Reliquien, und ...«

Sergio hob eine Hand. »Fangen Sie bitte vorne an. Die Gebeine sind erst vor einigen Stunden verschwunden. Wer hat Sie informiert? Wie kommen Sie so schnell nach Volterra? Und warum wühlen Sie in einer etruskischen Grabkammer herum – und finden dort einen Durchgang zur Kirche? Sie müssen zugeben, dass das etwas verdächtig wirkt.«

»Wenn ich Polizist wäre, würde ich mich sofort verhaften.« Don Tiberio lächelte. Seine Zähne waren klein und strahlend weiß. Er goss sich Hauswein aus einer Karaffe ein und trank einen Schluck. »Sie und ich, wir sind uns auf eine gewisse Weise ähnlich. Sie sind Polizist, ich bin eine Art Ermittler. Allerdings kläre ich keine Verbrechen auf und bringe dann die Täter vor Gericht. Ich versuche, die Verbrechen ungeschehen zu machen.« Er strich mit dem Fin ger über das Tischtuch und zeichnete unsichtbare Schlangenlinien darauf. »Meine Aufgabe ist es, gestohlene Reliquien zu finden und an die Orte zurückzubringen, an denen sie angebetet werden. Und in Santi Giusto e Clemente werden seit heute die heiligen Gebeine zweier Märtyrer vermisst.«

»Aus welchem Kloster kommen Sie?«, fragte Sergio.

»Von Santa Croce in Florenz. Wir haben einen Anruf von Padre Bonacelli erhalten. Normalerweise würde ein solcher Fall durch die Kanäle der Kirchenverwaltung laufen und irgendwann versickern. Man würde die Gebeine als verloren erklären und eine Fotografie in den Schrein stellen, damit die Gläubigen etwas haben, woran sie sich erinnern können.«

Sergio dachte an die Ölgemälde über den Seitenaltären der Kirche. Auch sie waren gestohlen und durch Kopien ersetzt worden.

»In Santa Croce forscht mein Orden seit Jahrzehnten an den Reliquien der Heiligen«, erklärte Don Tiberio. »Sie wissen vermutlich, dass in Klöstern Wissenschaft getrieben wird.«

Sergio nickte. »Gregor Mendel hat die Vererbungslehre an Erbsen im Klostergarten entwickelt. Bis heute frage ich mich, wie er seine Arbeit mit dem Kirchendogma zur Entstehung des Menschen, der Tiere und der Pflanzen in Einklang hat bringen können.«

»Es ist ein Irrtum, anzunehmen, dass Geistliche, die in Klöstern leben, rückständig sind. Nur weil wir uns kleiden wie der heilige Franziskus, bedeutet das nicht, dass wir denken und handeln wie Menschen im Mittelalter.«

»Trotzdem beschäftigt sich Ihre Forschung mit heiligen Frauen und Männern. Das ist nicht gerade fortschrittlich.«

»Die Stelle, für die ich arbeite, tief im Innern von Santa Croce, untersucht keine Märtyrer, sondern Reliquien.«

»Ist das nicht dasselbe?«, wollte Sergio wissen. »Die Gebeine stammen doch von denjenigen, die für ihren Glauben gestorben sind.«

»Es wäre schön, wenn es so wäre.« Don Tiberio schloss den Mund und wischte mit der Zunge über seine Zähne. »Aber die Wirklichkeit sieht leider anders aus.«

Dann erzählte er eine Geschichte, die sich so unglaublich anhörte, dass Sergio Angelo herbeiwinkte, denn er wusste, sein Vater würde ihm später kein Wort glauben, wenn er es nicht aus erster Hand erfahren würde. »Reliquien«, begann Don Tiberio, »sind seit der Zeit Karls des Großen eine Handelsware. Damals garantierten sie den Fürsten einträgliche Geschäfte, denn nur dorthin, wo die Gebeine der Heiligen lagen, pilgerten die Gläubigen in Scharen. Und mit den Menschen kam das Geld.«

Angelo zog sich einen Stuhl heran, setzte sich und nickte. »Ich glaube zwar nicht, dass unsere Gäste bislang nur hergekommen sind, weil in der Kirche nebenan alte Knochen lagen. Aber dass Menschen Geld bringen, kann ich bestätigen.«

»Nicht nur Geld«, fuhr der Mönch fort, »sondern auch Ansehen und Macht. Aber nicht jeder Fürst, nicht jede Stadt verfügte über Reliquien. Heute würde man sagen: Die Nachfrage war größer als das Angebot. Um den Bedarf an toten Heiligen zu decken, zogen fahrende Händler durch Europa, traten mit Musterkoffern vor die Stadtherren und boten ihnen Reliquien an. Das waren nicht nur Knochen, sondern auch Merkwürdigkeiten wie ein Tropfen von der Muttermilch Mariens oder ein Stück von der Vorhaut Christi. Alles in goldene, mit Edelsteinen besetzte Behälter gebettet. Kassenschlager waren Splitter vom heiligen Kreuz und die Nägel der Kreuzigung. Natürlich war das meiste gefälscht. Noch heute bewahren Kirchen so viele dieser Devotionalien auf, dass sich daraus Holzkreuze von gigantischen Ausmaßen zusammensetzen ließen. Die Zahl der bekannten Kreuzigungsnägel übersteigt das doppelte Dutzend. Reliquienhandel war also ein einträgliches Geschäft. Von unserem Ordensgründer, dem heiligen Franziskus von Assisi, wird berichtet, dass er auf einer Reise nach Siena einen Bogen um Perugia machte, weil er befürchtete, von den Gläubigen dort zu Reliquien verarbeitet zu werden.«

»Und in Santa Croce arbeiten Sie daran, die Spreu vom Weizen zu trennen«, schlussfolgerte Sergio.

»Es ist eines der größten Forschungsvorhaben der Kirchengeschichte«, bestätigte Don Tiberio. Begeisterung leuchtete in seinen Augen. »Ein Projekt, an dem Jahrzehnte, vielleicht Jahrhunderte gearbeitet wird. Keine Universität, kein wissenschaftliches Institut hätte die Mittel, so etwas auf die Beine zu stellen. Aber wir, die wir unser Leben Christus geweiht haben, bringen das zustande. Und wenn Sie jetzt glauben, wir würden in finsteren Kellern über offenen Feuern übel riechende Substanzen brauen, lassen Sie sich eines Besseren belehren. Unsere Labore sind modern ausgestattet. Den meisten Knochen können wir DNA entnehmen und sie analysieren.«

»Das Erbgut heiliger Frauen und Männer«, sinnierte Sergio.

»Versuchen Sie auch, die DNA von Christus zu finden?«, erkundigte sich Angelo.

Don Tiberio lachte. »Das wäre eine Sensation, nicht wahr? Und als Nächstes klonen wir den Sohn Gottes.« Er wurde wieder ernst und schüttelte den Kopf. »Nein, nein. In den meisten Fällen sind unsere Quellen verunreinigt. Im Laufe der Jahrhunderte haben viele Menschen die Reliquien berührt und Spuren daran hinterlassen. Wenn wir Proben nehmen, können wir meist nicht sagen, ob die DNA tatsächlich von den Knochen selbst stammt oder von jemand anderem. Deshalb arbeiten wir parallel mit Schriftquellen an der Erforschung der Vergangenheit und versuchen herauszufinden, wer wann, wo und von wem etwas gekauft hat.«

»Dann sind Sie tatsächlich Betrügern auf der Spur, auch wenn die schon seit Jahrhunderten tot sind.« Sergio stellte sich Alessandros Gesicht vor, wenn er dem Volterraner Polizeichef am nächsten Tag von dem Reliquiendetektiv erzählen würde.

»Leider stimmt auch das nicht«, wandte Don Tiberio ein. Allmählich ging Sergio die Eigenart dieses Milchgesichts, jeden seiner Sätze als falsch zu bezeichnen, auf die Nerven. »Da wir in Santa Croce die größte Datenbank zum Reliquienhandel und zu christlichen Märtyrern haben«, fuhr der Franziskaner fort, »sind wir auch bestens dafür ausgerüstet, Gebeine aufzufinden, die verschwunden sind. Die meisten gingen im Lauf der Geschichte verloren, oft wurden sie in Kriegen oder bei Plünderungen zerstört. Einige wurden gestohlen.«

»So wie die von San Giusto und San Clemente«, sagte Angelo und kniff die Augen zusammen. Sein Vater hatte aufgehört, sich über Don Tiberio und dessen Arbeit lustig zu machen, fiel Sergio auf.

»Allerdings ist der Diebstahl der heiligen Märtyrer aus Volterra kein Einzelfall«, erklärte Don Tiberio. »In den vergangenen Wochen sind ein knappes Dutzend Reliquienschreine in der Region aufgebrochen und geplündert worden.«

»Ein Dutzend?« Sergio glaubte, seinen Ohren nicht zu trauen. »Sind die Knochen denn mit einem Mal so viel wert, dass man sie verkaufen kann? So wie damals?«

»Das versuche ich gerade herauszufinden. Eine Wiederbelebung des Reliquienhandels wäre denkbar, wenn das Ansehen der Heiligen und der Kirche höher wäre. Leider ist gerade das Gegenteil der Fall. Es muss also etwas anderes dahinterstecken.«

»Haben Sie einen Verdacht?«, wollte Sergio wissen.

»Ich will niemanden in Verlegenheit bringen. Deshalb kann ich nur allgemein sprechen.« Der Franziskaner nippte am Wein. »Viele Reliquien sind nicht vollständig. Der Schädel des heiligen Sebastian liegt in Narbonne, seine Knochen in Rom, eins seiner Schienbeine in Barcelona. Es könnte sein, dass jemand versucht, die Gebeine wieder zusammenzubringen. Im besten Fall ein Christ, der den Märtyrern ein frommes Begräbnis zugestehen will.«

»Wäre das so schlimm?«, fragte Angelo. »Ich würde auch nicht gern in Einzelteilen bestattet werden. Schon gar nicht in Orten wie San Gimignano oder Cecina.«

»Das wäre in Ihrem Fall nachvollziehbar«, antwortete Don Tiberio, »bei Reliquien verstößt es aber gegen das Kirchenrecht, Gebeine von einem Ort der Anbetung zu einem anderen zu bringen.«

Sergio lehnte sich in seinem Stuhl zurück. Mit einem Ohr hörte er zu, wie der Wirt und der Mönch darüber stritten, ob man als Märtyrer in einem Glaskasten bestattet werden wollte, »in dem einen alle nackt bis auf die Knochen sehen können«, wie Angelo vorbrachte. Doch in Sergios Gedanken war bereits der nächste Morgen angebrochen, denn dann wollte er seinem Freund und Vorgesetzten Alessandro Minotti einen ungewöhnlichen Vorschlag unterbreiten.

KAPITEL 12

D as kommt nicht infrage!« Alessandro knallte den Kugelschreiber auf den Notizblock, auf dem er gerade damit begonnen hatte, die Liste mit den Aufgaben des Tages zu erstellen. Sergio lehnte am Empfangspult, Morelli goss sich Tee mit Wasser aus der alten Kaffeemaschine auf, Bertini schabte über die Stoppeln an seinen Wangen. Dem jüngsten Kollegen war es wie immer unangenehm, wenn sich die anderen stritten und die Luft in der Polizeiwache zunehmend dicker wurde.

Sergio hatte damit gerechnet, dass Alessandro von seinem Vorschlag nicht begeistert sein würde. Der Leiter der Dienststelle arbeitete streng nach Vorschrift, und davon konnte in diesem Fall keine Rede sein. »Denk doch noch mal darüber nach. Don Tiberio ist als Ermittler den verschwundenen Reliquien auf der Spur. Die Polizei sucht den Mörder von Bischof Amendola. Der Täter und der Dieb sind vermutlich ein und dieselbe Person.«

Alessandro rieb sich die Stirn, bis die Haut rot war. »Zugegeben: Das hört sich logisch an. Aber Logik und die Organisation der Polizei sind nun mal nicht immer dasselbe. Was glaubst du, wird geschehen, wenn wir Baldi und Rossi vorschlagen, sie sollten einen Mönch um Hilfe bitten? Die würden dafür sorgen, dass der Laden hier dichtgemacht wird und wir ins Irrenhaus kommen.«

»Oder als Telefonisten in ihren Vorzimmern arbeiten«, ergänzte Morelli. »Was in etwa dasselbe wäre.«

Mit seinen Bedenken hatte Alessandro natürlich recht. Der Commissario und der Ispettore aus der Provinzhauptstadt waren als Ermittler im Fall des toten Bischofs dort, wo sie sein wollten: auf den Titelblättern der regionalen Zeitungen. Vor Sergio auf dem Empfangspult lag die Sonntagsausgabe von *Volterra Adesso*, und unter den blau unterstrichenen Lettern, die *MORD IN DER KIRCHE* verkündeten, waren die beiden Kriminalbeamten vor dem Gebäude von Santi Giusto e Clemente zu sehen. Über dem Gotteshaus war der Himmel mit dunklen Regenwolken überzogen. Dabei hatte gestern Vormittag noch herrliches Septemberwetter geherrscht. Joe Bonos, der als Fotograf und Autor des Artikels zeichnete, schien das Foto ein wenig nachbearbeitet zu haben. Wer gruselte sich schon bei Sonnenschein?

Sergio faltete die Zeitung zusammen, sodass nur noch die Sportergebnisse zu sehen waren. Dann spielte er seinen Trumpf aus: »Was würdest du sagen, wenn Don Tiberio bereits etwas herausgefunden hat, von dem die Polizei nichts weiß?«

»Ich würde sagen, dass du kurz davor stehst, ins Kloster versetzt zu werden«, knurrte Alessandro. Dann funkelte er Sergio an und verschränkte die Arme. »Erzähl schon! Ich kann dich ja doch nicht davon abhalten.«

Nachdem Sergio von seinem Erlebnis im Felskammer-grab berichtet hatte, herrschte einen Augenblick lang Stille in der Wache – abgesehen von Morellis Pusten und Schlürfen über seiner Tasse Tee. »Ein unterirdischer Durchgang«, sagte Alessandro nachdenklich. »Du glaubst, der Täter ist von dort in Kirche eingedrungen?«

»Die Beschädigungen an der Tür sprechen dafür«, antwortete Sergio.

Bertini schaltete sich ein. »Das würde bedeuten, dass der Täter nicht gemeinsam mit dem Bischof in die Kirche gegangen ist.«

»Die beiden kannten sich nicht«, ergänzte Morelli.

»Dann haben wir ein Problem.« Alessandro stand auf, fischte die Zeitung vom Empfangspult, schlug sie auf und las vor: »*Wie Commissario Fabrizio Baldi und Ispettore Dino Rossi herausgefunden haben, gab es keine Einbruchsspuren. Sie schließen daraus, dass das Opfer von seinem Mörder in die Kirche begleitet worden ist. Wer auch immer den armen Monsignore auf seinem schwarzen Gewissen haben sollte, kannte ihn so gut, dass Roberto Amendola keinen Verdacht schöpfte, als er die Bestie in das Gotteshaus führte.*«

In Sergios Magen zog sich etwas zusammen. »Das haben die beiden der Presse erzählt? Und mit einem Ermittlungserfolg geprahlt?«

Alessandro seufzte. »Wenn wir jetzt erklären, es habe doch Einbruchsspuren gegeben, werden sie uns einen Maulkorb verpassen.«

»Dabei sind die doch die größeren Kläffer«, stellte Bertini fest. Niemand widersprach.

Alessandro rollte die Zeitung zusammen und schlug damit einen Rhythmus gegen sein Bein. »Also gut, Sergio. Wir werden dieser Spur selbst nachgehen. Und wenn sie uns zum Täter führt, werden wir Baldi und Rossi den Mörder präsentieren und alles so darstellen, als hätten die beiden den Fall allein gelöst.«

»Die würden das sogar glauben.« Morelli kippte den Rest seines Tees hinunter und schaute suchend in die Tasse.

»Und was ist nun mit Don Tiberio?«, fragte Sergio.

Alessandro nickte ihm zu. »Vielleicht kann dein klösterlicher Knochendetektiv uns doch nützlich sein.«

KAPITEL 13

Die abendlichen Schatten senkten sich sanft auf die Stadt. Der Himmel färbte sich violett, Stare saßen aufgeplustert auf den Stromleitungen und zwitscherten zu den Stimmen, die aus den offen stehenden Fenstern drangen. Sergio ging neben Giulia den Borgo San Giusto hinauf. Als sie an der Trattoria vorbeikamen, beschleunigte er, denn er wollte vermeiden, dass Angelo sie durch das Türfenster erspähte. Dann hätten sie zugeben müssen, ins Il Mulino unterwegs zu sein, in das Ristorante von Angelos Konkurrentin Sofia Zacchi, um dort bei Kerzenschein Licht in den Mordfall zu bringen.

Zwischen Giulia und Sergio war der Streit noch nicht ausgestanden, aber Ugo Marchetti und seine Wahlplakate waren in den Hintergrund gerückt, nachdem Sergio am gestrigen Abend zu Hause von den Ereignissen in der Kirche berichtet hatte: von Bischof Amendolas Tod, von der Gewissheit, dass es sich um Mord handelte, von Don Tiberio in der Tombe und natürlich von den Kollegen Fabrizio Baldi und Dino Rossi aus Pisa, die wie üblich voreilige Schlüsse gezogen hatten. Und noch etwas hatte Sergio erwähnt: den Hexenzirkel im Ristorante von Giulias Tante Sofia. Darauf hatte Giulia überrascht reagiert. Sie kannte diesen Stammtisch, hatte aber gehört, dass Bischof Amendola die Zusammenkünfte der sogenannten Hexen in seiner Diözese verbieten wollte.

Der Bischof hatte die Treffen zu unterbinden versucht? Davon hatte Maria Campana gestern gar nichts gesagt. War das nur ein Gerücht, oder steckte mehr dahinter? Die Frage elektrisierte Giulia ebenso sehr wie Sergio und brachte die Luft zwischen ihnen zum Knistern. Maria hatte davon gesprochen, dass sich die Frauen am Sonntagabend wieder treffen wollten. Ein Anruf bei Sofia bestätigte das: Maria Campana hatte einen Tisch für fünf Personen reservieren lassen – die übliche Anzahl der Teilnehmerinnen des Hexenzirkels. Detektivarbeit bei gutem Essen – Giulia ließ es sich nicht nehmen, Sergio zum Ristorante zu begleiten.

Sergio zog die schwere Tür des Il Mulino auf und ließ Giulia vorgehen. Jedes Mal, wenn er die umgebaute Windmühle betrat, vermisste er den Klang des Glöckchens, der in der Trattoria Mortale die Gäste begrüßte. Sofia Zacchi behauptete stets, sich solcher Hilfsmittel nicht bedienen zu müssen, denn sie sei selbst zur Stelle – und zwar, schon bevor die Gäste hereinkämen, bevor sie überhaupt wüssten, dass sie dem Il Mulino einen Besuch abstatten würden.

Das stellte sie an diesem Sonntagabend unter Beweis. Kaum waren Giulia und Sergio erschienen, begrüßte Sofia die beiden mit einer Umarmung und zwei Gläsern Prosecco. Sie trug ein weiß gepunktetes Trägerkleid und dazu Korallenohrringe. Sofia verstand es, ihre Eleganz genau so weit herauszustellen, dass sie nicht aufgesetzt wirkte, aber trotzdem sofort auffiel.

»Wie geht es deinem Vater?«, fragte sie, offenbar darum bemüht, das heikle Thema offensiv anzugehen. Immerhin war der Sohn ihres größten Rivalen zu Besuch, und es war nicht Sofias Art, einfach zu schweigen.

Bevor Sergio antworten konnte, schaltete sich Giulia ein. »Hast du es noch nicht gehört? Angelo will Bürgermeister werden.«

Sofias Lächeln verblasste nur für eine Sekunde, dann hatte sie sich wieder unter Kontrolle, und zwischen ihren hellrot geschminkten Lippen blitzten ihre makellosen Zähne auf. »Angelo kandidiert? Als Konkurrent von Ugo Marchetti?« Ihr Blick wanderte zwischen Giulia und Sergio hin und her. »Ihr gehört dann wohl zu unterschiedlichen politischen Lagern.« Sie räusperte sich, als Sergio und Giulia keine Worte fanden, um ihren Streit herunterzuspielen. »Kommen wir zu Angenehmerem«, sagte Sofia. »Meine Lieben, ich habe den Damen des Stammtischs von eurem Interesse für ihre Arbeit berichtet, und sie waren sofort damit einverstanden, den Kreis um zwei Plätze zu erweitern. Bitte folgt mir.«

Der Tisch des Hexenzirkels sah genauso aus wie alle anderen Tische im Il Mulino. Auch die fünf Frauen, die daran saßen, hatten nichts Übernatürliches an sich. Man begrüßte sich. Sergio kannte Maria Campana und ihre Mitbewohnerinnen, Gina Lonzi und Rossella Nichetti. Die beiden anderen wurden ihm als Perla und Gabrina vorgestellt, sie wohnten ebenfalls im Viertel, die eine war eine schlanke

Frau um die dreißig mit einem dichten, steifen Schopf roter Haare und einem milchweißen Teint, an der anderen fielen kleine Augen, eine kleine Nase und ein kleiner Mund zwischen Pausbacken auf.

Sergio rückte Giulia einen Stuhl zurück und geriet dabei in Konflikt mit Sofia. »Das ist meine Aufgabe, Sergio«, sagte die Wirtin mit Autorität in ihrer tiefen Stimme, »du bist heute Abend kein Kellner, sondern mein Gast, also benimm dich entsprechend und lass dich verwöhnen.«

Die Frauen und Sergio hoben die Gläser, und die Runde prostete sich zu. Sofia brachte die Speisekarten und verschwand. Ohne die vermittelnde Gastgeberin herrschte für einen Augenblick ein Vakuum am Tisch, dann begann Maria Campana das Gespräch mit dem Thema, das wohl allen unter den Nägeln brannte. »Sergio, gibt es schon etwas Neues im Fall des toten Bischofs? Du bist doch bei den Ermittlungen dabei.«

Sergio berichtete, was er wusste. »Das ist nicht viel mehr als das, was ihr in der Zeitung lesen könnt«, schloss er. »Allerdings ist die Polizei auf eine vage Spur gestoßen.«

»Wohin führt die?« Rossella stützte die Unterarme auf dem weißen Tischtuch auf und lehnte sich vor.

»Hierher«, sagte Sergio, »zum Hexenzirkel.«

Rossella setzte sich abrupt auf und zog die Hände zurück. Ihr Holzperlen-Armband hatte ein Muster auf der Haut an ihrem Handgelenk hinterlassen. Die anderen Frauen sahen sich verwirrt an. »Stehen wir unter Mordverdacht?« Perlas Teint war noch bleicher geworden. Gabrinas Wangen leuchteten rot.

»Nein«, beschwichtigte Sergio. »Aber ich habe gehört, dass Bischof Amendola sich in die Arbeit eurer Gruppe eingemischt hat. Stimmt das?«

Ein paar Sekunden lang herrschte Schweigen. Dann begannen alle durcheinanderzureden. Schließlich sorgte Maria für Ruhe, indem sie mit dem Bügel ihrer großen Brille gegen das Proseccoglas schlug.

»Ja, es stimmt«, brachte sie vor. »Aber deshalb würden wir niemanden umbringen.«

»Bitte«, Sergio hob beide Hände, »beruhigt euch. Ich behaupte doch nicht, dass ihr etwas mit dem Tod des Bischofs zu tun habt. Aber ich muss jedem Hinweis nachgehen. Erzählt mir, was passiert ist.«

Niemand rührte sich, niemand sagte etwas. Schließlich schaltete sich Giulia ein. »Soviel ich weiß, betreibt ihr Heimatkunde und nennt euch Hexenzirkel, weil ihr euch bei Vollmond am Masso di Mandringa versammelt. Warum eigentlich?«

Der Einstieg war klug gewählt, denn die Erwähnung eines falschen Details genügte, um die Frauen zum Reden zu bringen.

»Wir versammeln uns nicht bei Vollmond am Felsen«, wies Gina brüsk von sich. »Wir haben den Ort bloß eine Zeit lang untersucht, seine Geschichte, die Sagen, die sich um ihn ranken und die Quelle darunter, aus der angeblich Geräusche aufsteigen sollen. Aber das haben wir tagsüber getan. Es gibt keine Versammlungen im Nebel bei Mondschein. Wir tanzen auch nicht mit einem Ziegenbock.«

»Das hat aber neulich anders ausgesehen, als dich Lorenzo

beim Fest im Park herumgewirbelt hat«, sagte Maria und brachte die anderen zum Lachen.

»Was ist das dann für eine Geschichte mit Bischof Amendola?«, wollte Sergio wissen. »Hat er Gespenster gesehen, wo in Wirklichkeit nur fünf schöne Frauen waren?«

»Hexen sind wir jedenfalls nicht.« Maria setzte ihre Brille auf und sah Sergio durchdringend an. »Aber diese Geschichte mit dem Masso di Mandringa hat uns den Ruf wohl eingebracht. Wir haben eine Weile an dem Felsen geforscht und herausgefunden, dass es diese Geräusche tatsächlich gibt. Nur sind es keine Dämonen, die unter dem Felsen heulen. Es sind Dämpfe aus einer heißen Quelle. Unter Volterra sollen geothermische Reservoire liegen, so wie unter Larderello. Du siehst also: Statt Mythen über Teufel zu verbreiten, haben wir Aufklärung betrieben.«

»Und der Bischof?«, hakte Sergio noch einmal nach.

»So genau wissen wir das nicht.« Gina drehte an dem Ohrring in ihrem rechten Ohrläppchen. »Aber etwas scheint ihn an unserem neuesten Forschungsprojekt gestört zu haben. Darin geht es um Reliquien.«

Schon wieder Reliquien! In Sergio läuteten die Alarmglocken. In seiner Erinnerung tauchte Commissario Baldi auf, der etwas von einem Ritualmord sagte. »Die Gebeine der Heiligen aus San Giusto?«, fragte er.

»Um tote Männer müssen sich andere kümmern«, gab Rossella zurück. »Wir untersuchen die Schicksale von toten Frauen.« Dann erzählte sie von zwei Volterranerinnen namens Attinia und Greciniana, zwei Märtyrerinnen aus dem vierten Jahrhundert. Die beiden Frauen wurden während der Christenverfolgung unter dem römischen Kaiser Diokletian ermordet, an der Balze, einem Plateau am nordwestlichen Stadtrand von Volterra, ganz in der Nähe des Masso di Mandringa. »So geht jedenfalls die Legende«, erzählte Rossella. »Die Gebeine der beiden Frauen sind oben in der Stadt im Dom in einem Glaskasten ausgestellt.«

Da wusste Sergio mit einem Mal, wovon die Rede war. Er kannte jeden Winkel von Volterras Hauptkirche, auch den Glaskasten mit den Schädeln und Knochen darin. Die ausgestellten Gebeine erregten Aufmerksamkeit, denn sie waren mit viel Mühe dekoriert worden, man hatte die Knochen übereinander befestigt und mit Blumen bekränzt.

Maria Campana übernahm. »Wir haben herausgefunden, dass Attinia und Greciniana aus unserem Viertel stammen und hier gestorben sind. Deshalb müssten sie eigentlich auch hier bestattet werden. Bestattet. Verstehst du, Sergio? Wer will schon nach seinem Tod in einem Glaskasten von allen angestarrt werden? Diese beiden Frauen sind nicht nur die Opfer der Römer geworden, sondern auch Opfer der Kirche, die sie für ihre Heiligengeschichten missbraucht.«

Sergio dachte an Angelo, der sich im Gespräch mit dem Mönch ebenfalls gegen die Eigenart der Kirche ausgesprochen hatte, Gebeine öffentlich zur Schau zu stellen. »Und der Bischof …«, begann er nochmals. »Hat eine von euch den Monsignore am Samstagabend gegen zweiundzwanzig Uhr zur Kirche gehen sehen?« Maria hatte ihm erzählt, dass die drei Frauen an dem Abend gemeinsam vor ihrem Haus an der Kirchwiese gesessen hatten, sie selbst aber früher hineingegangen war und nur Gina und Rossella noch im

Freien geblieben waren. Gina schüttelte den Kopf. »Wir sind noch zur Bocciabahn rübergegangen und haben mit den Leuten, die beim Aufbau des Jahrmarkts geholfen hatten, etwas getrunken.« Rossella nickte und zuckte mit den Schultern.

»Hat Bischof Amendola wegen der beiden Märtyrerinnen Kontakt zu eurer Gruppe aufgenommen?«, fragte Sergio in die Runde.

»Der hat von unseren Nachforschungen erst mal gar nichts gewusst, bis … ja, bis Padre Bonacelli bei uns auftauchte.« Gabrinas Wangen glühten noch immer. »Hier, im Il Mulino, stand er eines Sonntagabends vor unserem Tisch und bat uns um ein Gespräch.«

Bonacelli? Das wurde ja immer interessanter.

»Der Pfarrer hat irgendwie von unserer Arbeit erfahren«, fuhr Maria fort, und die anderen nickten. »Wir machen ja auch kein Geheimnis daraus, und dass Gerüchte in San Giusto mit Lichtgeschwindigkeit unterwegs sind, muss ich dir ja nicht erzählen. Padre Bonacelli hat also aufgeschnappt, dass es einen Hexenzirkel in seiner Gemeinde geben solle, und da war er natürlich daran interessiert, was es damit auf sich hat.«

»Ob wir etwas Unchristliches treiben«, fügte Perla hinzu und hob die gezupften Augenbrauen. »Wir! Etwas Unchristliches!«

Rossella war wieder dran. »Er hat sich zu uns gesetzt, so wie heute Abend du, Sergio, und hat sich über unsere Arbeit aufklären lassen. Unsere Kritik an der Behandlung von Attinia und Greciniana fand er nachvollziehbar, und er

wollte uns helfen, mehr über die beiden herauszufinden.«
Rossellas Augen begannen zu leuchten. »Adriano ist ein
ungewöhnlicher Mann und Pfarrer. Er liebt die katholische
Kirche und Jesus Christus, aber er ist gegen Wunderglauben
und Hokuspokus. Seine Auffassung des Christentums ist
sehr modern.«

»Außerdem sieht er gut aus.« Maria zwinkerte den anderen durch ihre dicken Brillengläser zu. Der Pfarrer ist auf
unterschiedliche Weise im Stadtviertel beliebt, dachte Sergio.

»Adriano kam von diesem Tag an regelmäßig zu uns. Er
brachte Auszüge aus Kirchenbüchern mit und Informationen aus den Archiven der Diözese«, berichtete Rossella.
»Wir waren eine eingeschworene Gemeinschaft und witzel-
ten schon, dass wir unseren Namen ändern müssten.«

»Er hat immer an genau der Stelle gesessen, wo du jetzt
sitzt.« Gina deutete auf Sergios Platz. »Jedenfalls eine Zeit
lang.«

»Und dann tauchte der Pfarrer plötzlich nicht mehr auf«,
ergänzte Maria.

»Ich habe ihn zu Hause besucht und im Namen der
Gruppe gefragt, was los sei«, erzählte Rossella. »Er hat aus-
weichend geantwortet, aber der Name des Bischofs fiel.«

»Den Rest konnten wir uns zusammenreimen«, fuhr
Maria fort und fuchtelte mit ihren faltigen Händen. »Bischof
Amendola hat von der Sache erfahren und dem Pfarrer verboten, sich an unserem Forschungsprojekt zu beteiligen.
Vermutlich wollte der Monsignore verhindern, dass Attinia
und Greciniana ein Begräbnis erhalten, denn dann hätten
sie aus dem Dom entfernt werden müssen. Zwei Heilige

weniger in der Diözese. Das wäre keine gute Bilanz für einen Bischof.«

»Wenn ich jetzt nicht bald etwas zu essen bekomme, könnt ihr mich auch gleich beerdigen«, rief Gabrina und blätterte durch die Speisekarte. Die anderen machten es ihr nach.

Sergio klappte die Karte auf, doch die Namen der Speisen verschwammen vor seinen Augen. Wenn die Frauen mit ihrer Vermutung richtiglagen, dann hatte Bischof Amendola Padre Bonacelli für sein Verhalten getadelt und ihm die Zusammenarbeit mit dem Hexenzirkel verboten. Wenn das kein Konfliktpotenzial barg, wäre Bonacelli ein Heiliger. Sergios Blick klärte sich. Er würde sein bestes Jackett gegen eins von Alessandros Hawaiihemden wetten, dass es zwischen Amendola und Bonacelli zum Streit gekommen war. Und jetzt war der Bischof tot.

KAPITEL 14

Jede Stadt in der Toskana hat ihre Wetterphänomene. Je nach Lage der Häuser auf einem der Hügel und je nach Lauf der Sonne um diesen Hügel herum machen sich diese Eigenarten bemerkbar. Im Palazzo Pretorio im Zentrum Volterras war das deutlich zu spüren: Im Hochsommer war es im Innern kühl, im Spätsommer und Herbst hingegen unangenehm warm. Das lag daran, dass die Sonne, wenn sie ihren Jahreshöchststand erreichte, von oben auf den Palazzo schien, die dicken Mauern aber die Hitze nicht durchließen. Wanderte die Sonne tiefer über die Dächer, drangen ihre Strahlen durch die Fenster. Und dagegen halfen auch die dicksten Mauern nicht.

So auch an diesem Montagmorgen. In der Wache schwitzten die vier Polizisten. Morelli trank trotzdem Tee. Bertini stand vor dem großen Stadtplan Volterras und suchte nach Punkten, die er mit Stecknadeln markieren konnte, um sie dann mit einem roten Wollfaden zu verbinden. Der junge Kollege hielt diese Methode für geeignet, zur Aufklärung von Verbrechen beizutragen, selbst wenn er nur zwei Orte gab, die damit in Verbindung standen.

Sergio holte eine Flasche Mineralwasser aus dem Kühlschrank und drückte sie gegen seine Wange. Er schaute zu, wie sich Alessandros Miene zu etwas verzog, das er lieber mit der Hitze in Verbindung gebracht hätte als mit seinen Worten.

»Ein Hexenzirkel? Ist das dein Ernst?« Alessandro schlug sich mit der flachen Hand gegen die Stirn. »Was ist los mit dir, Sergio? Erst schleppst du mir einen Franziskanermönch an, der an alten Knochen herumdoktert, und jetzt sind es Hexen. Wer kommt als Nächstes? Rotkäppchen und der böse Wolf?«

»Wenn der böse Wolf den Bischof getötet hat, wäre das gar nicht so schlecht, oder?«, gab Sergio zurück.

»Der Bischof hätte mit seiner seltsamen Mütze auch ein hervorragendes Rotkäppchen abgegeben.« Bertini lachte als Einziger über seinen Scherz.

»Ich hab's dir doch erklärt.« Sergio ließ sich auf die warme Sitzfläche seines Bürostuhls sinken. »Diese Hexenrunde ist harmlos. Sie betreiben dort ein bisschen Heimatforschung, nichts, worum wir uns Sorgen machen müssen.«

»Bischof Amendola war aber anscheinend so beunruhigt, dass er den Zirkel sprengen wollte«, wandte Alessandro ein.

Sergio presste die Flasche gegen die andere Wange. »Der Bischof war dagegen, dass Padre Bonacelli mit den Frauen zusammenarbeitet, und hat ihm den Umgang mit ihnen untersagt. Was mich wundert, ist, dass der Pfarrer uns nichts davon erzählt hat.«

»Vielleicht, weil ihn niemand gefragt hat«, gab Morelli zu bedenken.

»Möglich«, stimmte Sergio zu. »Vielleicht aber auch, weil er sich nicht verdächtig machen wollte. Angesichts der Ereignisse.«

Er schaute Alessandro erwartungsvoll an.

Wie so oft, konnte der Dienststellenleiter auch diesmal Gedanken lesen. »Also gut, du gehst runter nach San Giusto befragst Bonacelli. Da ihr quasi Nachbarn seid, fasst er zu dir vielleicht Vertrauen.«

Sergio spürte einen Luftzug im Rücken. Jemand hatte die Tür zur Wachstube geöffnet. Er musste sich nicht umdrehen, Commissario Baldi und Ispettore Rossi erkannte er auch am Geruch ihrer Aftershaves.

»*Buongiorno, Signori*«, ließ Baldi ertönen. »Was gibt es Neues bei der Polizeiarbeit?« Es gelang ihm, allein durch seine Stimmlage auszudrücken, dass er an einer Antwort nicht interessiert war.

»Uns hält das Tagesgeschäft in Bewegung.« Alessandro las von der Liste der eingegangen Fälle ab. »Ein bissiger Hund. Eine Schlägerei auf einer Baustelle. Dabei ging es wohl um die anstehende Bürgermeisterwahl. Vorbereitungen der Probebohrungen am Nordhang der Stadt. Und mal wieder einige Verkehrsunfälle, alle ohne Personenschaden, aber wir ...«

»Wir kommen gerade von einem Gespräch mit einigen Geistlichen aus der Diözese und sind hier, weil wir ein Fax von der Gerichtsmedizin erwarten«, unterbrach Rossi. »Die Kollegen haben den Leichnam des Bischofs untersucht und wollten uns die Ergebnisse hierher in die Wache schicken. Ich hoffe, die sind angekommen.«

Sergio erhob sich so langsam wie möglich, zupfte noch etwas Unsichtbares von seinem linken Hosenbein und ging dann zum Faxgerät hinüber, nicht ohne zuvor einen Umweg zum Kühlschrank einzulegen, um die Wasserflasche zurückzustellen. Im Auffangkorb des Faxapparats lagen drei Bogen dünnes Papier. Natürlich hatten die Lokalpolizisten den Bericht längst bemerkt, gelesen, besprochen und kopiert. Aber das mussten die Vorgesetzten nicht unbedingt wissen. Sergio las den Text vor: »*Todesursache: Ersticken. Organversagen kann nach Autopsie ausgeschlossen werden. Keine Schäden an Gewebe oder Knochen, die auf Gewalteinwirkung schließen lassen. Todeszeitpunkt: Gegen Mitternacht zwischen dem vierzehnten und fünfzehnten September.*«

»Geben Sie schon her!« Rossi riss Sergio die Blätter aus der Hand. »Außerdem sind Sie uns die Liste der Personen schuldig, die einen Schlüssel zur Kirche haben. Die haben Sie hoffentlich fertig.«

Alessandro nahm einen Zettel von seinem Notizblock und reichte ihn Baldi. »Bitte sehr, Commissario.«

Baldi und Rossi starrten auf das Papier. »Da stehen nur zwei Namen.«

Alessandro nickte. »Der des Pfarrers und der des Küsters. Niemand sonst hat einen Schlüssel.«

Baldi zerknüllte den Zettel und sah Alessandro vorwurfsvoll an.

»Hat Ihr Besuch in der Diözesanverwaltung etwas ergeben?«, fragte Sergio.

Der Commissario zögerte. »Noch nicht viel. Wir haben

auch mit Amendolas Haushälterin gesprochen und mit seiner Sekretärin. Der Monsignore soll in letzter Zeit verschlossen gewesen sein, hat wohl vieles selbst erledigt. Rossi und ich werden der Sache weiter nachgehen. Als Nächstes wollen wir diesen Priester befragen, den aus San Giusto, der den Schlüssel zur Kirche hat. Wie hieß er noch gleich?« Baldi zog den zerknüllten Zettel wieder auseinander.

»Padre Bonacelli?«, fragte Sergio und wechselte einen raschen Blick mit Alessandro. Wenn Baldi und Rossi den Pfarrer in die Mangel nahmen, würde Sergio anschließend nichts mehr aus ihm herausbringen.

»Ja, der«, stimmte Baldi zu. »Ein junger Bursche. Ein Priester mit Pferdeschwanz.«

»Am Kopf«, witzelte Rossi.

Bertini lachte, bis er Sergios Blick auffing.

»Fahren Sie zur Kirche, Commissario«, schlug Alessandro vor. »Padre Bonacelli hat alle Gemeindemitglieder versammelt, man will zusammen für Bischof Amendolas Seele beten. Ich bin sicher, Sie beide sind dort herzlich willkommen, um die spirituelle Kraft des Gebets zu verstärken.«

»In die Kirche, um zu beten?«, fragte Rossi.

»Wissen Sie, wie lange das dauern wird?«, wollte Baldi wissen.

Alessandro schaute auf die Uhr, dann zu Sergio. »Sie können auch erst mal etwas essen gehen und es dann am späten Nachmittag versuchen.«

KAPITEL 15

Die Mittagszeit war schon vorüber, die rot karierte Gardine vor das Türfenster der Trattoria gezogen, trotzdem herrschte im Innern Trubel: Angelo, Trommelfeuer, Zitadelle, Kugelblitz und Federica saßen um den Stammtisch herum und schmiedeten Pläne für den Wahlkampf. Jedenfalls vermutete Sergio das hinter dem Geschrei, mit dem jeder seine eigenen Einfälle zum Besten gab und die der anderen verwarf. Sergio war in die Trattoria gekommen, weil Padre Bonacelli nicht zu Hause war und er ihn später noch einmal im Pfarrhaus aufsuchen wollte.

»Da kommt die Polizei«, rief Kugelblitz, als er Sergio erblickte. »Die wird uns verhaften, wenn ihr weiter so einen Unsinn redet.«

»Das ist nicht die Polizei«, krächzte Angelo, »das ist nur ein Kellner.«

Sergio seufzte, langte nach der Schüssel mit den *brigidini*, nahm eines der Anisplätzchen und biss zu. Angelos Gesicht auf dem Gebäck zerbröselte. »Die wollte wohl keiner haben«, stellte Sergio kauend fest. »Sind eure Wahlkampagnen allesamt so erfolgreich?«

»Wir werden Wahlplakate drucken lassen«, sagte Federica mit Begeisterung in der Stimme.

Sergio fielen die Plakate von Ugo Marchetti ein, die Giulia vor ihm zu verbergen versucht hatte. »Wie sollen die aussehen?«

»Angelo muss darauf zu sehen sein«, brummte Zitadelle. »Und da dachten wir, weil du dich doch mit Fotografie auskennst, könntest du Bilder von deinem Vater machen.«

»Dann hat dieses seltsame Labor im Lagerraum endlich mal Sinn und Zweck«, ergänzte Angelo.

»Bilder«, echote Sergio und erntete allgemeines Nicken. Er ahnte, dass er um diese Mission nicht herumkommen würde. Angelo vorteilhaft zu fotografieren, würde eine Herausforderung sein. Nicht so sehr, weil das Modell unansehnlich wäre – Angelo trug seinen italienischen Charme auch im Alter gekonnt zur Schau –, sondern wegen dessen Ungeduld. Sein Vater würde nach dem ersten Klacken des Auslösers genug von der Prozedur haben. Was bedeutete, dass der erste Versuch sitzen musste.

»Bevor wir ein Foto machen, muss ich erst wissen, wie der Slogan lautet.« Damit würde er Zeit gewinnen.

Das Wahlkampfteam verstummte und schaute ihn an.

»Der Slogan«, wiederholte Sergio langsam. »Einige markante Worte, mit denen Angelo sich vorstellt. Das Bild muss dazu passen.«

Sein Vater nickte. »Eine gute Idee. Wie wäre es mit ›Angelo Panda. Der Bürgermeister mit der weißesten Weste in der Stadt‹? Und auf dem Bild trage ich die Weste meines alten Anzugs. Das passt hervorragend.«

»Aber diese Weste ist hellgrau«, erinnerte ihn Sergio.

»Mag sein«, erwiderte Angelo, »trotzdem ist sie immer noch weißer als die von Marchetti.«

»Wir brauchen etwas anderes.« Damit löste Trommelfeuer eine Sturzflut von Vorschlägen aus, von denen jeder dazu geeignet war, Marchetti die Wahl haushoch gewinnen zu lassen, darunter ›Angelo Panda – Bürgermeister mit einem Lächeln‹. Das, da waren sich alle außer Angelo einig, wäre eine leere Versprechung und damit Betrug am Wähler.

»Versucht doch mal, auf die Geothermie einzugehen«, schlug Sergio vor und aß noch mehr *brigidini*. »Das ist was Konkretes, damit können die Leute etwas anfangen.«

Zitadelles Vorschlag, ›Angelo Panda. Mit der Kraft, das Kraftwerk zu stoppen‹ fiel durch. Unter dem Gebrüll der Männer war Federicas Stimme kaum zu hören.

»Seid doch mal still«, herrschte Angelo die anderen an. »Was hast du da gerade gesagt, Bella?«

Die Silberschmiedin räusperte sich. »Angelo Panda. Rettung für Volterra.«

Angelo schlug mit der flachen Hand auf den Tisch. »*Perfetto!* Das ist es!«

Sergio erstarrte. Denselben Spruch hatte er auf Marchettis Plakaten gesehen. »Das ist kein guter Slogan.« Er versuchte, sich gegen die Begeisterungsrufe durchzusetzen, aber niemand schien seinen Einwand zu hören – oder hören zu wollen. »Rettung für Volterra!«, wiederholte Kugelblitz immer wieder. Der Pensionär war dafür bekannt, markante Sätze in seinen Wortschatz aufzunehmen und alles andere für eine Zeit daraus zu streichen.

»Wartet doch mal.« Sergio brauchte mehrere Anläufe, bis er endlich zu den anderen durchdrang. »Dieselben Worte stehen auf Ugo Marchettis Plakaten. Die könnt ihr nicht verwenden.« Wenn er gehofft hatte, das Problem damit aus der Welt zu schaffen, so hatte er sich getäuscht.

»So?«, fragte Angelo. »Und woher weißt du das? Marchetti hat seine Plakate doch noch gar nicht aufgehängt, oder?« Er schaute in die Runde. Keiner der Anwesenden hatte Ugos Wahlkampfposter bislang in der Stadt gesehen. »Das heißt, wir müssen schneller sein als Marchetti. Wenn er dann mit demselben Spruch rauskommt wie wir, können wir ihm vorwerfen, ein Nachahmer zu sein. Und wer würde so einen schon zum Bürgermeister haben wollen?«

»Ich zum Beispiel«, kam eine dunkle Frauenstimme von der Tür her. Im Eingang stand Sofia Zacchi. Obwohl sie von kleiner Statur war, wirkte sie in ihrer schwarz-weiß gestreiften Bluse und dem eng anliegenden Rock groß und würdevoll.

Sergio sprang auf und bot ihr seinen Stuhl an. Doch Sofia lehnte ab. »An dieser Runde möchte ich nicht teilnehmen«, sagte sie. »Ganz im Gegenteil. Ich möchte, dass ihr jetzt alle nach Hause geht.« Ihr Blick heftete sich auf Angelo.

»Wir sind aber noch nicht fertig«, widersprach Zitadelle.

»Seit wann bist du die Wirtin hier?« Angelo starrte zurück.

Sergio spürte ein Zittern in der Luft. Ein lautes Schweigen setzte ein. »Ich würde dir das lieber unter vier Augen sagen.« Sofia stand da wie eine Statue.

Angelo verschränkte die Arme. »Ich habe nichts zu verheimlichen. Ich bin ein ehrlicher Bürgermeister.«

»Und die Rettung für Volterra.« Kugelblitz hielt einen Daumen hoch. »Das ist unser Slogan«, setzte er als Erklärung für Sofia hinzu und deutete auf Federica. »Ihr Einfall.«

Sofias Blick ruhte weiter auf Angelo. Sie setzte ein mildes Lächeln auf, eines, das man einem Kind schenken würde, das noch nie auf der Schattenseite des Lebens gestanden hat. »Wie du willst. Gestern waren Giulia und Sergio bei mir im Ristorante und haben erzählt, dass du zur Wahl antreten willst.«

Angelo nickte. »Verstehe. Du musst das erst von meinem Sohn erfahren, obwohl es die Spatzen von den Dächern pfeifen. Du hast mal wieder keine Ahnung davon, was in unserer Stadt passiert, Dulcibella.« Diese Anrede verwendete Angelo gern, um seine Konkurrentin zu ärgern.

»Immerhin«, erwiderte die Chefin des Il Mulino, »habe ich noch früh genug davon gehört, um dich dazu aufzufordern, nicht zu kandidieren.« Merkwürdigerweise vermied es Sofia, wie sonst bei diesen Streitereien üblich, ein spöttisches »Don Angelo« anzufügen.

»Dann bist du also für Ugo Marchetti.« Angelo stieß pfeifend Luft aus. »Nichts anderes habe ich erwartet.«

»Ich bin auf deiner Seite, Angelo Panda. Auf der Seite Volterras, unserer Heimat. Marchettis Plan, unser Städtchen in ein Kraftwerk zu verwandeln, ist entsetzlich. Das darf niemals geschehen. Wir würden unser aller Zuhause opfern, damit eine Handvoll Leute reich werden.«

»Bravo!«, krächzte Angelo. »Wenn du meine Ziele also unterstützt, warum willst du dann, dass ich aufgebe?«

Diese Frage stellte sich Sergio auch.

»Weil du für das Amt des Bürgermeisters nicht der Richtige bist«, sagte Sofia. »Du bist ein ehrlicher Kerl, Angelo, ein Mann von einer Sorte, wie es sie nicht mehr gibt.« Ihre Stimme stockte so leicht, dass man es beinahe nicht bemerkt hätte. »Die Art, wie du deine Trattoria führst, ist einzigartig. Man kann sich eine Menge von dir abschauen.« Sie sah Angelo so unverwandt an, dass der alte Wirt errötete. Sein Kehlkopf hüpfte einmal in seinem faltigen Hals.

»Aber?«, fragte er heiser.

»Aber das sind keine Qualitäten, mit denen du in der Politik weiterkommen wirst. Nicht mal in der Kommunalpolitik. Deine Ehrlichkeit wird dir nur Ärger einbringen. Deine Widersacher werden deine Worte gegen dich wenden, um dir zu schaden. Du verlässt ein Haus auf festem Boden, um in ein Erdbebengebiet umzuziehen.«

»Wie in Assisi?«, fragte Trommelfeuer und rieb sich die Glatze.

»Nein«, war alles, was Angelo sagte.

Sofia beugte sich vor. »Denk darüber nach, Angelo. Du bist an dem Ort, an den du gehörst. Und dort solltest du bleiben.«

»Mal angenommen, ich würde dir zustimmen. Wer kümmert sich dann um Marchetti? Ohne Gegenkandidaten wird er Volterra zerstören. Willst *du* gegen ihn antreten?«

Sofia schüttelte den Kopf. »Denk noch mal darüber nach. Ein Volterra voller geothermischer Röhren wäre immer noch besser als eines ohne Angelo Panda in seiner Trattoria.« Sie wandte sich um und verschwand durch die Tür nach draußen.

Kapitel 16

Der Wind kam vom Meer her, sanft, schwer und heiß. In einiger Entfernung sah Sergio Sofia den Borgo hinaufgehen. Er hatte die sprachlose Runde in der Trattoria ebenfalls verlassen, um zum Pfarrhaus zu gehen. Der Luftzug spielte mit Sofias Bluse, und sie schlang die Arme um den Oberkörper. Der Art, wie sie sich bewegte, fehlte die übliche Grazie. Ohne Zweifel hatte es sie Kraft gekostet, Angelo mit guten Worten von seiner Kandidatur abhalten zu wollen, noch dazu vor Publikum. Sergio nahm sich vor, Sofia bei nächster Gelegenheit zu sagen, dass sie richtig gehandelt hätte, dass ihre Worte bei Angelo zwar auf Granit gestoßen seien, aber auch Granit Spalten und Risse habe, durch die etwas hindurchsickern konnte.

Das Pfarrhaus lag in Sichtweite der Kirche am Borgo. Padre Bonacelli hellte die dunkelgraue Bruchsteinfassade mit Blumen auf. Sie wuchsen in einem kleinen Beet rechts und links neben der Treppe, sie gediehen in Blumenkübeln und -kästen. Jeden Sonntag nach der Messe forderte Bonacelli die Gemeindemitglieder dazu auf, an seinem Haus vorbeizugehen und Blumen mitzunehmen, für sich selbst oder um jemandem damit eine Freude zu machen. In einer Großstadt wären die Pflanzen längst verschwunden gewesen. In Volterra aber legten die Leute dem Pfarrer noch mehr Blumen vor die Tür. Auch jetzt musste Sergio über eine Staude Sonnenaugen und einen Strauß Kosmeen hinwegsteigen – Zeichen für Bonacellis Beliebtheit. Auf so etwas würden die Polizisten in der Wachstube wohl lange warten müssen.

Sergio drückte die Klingel. Niemand öffnete. *Porca miseria!* Wo steckte ein Priester, wenn man einen brauchte? Er schaute zur Kirche. Die Tür stand offen.

Sergio fand den Pfarrer im Vorraum, wo er die Broschüren in dem kleinen Holzständer sortierte.

Die Männer begrüßten sich. Bonacelli trug ein olivfarbenes Hemd und eine hellbraune Hose mit breitem Gürtel. Die Messingschnalle stellte ein Christusmonogramm dar. Der Pfarrer deutete in Richtung Altar. Davor war ein Absperrband gespannt. »Deine Kollegen waren so nett, nur den Bereich um den Hochaltar abzuriegeln«, sagte Bonacelli. »Das Gotteshaus steht weiterhin offen. Das habe ich dir zu verdanken, oder?«

Sergio leugnete, etwas damit zu tun zu haben, und hoffte, dass es keine allzu schwerwiegende Sünde war, mitten in einer Kirche einen Priester anzulügen. »Ich würde dir gern einige Fragen stellen, Adriano.«

»Nur zu. Ich helfe in dieser Angelegenheit mit allem, was möglich ist.« Bonacelli steckte die letzten Broschüren in eines der Fächer und verschränkte die Hände auf dem Rücken. Sergio hatte auf der Polizeischule gelernt, bei Verhören auf die Hände seines Gesprächspartners zu achten. Jetzt würde er sich mit Bonacellis Worten begnügen müssen.

Seite an Seite schritten die Männer den Gang zwischen den Kirchenbänken entlang. Durch die kleinen Fenster warf der Sonnenschein helle Inseln aus Licht auf die Bodenfliesen. Sergio nahm die Dienstmütze ab. »Was ist deiner Meinung nach hier geschehen?«

»Das müsstest du meinen Chef fragen«, sagte Bonacelli und warf einen Blick zu dem Kruzifix über dem Altar. Jesus hinter Absperrband – was für ein Fotomotiv! Sergio beschloss, später mit seiner Kamera zurückzukehren.

»Du hast also keine Idee, warum der Bischof ermordet wurde?«

»Dass ein Mensch dazu fähig ist, möchte ich mir lieber nicht vorstellen.«

Sie näherten sich dem Altarbereich. Ihre Schritte hallten synchron durch die Kirche. »Weißt du, was ich mich die ganze Zeit über frage?« Sergio drehte die Dienstmütze in den Händen. »Warum ist Bischof Amendola so spät überhaupt in die Kirche gegangen?«

»Vielleicht wollte er beten«, mutmaßte Bonacelli. »Oder nach den Reliquien sehen. Die Gebeine sollten ja am nächsten Tag bei der Prozession gezeigt werden.«

»Hätte es auch einen anderen Grund geben können?« Sergio schaute Bonacelli auffordernd an. Er wollte dem Padre Gelegenheit geben, sich ihm anzuvertrauen.

»Welcher andere Grund hätte das sein sollen?«, fragte Bonacelli. »Hast du eine Vermutung?«

»Vielleicht wollte sich der Monsignore in der Kirche mit jemandem treffen«, setzte Sergio an.

»Du glaubst, der Bischof hatte eine heimliche Verabredung? In der Kirche?« Der Priester lachte auf. »Mein Lieber, das ist absurd. Roberto Amendola hatte seine Fehler, schließlich war er ein Mensch wie du und ich. Aber das halte ich für ausgeschlossen.«

»Das hatte ich auch gar nicht im Sinn«, erwiderte Sergio. »Ich dachte eher daran, dass sich Bischof Amendola vielleicht mit dir treffen wollte. Wäre das möglich? Wo warst du zu der Zeit?«

Der Priester blieb stehen. »An dem Abend war ich zu Hause und bin die Gebete zum Fest der Heiligen durchgegangen. Worauf willst du hinaus?«

Sergio dachte darüber nach, die Dienstmütze wieder aufzusetzen, hielt sie aber weiter mit den Händen fest. Das war einer jener Momente, in denen er gern in seiner Uniform steckte, um sich voll und ganz als Polizist zu fühlen, denn hier war er zugleich ein Nachbar. »Ich habe gehört, dass der Bischof eine Meinungsverschiedenheit mit dir ausgetragen hat.«

Bonacellis Miene verdüsterte sich. »Du spielst auf die historische Gruppe an?«

Sergio nickte. »Die Mitglieder nennen ihre Zusammenkünfte Hexenzirkel. Das weißt du vermutlich.«

In Bonacellis Augen schimmerte etwas, das zuvor noch nicht da gewesen war. »Das ist nur eine Bezeichnung. Diese Frauen haben Interesse an der Geschichte ihrer Stadt.«

»Und du hast sie unterstützt.«

»Eine Zeit lang. Ich habe ihnen bei ihren Nachforschungen geholfen.« Er senkte den Blick. »Aber das war ein Fehler.«

»Glaubst du das selbst? Oder war das die Meinung von Bischof Amendola?« Sergio bedauerte es, den Geistlichen so bedrängen zu müssen.

Bonacelli räusperte sich, wartete, bis das Geräusch verklungen war, dann begann er zu sprechen: »Als ich zum ersten Mal von dem Hexenzirkel hörte, dachte ich, diese Frauen könnten etwas Unchristliches tun. Und da ich hier im Viertel so etwas wie die Polizei in Glaubensfragen bin, habe ich beschlossen, mir das näher anzusehen. Ich wusste, dass sich die Runde im Il Mulino trifft, also habe ich von Sofia Zacchi in Erfahrung gebracht, wann dort ein Tisch für die nächste Zusammenkunft reserviert war, und bin hingegangen. Wie sich herausstellte, hatte ich mir grundlos Sorgen gemacht. Die Hexen sind eigentlich nur leidenschaftliche Heimatforscherinnen. Es war wie schon so oft in der Geschichte: Was der Mensch nicht versteht, davor hat er Angst, also erklärt er es zu etwas Bösem. Diesem Irrtum wäre ich beinahe selbst aufgesessen. Ich bin froh, dass Gott mir den Weg gewiesen hat.«

Gott weist den Weg ins Il Mulino – das musste Sergio unbedingt Sofia erzählen. »Und was hast du bei deinem Besuch erfahren?«

»Die Frauen arbeiten an der Geschichte der beiden Jungfrauen, deren Gebeine im Dom aufbewahrt werden, Santa Attinia und Santa Greciniana. Ein wirklich interessanter Fall, denn es handelt sich dabei nicht nur um Heimatkunde, sondern auch um Kirchengeschichte.« Er zögerte. »Aber sie kamen nicht weiter. Also habe ich Informationen für sie zusammengetragen, denn ich kann die Kirchenbücher im Archiv unserer Diözese einsehen, und ich habe den Frauen Zugang zur Bibliothek unseres Diözesanmuseums verschafft. Das gefiel aber Bischof Amendola nicht. Er war der Ansicht, dass die Bedeutung der Reliquien dieser beiden Märtyrerinnen angezweifelt werden könnte. Also hat er mich gebeten, die Zusammenkünfte des Zirkels nicht mehr aufzusuchen und meine Aktivitäten einzustellen.«

»Du bist nicht mehr hingegangen, weil der Bischof es so wollte?«, fragte Sergio. »Oder hast du seine Befürchtung geteilt?«

»Meine Meinung war in dieser Angelegenheit nicht ausschlaggebend. Amendola war der Bischof. Damit war er für mich das, was Commissario Baldi für dich ist. Der sagt dir doch auch, was du zu tun und zu lassen hast.«

Sergio verzichtet darauf, Bonacelli darüber in Kenntnis zu setzen, dass er genau in diesem Moment etwas tat, das Baldi bestimmt nicht gefallen würde.

»Dann habe ich ihn noch nach dem unterirdischen Gang vom Felsengrab zur Kirche gefragt«, berichtete Sergio den Kollegen, als er wieder in der Wache war. Es war die Zeit kurz vor Dienstschluss, Alessandro, Bertini und Morelli standen um ihn herum.

»Und?«, drängelte Alessandro. »Was hat er gesagt?«

»Dass ihm der Durchgang von der Krypta zur Tombe wohl bekannt sei, er ihn aber noch nie benutzt habe. Er wisse nicht mal, wo der Schlüssel für die Kette vor der Gittertür zu finden sei. Danach müsste ich den Küster fragen.«

»Könnte dieser Küster unser Mann sein?«, wollte Bertini wissen.

Sergio schüttelte den Kopf. »Francesco hat alle Schlüssel zur Kirche. Er hätte die Tür in der Tombe nicht aufbrechen müssen. Außerdem hat er ein Alibi. Er war zur Tatzeit mit einigen Nachbarn an der Bar neben der Bocciabahn.«

»Also lügt Bonacelli«, schaltete sich Morelli ein.

»Moment mal«, sagte Sergio. »Vielleicht verheimlicht er immer noch etwas.«

»Was könnte das sein?«, fragte Alessandro.

»Bonacelli hat den Hexenzirkel unterstützt, der zu Reliquien forscht. Und solche Gebeine spielen auch bei dem Mord an Bischof Amendola eine Rolle.«

Alessandro drehte einen Bleistift zwischen den Fingern. »Was du sagen willst, ist …«

»… dass Bonacelli womöglich selbst Interesse an den Reliquien hatte.«

Morelli grübelte mit verkniffenem Gesicht. »Und was hätte er von den alten Knochen gehabt?«

Sergio beugte sich zu seinem Schreibtisch hinüber und nahm den Hörer des Telefons auf. »Wir brauchen geistlichen Beistand. Ich rufe Don Tiberio an.«

KAPITEL 17

Der sieht ja aus wie der Novize aus *Der Name der Rose*«, sagte Morelli. Die vier Polizisten pressten ihre Nasen gegen die Fenster der Wachstube und schauten hinab auf die Piazza dei Priori, über die gerade eine Gestalt in einer braunen Kutte schritt. Don Tiberio zog die Blicke der Passanten hinter sich her.

»Kommt schon, Leute, an die Schreibtische«, forderte Alessandro die anderen auf. »Wir stehen hier herum wie Klatschweiber.« Die Polizisten verteilten sich im Büro und warteten darauf, dass der Mönch das zweite Stockwerk des Palazzo erreichte. Don Tiberio stellte sich jedem Kollegen mit Handschlag vor und setzte sich auf den Besucherstuhl.

»Kaffee?«, fragte Morelli. »Oder Tee?«

»Danke«, sagte Don Tiberio, »ich bediene mich mal selbst.« Er ging zur Kaffeemaschine hinüber, suchte sich die Tasse mit den geringsten Gebrauchsspuren aus, schenkte ein und gab Milch hinzu. Nach kritischem Blick auf die Löffel rührte er den Kaffee mit dem Finger um.

»Wir haben Sie hoffentlich nicht gestört, bei …«, Alessandro zögerte, »bei …«

»Ich war weder im Gebet versunken, noch habe ich den Kräutergarten in meiner Herberge geharkt oder die Tonsur in Form gebracht.« Don Tiberio lächelte in die Runde und setzte sich wieder. »Stattdessen war ich gerade in der Nachbargemeinde unterwegs, in San Gimignano, und habe mich über die Sicherheitsvorkehrungen für die dortigen Reliquien informiert. Könnte ja sein, dass der Dieb auch dort zuschlägt.«

»In San Gimignano? Dann sind Sie mit dem Auto hier?«, fragte Bertini erstaunt.

Sergio verdrehte die Augen.

»Nein«, gab Don Tiberio zurück, »ich bin geflogen. Wir Mönche rufen Engel herbei, um von A nach B zu gelangen. Wussten Sie das etwa nicht? Immerhin wohne ich aber beinahe stilecht im Kloster. Es ist ein ehemaliges Kloster, ein umgebauter Konvent aus dem dreizehnten Jahrhundert, in der Nähe vom Krankenhaus.«

Alessandro rückte seinen Stuhl zurecht, dann bewaffnete er sich mit einem Bleistift und einem Stück rosa Formularpapier. »Zunächst möchte ich Ihnen für Ihre Bereitschaft danken, uns mit Informationen über Reliquien auszuhelfen. Agente Panda haben Sie ja bereits kennengelernt. Er hat etwas in Erfahrung gebracht, worauf wir uns keinen Reim machen können.« Alessandro nickte Sergio zu. Der berichtete nun von seinem Gespräch mit Padre Bonacelli und von dem neuen Aspekt im Fall des toten Bischofs: den beiden Schädeln im Dom.

»Wir haben es vielleicht mit weiteren Zielobjekten des Reliquiendiebs zu tun«, übernahm Alessandro wieder.

»Dazu müssen wir allerdings wissen: Was hätte jemand davon, auch noch diese Reliquien zu stehlen?«

»Sie sprechen von Santa Attinia und Santa Greciniana? Unser Institut in Santa Croce hat die beiden vor einigen Jahren untersucht. Ein interessanter Fall. Vor allem, wie die Knochen in der Neuzeit mit Blumen dekoriert worden sind.«

»Mal abgesehen davon, dass es die Gebeine von Märtyrerinnen sein sollen«, schaltete sich Bertini ein. »Wer würde dafür Geld ausgeben? Die sind doch nichts wert.«

»Nichts wert?« Don Tiberio strich über das Kruzifix, das an einer Kette von seinem Hals hing. »Waren Sie schon mal in Venedig?«

Alle nickten.

»Die Stadt des heiligen Markus«, fuhr der Mönch fort. »Venedig ist seit dem neunten Jahrhundert die letzte Ruhestätte des Evangelisten.«

»Man hat den Markusdom über seinem Grab errichtet«, konnte Morelli beisteuern.

Don Tiberio nickte. »Vermutlich musste man ein prachtvolles und gigantisches Gebäude dorthin setzen, damit alle die Architektur bewundern und vom Eigentlichen abgelenkt werden.«

»Und was ist Ihrer Meinung nach das Eigentliche?« In Alessandros Stimme hatte sich Skepsis gemischt.

»Die Reliquien selbst. Es gibt Grund zu der Annahme, dass sie gar nicht von Markus stammen.«

»Ich wusste es schon immer«, stieß Morelli hervor. »Diese Venezianer sind noch schlimmere Betrüger als die Schurken in San Gimignano.«

»Demnach ruht unter dem Markusdom irgendein armer Tropf, von dem ein pfiffiger Doge behauptet hat, er sei der heilige Markus?«, hakte Bertini nach.

Don Tiberio lehnte sich zurück und strich seinen Habit glatt. »Zum einen liegt nicht irgendjemand in Venedig begraben. Möglicherweise sind es die Überreste von Alexander dem Großen. Meine Ordensbrüder haben in Alexandria geforscht. Aus der ägyptischen Hafenstadt brachte ein Kaufmann die Gebeine des heiligen Markus nach Venedig. Von diesem Zeitpunkt an sollen die Bewohner Alexandrias die Kapelle, in der die Gebeine Alexanders des Großen, des Stadtgründers, aufbewahrt worden waren, nicht mehr aufgesucht haben. Vielleicht ist das nur ein Zufall. Aber ich glaube nicht an Zufälle, sondern an Gott.«

»Und zum anderen?«, fragte Sergio.

»Zum anderen zeigt diese Geschichte, wie wertvoll ein paar alte Knochen sein können. Venedig war im neunten Jahrhundert eine aufstrebende Handelsstadt, aber abhängig vom fränkischen Kaiser. Der bestimmte, wer Doge wurde und in seinem Namen waltete. Das galt für eine ganze Reihe von Orten an der nördlichen Adria. Venedig hat schon früh versucht, unabhängig zu werden. Es hat sogar eigene Münzen geprägt und wollte mit den Byzantinern gemeinsame Sache machen – alles war recht, wenn sie nur unabhängig sein konnten. Es drohten Krieg und Unterdrückung, und genau zu diesem Zeitpunkt brachte jemand die Reliquien des heiligen Markus dorthin. Damit war die Stadt gerettet.«

»Nur weil ein Händler behauptet hat, er habe die Gebeine eines Evangelisten anzubieten?«, fragte Sergio.

Don Tiberio nickte. »Damals glaubten die Leute, dass nicht der Mensch die Reliquien irgendwo hintrug, sondern dass die Seelen der Heiligen sich selbst aussuchten, wo ihre Gebeine aufbewahrt werden sollten. Der Überbringer des Leichnams war so etwas wie ein Bote Gottes. Dank der Gebeine konnten die Venezianer fortan behaupten, von einem Evangelisten erwählt worden zu sein, künftig kam der Patriarch, der oberste religiöse Führer der Region, aus Venedig, damit besaß die Stadt Macht, und die benutzte sie, um immer reicher zu werden.«

»Das ist ja eine tolle Sache gewesen für Venedig«, versetzte Bertini. »Aber ich verstehe nicht, was das mit unserem Reliquiendieb zu tun haben soll. Niemand glaubt heute mehr an Wunder.«

»Das stimmt leider«, bestätigte Don Tiberio. »Aber an die Macht des Geldes glauben alle, das hat sich seit damals nicht geändert.«

»Also kann man Reliquien gewinnbringend verkaufen?«, fragte Alessandro.

»Man kann sie gewinnbringend anlegen, wenn das Wortspiel erlaubt ist. Wo Reliquien liegen, dahin kommen Menschen. Ein Konvent, in dem die Überreste eines Heiligen liegen, hat Zulauf. Nicht nur von Touristen, sondern auch von Brüdern oder Schwestern. Die Vorteile, die diese alten Knochen bieten, sind vielfältig.«

Ein Telefon läutete. Bertini ging ran.

»Also müssen wir bei Klöstern und Kirchengemeinden fragen, ob dort jemand mit einem Musterkoffer voller Knochen aufgetaucht ist«, schlussfolgerte Alessandro.

»Das habe ich bereits getan«, sagte Don Tiberio. »Auch deshalb war ich heute in San Gimignano. Mittlerweile stehe ich in Kontakt mit zwei Dutzend Priestern in der Region, um diese Schandtaten aufzuklären. Außerdem mit fünf Äbtissinnen und Äbten und einem Kardinal. Sobald ich etwas erfahre, werde ich Sie davon unterrichten.«

»Wenn ich kurz unterbrechen darf«, rief Bertini. »Das hier solltet ihr euch anhören.« Er drückte auf eine Taste. »Bitte jetzt noch einmal, es hören alle mit.«

Sergio kannte die Stimme, die aus dem Lautsprecher drang. Sie gehörte seinem Onkel, Lorenzo Testi, dem ehemaligen Leiter der Polizeiwache. »Setzt euch in Bewegung«, verlangte Onkel Lorenzo. »Ich habe menschliche Knochen gefunden.«

KAPITEL 18

Don Tiberio fuhr, als sei der Teufel hinter ihm her. Mit halsbrecherischer Geschwindigkeit steuerte er seinen knallroten Bianchi, einen Kleinwagen mit Faltdach, durch die Porta San Francesco und sauste den Borgo San Giusto hinab. Es schien, als habe der Wagen des Mönchs weder Kupplung noch Bremse – eine Sonderanfertigung, um möglichst schnell in den Himmel zu kommen.

Onkel Lorenzo wartete mit seinem Fund in der Trattoria. Auf dem Weg dorthin rauschte der Fiat am Il Mulino vorbei. Trotz des hohen Tempos bemerkte Sergio Giulia vor dem Ristorante.

»Sofort anhalten!«, rief er, seine Linke lag schon auf der Handbremse, als Don Tiberio den Wagen zum Stehen brachte. »Was ist passiert?«, fragte der Mönch.

»Noch nichts, und vielleicht kann ich das Schlimmste verhindern.« Sergio hechtete aus dem Auto und eilte zum Eingang des Il Mulino. »Was tust du da?«, rief er. Cardenio lief auf ihn zu und sprang an ihm hoch.

Giulia schaute ihm strahlend entgegen und küsste ihn auf die Wange. Vermutlich hätte sie ihn auch umarmt, wenn sie nicht Marchettis Wahlplakate in der einen und eine Tapezierbürste in der anderen Hand gehalten hätte. Von den Borsten tropfte Kleister auf Sergios Schuhe.

»Ich hänge Ugos Plakate auf«, sagte Giulia. »Dann verschwinden sie endlich aus unserer Wohnung.«

»Das ist sehr fürsorglich von dir.« Sergio war sicher, dass Giulia die Ironie seiner Worte verstand. Zwei Plakate klebten schon an der kleinen Mauer vor dem Ristorante. Früher einmal hatte das Mäuerchen die gesamte Mühle umgeben, in der Sofia Zacchi das Il Mulino eingerichtet hatte. Jetzt war nur noch der Teil zur Straße hin erhalten, und Ugo Marchetti grinste auf Kniehöhe von der Sandsteinwand, über seinem Scheitel stand *Rettung für Volterra*. Derselbe Spruch sollte auf Angelos Plakaten stehen. Mit einem Mal war die Geothermie das geringste Problem in diesem Wahlkampf.

»Hör mal«, begann Sergio. »Hast du überhaupt eine Genehmigung dafür, hier Plakate aufzuhängen?«

Giulias Lächeln verwelkte. »Eine Genehmigung? Was soll das? Glaubst du, Ugos Wahlerfolg auf diese Weise verhindern zu können?« Ihre Stimme wurde lauter. »Willst du einen fairen Wahlkampf untergraben, indem du die Mittel des Polizeistaats anwendest? Das ist undemokratisch!«

»Ist es etwa demokratisch, den Boden unter Volterra auszubeuten, um sich zu bereichern, den Boden, auf dem wir stehen, auf dem wir geboren wurden, auf dem unsere Vorfahren gelebt haben? Marchetti ist nichts heilig.«

»Ugo will sich nicht bereichern, er will etwas fürs Klima tun«, gab Giulia zurück.

»Dann soll er verduften«, brach es aus Sergio hervor, »dann wird die Luft von selbst besser.«

»Sergio?« Die Tür zum Ristorante hatte sich geöffnet, im Eingang stand Sofia. Ihre tiefe Stimme hatte einen drohenden Unterton. »Diese Mauer steht auf meinem Grundstück, damit kann ich anstellen, was ich will.«

Sergio war einen Moment lang sprachlos. »Aber dieser Mann wird unser Städtchen zugrunde richten. Das kannst doch kein normaler Mensch unterstützen.«

»Du hältst meine Nichte also nicht für einen normalen Menschen?« Sofia trat näher.

Sergio schaute zu Giulia hinüber. Wenn sie wütend war, funkelten ihre Augen, und an ihrem linken Mundwinkel zeigte sich eine feine Linie. Sie sah hinreißend aus. »Nein«, antwortete Sergio, »ich halte Giulia für alles andere als einen normalen Menschen.«

»Jetzt versuch es bloß nicht auf die Tour.« Giulia beugte sich zu der Mauer hinunter und tunkte die Bürste in den Eimer voller Kleister, um damit die Wand weiter zu bearbeiten.

Sergio spürte Sofias Hand auf seinem Arm. »Hör mal«, sagte sie, »eigentlich würde ich mich nicht einmischen, du bist gegen Marchetti, und Giulia ist *für* ihn. Du bist gegen Geothermie, und Giulia hält das Kraftwerk für eine gute Idee. Doch egal, wie ich mich entscheide, immer habe ich einen von euch gegen mich, und das ertrage ich nicht.«

Sergio deutete auf das Mäuerchen, das gerade ein weiteres Gesicht von Marchetti erhalten hatte. »Wenn du keine Partei ergreifen willst, Sofia, wie erklärst du dann das?«

»Du warst doch gestern dabei, als ich in eurer Trattoria … als ich dort war. Angelo liegt mir am Herzen. Wir sind Nachbarn, Freunde und Rivalen. Er ist ein guter Kerl, auch wenn er es einem meist schwer macht, das zu glauben. Ich möchte nicht, dass er eine Dummheit begeht und sich Dinge auf die Schultern lädt, die ihn unter sich begraben werden. Da Angelo aber nicht auf mich hört, muss ich andere Maßnahmen ergreifen, um ihn davon abzuhalten, sehenden Auges ins Unglück zu rennen. Deshalb unterstütze ich Ugo Marchetti.«

Das nasse Klatschen der Tapezierbürste begleitete Sofias Worte. Die Wirtin ging um das Mäuerchen, bis sie die Plakate vollständig sehen konnte. »Was ist das denn?«, rief sie aus.

»Das«, sagte Giulia und trat einen Schritt zurück, um ihr Werk zu betrachten, »ist unser künftiger Bürgermeister.«

»Ich meine den Spruch: Rettung für Volterra.« Sofia zeigte auf die gelben Lettern. »Den benutzt doch Angelo.«

Giulia schaute ihre Tante verblüfft an und lachte. »Das ist unmöglich. Den hat sich Ugo für seinen Wahlkampf ausgedacht.«

»Aber ich war gestern im Il Gusto und habe deutlich vernommen, dass Angelos Wahlkampfmotto ›Rettung für Volterra‹ lauten soll.«

Giulia starrte sie an. »Dann hat er den Slogan geklaut. Aber das ist unmöglich, ich fange ja gerade erst damit an, Ugos Plakate aufzuhängen. Die hat niemand zuvor gesehen.« Ihr Blick fiel auf Sergio. Die Bürste entglitt ihren Fingern und fiel mit einem Schmatzen auf den Gehweg. »Du?«, zischte sie.

Sergio hob beide Hände. »Damit habe ich ausnahmsweise nichts zu tun. Wieso sollte ich Angelo von Ugos Einfall erzählen? Mein Vater ist verrückt genug, sich selbst so etwas auszudenken.«

Giulia tippte Sergio mit einem verschmierten Finger gegen die Brust. »Außer Ugo, mir und Ugos Berater Romolo Volpi warst du der Einzige, der die Plakate gesehen hat. Ich habe mittlerweile genug über Polizeiarbeit gelernt, um einen dringenden Tatverdacht auszusprechen. Du gehörst in Untersuchungshaft, bis die Wahl gelaufen ist.«

»Bevor eure Verlobung ins Wasser fällt«, sagte Sofia, »solltet ihr euch lieber von der Politik fernhalten.«

Verlobung? Sergio warf Giulia einen verwunderten Blick zu. Sie wandte sich ab und machte sich wieder an die Arbeit. »Wenn beide Kandidaten mit demselben Slogan arbeiten«, sagte sie, »kommt es wohl darauf an, wer zuerst damit auftritt.« Sie ließ eine Portion Kleister gegen die Mauersteine klatschen.

Ein Tropfen traf auf das Plakat daneben und blieb wie eine Lachträne an Marchettis Gesicht hängen.

KAPITEL 19

Steigen Sie doch bitte wieder ein, Agente.« Don Tiberio
fuhr im Schritttempo neben Sergio her und rief durch
das offen stehende Fenster auf der Beifahrerseite. Sergio lief
über den Gehsteig des Borgo San Giusto. Er musste in Bewegung bleiben, er konnte jetzt nicht sitzen, nicht mal in
einem schnell fahrenden Auto. Die Ereignisse drohten sich
zu überschlagen. Der Mord an Bischof Amendola, das dro-
hende Kraftwerk in Volterra, der Streit mit Giulia, und in
wenigen Minuten würde Angelo unter die Decke gehen,
wenn er erfuhr, dass sein Wahlslogan am Ristorante seiner
Rivalin zu lesen war – über dem Konterfei seines Konkurrenten.

Sergio stieß die Tür zur Trattoria auf. Die Glocke reagierte
empört. Don Tiberio kam hinter ihm ins Lokal.

»Wo ist mein Vater?«, rief Sergio.

»Wo ist das Skelett?«, fragte Don Tiberio.

Steifbeinig erschien Angelo im Durchgang zur Küche.
»Was hast du gerade zu mir gesagt, Bruder Tuck?«

Das Lokal war zur Hälfte belegt, alle Gäste waren ins
Essen oder in Gespräche vertieft. Die kleine Szene ließ

die Geräusche in der Gaststube für einen Moment verstummen.

»Er hat mich gemeint, mein lieber Schwager.« Onkel Lorenzo winkte von einem der hinteren Tische. »Dass du immer alle Beleidigungen für dich beanspruchen willst! Sei nicht so eingebildet, Angelo.«

Sergio führte Don Tiberio zu Lorenzos Tisch. Dann entschuldigte er sich und versicherte, er werde so schnell wie möglich dazukommen.

Das Treiben im Lokal hatte wieder seine gewohnte Lautstärke angenommen, als Sergio seinen Vater in die Kammer hinter der Theke zog. Während er die Uniform ablegte, suchte er nach den richtigen Worten, um von Ugos Plakaten zu berichten. Schließlich entschied er sich dagegen, überhaupt davon anzufangen. Was jetzt zählte, waren nicht Worte, sondern Taten.

»Soll ich hier noch lange rumstehen?«, krächzte Angelo. »Ich habe zu tun, siehst du das nicht?« Er tippte auf seine Armbanduhr. »Du bist spät dran, ich musste alles allein regeln, und jetzt hältst du mich auch noch von der Arbeit ab.« Er stutzte. »Was hast du denn mit deinen Schuhen angestellt?«

Sergio zerrte ein Küchentuch aus dem Spender und wischte den Kleister von seinen Schuhen. Ein weißer Rand blieb. »Schmutzige Geschäfte«, sagte er. »*Babbo*, wie weit bist du mit deinen Wahlplakaten?« Er konnte es selbst kaum glauben, aber jetzt trieb er seinen Vater schon selbst in den Wahlkampf. Dieser verflixte Slogan! Dieser verfluchte Marchetti! *Porca miseria!*

»Wie weit? Fragst du mich das allen Ernstes? Ich bin so weit zu glauben, dass ihr mich alle im Stich lassen wollt. Den ganzen Tag warte ich darauf, dass mein Sohn endlich kommt, um seinen alten Vater zu fotografieren. Wann wird daraus endlich was?«

Sergio nahm Angelo mit ins Lager des Il Gusto. Dort war ein Winkel abgetrennt, wo Sergio seine Dunkelkammer eingerichtet hatte und seine Kameraausrüstung aufbewahrte. Das Labor war für die Stammgäste ein Grund mehr, das Lokal Trattoria Mortale zu nennen, denn sie beäugten die Fotochemikalien in der Nähe der Küche mit Argwohn. »Setz dich da hin.« Sergio deutete auf einen Hocker. Sein Vater legte seine Schürze ab, strich mit den Fingern über die Sitzfläche und befand sie wohl für sauber genug, um sich darauf niederzulassen. Er richtete seinen Kragen. »Soll ich nicht lieber einen Anzug tragen?«

Das wäre tatsächlich besser, aber dazu hätte Angelo sich erst umziehen müssen, und das kostete Zeit. Zeit, die sie beide nicht hatten. Wenn Angelos Plakate nicht in dieser Nacht in der Stadt aufgehängt würden, hätte Marchetti einen Grund, ihm vorzuwerfen, den Wahlslogan kopiert zu haben. Und das würde die Kandidatur des Wirts zunichtemachen und ihn empfindlich treffen. Was für eine verrückte Geschichte!

»Wie lange dauert das denn noch?« Angelo ruckelte auf dem Hocker herum. »Schlafen deine Opfer eigentlich ein, bevor du sie abgelichtet hast?«

Sergio arrangierte die Umgebung so, dass keine Flaschen und Becken mit Entwicklerflüssigkeit auf dem Bild zu sehen sein würden. Dann stellte er das Stativ mit dem Studiolicht auf und drehte den Reflektorschirm so, dass das Licht von schräg vorn auf Angelos Gesicht fiel. Er schaltete die Lampe an und regelte sie herunter, damit das Porträt nicht zu hart wirkte, ein wenig Schatten genügte, um den Kopf dreidimensional wirken zu lassen. Angelos weißes Stoppelhaar bereitete Schwierigkeiten, denn es war so hell, dass es auf dem Foto wie eine weiße Mütze aussehen würde.

»Reib dir mal die Wangen und leck das Mehl von den Lippen«, wies Sergio seinen Vater an. Nun begann der schwierigste Teil: Fotograf und Modell mussten einander zugetan sein. Ein gelungenes Porträt strahlte Sympathie aus, jene Sympathie, die das Modell für den Fotografen empfand, später würde diese Stimmung auf diejenigen überspringen, die sich das Foto ansahen. Aber so, wie Angelo jetzt in die Kamera schaute, würde ihn bestimmt niemand wählen.

Sergio überlegte, wie er seinen Vater zu einem freundlichen Gesichtsausdruck bringen könnte. Wenn er Kinder fotografierte, erzählte er einen Witz oder reimte etwas, um die Situation aufzulockern, aber das konnte er sich in Angelos Fall sparen. Die meisten Gesprächsthemen zwischen Vater und Sohn waren problembeladen: die Finanzen der Trattoria, Sergios Beruf als Polizist, seine ausstehenden Beförderungen – Angelo wusste nichts davon, dass Sergio alle Aufstiegsmöglichkeiten ablehnte, um nicht nach Pisa versetzt zu werden und in der Nähe seines Vaters bleiben zu können. Eins aber gab es, das Angelos Augen zum Leuchten brachte: Giulia.

Wusste er schon, dass sie für Marchetti arbeitete? Sergio beschloss, das herauszufinden. »Wann hast du eigentlich Giulia zuletzt gesehen?«, fragte er.

»Na, gestern Nachmittag, als sie von ihrer Bustour zurückkehrte. Wie immer. Die ist wenigstens zuverlässig. Geht es jetzt los?«

Sergio schraubte die Kamera auf ein Stativ, stellte die Höhe ein und beugte sich dahinter, um durch den Sucher der alten Spiegelreflexkamera zu schauen. Er stellte die Schärfe auf Angelos Nasenwurzel ein. Sein Vater schaute ihm mürrisch durch das Fünfundachtzig-Millimeter-Objektiv entgegen.

»Giulia ...«, begann Sergio. Was sollte er Angelo sagen? Dass sie sich in letzter Zeit häufig stritten? Dass Giulia gerade Wahlplakate für Ugo Marchetti in der Stadt verteilte? »... sie ist wirklich eine tolle Frau, findest du nicht?«

Die Miene blieb mürrisch. »Wieso fragst du mich das? Das solltest du doch wissen.«

»Weiß ich ja auch«, sagte Sergio.

»Agente Panda?«, rief jemand aus dem Lokal. Don Tiberio. »Ich glaube, die Gäste hier würden gern noch etwas bestellen.«

Wo war Matteo, wenn man ihn brauchte? »Ich komme sofort«, gab Sergio zurück. Angelos Gesicht verzog sich immer mehr. »Fotografierst du mich nun oder nicht?«

»Nur noch die Blende einstellen.« Sergio drehte an dem Zahnrad. »Habe ich dir eigentlich schon gesagt«, ließ er wie beiläufig fallen, »dass Giulia und ich uns verloben wollen?«

Klack. Der Auslöser hob den Spiegel an, Licht fiel auf den Film und hielt diesen seltenen und seltsamen Moment der Verblüffung fest. Angelo hatte seit Monaten nicht mehr so zufrieden ausgesehen, nicht, seit er die etruskische Statuette in seinem Waschraum ausgegraben hatte.

»Ist das dein Ernst?« Über der Nachricht vergaß Sergios Vater sogar, aufzustehen und die Sitzung abzubrechen.

»Mein voller Ernst«, sagte Sergio und schoss eine ganze Reihe Fotos mit einem strahlenden Angelo Panda. Die Bilder würden ihn so fröhlich zeigen, dass sie dem echten Angelo gar nicht mehr ähnlich waren.

»Bravo, mein Sohn. Das muss ich den anderen erzählen.« Bevor Sergio ihn aufhalten konnte, sprang Angelo auf und lief in die Gaststube. Sein Gang hatte sich verjüngt.

Ein Problem gebar das nächste. So war es schon immer gewesen in der Trattoria Mortale. Was war nur los mit diesem Lokal?

Sergio schloss die Tür des Lagerraums von innen ab, schaltete das Licht aus und holte den Film aus der Kamera. Er kannte jeden Quadratzentimeter des Labors gut genug, um sich im Dunkeln zurechtzufinden. Während er den Film auf die Spule drehte, diese in den Tank steckte und den Deckel schloss, fragte er sich, was er seinem Vater wegen der Verlobung sagen sollte – dass es nur ein Scherz gewesen wäre? Wie war er überhaupt auf diese Idee gekommen? Sofia hatte so etwas erwähnt, aber Giulia hatte nicht darauf reagiert. In der nächsten Viertelstunde war Sergio zu sehr damit beschäftigt, den Film zu entwickeln, um sich weiter den Kopf darüber zu zerbrechen. Nachdem er das

Zelluloid in den Trockenschrank gehängt hatte, kehrte er in die Gaststube zurück.

»Es gab wieder Stockfisch.« Don Tiberio zog einen Zahnstocher zwischen den Lippen hervor und deutete damit auf seinen Teller, auf dem die Reste eines opulenten Abendessens lagen.

Verlobungsgerücht und Wahlplakate mussten wohl noch einen Moment warten. »Dass Sie mir bloß nicht anfangen, an den Gräten herumzuforschen und sie zu Reliquien zu erklären.« Sergio schaute zu Onkel Lorenzo hinüber. Der ehemalige Polizeichef trug ein kanariengelbes Hemd, das über seinen breiten Schultern spannte. Seit seiner Pensionierung hatte sich Lorenzo darauf verlegt, in seinem Garten am Stadthang Gemüse und Wein anzubauen. Vor allem seine Tomaten besaßen einen einzigartigen Geschmack. Dass er gern und ausgiebig über die Aufzucht der alten Sorten sprach, hatte ihm den Spitznamen Dottor Pomodoro eingebracht.

»Sind die Knochen da drin?«, wollte Sergio wissen.

Auf Lorenzos Schoß stand eine zerkratzte Aktentasche aus weichem Leder.

»Es ist nur ein einzelner Knochen«, sagte Lorenzo. »Sollen wir uns das Ding jetzt mal ansehen?« Er griff zum Verschluss der Tasche.

Sergio konnte gerade noch eine Hand auf Lorenzos Finger legen. Ein Menschenknochen auf einem Tisch im Il Gusto! Der gute Ruf des Lokals, den Sergios Vater, Großvater und Urgroßvater in über hundert Jahren aufgebaut hatten, wäre innerhalb einer Sekunde dahin.

»Wir gehen besser nach hinten«, raunte Sergio und führte die beiden Männer ins Fotolabor. Onkel Lorenzo stellte die Tasche neben dem Vergrößerer ab, ließ den Verschluss aufschnappen und klappte die Lasche zurück. Seine Hand tauchte hinein und kam mit einem länglichen Gegenstand heraus, der in Silberfolie eingewickelt war. Er reichte Sergio das Objekt, der es an Don Tiberio weitergab. Während der Mönch sich daranmachte, die Folie mit spitzen Fingern zu entfernen, berichtete Lorenzo, wo er den Fund gemacht hatte.

»Du weißt doch, dass ich ab und zu mit Cardenio spazieren gehe.«

Sergio nickte. Lorenzos Garten lag unterhalb seiner und Giulias Wohnung, und Cardenio stattete Lorenzo dort hin und wieder einen Besuch ab. Dann streifte Sergios Onkel mit dem Mischlingsrüden durch die Wälder, um ihn zum Trüffelhund auszubilden. »In der Nähe der Stelle, wo deine Mutter seinerzeit vier Wildschweine geschossen hat, kam Cardenio aus dem Gebüsch, wedelte wie wild mit dem Schwanz und legte mir einen Knochen vor die Füße. Mir war schnell klar, dass es kein Tierknochen war. Was der Hund da angeschleppt hatte, war der Knochen eines Menschen. Ein Femur vermutlich, ein Oberschenkelknochen. Ich bin lange genug Polizist gewesen, um das mit einem Blick zu erkennen.«

Don Tiberio hatte den Knochen mittlerweile von seiner Hülle befreit. Blätter und Erde klebten daran. »Haben Sie Gummihandschuhe?«, fragte er. Sergio zog eine Schublade auf und reichte dem Franziskaner eine Schachtel mit Einweghandschuhen. Don Tiberio streifte sich ein Paar über und hob den Knochen behutsam an.

»Wenn die Frage erlaubt ist …«, sagte Lorenzo, »warum untersucht ein Mönch Knochen?«

»Don Tiberio ist Fachmann für Reliquien«, erklärte Sergio.

»Der Knochen ist stark verfärbt«, stellte Don Tiberio fest. »Er hat eine braune Oberfläche.«

»Dann ist er alt?«, fragte Sergio.

»Wir müssen sichergehen.« Don Tiberio hielt den Oberschenkelknochen mit beiden Händen fest und küsste ihn.

»Was tun Sie da?«, entfuhr es Lorenzo.

Sergio kannte diesen Trick von Volterras Archäologen. Er hatte sie oft genug bei Ausgrabungen besucht.

»Ich prüfe, ob der Knochen frisch ist«, erklärte der Mönch und wusch sich den Mund am Spülbecken ab. »In den Fasern ist Kollagen gespeichert. Nach dem Tod eines Menschen wird das Eiweiß langsam abgebaut, schließlich verschwindet es ganz. Man kann den Gehalt auch bei einer Laboruntersuchung feststellen lassen, aber einfacher ist es so: Berührt man den Knochen mit den Lippen, sorgt das Kollagen in einem frischen Knochen dafür, dass die feine Lippenhaut für einen Moment daran haften bleibt. Das ist hier aber nicht der Fall, deshalb kann ich mit ziemlicher Sicherheit behaupten, dass er alt ist. Hundert Jahre mindestens, vermutlich älter.«

Lorenzo berührte seine Lippen mit den Fingern.

»Dann könnte es sich um einen Teil der Reliquien aus San Giusto handeln?« Sergio trat näher heran. Ein Ende des

Knochens war abgebrochen, zwei Löcher waren darin zu sehen, vermutlich hatte ein Tier daran genagt.

»Ich glaube nicht«, sagte der Franziskaner. »Signor Testi, wo genau haben Sie den Knochen gefunden?«

Lorenzo beschrieb die Stelle so gut wie möglich. »Aber eigentlich hat ihn Cardenio entdeckt, und wo genau er ihn herhatte, weiß ich nicht.«

Don Tiberio nickte. »Liegt ein Fluss in der Nähe?«

»Der Era«, sagte Lorenzo, »etwa einen Kilometer von der Stelle entfernt. Worauf wollen Sie hinaus?«

»Der Fluss hat irgendwann einen Friedhof unterspült und die meisten Gebeine mitgenommen. Einige Reste sind liegen geblieben. Dies ist einer davon.«

»Aber ich sagte doch gerade, dass der Fluss woanders verläuft«, entgegnete Onkel Lorenzo.

»Flüsse sind keine starren Systeme«, erwiderte der Mönch. »Wo vor zweitausend Jahren Wasser war, suchen heute Hunde nach Trüffeln.«

»Und finden Knochen«, schloss Sergio. »Dann ist das hier wohl kein Fall für die Polizei.«

»Nur wenn du einen jahrhundertealten Cold Case lösen willst«, brummte Onkel Lorenzo.

»Der Tierverbiss ist nicht frisch«, erklärte Don Tiberio. »Die Knochen liegen schon lange dort herum. Wertlos ist der Fund deshalb aber nicht. Ich würde ihn den Archäologen melden. Die können die Fundregion kartieren, und wenn es dort irgendwann Bauvorhaben geben sollte, würden sie die Stelle vorher untersuchen.«

Onkel Lorenzo nickte. »So wie jetzt diese Fläche am

Nordhang der Stadt, wo man nach warmen Quellen bohren will. Bevor es dort losgeht, sind auch erst mal die Archäologen am Werk.«

»Dottor Cosimo Cantarini ist der Leiter der Bodendenkmalbehörde für Volterra und Umgebung«, sagte Sergio und dachte an den Wasserrohrbruch in der Trattoria, bei dessen Reparatur im Frühjahr antike Mauerreste gefunden worden waren. Wo der Chefausgräber auftauchte, blieb kein Stein auf dem anderen, und er wirbelte eine Menge Staub auf. Aber die Einschätzung eines weiteren Profis konnte im Fall von Cardenios Knochenfund vielleicht hilfreich sein. »Cantarini bekommt den Knochen.«

KAPITEL 20

A ber das ist ja schwarz-weiß!« Angelo hielt das poster-
große Foto am langen Arm von sich. Dann setzte er
seine Lesebrille auf und musterte die Worte, die unter seinem Porträt prangten: *Rettung für Volterra.*

»Natürlich ist das Foto schwarz-weiß.« Sergio bemühte
sich, den tadelnden Ton seines Vaters an sich abperlen zu
lassen, aber das war nicht einfach. Schließlich hatte er
gerade eine Stunde im Fotolabor damit zugebracht, ein
wunderbares Bild von Angelo zu produzieren, ein Bild auf
das Fotopapier zu bringen, an dem alles stimmte: Der
Gesichtsausdruck zeigte eine Fröhlichkeit, die ansteckend
wirkte; die Schärfe lag auf den Augen, die Nase hingegen
war leicht unscharf, sodass man die Spitzen der daraus her-
vorsprießenden Haare kaum erkennen konnte; alle Grau-
werte waren vorhanden, und er hatte sogar ein wenig
Zeichnung in das weiße Stoppelhaar bringen können. Ein
Meisterwerk!

Anschließend hatte Sergio mit einem dunklen Fettstift
den Wahlslogan und *Bürgermeister Angelo Panda* auf den
Fotoabzug geschrieben – fertig war der Entwurf für das

Wahlplakat. Den Namen seines Vaters mit dem Titel Bürgermeister zu versehen, hatte ihn ein wenig Überwindung gekostet. Jetzt aber war er mit dem Ergebnis mehr als zufrieden.

Offenbar war er der Einzige.

»Wahlplakate müssen farbig sein«, mäkelte Angelo und klatschte mit der Rückseite einer Hand gegen das Foto.

»Ich fotografiere aber nur schwarz-weiß«, sagte Sergio, »das weißt du. Wenn du Farbe willst, musst du ins Fotostudio Digitali gehen. Dann werden deine Bilder übernächste Woche fertig. Wir brauchen sie aber sofort. Also sind sie schwarz-weiß.«

»Das nennst du wohl eine Beweisführung«, raunzte Angelo. »Kein Wunder, dass Verbrecher in Volterra leichtes Spiel haben.«

»Wenn ihr mich fragt: Ich finde das ungewöhnlich und gut«, sagte Zitadelle, den niemand gefragt hatte. Gemeinsam mit Kugelblitz war er zu später Stunde in die Trattoria gekommen, um den Entwurf abzuholen und zu einem Freund zu bringen. Der arbeitete in der Biblioteca Comunale, der Stadtbücherei, und hatte Zugriff auf einen Kopierer für Großformate. Dort sollten noch in dieser Nacht zweihundert Plakate angefertigt werden. Gleichzeitig würden Federica und Trommelfeuer in der Küche des Il Gusto den Kleister anrühren, früh genug, damit die Masse noch ziehen konnte. Alles war perfekt organisiert.

Angelo seufzte. »Na gut, jetzt ist es ohnehin zu spät, um noch mal von vorn anzufangen.«

Zitadelle hatte das Foto zu einer Rolle gebogen, bevor

Sergio Einspruch erheben konnte. Zusammen mit Kugelblitz verschwand der mächtige Toskaner in der Nacht.

So also fühlte man sich, wenn man Teil einer Verschwörung war. Auf dem Stammtisch breitete Sergio einen Stadtplan aus. Darauf hatte er bereits die Stellen markiert, an denen sie Angelos Wahlposter aufhängen konnten: Plakatwände in den Gassen der Altstadt, Ankündigungsflächen vor den Supermärkten, das Brett für öffentliche Bekanntmachungen neben dem Rathaus und die Anschlagtafel der Misericordia am Baptisterium.

Schon nach wenigen Minuten standen kleine Weingläser auf dem Stadtplan, und Angelo wurde nicht müde, mehr Markierungen auf der Karte zu verlangen. »Jeder soll sehen, dass ich kandidiere und Volterra retten werde«, verlangte er.

»Wenn du zu viel Werbung machst, ist es auch nicht gut«, wusste Trommelfeuer, der – wie sonst Matteo – in der Durchreiche zur Küche lehnte. »Die Leute müssen dich auf dem Plakat sehen und in Erinnerung behalten. Wenn sie ständig mit deinem Gesicht konfrontiert werden …«

»Was dann, hm?«, rief Angelo ihm zu. »Du hältst das doch schon seit Jahren aus.«

»Aber nur, wenn du nachschenkst.« Trommelfeuers Gesicht verschwand aus der Luke, kurz darauf erschien er im Gastraum und schob Angelo sein Glas zu. Auch Federica gesellte sich zu der Runde.

Während sich das Wahlkampfteam Mut antrank, kamen weitere Vorschläge auf den Tisch, darunter der, Angelos Plakat auf die Anschlagtafel für Todesanzeigen gegenüber der Trattoria zu kleben. Auch von der Schnapsidee, nach Marchettis Wahlplakaten zu suchen und diese unter denen von Angelo verschwinden zu lassen, konnte Sergio seine Mitverschwörer nur schwer abbringen.

Die Türglocke klingelte. Kugelblitz kam herein, eine Rolle Papier unter dem Arm. Seine Miene kündigte schlechte Neuigkeiten an.

»Was ist los?« Angelo zog den Korken aus der Korbflasche, schenkte ein Glas voll und reichte es dem Neuankömmling. »War der Kopierer kaputt?«

»Das nicht.« Kugelblitz trank das Glas in einem Zug aus. »Wir haben sogar versucht, die Plakate für dich farbig auszudrucken, aber das Gerät wollte nicht mitspielen.«

»Dafür ging's schnell«, ergänzte Zitadelle, der hinter Kugelblitz aufgetaucht war.

»Schon in Ordnung«, murrte Angelo mit einem Seitenblick auf Sergio. »Darüber müsst ihr euch keine Sorgen machen.«

»Darüber vielleicht nicht.« Kugelblitz trommelte mit den Fingern auf den Papierbogen herum. »Aber darüber, was wir am Borgo gesehen haben.«

Porca miseria! Sergio ahnte, was folgen würde.

»Ugo Marchettis Plakate hängen schon«, berichtete Kugelblitz.

»Wo?«, fragte Angelo.

»Vor dem Il Mulino. Aber das ist nicht alles.« Kugelblitz holte ein zusammengefaltetes Stück Papier aus seiner Hosentasche. Er brauchte eine Weile, um es auseinanderzufalten. »Schaut euch das an!«, sagte er und hielt eins von Ugo

Marchettis Wahlplakaten in die Höhe. Es war an den Rändern eingerissen, und Ugos Stirn hatte ein Loch. Offenbar war es nicht einfach gewesen, es von dem Mäuerchen abzureißen. »Dieser Betrüger hat tatsächlich unseren Spruch für sich verwendet.«

»Darauf«, sagte Angelo in das Schweigen hinein, das sich am Tisch ausgebreitet hatte, »kann es nur eine Antwort geben.«

Als Sergio nach Hause kam, zeichnete sich im Osten eine farblose Morgendämmerung ab. Er schloss die Tür auf, durchquerte den Vorraum im Erdgeschoss, der ein wenig an eine Garage erinnerte, und stieg die Treppen zur Wohnung hinauf. Seine Schritte waren schwer, die Last der Müdigkeit hing an seinen Beinen, und das schlechte Gewissen bremste seinen Gang.

Kaum hatte Angelo erfahren, dass sein Rivale rascher plakatiert hatte, war er aus der Trattoria gestürmt, mit seinem Team im Gefolge zum Il Mulino gelaufen und hatte dort die »Schande Volterras«, wie er es nannte, »aus den Augen der beschämten Öffentlichkeit entfernt« – kurzum: Er hatte die Plakate abgerissen.

Da hatte Sergio noch so sehr mit Ordnungsstrafen drohen können. Wenn Angelo Panda erst einmal in Fahrt war, ließ er sich durch nichts und niemanden aufhalten. Giulias Werk am Il Mulino war vernichtet. Es war nicht schwer zu erraten, wer dafür verantwortlich war. Und Sergio war Mitwisser.

Unter der Tür fiel Licht hindurch. Giulia war schon wach. Sergio atmete tief durch und trat ein.

Die Wohnung roch nach Blumen und ihrem Parfüm. Seit sie zusammenwohnten, begrüßte ihn dieser Duft, wenn er nach Hause kam. Er konnte sich kaum vorstellen, dass es einmal anders gewesen sein sollte.

Im nächsten Moment stieg ihm der Geruch von feuchtem Hundefell in die Nase, Cardenio sprang an ihm hoch.

Sergio fand Giulia im Schlafzimmer, wo sie sich für die Arbeit zurechtmachte.

»Pandolino! Wo warst du die ganze Nacht?« In ihrer Stimme lag Sorge und ein Hauch von Misstrauen.

»Es gab Ärger in der Trattoria«, sagte er. Wenn das nicht der Wahrheit entsprach, was dann?

»Ruf doch an, dann komme ich und helfe euch.« Sie umarmte und küsste ihn. Dabei nahm sie ihm die Dienstmütze aus der Hand und setzte sie sich auf. »Vielleicht sollte ich zur Abwechslung mal Polizei spielen und dich einfach verhaften, wenn dein Vater dich wieder so lange in Beschlag nehmen will.«

Sergio verspürte den Drang, Giulia die Wahrheit zu sagen. War es nicht besser, sie erfuhr von ihm, was Angelo mit Marchettis Plakaten angestellt hatte? Andererseits würde sie dann bestimmt glauben, er habe nicht genug getan, um Angelo davon abzuhalten.

»Hast du mir was zu sagen?«, fragte sie.

Sergio zuckte zusammen. Hatte sie seine Gedanken gelesen? »Was sollte ich dir zu sagen haben? Außer dass du die wunderbarste Frau der Welt bist.«

»Und?« Was war das für ein Glitzern in ihren Augen?

Sie fasste sein Kinn mit Daumen und Zeigefinger und

hob seinen Kopf, bis sie sich in die Augen sahen. »Ich habe da so ein Gerücht gehört.«

So schnell? Wie konnte Giulia jetzt schon wissen, was in der Nacht passiert war? Vielleicht hatte ihre Tante Sofia die Ereignisse vor dem Ristorante beobachtet und Giulia angerufen. »Auf Gerüchte würde ich in Zeiten wie diesen nicht allzu viel geben«, wiegelte Sergio ab.

Erstaunlicherweise führte diese matte Entgegnung dazu, dass das Leuchten in Giulias Augen erlosch. »Schade.« Sie löste sich von ihm und knöpfte ihre Uniformjacke zu.

Was war nur los mit den Frauen? Eigentlich hatte Sergio damit gerechnet, das andere Geschlecht besser verstehen zu lernen, nachdem Giulia bei ihm eingezogen war. Tatsächlich aber wurde das Rätsel immer größer.

»Ich habe gestern mit dem Pfarrer gesprochen«, wechselte Sergio das Thema. »Weil er doch dem Hexenzirkel geholfen hat.« Er hoffte, damit das kühle Schweigen zu brechen, das auf einmal zwischen ihnen hing.

»Ach ja?« Giulia legte sich das Halstuch in den Farben der Busgesellschaft um. Ihre Fingernägel glänzten frisch maniürt.

Sergio berichtete, was er dem Padre hatte entlocken können: dass er Amendolas Anordnung, dem Hexenzirkel fernzubleiben, befolgt hatte. »Aber da steckt mehr dahinter.«

Giulia puffte ihr Haar vor dem Spiegel auf. »Was meinst du?«

»Du siehst fantastisch aus. Ich würde sofort eine Jahreskarte für deinen Bus lösen.«

»Du bist und bleibst mein blinder Passagier, Pandolino. Ich wollte wissen, was du meinst, wenn du sagst, hinter den Behauptungen des Pfarrers stecke mehr.«

»Zunächst war das nur so ein Gefühl.«

»Von deinen Gefühlen halte ich eine ganze Menge.«

»Aber dann hat jemand den Pfarrer spätabends über die Wiese vor der Kirche gehen sehen.«

»Das scheint mir nichts Ungewöhnliches zu sein«, wandte Giulia ein. »Schließlich ist er der Pfarrer.«

»Das wäre es auch nicht, wenn Bonacelli wirklich zur Kirche gegangen wäre.« Sergio hielt es für das Beste, Giulia nicht zu verraten, dass er selbst es gewesen war, der den Padre beobachtet hatte, während Angelo und seine Kumpane Marchettis Wahlplakate hatten verschwinden lassen.

»Wohin ist er denn stattdessen gegangen?«, wollte Giulia wissen.

»Er war plötzlich weg.«

»Was soll das bedeuten? Siehst du Gespenster, Pandolino?«

»In letzter Zeit bekomme ich ziemlich viel zu sehen«, sagte Sergio. »Und ein Pfarrer, der morgens um zwei Uhr herumgeistert, ist für mich so etwas wie ein Gespenst. Mit einem Mal war er wie vom Erdboden verschluckt.«

»Ein geistliches Gespenst.« Giulia lachte. »Du hast doch sicher eine Idee, was es damit auf sich haben könnte.«

Sergio nickte. »An der Stelle liegt der Eingang zum Etruskergrab. Der Pfarrer scheint mitten in der Nacht dort hinabgestiegen zu sein. Nun frage ich mich, warum?«

Giulia legte eine Hand gegen Sergios Wange. »Du verschweigst mir etwas, und zugleich verrätst du so viel. Zum

Beispiel, dass du am liebsten sofort zur Tombe gehen würdest, um der Sache auf den Grund zu gehen.«

»So ist es«, bestätigte Sergio. »Immerhin geht es um Mord.«

Giulia schaute auf die Uhr. »Ich muss los. Wenn du in das Grab hinuntersteigen solltest, vergiss nicht, wieder rauskommen.« Sie küsste ihn. »Oder besser, du nimmst mich mit. Lass uns heute Abend zusammen hingehen. Es wird Zeit, dass ich erfahre, wo du dich nachts herumtreibst.«

KAPITEL 21

Hast du schon gehört?« Alessandro saß hinter seinem Schreibtisch in der Wache und schaute Sergio auf dieselbe Art an, mit der er sonst Verkehrssündern Angst einzujagen versuchte. »Ugo Marchettis Wahlplakate sind in der Nacht abgerissen worden.«

»Ist das wahr?« Sergio goss sich Kaffee ein und drehte seinem Freund den Rücken zu.

»Ja, das ist wahr.« Alessandro sprach mit der Bestimmtheit eines Präsidenten. »Ich frage mich, wer dahinterstecken könnte.«

Der Kaffee floss langsam in Sergios Tasse.

»Auffälligerweise sind zur selben Zeit die Plakate deines Vaters in der Stadt aufgetaucht«, fuhr Alessandro fort.

»Die habe ich auch gesehen. Sie sind schwarz-weiß«, steuerte Morelli bei. »Sehr stilvoll und elegant. Sergio, die hast doch bestimmt du gemacht, oder?«

Sergio nickte. Die Tasse war voll. Er stellte die Kanne ab und kramte im Besteckkasten.

»Bist du fertig?« Bertini stand hinter ihm und wartete darauf, an die Kaffeemaschine zu gelangen.

»Sergio«, hob Alessandro noch einmal an, »die einen Plakate verschwinden, die anderen tauchen auf. Gibt es da einen Zusammenhang?«

»Woher soll ich das wissen?« Er zuckte mit den Schultern. »Ich habe mich um Wichtigeres zu kümmern.«

»Und das wäre?«

»Habt ihr schon mal einen Knochen geküsst?« Damit ließ er die Wahlplakate blitzschnell in Vergessenheit geraten. Sergio berichtete den Kollegen von der Untersuchung des menschlichen Knochens in seinem Fotolabor und mit welcher Methode Don Tiberio die Datierung vorgenommen hatte.

»Ich habe ja schon viel an den Lippen gehabt«, sagte Bertini. »Aber noch keine Leichenteile.«

Morelli verzog den Mund.

Sergio erklärte, dass der Knochen nach Ansicht von Don Tiberio schon länger im Wald gelegen habe und nun Dottor Cantarini übergeben werden solle.

»Also hat sich keine Spur zu den Gebeinen aus der Kirche San Giusto oder zu Amendolas Mörder ergeben«, schlussfolgerte Alessandro und tippte mit seinem Kugelschreiber auf der Schreibtischunterlage herum. »Die Kollegen aus Pisa tappen ebenfalls im Dunkeln. In der Diözesanverwaltung haben Baldi und Rossi wohl mehr Fragen gestellt, als den Leuten dort lieb war. Es soll einige peinliche Momente gegeben haben, als Rossi mit seinem Verdacht herausplatzte, die Haushälterin des Bischofs sei womöglich seine Geliebte gewesen. Und jetzt bekommen sie überhaupt nichts mehr raus.«

»Gut, dass sie den Hexenzirkel nicht kennen«, warf Morelli ein. »Sonst hätten wir diese Spur auch verloren.«

»Baldi würde wahrscheinlich ihre Theorie vom Ritualmord wieder aufwärmen und vermuten, dass sich die Damen bei Vollmond in der Kirche versammelt haben, um dem Bischof an den Kragen zu gehen«, sagte Alessandro. »Und Joe Bonos hätte eine fette Schlagzeile für die Zeitung.«

Nun berichtete Sergio von seiner Beobachtung, dass Bonacelli in den frühen Morgenstunden in der etruskischen Grabkammer verschwunden war.

»Was treibst du denn so spät noch auf der Straße?«, wollte Alessandro wissen.

»War es nicht zu dunkel, um zu erkennen, dass es der Padre war?«, wandte Morelli ein.

»Wer verlässt denn sonst um diese Uhrzeit das Pfarrhaus?«, fragte Sergio zurück. »Der Teufel wird es kaum gewesen sein.«

»Vielleicht sind der Pfarrer und der Teufel in diesem Fall ein und derselbe«, frotzelte Bertini.

»Er ist jedenfalls der Einzige, der einen Streit mit dem Bischof, also ein Tatmotiv, einen Schlüssel zur Kirche und kein Alibi hat«, sagte Sergio. »Und nach dem, was uns Don Tiberio erzählt hat, kann man durchaus ein Interesse an Reliquien haben, das über Heimatforschung und Religiosität hinausgeht – ein monetäres Interesse.«

»Du solltest den Padre und den Hexenzirkel weiter im Auge behalten«, schlug Alessandro vor.

»Gegen die Hexen hätte ich auch nichts einzuwenden«, sagte Bertini. »Sergio kann sich doch um den Geistlichen kümmern, und wir machen uns mit den Damen einen schönen Abend.«

»Bertini, du hältst dich da raus«, bestimmte Alessandro. »Sergio, du versuchst zu ergründen, was es mit dieser Tombe auf sich hat. Vielleicht ist die Felskammer so etwas wie ein Umschlagplatz für Diebesgut.«

»Du meinst, weil man Knochen am stilvollsten in einem alten Grab verkauft?«, fragte Morelli und lachte.

»Die Polizei ist offensichtlich guter Dinge«, kam eine Stimme von der Tür her. »Es ist schön, dass es wenigstens einen Ort des Frohsinns in dieser Stadt gibt, wo doch sonst nur gestohlen, gemordet und randaliert wird.«

Ugo Marchetti stand am Empfangstresen. Er trug einen blauen Streifenanzug mit dunkelblauem Hemd und dazu eine Krawatte in Gelb, Grün und Rot, den Farben von Volterras Stadtwappen. Der Tresen reichte der Giraffe bis zur Brust. Umso auffälliger war Ugos Begleiter, ein Mann von anatomischer Enormität in einem rot-schwarzen Holzfällerhemd. Er hatte ein Waschbärengesicht mit dunklen Augen und einer spitzen Nase.

»Signor Marchetti.« Alessandro stand auf und ging zum Empfangstresen hinüber. »Was können wir für Sie tun?«

»Ich bin hier, um Anzeige zu erstatten. Meine Wahlplakate sind gestohlen worden.«

»Eine Anzeige«, murmelte Alessandro und suchte in dem Fach unter dem Tresen nach dem passenden Formular. Schließlich fand er es, klickte auf den Kugelschreiber und begann, die Felder auszufüllen. »Gegen wen erstatten Sie Anzeige?«

Marchettis Blick blieb einen Moment zu lange auf Sergio haften. »Gegen unbekannt«, sagte er. »Und ich verlange Schadensersatz.«

»Natürlich.« Alessandros Kugelschreiber tanzte Ballett. »Sobald wir etwas erfahren, werden wir uns mit Ihnen in Verbindung setzen.«

»Wie lange wird das dauern?«, fragte Marchetti.

Der Stift stockte. »Wie lange? Nun, das hängt davon ab.«

»Und wovon hängt es ab, wenn ich fragen darf?«

Alessandro stemmte seine Fäuste auf den Tresen. »Signor Marchetti. Wir sind eine Polizeiwache. Wie Sie gerade schon festgestellt haben, hat sich in Volterra ein Mord ereignet, in Verbindung mit einem Diebstahl. Wir haben alle Hände voll damit zu tun ...«

»... Witze zu reißen und Kaffee zu trinken«, fuhr Marchetti Alessandro an. »Das sehe ich. Unterdessen geht in dieser Stadt die Moral den Era runter.« Er hob einen Zeigefinger. »Wenn ich erst Bürgermeister bin ...«

»... werden Sie hoffentlich das Personal der Polizei aufstocken«, schoss Alessandro zurück.

»Ich werde auf jeden Fall dafür sorgen, dass hier wieder Ordnung herrscht, damit die Polizei nicht so überlastet ist.« Mit einem Mal wurde sein Ton freundlicher, wie der eines Laienschauspielers. Wegen seiner Körpergröße waren seine Hände bislang hinter dem Tresen verborgen gewesen, jetzt schnellten sie in die Höhe – mit einem Stapel Papier. »Derweil können Sie mich unterstützen, indem Sie meine Plakate in der Polizeiwache aufhängen. Quasi als Erste Hilfe.«

»Aber Signor Marchetti«, Alessandro musterte die Plakate wie Insekten, die er in seinem Mittagessen gefunden hatte, »die Polizei ist unparteiisch.«

»So?«, fragte Marchetti. »Wie kommt es dann, dass der Sohn meines Widersachers Angelo Panda hier arbeitet?«

Sergio war bereits auf den Beinen, um Marchetti aus nächster Nähe die Meinung zu sagen. Da stand plötzlich Morelli vor ihm und blockierte, wie nebenbei, den Weg zum Tresen.

Marchetti zog ein Plakat aus dem Stapel hervor und reichte es seinem Begleiter. Der klappte es auseinander und hielt es hoch, sodass es alle sehen konnten. Der Kerl war so groß, dass wohl noch den Leuten auf der Piazza, zwei Stockwerke unter der Wache, das Plakat durch die Fenster auffallen musste.

»*Rettung für Volterra*«, las Alessandro vor.

»Netter Slogan«, ergänzte Sergio.

»Wie ich feststellen musste«, gab Marchetti zurück, »verwendet Ihr Vater dieselben Worte. Das wird ein Nachspiel haben.«

»Kommt wohl darauf an, wer Volterra wirklich rettet.« Eigentlich wollte sich Sergio gar nicht mit Ugo Marchetti anlegen. Aber jetzt steckte er längst mittendrin. Das lag zum einen an Marchettis Plan, Volterra zu verschandeln, vor allem aber daran, dass ein Erdbeben Sergios Innerstes erschütterte, wie jedes Mal, wenn jemand seinen Vater angehen wollte.

»Wohin man auch schaut in dieser Stadt, alle sind voller Vorurteile.« Marchetti legte seinem Begleiter eine joviale

Hand auf die Schulter. »Zum Glück habe ich meinen Freund und Berater Signor Romolo Volpi an meiner Seite. Er ist der Experte, wenn es um Geothermie geht. Wir sind gerade auf dem Weg zu einem Informationsgespräch im Rathaus, aber wie es scheint, würde den Herrschaften von der Polizei auch ein wenig Aufklärung guttun. Romolo? Würdest du den Signori bitte erklären, was sie verpassen, wenn sie gegen uns stimmen sollten.«

Volpi zeigte ein Grinsen, das für bessere Zähne gedacht gewesen war. »Ich bin Geologe. Aus Arrezzo«, stellte er sich vor.

»Romolo war es, der die warmen Quellen unter Volterra entdeckt hat«, erzählte Marchetti begeistert.

Volpi hob eine Hand. »Keine Vorschusslorbeeren, bitte«, sagte er mit warmer Bassstimme. »Zunächst mal ist das nur eine Theorie. Ich bin Inhaber einer Firma für Bodenproben. Wir prüfen die Qualität von Böden und stellen fest, ob ein Untergrund geeignet ist, wenn zum Beispiel ein Sportplatz gebaut werden soll, suchen nach gefährlichen Stoffen ebenso wie nach Bodenschätzen. Im Laufe der Jahre habe ich mehrere Hundert Stellen zwischen Arrezzo und Pisa untersucht. Irgendwann dachte ich mir, dass es eine gute Idee wäre, diese Mosaiksteinchen zu einem Bild zusammenzusetzen. Also habe ich eine geologische Karte mit der Bodenbeschaffenheit in diesem Teil der Toskana entwickelt. Dabei ist herausgekommen, dass die warmen Quellen, die im Bereich Larderello bis dicht unter die Erdoberfläche treten, nach Norden verlaufen. Auch unter Volterra gibt es Vorkommen.«

»Da haben Sie es«, unterbrach Marchetti. »Die Energie ist unter uns. Wir müssen sie uns nur zunutze machen.«

Sergio sah an Morelli vorbei zu Volpi. »Aber Sie wissen noch gar nicht, ob ein geothermisches Kraftwerk in Volterra realisierbar wäre.«

»Es ist so gut wie sicher«, sagte Marchetti. »Nicht wahr, Romolo?«

Ugos Begleiter nickte. »Es gibt ein verdächtiges Stück Land am Nordhang der Stadt. Dort stelle ich gerade Probebohrungen an, oder besser: Ich versuche es. Denn erst mal wollen die Archäologen nachschauen, ob dort wertvolle Altertümer im Boden liegen, die der Bohrer zerstören könnte.«

»Stimmt«, mischte sich Morelli ein. »Ich habe geholfen, die Straße abzusperren, als Dottor Cantarini und seine Jungs von der Bodendenkmalbehörde mit ihren Minibaggern angerückt sind. Gefunden haben sie bislang aber nichts.«

»Das wird hoffentlich so bleiben«, fuhr der Geologe fort. »Denn dann kann ich meine Arbeit machen und bekannt geben, dass das Kraftwerk gebaut werden kann.«

Marchetti nickte. »Und bevor mir jetzt jemand mit dem Vorwurf kommt, ich wolle mich bereichern: Ich verdiene keine einzige Lira daran.«

Das glaubte Sergio gern, denn in Italien war die Lira vor über zwanzig Jahren durch den Euro ersetzt worden.

Marchetti war noch nicht fertig. »Der Gewinn für Volterra hingegen wird enorm sein. Es wird Geld regnen. Was rede ich? Ein Sturzbach wird über unserem Städtchen niedergehen, von dem alle profitieren. Dafür werde ich sorgen.

Die Bürger müssen nur ihr Kreuz an die richtige Stelle setzen.«

Um anschließend ein Kreuz tragen zu müssen, wollte Sergio sagen, doch er verkniff es sich. »Was geschieht, wenn es keine geothermischen Quellen gibt?«

»Das ist ausgeschlossen«, sagte Marchetti.

»Zumindest unwahrscheinlich«, schwächte Volpi ab.

»Und wenn die Archäologen etwas finden, das sie erst untersuchen wollen?«, hakte Alessandro nach.

»Dann müssten wir ihnen natürlich den Vortritt lassen«, räumte Ugo ein.

»Aber so eine archäologische Untersuchung kann, je nach Entdeckung, Jahre dauern«, fuhr Alessandro fort. »In der Akropolis neben dem Stadtpark arbeiten die Wissenschaftler schon seit Jahrzehnten.«

Das Telefon läutete. Bertini nahm das Gespräch entgegen. »Ein unbekannter Toter?«, fragte er in den Hörer. Die anderen verstummten. »Wir kommen sofort.« Er legte auf und schaute entgeistert in die Runde.

»Es ist schon wieder ein Toter entdeckt worden.« Er schüttelte den Kopf. »Nein, sogar mehrere. Diesmal am Nordhang der Stadt.«

Alessandro wurde bleich. Marchetti verstummte. Beides kam nicht oft vor.

»Das war Cantarini, der Archäologe«, setzte Bertini hinzu. »Wir sollen sofort zur Ausgrabungsstätte kommen.«

Kapitel 22

Das Viertel am Nordhang der Stadt lag jenseits der mittelalterlichen Stadtmauer. Waren die Volterraner früherer Jahrhunderte darauf bedacht gewesen, innerhalb des steinernen Rings zu leben, so hatte sich das geändert, seit dies kein Garant mehr für Sicherheit war. Seit Beginn des zwanzigsten Jahrhunderts hatte sich die Stadt über diese alten Grenzen hinweg ausgedehnt. Eigenheime säumten den Nordhang wie Perlen, die man aus einem Sack geschüttet hatte. Nur der Friedhof Volterras an der Via di Porta Diana verriet noch, dass an dieser Stelle ursprünglich niemand gelebt hatte, denn Gräberfelder wurden schon von alters her außerhalb der Stadtmauern angelegt.

Sergio steuerte den Polizeiwagen auf das Gelände gegenüber der Friedhofsmauer, eine Brache, die mit Sonnenblumen bewachsen war. Ihre Blütenköpfe blickten Richtung Süden, zum Stadthügel hinauf, und erinnerten Sergio daran, dass die Stadt im Frühjahr den Preis als schönstes Städtchen der Toskana, die Goldene Sonnenblume, gewonnen hatte. Sonnenblumen wuchsen auf vielen Feldern und überall dort, wo man nicht schnell genug dagegen angärtnern konnte – oder wollte. Auch hier hatten die robusten Pflanzen jeden Quadratzentimeter genutzt, um Wurzeln zu schlagen. Der Wind ging durch das wild wachsende Feld und schüttelte die Köpfe der Blumen, dazwischen tanzten Insekten im Mittagslicht – gute Voraussetzungen dafür, dass es im nächsten Jahr wieder genauso aussehen würde wie in diesem September.

Das Einzige, was die Idylle störte, waren die Gräben. Zwei Meter breit und zehn Meter lang waren sie in die Erde gewühlt worden, die Wände so lotrecht, als habe jemand mit einem riesigen Tortenmesser daran gearbeitet. Die Werkzeuge standen in einer Reihe hinter Absperrband an der Straße: Minibagger, an deren Ketten und Schaufeln noch das Erdreich hing und bei jedem Windstoß davon abklumpte. Fünf archäologische Suchschnitte waren durch das Sonnenblumenfeld gezogen worden. Davor standen vier Männer in blauer Arbeitsmontur, einer von ihnen war Cosimo Cantarini, der Leiter der Denkmalbehörde.

»Wurde auch Zeit, dass Sie kommen«, begrüßte er Sergio und Alessandro. Hinter sich hörte Sergio Autotüren schlagen. »Wen haben Sie denn da mitgebracht?«, fragte Cantarini. Hinter dem Polizeiwagen hatte ein buschbohnengrüner BMW angehalten, aus dem Ugo Marchetti und Romolo Volpi stiegen. »Touristen haben hier nichts zu suchen«, schnaubte Cantarini. »Wer Altertümer besichtigen will, besucht besser die Akropolis, das Römische Theater oder das Museo Guarnacci. Hier wird gearbeitet.«

Ugo Marchetti hob beide Arme in einer Geste der Ergebenheit. »Dottor Cantarini, bitte entschuldigen Sie unsere

Neugier, aber wir waren in der Polizeiwache, als Sie dort anriefen. Und da Volterras Zukunft davon abhängt, was Sie hier entdeckt haben, sind wir hergekommen, um diesen stadthistorisch denkwürdigen Moment miterleben zu können.«

»Wer ist das?«, fragte Cantarini noch einmal an Alessandro gewandt.

Ugo ließ es sich nicht nehmen, sich selbst vorzustellen, sich als »künftiger Bürgermeister Volterras« zu bezeichnen und mit vielsagender Miene hinzuzufügen: »Ich bin in Zukunft für die Zuteilung der Finanzmittel an die Bodendenkmalbehörde zuständig.« Auch Romolo Volpi stellte sich vor.

»Marchetti kenne ich nicht. Aber der Name Volpi ist mir schon mal untergekommen.« Cantarini kratzte sich erst den kahlen, mit Sommersprossen gesprenkelten Schädel, dann das dreifaltige Kinn, das dabei in Bewegung geriet. »Wo habe ich Ihren Namen gehört?«, fragte er den Mann im Holzfällerhemd.

»Ich bin der Geologe, der das Gelände hier untersuchen und gegebenenfalls kaufen will«, erklärte Marchettis Begleiter. »Wegen mir sind Sie überhaupt hier.«

»Und jetzt sind Sie gekommen, um uns Beine zu machen, nicht wahr?« Cantarinis Ton wurde schärfer. »Ich habe das schon oft genug erlebt: Der Bauherr will endlich loslegen, aber die Archäologen arbeiten so verflucht langsam mit ihren Pinseln und Eimerchen, dass er fuchsteufelswild wird. Ich kann Ihnen sagen …«

Sergio kannte Cantarini gut genug von den Ausgrabungen im Waschraum der Trattoria, um zu wissen, was als Nächstes geschehen würde, deshalb lenkte er das Gespräch auf das, worüber Archäologen am liebsten reden: ihre Arbeit. »Am Telefon sprachen Sie von einem Fund, Dottore. Und davon, dass es ein Fall für die Polizei sei.«

Während er Volpi und Marchetti mit einem weiteren missmutigen Blick bedachte, deutete Cantarini mit dem Daumen hinter sich. »In dem Schnitt da vorn haben wir was gefunden. Das sollten Sie sich ansehen.«

Sergio und Alessandro traten näher, ungefragt schlossen sich Marchetti und Volpi an. In dem Graben, den die Archäologen ausgehoben hatten, zeichneten sich deutlich die Erdschichten an den Wänden ab: oben der dunkle Humus, darunter eine dünne Folge Sand und, wiederum etwas tiefer, der gelbe Tuffstein. Cantarinis Hinweis, wohin die Besucher schauen sollten, war unnötig. Deutlich waren die hellen, beinahe weißen Verfärbungen in der Humusschicht zu sehen.

»Das sind Knochen«, sagte Cantarini. »Hier sind in der Vergangenheit Menschen bestattet worden. Überrascht mich nicht. Der moderne Friedhof liegt auf der anderen Straßenseite. Er hatte in früheren Jahrhunderten vermutlich einen Vorgänger, und der scheint bis hierher gereicht zu haben.«

»Frühere Jahrhunderte?«, fragte Sergio. »Dann sind das also keine Todesopfer aus jüngster Zeit, sondern Sie haben eine wichtige Entdeckung für die Stadtgeschichte gemacht? Einen alten Friedhof entdeckt?« Er hoffte, dass das Thema Geothermie damit ein für alle Mal beendet war und Angelo seine Kandidatur niederlegen konnte. Aber so einfach war die Sache nicht.

Cantarini beugte sich vor und hob einen durchsichtigen Plastikbeutel von einem Stapel auf, der vor seinen Füßen lag. Darin war ein verschmutzter Knochen zu sehen. Der Archäologe wedelte damit herum. »Was wir bisher gesehen haben, stammt aus der Renaissance, vielleicht sogar aus dem Mittelalter, das sind ganz normale Bestattungen. Alt, aber historisch uninteressant.«

»Ich dachte, Archäologen interessieren sich für alles, was alt ist«, warf Alessandro ein.

»Alt ist ein dehnbarer Begriff«, murmelte Cantarini. An seiner Miene war abzulesen, dass er es eigentlich für überflüssig erachtete, der Polizei zu erklären, was Geschichte bedeutete, dass er aber großzügig genug war, es dennoch zu versuchen. »Gräber aus der Renaissance und aus dem Mittelalter verraten uns nicht allzu viel über die Stadtgeschichte«, sagte er, »weil es keine Grabbeigaben gibt. Die Sitte, Toten etwas mit auf den Weg ins Jenseits zu geben, war bis zum Ende der Antike verbreitet, aber dann kam das Christentum und machte Schluss damit. Bis zu diesem Zeitpunkt war ein Grab eine Schatzkammer. Für Archäologen und – leider – auch für Plünderer. Die Frage ist auch heute noch, wer zuerst kommt.«

»Und in diesem Fall waren Sie schneller«, stellte Marchetti fest.

»Das kann man so nicht sagen«, widersprach Cantarini. »Da hier keine Beigaben zu finden waren, haben wohl auch keine Plünderer zugeschlagen.«

»Wenn die Gräber auf diesem alten Friedhof nicht weiter bedeutend sind«, sagte Volpi, »dann wollen Sie das Gelände doch bestimmt nicht weiter untersuchen.«

»So ist es.« Cantarini legte den Beutel beiseite. »Wenn Sie hier bauen wollen …«

»Bohren«, verbesserte Marchetti.

»Meinetwegen.« Der Archäologe verdrehte die Augen. »Wenn Sie also bohren wollen, dann steht dem kaum etwas im Wege.«

»Wieso kaum?«, fragte Volpi. Sein Waschbärengesicht nahm einen lauernden Ausdruck an.

»Weil wir zum einen erst die Skelette bergen müssen. Sie werden eingelagert, bis die Diözese einen passenden Ort gefunden hat, an den sie umgebettet werden können. Es sind christliche Gräber, also werden die Toten auch wieder christlich bestattet. Das sollte aber nicht allzu lange dauern.«

»Danach geben Sie das Gelände frei?« Volpis Augen wurden so groß wie seine Zähne.

»Zum anderen«, Cantarini klopfte sich den Schmutz von den Händen, «muss die Polizei bestätigen, dass die Skelette alt sind und dass es sich nicht um einen aktuellen Fund von unbekannten Toten handelt. Das ist nur eine Formsache, aber nötig.«

Die Blicke aller richteten sich auf Sergio und Alessandro.

»Ich lasse dir den Vortritt.« Alessandro nahm seine Dienstmütze ab und klopfte dreimal hinein.

»Wie du willst«, sagte Sergio. Cantarini deutete auf eine Leiter, die in den Suchschnitt hinabführte. In der Grube stand Wasser, denn in der vergangenen Nacht hatte es geregnet.

»Polizeiarbeit ist bisweilen wohl eine schmutzige Angelegenheit«, lästerte Ugo Marchetti schadenfroh.

Wenn Sergio noch kurz darüber nachgedacht hatte, unerschrocken in den Schlamm hinabzusteigen, so hielt ihn Marchettis einfältiger Kommentar nun davon ab. Wenn er sich vor den Augen von Angelos Rivalen lächerlich machte, würde Marchetti ihm das bei der nächsten Gelegenheit auf die *bruschetta* schmieren. Zum Glück gab es einen Ausweg.

Sergio nahm den Beutel mit den Knochen, öffnete den Reißverschluss aus Plastik und holte das Stück Gebein hervor. Kurz zögerte er und hielt die Luft an. Dann drückte er die Lippen gegen den Knochen.

»Sind Sie noch bei Trost?« Marchetti verzog angewidert das Gesicht.

»Was machst du da?«, rief Alessandro.

Cantarini schmunzelte.

Sergio gab dem Archäologen den Knochen zurück. »Der ist alt. Das ist kein Fall für die Polizei.«

Als sie das Gelände verließen, hatte Sergio das gute Gefühl, den Widersacher seines Vaters sprachlos gemacht zu haben.

KAPITEL 23

Wenn Ugo Marchetti überhaupt ein Talent hatte, das ihn dazu befähigte, Bürgermeister zu werden, dann war das seine Hartnäckigkeit. Gerade erst hatte sich Sergio von der Polizeiwache in die Trattoria begeben, um die abendlichen Gäste zu versorgen – Angelo war zu einer Wahlkampfreise zur Bocciabahn aufgebrochen –, da ertönte die Türglocke, und Ugo kam herein, gefolgt von Romolo Volpi. Diesmal trug auch der Geologe einen Anzug, ein Modell aus glänzendem Stoff. So etwas war geeignet, um damit in Florenz in einen nicht allzu exklusiven Club zu gehen, aber um sich in Volterras Gastronomie sehen zu lassen, trug man entweder einen geschmackvollen Anzug oder Jeans und Polohemd. Er wolle sich bei Angelo wegen der Wahlplakate beschweren, sagte Marchetti zu Sergio, und er werde warten, bis er ihn zur Rede stellen könne.

Von draußen waren laute Stimmen zu hören, und kurz darauf traten Trommelfeuer, Kugelblitz und Zitadelle ein. Die drei Toskaner blieben vor dem Stammtisch stehen. »Was will der denn hier?«, fragte Kugelblitz und ruckte mit dem Kinn in Richtung Marchetti.

»Essen«, sagte Sergio knapp und rauschte mit einem Teller an den drei Männern vorbei. »Das ist ja nicht verboten.« Wenn es das doch wäre! Aber die Trattoria seiner Vorfahren war auf dem Grundsatz gebaut, dass jeder, der hungrig hereinkam, satt wieder hinausging. Ausnahmslos.

Mit misstrauischen Blicken setzten sich Kugelblitz, Trommelfeuer und Zitadelle an den Stammtisch. Ihre fröhlichen Rufe nach Wein und Wildschwein süßsauer, nach Hähnchen mit Oliven und Artischockenkuchen blieben aus. Die Jungs lagen auf der Lauer.

Das Lokal war an diesem Dienstagabend gut besucht. Der Geruch von auf Salbei gegrillter Hühnchenbrust zog durch die Gaststube und mischte sich mit dem Duft von frisch gewaschener Wäsche, der von den Tischtüchern aufstieg. Sergio ließ die Espressomaschine fauchen und rührte in der kleinen Kammer hinter der Theke Cocktails an. Von den Bildern an der Wand schauten ihm seine Vorfahren zu – wohlwollend, wie er hoffte.

Das einzig Kühle im Raum waren die Blicke von Ugo Marchetti. Während Romolo Volpi sich in seine Fleischbällchen mit Rosinen vertiefte wie in eine geologische Untersuchung, hatte Ugo von seiner *pizza polizia* nur eine Ecke abgebissen und hockte nun mit verschränkten Armen vor dem Teller. Ob er wohl wusste, dass Sergio die Pizza selbst kreiert hatte? Der Name rührte von ihrer Schärfe, denn um sie zu essen, brauchte man einen Waffenschein. Für Ugo hatte Sergio noch ein wenig nachgewürzt. Normalerweise trieb er keinen Unfug mit dem Essen, doch was war in dieser Zeit schon normal?

Gerade gab Sergio einen Spritzer Zitrone auf einen Käsekuchen, da ging die Tür auf, und Angelo huschte herein. Sergio machte sich bereit, seinen Vater festzuhalten, bevor der auf Ugo losstürmen konnte, doch wie sich herausstellte, war das gar nicht nötig. Angelo zog seine Lederjacke aus und hängte sie an den Haken, legte Sergio eine Hand auf die Schulter, begrüßte die Stammgäste und erkundigte sich bei Matteo, ob er in der Küche Unterstützung brauche.

Ugo Marchetti schien diese Missachtung seiner Person genau dort zu treffen, wo Angelo es gewollt hatte: an seiner Würde. »Signori, diese Pizza ist ungenießbar«, rief er in den Raum. »Genauso wie das Verhalten des Wirtes.«

Angelo warf seinem Widersacher einen kurzen Blick zu. »*Pizza polizia?*«, fragte er in Sergios Richtung. Der nickte.

Angelo tippte auf der Kasse herum. Das Modell hatte im vergangenen Jahr eine Rolle gespielt, als ein altes Familienrezept darin versteckt worden war und sich die Kasse nicht mehr hatte öffnen lassen. Diesmal verwandelte sie sich unter Angelos Fingern in eine Waffe, und die Munition, die sie verschoss, war eine Quittung, die Angelo mit der Geste eines Zauberkünstlers aus dem Druckerschlitz riss. Mit dem Zettel in der einen und der Geldbörse in der anderen Hand näherte er sich Marchettis Tisch und präsentierte die Rechnung.

Ugo beging den Fehler, sich über das Papier zu beugen und laut vorzulesen: »Hundert Euro?«, blaffte er. »Wofür?«

Angelo klappte das Portemonnaie auf und zählte auf: »Eine *pizza polizia,* eine Cola, geschäftsschädigendes Verhalten und Rufmord mit Tötungsabsicht. Aber wenn du das Geld nicht hast, kannst du auch den Abwasch erledigen.«

»Ich werde …«

»Wie willst du ein Kraftwerk in Volterra bauen und alle reich machen, wenn du nicht mal deine Schulden in einer bescheidenen Trattoria bezahlen kannst?«, versetzte Angelo.

Auf den Gesichtern der anderen Gäste breitete sich ein Lächeln aus. Stühle wurden gerückt, als sich die Leute umdrehten, um der Auseinandersetzung der Bürgermeisterkandidaten folgen zu können. Jetzt verstand Sergio, wie Angelo angesichts von Ugos Provokation hatte so ruhig bleiben können. Sein Konkurrent hatte einen Fehler begangen, als er Angelo Panda in seiner eigenen Trattoria herausgefordert hatte. Denn alle anderen fühlten sich darin sichtlich wohl. Ebenso gut hätte Ugo in den Vatikan gehen und den Papst einen Teufel nennen können.

Das schien auch Marchetti selbst zu bemerken, denn er verzichtete darauf, weiter gegen das Essen zu wettern oder sich über die Rechnung aufzuregen. Stattdessen schob er seinen Stuhl zurück und stand auf. Der Effekt, den das haben sollte, verpuffte an Ugos Körpergröße, da half auch der gereckte Hals nicht viel. Auf der anderen Seite zählte auch Angelo nicht gerade zu den Hochgewachsenen, sodass sich die Rivalen nun Auge in Auge gegenüberstanden. Sergio hatte einmal gehört, dass Julius Caesar und Napoleon Bonaparte klein an Gestalt gewesen sein sollten, trotzdem galten sie als Giganten ihrer Zeit. In der Trattoria Mortale standen sich nun zwei andere Riesen kleiner Statur gegenüber.

Ugo holte zum nächsten Schlag aus, indem er seine Brieftasche zückte, fünf Geldscheine abzählte und auf den Tisch warf. »Da siehst du, dass ich meine Schulden bezahle«, rief er. »Schließlich bin ich kein Dieb, so wie du.«

Damit ging Ugo zum Äußersten. Von alters her gilt es in der Toskana als schlimmste Beleidigung, jemanden einen Dieb zu nennen.

Feudalistisches Fossil oder Gelegenheitsdenker galten hingegen als akzeptabel, bisweilen zollten Geschmähte ihren einfallsreichen Kontrahenten sogar durch anerkennend gehobene Augenbrauen Respekt. Ein Dieb genannt zu werden, war hingegen ehrenrührig, denn Diebe hatten – im Gegensatz zu den meisten anderen Kriminellen – keine Ehre. Sogar ein Mörder konnte aus Leidenschaft gehandelt oder seine Ehre verteidigt haben, ein Dieb hingegen stahl aus niedrigen Beweggründen. Überdies war das Wort »Dieb« von einer solchen Schlichtheit, dass sich der Feind allein schon dadurch getroffen fühlte, dass die gegen ihn gerichtete Beleidigung sein Gegenüber keine besondere Mühe wert gewesen war.

Ugos Anschuldigung explodierte über Angelo wie eine Bombe. »Einen Dieb nennst du mich? Ausgerechnet du, Ugo Marchetti, der es nötig hat, das geistige Eigentum anderer zu stehlen und als sein eigenes auszugeben? ›Rettung für Volterra‹ – so lautet *mein* Wahlspruch, ganz egal, was du auf deine schmierigen Plakate drucken lässt.«

»Den Spruch hast du von mir abgekupfert«, feuerte Ugo zurück. »Genauso, wie du meine Plakate abgerissen hast.«

»Plakate sollen das gewesen sein?« Angelo lachte kalt.

»Du kannst ja nicht mal ein Stück Papier an eine Wand kleben, ohne dass es beim nächsten Windstoß davonfliegt. Wie willst du windiger Geselle ein Kraftwerk errichten?«

Angelos letzte Salve rief am Stammtisch Applaus hervor, auch einige Gäste nickten beifällig.

»Wie ich das Kraftwerk für Volterra baue, werdet ihr schon sehen. Ich gehöre jedenfalls nicht zu den Leuten, denen jedes Mittel recht ist, solange es nur ans Ziel führt.«

»Was willst du damit sagen?«, knurrte Angelo.

»Dass ich keine Blasphemie begehen muss, um Bürgermeister zu werden. Jawohl, Blasphemie. Oder wie nennst du deinen billigen Einfall, die *brigidini* für das Kirchenfest mit deinem Gesicht zu verunstalten?«

»Das war keine Blasphemie. Wenn ich dafür Hostien verwendet hätte …«

»Wer Gott lästert, der achtet auch seine Gebote nicht«, setzte Marchetti nach. »Wer weiß schon, ob sich Bischof Amendola wegen dieser Sache nicht zu Tode geärgert hat.«

Nun musste Sergio Angelo doch festhalten. Er hakte seine Finger in den Gürtel am Rücken seines Vaters – eine kleine Geste mit großer Wirkung, die abgesehen von Angelo kaum jemand bemerkte. Angelos Worte ließen sich allerdings nicht so leicht zurückhalten.

»Du bezichtigst mich, den Bischof auf dem Gewissen zu haben?«, krächzte der Wirt. »Habe ich das richtig verstanden?«

Marchetti verlängerte seinen Giraffenhals und schaute an Angelo vorbei. Die Gelegenheit, das Gesagte zurückzunehmen, verstrich.

»Ugo Marchetti«, hob Angelo an, »für diese Beleidigung fordere ich dich zum Duell.«

Marchetti lachte auf. Einige Gäste stimmten ein. Alle glaubten an einen Scherz. Nur Sergio wusste, dass es seinem Vater ernst war. »*Babbo*«, flüsterte er. »Nicht.«

Zur Antwort befreite sich Angelo aus Sergios Griff. »Hast du etwa Angst, Ugo? Ein Duell Mann gegen Mann. Auf der Piazza dei Priori, wo uns alle sehen können. Einer von uns bleibt auf der Strecke. Dann herrscht endlich Ruhe in unserer Stadt.«

KAPITEL 24

Worte«, sagte Sergio zu Giulia. »Angelo will Marchetti ein Duell mit Worten liefern. Auf der Piazza. Am Freitag, einen Tag vor der Bürgermeisterwahl.«

Sergio war gerade nach Hause gekommen. Zusammen mit Giulia lehnte er im offenen Fenster und blickte über das Cecina-Tal, dessen Felder, Hügel und Höfe alle Farben abgelegt hatten. Im Mondlicht zeigte sich die toskanische Landschaft nackt, wahrhaftig und ein wenig verletzlich – genau so, wie sonst nur die Schwarz-Weiß-Fotografie die Welt abbilden konnte.

Ugo hatte Angelos Herausforderung angenommen und ihn gleich noch mal beleidigt. Es sei wohl das Beste, hatte Marchetti durch die Trattoria posaunt, diese Angelegenheit auszufechten, bevor es noch mehr Tote gebe.

»Der arme Ugo weiß nicht, worauf er sich da einlässt.« Giulia atmete tief die frische Nachtluft ein. »Es wird zu einem Gemetzel auf offener Bühne kommen. Dein Vater hat eine scharfe Zunge, und er verliert schnell die Fassung.«

Sergio nickte. Wenn er etwas an Angelo Panda genau kannte, dann war das die Kürze seines Geduldsfadens. Und er wusste, was geschah, nachdem diese mickrige Lunte heruntergebrannt war.

Er schaute auf die Uhr an seinem Handgelenk, ein Erbstück seines Großvaters und so alt, dass das Rädchen zum Aufziehen glatt geschliffen war. »Es ist schon Mitternacht.«

»Geisterstunde.« Giulia strich mit den Händen über das steinerne Fenstersims. »Genau die richtige Zeit für einen Spaziergang zum Etruskergrab.«

Ganz wohl war Sergio nicht dabei, als sie zehn Minuten später den Borgo Richtung Kirche hinaufgingen. Wenn sie wenigstens Cardenio hätten mitnehmen können! Ebenso ausgeprägt wie der Beschützerinstinkt des Hundes war jedoch sein Freiheitsdrang, und er war von seiner abendlichen Runde durch die Gassen noch nicht zurückgekehrt. Die Luft war kühl und duftete ein wenig nach der Erde der frisch umgepflügten Felder, der maisgelbe Schein der Laternen erhellte die menschenleere Straße. Sollte er nicht besser allein in die Tombe hinabsteigen, um herauszufinden, was Padre Bonacelli gestern Nacht dort gewollt hatte? Andererseits hatte Sergio schon mehrfach gemeinsam mit Giulia ermittelt, sie hatten sich nachts in einen alten Gefängnisturm geschlichen und heimlich ein verdächtiges Bildhaueratelier durchsucht. Und schließlich war es Giulia gewesen, die ihn auf die Verbindung des Hexenzirkels zum Fall des toten Bischofs gebracht hatte. Mit energischen Schritten ging sie jetzt neben ihm her, ihre Hand lag in seiner. Es gab viele gute Gründe, zu zweit auf Verbrecherjagd zu gehen.

Sie kamen an der Trattoria vorbei. Die Nacht färbte selbst die roten Geranien in den Blumenkästen grau.

»Was genau suchen wir eigentlich in dem Etrusker-grab?«, fragte Giulia. Sie sprach leise, jedes kleine Geräusch hallte durch die Gasse.

»Da unten könnten Reliquien versteckt sein.« Auch Sergio flüsterte. »Als ich mit dem Franziskanermönch den Gang zur Krypta der Kirche untersucht habe, könnten wir etwas übersehen haben. Vielleicht birgt die Tombe noch mehr Geheimnisse.«

Einige Meter weiter führte die Wiese zur Kirche hinauf. Das Gebäude war um diese Zeit nicht mehr angestrahlt. Bis vor zwei Jahren hatte das Licht die Nacht hindurch ge-brannt, aber seit Strom teuer geworden war, schaltete der Küster die Lampen um Mitternacht aus.

Die Ausrüstung, die Sergio in seiner Fototasche über der Schulter trug, klapperte: zwei Taschenlampen, der Foto-apparat mit Blitzgerät, eine Flasche Wein und etwas Pro-viant. Letzteres hatte Giulia in die Tasche gestopft. Eine Nacht voller Abenteuer und zwei leere Mägen passten nicht zusammen, hatte sie angeführt.

Für einen Moment hatte Sergio sogar darüber nach-gedacht, sich zu bewaffnen. Er besaß eine Dienstpistole, trug sie aber nie. Bislang hatte er die Beretta 92 auch noch nie vermisst, nicht mal, als er sich gegen eine Mörderin mit einer mittelalterlichen Armbrust hatte wehren müssen. Sergio war der Ansicht, dass man Gewalt nicht mit Gewalt begegnen sollte. In den meisten Fällen gab es andere Mög-lichkeiten.

Überdies erschien ihm die Vorstellung absurd, Padre Bonacelli mit der Waffe zu bedrohen, sollten sie dem Geistlichen in dem Felsengrab begegnen. Falls Sergio bislang noch nicht genug Sünden für eine Pauschalreise ins Fegefeuer angesammelt haben sollte, so würde das für einen Daueraufenthalt genügen.

Sie erreichten den Park mit der Bocciabahn und kurz darauf den Sportplatz. »Und du meinst, Padre Bonacelli könnte die Gebeine der Heiligen versteckt haben?«, wollte Giulia wissen.

»Allerdings hätte er nicht den Weg durch das Felsengrab genommen und die Tür zur Krypta aufgebrochen«, räumte Sergio ein. »Jedenfalls nicht, um in die Kirche zu gelangen. Er hat einen Schlüssel.«

»Vielleicht wollte er es so aussehen lassen, als ob jemand durch die Tombe in die Kirche eingedrungen ist. Damit würde der Verdacht, die Reliquien gestohlen zu haben, von ihm abfallen.«

Sergio spitzte anerkennend die Lippen. »Du würdest eine wunderbare Kriminelle abgeben.«

»Und du einen guten Polizisten«, gab Giulia zurück.

Es war nicht einfach, die in den Fels gehauene Treppe in der Dunkelheit zu finden, denn die Taschenlampen wollten sie nicht anschalten, um sich nicht zu verraten. Schließlich tastete Sergio sich Schritt für Schritt die ungleichmäßigen und im Laufe der Jahrhunderte ausgetretenen Stufen in die Tiefe hinab. Ein Nachtvogel schrie in der Ferne. Hundegebell antwortete.

»Wenn es dort Gespenster geben sollte, werden wir ihnen damit drohen, meinen Vater zu rufen«, schlug Sergio vor und fasste an die Gittertür. Sie war nicht verriegelt.

»Die Gespenster sitzen um diese Zeit längst bei euch in der Trattoria«, entgegnete Giulia und schob die Tür auf.

Die kühle Nachtluft wechselte mit dem stickigen Dunst der Tombe. Es roch nach feuchtem Stein und Erde, außerdem ein bisschen nach Holz und altem Leder. Sergio schloss die Tür hinter ihnen. Für einen Moment verharrten sie in der Dunkelheit. Ihn überkam das Gefühl, die Ruhe des Raumes zu stören, immerhin befanden sie sich an einem Ort, an dem dereinst Menschen bestattet worden waren. Bei seinem letzten Besuch in der Tombe hatte die Begegnung mit Don Tiberio alle anderen Eindrücke überlagert.

Sergio kramte die Taschenlampen hervor, reichte eine an Giulia weiter und ging ein paar Schritte in die Felskammer hinein. Das Licht strich über die Mittelsäule, die die Decke stützte. Darum herum war ein Podest aus dem Fels gehauen worden, darauf hatten bei Entdeckung des Grabes noch die kunstvoll verzierten Urnen der Etrusker gestanden. Er folgte der Rundung, um Giulia tiefer in die Anlage hineinzuführen. Auch dort gab es Podeste. Sergio leuchtete alles ab, auch die Wände, suchte nach Nischen und Verstecken im Stein.

Nichts.

War er auf der falschen Spur? Langsam ließ sich Sergio auf dem Podest nieder. Die Kühle des Steins, auf dem er saß, drang durch seine Hose.

Giulias Lederjacke knarzte, und ihre Schuhe scharrten, als sie sich neben ihn setzte. »Ich habe Hunger«, zischte sie. Das Licht ihrer Taschenlampe verlöschte. »Lass uns essen.«

»Jetzt? Hier?« Sergio stieß ungeduldig den Atem aus.

Wie sollte er Polizeiarbeit leisten, wenn sie beide hier unten ein Picknick abhielten?

Giulia schien weder seine Antwort abwarten zu wollen, noch Probleme mit der Pietät zu haben, denn er hörte, wie es in der Fototasche raschelte. Dann waren das Klirren von Glas, das auf Stein abgestellt wird, und das saugende Geräusch eines Plastikdeckels zu hören, der von einem Vorratsbehälter gezogen wurde. Als Nächstes stieg ihm ein bekannter Duft in die Nase.

»Du hast das Himbeertiramisu mitgebracht?«, fragte er.

»Hat Angelo mir gegeben, als ich gestern mit dem Bus an der Trattoria gehalten habe.« Der Verständlichkeit ihrer Worte nach zu urteilen, hatte Giulia bereits Tiramisu im Mund. »Hier.«

Sergio wollte gerade seine Taschenlampe auf die Süßspeise richten, da zuckte er zurück, weil er etwas Kaltes im Gesicht spürte. Giulia versuchte, ihm einen Löffel zum Mund zu führen. »Das ist meine Nase«, gab er bekannt und tastete nach ihrer Hand, um ihr den Löffel abzunehmen.

Da umschloss sie seine Finger. »Weißt du noch, als wir das zum ersten Mal gegessen haben?«

Natürlich wusste er das. Bisweilen durchlebte er die Szene im Traum, sogar mitten am Tag. Es war vor drei Jahren gewesen. Giulia hatte noch in Cecina am Meer gelebt und gerade ihre Stelle als Busfahrerin in Volterra angetreten. Sergio hatte ihren Wagen in aller Herrgottsfrühe angehalten, weil er jemanden brauchte, der ihn rasch zu einem Tatort am Römischen Theater fuhr, und da hatte ausgerechnet Giulia Fonte, seine Spielkameradin aus Grundschulzeiten, hinter dem Steuer gesessen. Wenige Tage später waren sie sich nähergekommen: in der Trattoria Mortale. Es war spät gewesen, alle Gäste waren schon gegangen, und Angelo hatte für Giulias und Sergios Stelldichein noch einen Rest Nachtisch im Kühlschrank aufbewahrt: Himbeertiramisu.

Danach schmeckten jetzt ihre Lippen. Der Löffel klimperte zu Boden, dann herrschte Stille – ein drängendes Schweigen, in dem jeder zu wissen schien, dass der andere ihm etwas zu sagen hatte, der Moment dafür aber noch nicht gekommen war.

Die Geräusche auf der Treppe hörte er erst, als Giulia ihn anstieß. Da kam jemand die Stufen zum Felskammergrab herunter! Sergio schaute auf seine Uhr, die Zeiger standen auf kurz vor eins. Genau wie in der Nacht zuvor, als er Padre Bonacelli beobachtet hatte.

Sergio knipste die Taschenlampe aus. Der Durchgang zum vorderen Bereich der Tombe zeichnete sich als grauer Bogen in der Schwärze ab. Die Gittertür öffnete sich, ein Schemen tauchte auf. Ein Pfeifen erklang, eine melodiöse Tonfolge. Dann war Ratschen zu hören, ein Streichholz flammte auf, kurz darauf verbreitete eine Kerze ihren Schein im Eingang. Adriano Bonacellis Gesicht schälte sich aus der Dunkelheit heraus.

Er trug das Haar offen, es fiel ihm an den Wangen herunter bis zu den Schultern, der Pfarrer sah zehn Jahre jünger aus. Dazu trug auch seine Kleidung bei: Statt der Soutane oder des dunklen Anzugs war er in eine modisch zerschlissene Jeans und ein löwenzahngelbes T-Shirt gekleidet.

Sergio und Giulia duckten sich, sodass sie hinter der Mittelsäule vor Bonacelli verborgen waren. Der Kerzenschein reichte nicht bis zu ihnen heran.

Wieder erklang das Pfeifen, gefolgt von knirschenden Schritten, als der Priester tiefer in die Felskammer hereintrat. Sergio spürte, wie ihm trotz der Kühle der Schweiß ausbrach. Was trieb Bonacelli hier unten? Mit professioneller Neugier versuchte er, seine Unruhe niederzuringen – ebenso wie ein Gefühl des Bedauerns. Er mochte den Geistlichen, bewunderte sein Engagement für die Leute im Viertel. Dieser Mann sollte ein Dieb und vielleicht sogar ein Mörder sein?

»Hallo?«, rief Bonacelli und kam näher. Der Lichtschein flackerte ihm voraus und leckte an Sergios und Giulias Schuhen. So leise wie möglich glitten sie von ihren Sitzplätzen und duckten sich hinter das Podest, das um die Mittelsäule verlief. Unter Sergios Fuß knirschte etwas.

»Das habe ich gehört.« Bonacellis Stimme klang erfreut. »Ich weiß, dass du da bist. Soll ich kommen und dich holen?«

Das war eindeutig. Der Pfarrer hatte eine Verabredung. Sie würden ihn auf frischer Tat ertappen, allerdings nicht beim Handel mit gestohlenen Reliquien.

Die Schritte des Priesters näherten sich. Die Schatten flackerten, als ein Luftzug über die Flamme der Kerze hinwegstrich.

»Ich bin hier, Adriano.« Eine Frauenstimme. Vom Eingang her.

»Rossella«, sagte der Pfarrer. Das Licht entfernte sich.

Danach waren – leise, aber deutlich – die Geräusche von zwei Menschen zu hören, die sich in den Armen hielten.

»Diesmal habe ich eine Decke mitgebracht«, sagte Rossella.

»Und ich den Wein.«

Es gab hier keine Reliquien. Keinen Hehler für die Gebeine der Heiligen. In der Felskammer ging es nicht um den Tod, sondern um die Liebe. Padre Bonacelli traf sich heimlich mit einer Frau, mit Rossella, einer der Teilnehmerinnen des Hexenzirkels.

Sergio drückte Giulias Hand und deutete auf den Bereich der Kammer, den der Kerzenschein nicht erreichte. Wenn Bonacelli und Rossella sich weiter einander zuwandten, konnten sie vielleicht unbemerkt ins Freie schlüpfen.

Mit Zwergenschritten zogen sie los. Wieder wanderte das Kerzenlicht, diesmal in den hinteren Bereich der Felskammer, weg vom Eingang – eine Gelegenheit. So langsam wie möglich bewegten sich Giulia und Sergio auf die Tür zu. Wie schwer es war, nicht einfach loszurennen!

»Was ist denn das?«, fragte Rossella.

Sergio erstarrte.

»Was denn?«, fragte Bonacelli. Der Schein der Kerze bewegte sich, strich für einen Moment über Giulias Haar und verschwand wieder.

»Jemand war hier«, sagte Rossella. »Siehst du?«

Sergio biss sich auf die Lippe. Das Tiramisu und den Wein hatte er längst abgeschrieben. Aber er hatte auch die Kameratasche liegen lassen.

»Das müssen Touristen gewesen sein«, mutmaßte Bonacelli. »Aus der Nachbarschaft kommt normalerweise niemand hier herunter.«

»Touristen, die ihre Kameratasche hier unten vergessen und dann nicht zurückkommen, um sie zu holen?« Rumoren war zu hören, dann ein Klicken. Licht flammte auf. »Taschenlampen hatten sie auch dabei. Und Wein. Und … he, hör auf damit.« Sie lachte laut.

Sergio öffnete die Tür, glitt nach Giulia hindurch. Da hörte er Bonacelli sagen: »Das ist merkwürdig.«

»Was denn?«, fragte Rossella.

»Der Stein ist noch warm. Hier hat vor Kurzem jemand gesessen.«

KAPITEL 25

Ein Ritter kam den Berg herauf. Uuugo Marchetti. Der wollt' Volterra erobern.

Mit heißem Atem aus dem Berg. Uuugo Marchetti. Im goldenen Oktobern.

Kaum hat er den Mund aufgesperrt. Uuugo Marchetti. Da kam nur heiße Luft heraus, und uns wurd's zinnobern.«

Juan ließ Akkorde auf seiner Gitarre folgen und hob zur nächsten Strophe an. Sein Publikum, ein halbes Dutzend Touristen, sang den Namen des Verspotteten schwungvoll mit, vermutlich wussten die meisten nicht, worum es in dem Lied ging.

Umso deutlicher verstanden Sergio und Alessandro, was der Straßenmusiker da sang. Die beiden Polizisten saßen an einem Tisch vor der Bar Piazza, die ihre Gäste am Rand des zentralen Platzes empfing, nippten an ihren Getränken und beobachteten die Vorbereitungen für das Duell von Angelo und Ugo Marchetti. Von den mit tiefrotem Tuch gedeckten Tischen hatte man alles im Blick, rechts den Palazzo Pretorio mit der Polizeiwache und links den Palazzo dei Priori, das Rathaus, an dessen Fuß Juan seine Komposition zum Besten gab, und mitten auf dem Platz eine halb fertige Bühne.

»Wir werden seine Gitarre beschlagnahmen, wenn er morgen beim Kandidatenduell die Leute mit diesem Unsinn aufwiegeln sollte.« Alessandro versenkte seine Nase in einem Glas Orangensaft.

Sergio verschluckte sich beinahe an seinem Espresso. »Bist du etwa auf einmal für Marchetti und das Kraftwerk?«

»Ich bin für Ruhe und Ordnung, mein Lieber«, erwiderte Alessandro.

»Dann bist du am falschen Ort.« Sergio hob eine Hand und streckte zwei Finger aus.

Kurz darauf erschien Giacomo, der Kellner, mit einer weiteren Runde Espresso und Orangensaft. »Zweites Frühstück«, sagte er und zwinkerte den Polizisten zu. Kirchglocken läuteten aus mehreren Richtungen, wie ein Kanon, es war elf Uhr.

Unter denjenigen, die beim Bühnenaufbau halfen, war Zitadelle. Auf seinen mächtigen Oberarmen transportierte er einen Stapel Bretter zur Treppe, die gerade zusammengesetzt wurde. Für das kurzfristig anberaumte Duell der Bürgermeisterkandidaten nutzte man die Bühne, auf der beim Mittelalterfest vor zwei Wochen Theaterschauspieler gestanden hatten. Die Namen *Angelo* und *Ugo* waren in Goldfarbe auf die Kulisse gepinselt. Sergio entdeckte Kugelblitz und Trommelfeuer, die auf der linken Seite des Aufbaus etwas aufstellten, das wie Staffeleien aussah. Auf der anderen Seite trugen Männer weiße Kunststoffröhren heran und steckten sie zusammen. Einige Zuschauer waren bereits da, sie hatten es sich auf Stapelstühlen bequem gemacht, kommentierten die Arbeiten und äußerten Mutmaßungen darüber, mit welchen Tricks und Kniffen die beiden Bürgermeisterkandidaten versuchen würden, sich das Thermalwasser abzugraben. Joe Bonos lief von einem Ende des Bretteraufbaus zum anderen und fotografierte das Geschehen.

»Hast du dich gestern noch mal in dem Felsengrab umgesehen?«, fragte Alessandro und nahm einen großen Schluck aus seinem Glas. Orangensaft war nicht nur sein Lieblingsgetränk, es war das einzige Getränk für ihn.

»Ja, aber es gibt dort keine Spur von den Reliquien oder dem Handel damit.« Dann erzählte er Alessandro, dass er stattdessen etwas gefunden hatte, das aus Fleisch und Blut gewesen war. Padre Bonacelli hatte ein Verhältnis mit einer Teilnehmerin des Hexenzirkels. Der Priester und die Hexe – aus solch einem Stoff wurden Mittelalterepen gewebt. Allerdings war das hier die Gegenwart, und sie hatten einen Mordfall aufzuklären.

Alessandro schüttelte den letzten Rest Orangensaft in seinem Glas zusammen und trank es leer.

»Ich werde noch einmal mit Padre Bonacelli reden«, sagte Sergio.

»Du verdächtigst den Pfarrer trotzdem noch?« Alessandro klopfte dreimal in seine Dienstmütze und setzte sie auf. »Du bist genauso stur wie dein Vater: Wenn die Tür sich nicht für dich öffnet, dann rennst du so lange dagegen an, bis die ganze Wand zusammenbricht.«

»Wenn man vom Teufel spricht …«

Sergio deutete auf die Piazza. Dort war Angelo aufgetaucht. Er stand vor der Bühne, schaute auf seine Uhr und sah sich um, schien auf etwas oder jemanden zu warten. Dann rief er Zitadelle und Kugelblitz etwas zu und bedeutete ihnen, die Staffeleien weiter in die Mitte zu rücken. Alessandro stand auf. »Ich gehe zurück in die Wache. Mit deinem Vater musst du allein klarkommen.«

»Lass mich nur hier zurück im Augenblick größter Gefahr«, sagte Sergio in vorwurfsvollem Ton und sah zu, wie Alessandro in Richtung Palazzo Pretorio verschwand und dabei einen Bogen um die Bühne machte.

»Ich werde dir schon zur Seite stehen, Sergio«, sagte eine sanfte Stimme.

Sergio schaute auf. Neben ihm stand Valentina, die Nachtmalerin. Die Künstlerin liebte es, Volterra und die umliegende Landschaft im Schein des Mondes und der Sterne auf die Leinwand zu bringen. Sergio hatte sie bei den Ermittlungen zum Fall des toten Designers im Palazzo Viti kennengelernt, und ihr Talent, Farben in der Dunkelheit zu erkennen und auf der Palette zu mischen, beeindruckte ihn. Valentina war Mitte dreißig, trug Silberschmuck um Hals und Handgelenke und ein langes grünes Batikkleid. Darunter schauten ihre rot lackierten Zehennägel aus glänzenden Ledersandalen hervor. Ihr rot gefärbtes Haar trug sie streichholzlang.

»Valentina!« Sergio erhob sich, begrüßte die Künstlerin und rückte ihr einen Stuhl zurecht.

»Danke«, sagte sie mit ihrer von zu vielen Zigaretten gefärbten Stimme, »aber ich muss weiter. Ich habe eine

Verabredung mit deinem Vater.« Sie lächelte. »Er braucht eine Malerin.«

Sergio schaute zu Angelo hinüber, der Valentina zuwinkte, und dann zurück zu ihr – mit Fragezeichen in den Pupillen.

Valentina strich sich mit einer Hand übers Haar, ihre Armreifen klimperten. »Normalerweise haben wir ja nicht so viel miteinander zu tun, Angelo und ich. Wenn ich ausgehe, dann ins Il Mulino, nicht in eure Trattoria. Auf der anderen Seite habe ich deinen Vater auch noch nie auf einer Ausstellung gesehen.«

Das war vermutlich auch besser so.

»Jedenfalls arbeiten wir jetzt zusammen.« Sie hielt eine schwarze Mappe hoch. »Es geht um das Kraftwerk in Volterra. Angelo hat mich gestern Abend angerufen und gebeten, das Volterra der Zukunft zu malen – das Volterra Ugo Marchettis, durchzogen von gigantischen Röhren. Ich habe die ganze Nacht daran gearbeitet, jetzt präsentiere ich das Ergebnis.« Sie drückte seinen Oberarm und verabschiedete sich.

Dazu also waren die Staffeleien aufgestellt worden. Sergio sah Valentina nach, die mit federnden Schritten auf die Bühne zuging. Auf der Piazza wimmelte es inzwischen von Menschen, die staunend dastanden, die mittelalterliche Bebauung betrachteten, sich drehten und reckten, für Fotos posierten – der große Platz war selbst eine Bühne.

Auf dem Steinsims vor dem Rathaus ließ Juan das Klimpergeld, das in seinen aufgeklappten Gitarrenkoffer geregnet war, in seine Geldbörse gleiten, wischte die Saiten seiner

Gitarre mit einem Tuch ab und verstaute das Instrument so sanft in dem Koffer, wie man ein Kind zu Bett bringt. Er schien Sergios Blick zu bemerken, denn er wendete ihm den Kopf zu und zwinkerte verschwörerisch. Sergio lächelte zurück. Die Menschen in Volterra waren allesamt schräge Vögel und hatten ihre Eigenarten, für die man sie einfach gernhaben musste. Vermutlich war es anderswo genauso und doch nirgendwo so wie hier.

Er fuhr sich mit einer Hand durchs Haar und blickte die imposante Fassade des Rathauses hinauf. Das Bauwerk war eines der ältesten seiner Art in der Toskana. Trotz seiner achthundert Jahre schien die Zeit ihm nichts anhaben zu können. Die von Zinnen bewehrte Brüstung und das Türmchen auf dem Dach ragten in den Himmel und schienen bereit, den Stürmen der Geschichte bis in alle Ewigkeit zu trotzen.

Wenn überhaupt ein Volterraner das Format hatte, es mit so einem Monument und den darin wartenden Aufgaben aufzunehmen, dann Angelo Panda. Daran gab es für Sergio keinen Zweifel. Wenn er allerdings zu seinem Vater hinüberschaute, zu dem kleinen, mageren Mann mit dem weißen Stoppelhaar und der Energie, die er ohne Rücksicht auf sich selbst verschwendete, hatte Sergio ebenso wenig Zweifel, dass Angelo unter der Last des Bürgermeisteramtes begraben werden würde. Jedenfalls der Angelo, der er zeit seines Lebens gewesen war. Hervorkommen würde ein anderer Mann, einer, der zum ersten Mal in seinem Leben Kompromisse würde eingehen müssen, einer, der Veränderungen in seiner Heimatstadt zustimmen müsste, die er persönlich ablehnen würde. Angelo würde sich selbst opfern, um Volterra zu retten.

Der Preis war zu hoch. Sergio sah es ebenso wie Sofia: Ein Volterra ohne den alten Angelo Panda in seiner Trattoria durfte es nicht geben. Was aber konnte man tun? Ugo Marchetti unterstützen, damit Angelo die Wahl verlor – so wie Sofia? Sergio verbrannte diesen Gedanken in seinem Geist zu Asche und verstreute die Reste in den Wind, der durch sein Unterbewusstsein fegte. Was auch immer geschehen würde, irgendetwas würde sich verändern. Dabei wollte Angelo doch, dass alles so blieb, wie es war.

Sergio traf eine Entscheidung. Er würde weiter an der Seite seines Vaters stehen, würde ihn weiterhin bei seiner Kandidatur unterstützen, und wenn das Rathaus auf Angelos Schultern lastete, würde Sergio ihm tragen helfen.

Er schob einen Geldschein unter seine Espressotasse, stand auf und ging zu der Gruppe vor der Bühne. Als Angelo Sergio herankommen sah, ließ er Valentinas Bilder in der dunklen Mappe verschwinden. Sergio fragte erst gar nicht, ob er auch mal einen Blick darauf werfen dürfe.

»Habt ihr alles gut vorbereitet?«, wollte er wissen. Das Nicken der Kampfbereiten antwortete ihm. »Auch die Diskussion morgen auf der Bühne?«

»Was gibt es da vorzubereiten?«, fragte Angelo. »Ich habe recht, das genügt.«

»Das behauptet Ugo Marchetti auch«, erwiderte Sergio.

»Er kann nur verlieren.« Zitadelle reckte eine Faust in die Höhe. »Rettung für Volterra.«

»Ich spreche von Informationen«, sagte Sergio. »*Babbo,*

du brauchst Daten, Fakten und Argumente, wenn du auf dieser Bühne gewinnen willst. Was hältst du davon, die Diskussion gegen Ugo durchzuspielen?«

»Gute Idee.« Angelo zog Kugelblitz aus der Gruppe hervor. »Kugel, du bist jetzt Ugo Marchetti, und ich bin Angelo.«

Kugelblitz ruckte sein Polohemd straff. »Angelo Panda. Du kannst nicht Bürgermeister werden, weil ich ein Kraftwerk in Volterra bauen lassen werde. Du aber willst das nicht. Also gewinne ich die Wahl.« Er überlegte einen Moment. »Was hast du dagegen vorzubringen?«

Die anderen lachten. »Das ist doch keine Gerichtsverhandlung«, sagte Zitadelle. »Lass mich das mal machen.«

Sergio verzichtete darauf, das Treiben weiter zu verfolgen. Er hatte einen Mordfall aufzuklären. Und jetzt galt es erst mal, einen verliebten Priester zu verhören. Was für eine Aufgabe war es doch, Polizist im schönsten Städtchen der Toskana zu sein!

KAPITEL 26

Zur Mittagsstunde zeigte sich der Septembertag von seiner schönsten Seite. Die Sonne hatte Kraft gesammelt und vertrieb die Wolken. Eine Weile würde es noch spätsommerlich bleiben in der Toskana. In der Regel brachten erst die Oktoberwinde kühles Wetter und Regen. Bis es so weit war, schien alles um Sergio herum darauf bedacht, die Zeit zu genießen, solange es noch ging.

Er passierte das Il Mulino und winkte Sofia, die an dem Mäuerchen beschäftigt war, wahrscheinlich mit dem Ergebnis des Plakatduells. Er kam an der Bocciabahn vorbei, die um diese Uhrzeit in tiefem Schlummer lag, und erreichte die Kirche von San Giusto.

Es war zwar nicht die Zeit für den Gottesdienst, trotzdem hoffte er, den Pfarrer anzutreffen. Die Tür stand offen, Sergio trat ein. Das rot-weiße Absperrband war noch um den Altarbereich gespannt und zog zwischen dem hellen Gelb und Weiß der Wände den Blick auf sich.

Sergio verharrte im Eingangsbereich. Er wollte rufen, doch die Höhe des Gewölbes hielt ihn davon ab. Die Baumeister der Vergangenheit hatten es verstanden, ihren Werken Erhabenheit zu verleihen, sodass Menschen darin kaum zu flüstern wagten. Sergio durchquerte das Kirchenschiff und klopfte an die Tür zur Sakristei. Niemand antwortete. Die Tür schwang auf, als er die Klinke drückte, der Raum dahinter war leer, nur die Messgewänder hingen an Bügeln, es sah aus wie in einer Künstlergarderobe.

Weder Pfarrer noch Küster waren zu sehen. In diesem Moment hörte er ein Geräusch. Das Klirren von Metall.

Das schien von der Ostseite gekommen zu sein. An dieser Stelle führte die Treppe in die Krypta, Licht schimmerte von unten herauf. Das Klirren wiederholte sich. Sergio stieg die Marmorstufen in die Tiefe hinab. Es war noch nicht lange her, da war er mit Don Tiberio den umgekehrten Weg gegangen.

In der Krypta warf eine Neonlampe an der Decke ihr kaltes Licht auf die Gedenkplatten. Vor der Gittertür, die zum Durchgang in die Tombe führte, stand Padre Bonacelli. Er trug einen legeren Anzug und hatte das Haar im Nacken zusammengebunden.

In der Hand hielt er die Kette, mit der das Gittertor sonst verschlossen war. Wie Sergio zusammen mit Don Tiberio festgestellt hatte, war sie aufgetrennt worden.

»*Buongiorno*, Adriano«, sagte Sergio.

Bonacelli fuhr zusammen und ließ die Kette fallen. Sie schlug lärmend gegen das Gitter. »Sergio.« Bonacelli hielt sich eine Hand gegen die Brust. »Du hast mich erschreckt.«

»*Mi dispiace, Padre.*« Sergio kam näher.

Der Pfarrer bückte sich und nahm die Kette wieder in die Hand. »Die werde ich reparieren lassen müssen.«

»Bis der Mord an Bischof Amendola aufgeklärt ist, lässt du hier am besten alles so, wie es ist.« Sergio nahm dem Pfarrer die Kette ab und strich mit dem Daumen über die scharfen Kanten der Bruchstelle.

»Adriano«, sagte er eindringlich, »du stehst im Verdacht, die Reliquien aus der Kirche gestohlen zu haben.« Er verzichtete darauf, den Mord noch einmal zu erwähnen, diese Schlussfolgerung konnte der Padre selbst ziehen.

»Was?«, brach es aus Bonacelli heraus. »Wie kommst du denn darauf? Ich bin ein Mann Gottes, ich schände doch nicht die Gräber der Heiligen.«

»Aber du benutzt die Gräber der Etrusker als Liebesnest«, entgegnete Sergio.

Bonacelli wich einen Schritt zurück. »Das ist …« Seine Augen bewegten sich, er suchte nach einer Antwort an der Wand hinter Sergio. Dann atmete er lange aus. »Der Fotoapparat und die Taschenlampen«, sagte er leise. »Das warst *du* gestern Nacht, nicht wahr?«

»Ich hoffe, der Wein war gut.«

»Wenn Gott es mir ermöglichen würde, würde ich ihn dir zurückgeben, wenn du im Gegenzug vergisst, was du gesehen oder gehört hast.« Er warf einen nervösen Blick zur Treppe hinüber. »Können wir vielleicht woanders darüber reden?«

Sergio ging nicht darauf ein. Er hatte Bonacelli in einem unsicheren Moment erwischt, wenn er ihm jetzt Zeit einräumte, konnte sich der Geistliche eine Erklärung zurechtlegen.

Bonacellis Stimme wurde weich. »Liebe, Diebstahl und

Mord sind etwas Grundverschiedenes. Auch dann, wenn wir über Leidenschaften sprechen und es sich um eine verbotene Liebe handelt.«

»Wenn du mir alles erzählst, kann ich dir vielleicht helfen.«

Der Pfarrer starrte auf das zerbrochene Kettenglied in Sergios Hand. »Ich habe mich mit einer Frau getroffen. Das stimmt. Der Zölibat verbietet das. Ich habe ein Gesetz der Kirche übertreten. Aber kein Gesetz Gottes: Die Verbrechen, derer du mich verdächtigst, habe ich nicht begangen, Sergio. Du musst mir glauben. Und vor allem darfst du niemandem davon erzählen.«

»Adriano«, sagte Sergio, »ich bin Polizist, und in deiner Kirche ist ein Mensch getötet worden.« Er ließ die Worte wirken, dann fuhr er fort: »Die Frau in der Tombe, das war Rossella Nichetti, oder?«

Bonacelli schaute auf seine Schuhe und nickte. »Wir haben uns bei den Treffen der Heimatkundlerinnen kennengelernt. Ich habe mich in Rossella verliebt. Anfangs war es nur ein leises Ziehen, das mich immer wieder zu der Runde im Il Mulino und vor allem zu ihr zurückgeführt hat. Dann wurde es stärker. Es ist wie eine Besessenheit. Aber wenn sie der Teufel ist, dann springe ich aus freien Stücken kopfüber in die Hölle.«

Sergio wusste, wovon der Pfarrer sprach. Er nickte.

»Ich habe mit so etwas keine Erfahrung«, fuhr Bonacelli fort, »sonst hätte ich gewusst, dass ich dem Gefühl nicht hätte nachgeben dürfen. Vielleicht hätte ich sogar den Tod des Bischofs verhindern können.«

Sergio runzelte die Stirn. »Wie meinst du das?«

War Adriano Bonacelli dabei, ein Geständnis abzulegen?

»Rossella und ich …« Der Pfarrer suchte nach den richtigen Worten. »Wir lieben uns, können uns aber in der Öffentlichkeit nicht sehen lassen. Also haben wir uns heimlich nachts am Masso di Mandringa getroffen. Du kennst ja diesen Fels an der Landstraße.«

Natürlich kannte Sergio dieses Steingebilde. Vor ein paar Tagen erst hatte Maria Campana davon gesprochen, und er hatte sich daran erinnert, Giulia dort getroffen zu haben. Wie es schien, verströmte der Felsbrocken etwas, das Verliebte anzog. Also doch ein Stein mit Zauberkräften. »Ich weiß, wo das ist.«

»Der Treffpunkt war perfekt, denn die Signoras aus dem Il Mulino forschten ja auch über den Masso di Mandringa. Hätte uns jemand an dem Stein gesehen, hätten Rossella und ich behaupten können, dem Rätsel der Felsenquelle auf der Spur zu sein, also Heimatkunde zu betreiben. Da ich ein Priester bin, hätte man uns das vielleicht sogar geglaubt.«

Mit Sicherheit nicht, dachte Sergio. »Wieso seid ihr dann in die Tombe umgezogen?«

»Dazu komme ich gleich.« Die Angst war aus der Stimme des Geistlichen verschwunden. Er schien sich etwas von der Seele zu reden, das schon lange hinausgewollt hatte. »Rossella und ich hatten uns vielleicht drei- oder viermal getroffen. Da kam eines Tages Bischof Amendola zu mir ins Pfarrhaus. Ich war überrascht, dass seine Exzellenz sich bemühte, zu mir ins Viertel zu kommen. Normalerweise lässt er seine Sekretärin anrufen, damit ich ihn aufsuche. Monsignore ließ sich eine Tasse Kaffee einschenken, und wir plauderten über dies und das. Dann kam er auf das Fest der Heiligen zu sprechen, auf die Prozession, und er fragte, ob alles vorbereitet sei. Wenn er sich Sorgen mache, das etwas schiefgehen könne, sagte ich zu ihm, so könne ich ihn beruhigen. Dann stellte sich heraus, dass er wegen etwas ganz anderem gekommen war.«

»Wegen deiner Treffen mit Rossella?«, fragte Sergio.

Der Padre befühlte seine Fingernägel. »Wegen Ugo Marchetti.«

An mehreren Stellen in Sergio gingen Alarmsirenen los: in seinem Kopf, seinem Herzen, seinem Bauch, seinen Beinen. Nun ließ er die Kette klirrend zu Boden fallen. »Adriano! Was hat das zu bedeuten?«

»Genau das habe ich mich auch gefragt. Monsignore sagte, er habe mir einen Vorschlag zu machen. Ich sollte mich beim Kirchenfest für Ugo Marchetti aussprechen, sollte ihn den Gemeindemitgliedern gegenüber als Musterbeispiel eines fürsorglichen Menschen loben, als Säule der Gesellschaft, als Nährboden unserer Stadt. Ich fragte, wie sich der Bischof das vorstelle, ich könne doch als Priester nicht in die Politik eingreifen. Damit schien er gerechnet zu haben, denn er schlug vor, ich solle Ugo Marchetti nennen, wenn ich vorbildhaftes Verhalten im Sinn der Kirche predigte. Sergio! Mir wurde übel. Mein eigener Bischof verlangte Heuchelei von mir. Von der Kanzel herab. Das war gegen das Wort Gottes. Ich weigerte mich.«

»Wie hat er reagiert?«

»Woher der Bischof von meinen Treffen mit Rossella erfahren hatte, wusste ich nicht. Aber er hielt mir vor, schon längst selbst gegen das Gesetz der Kirche zu verstoßen: indem ich den Zölibat breche und eine heidnische Gruppe unterstütze. Dass ich den Hexenzirkel wegen seines Verbots nicht mehr aufgesucht habe, weißt du ja schon. Aber es ging um viel mehr. Kraft seines Amtes hätte er dafür sorgen können, dass ich laisiert werde. Das bedeutet …«

»Ich weiß, was das heißt«, sagte Sergio. Die Laisierung kam in der römisch-katholischen Kirche einer Kündigung gleich. Padre Bonacelli hätte alle Rechte und Pflichten als Geistlicher verloren. »Hätte Amendola das einfach bestimmen können?«

»Bis zur Durchsetzung wäre es ein langer Weg gewesen. Aber Bischöfe haben seit einigen Jahren die Möglichkeit, einen Priester auf diesen Weg der Sühne zu schicken. Ich hätte mich wehren können. Der Prozess wäre dadurch jedoch nur langwieriger geworden.«

Sergios Kiefer mahlte eine Schicht Zahnschmelz weg. Verbotene Liebe. Erpressung. Mit einem Mal gab es eine ganze Reihe von Motiven, die zu einem Mord führen konnten. Aber wie passte der Reliquienraub da hinein? »Weiter!«, forderte er den Geistlichen auf.

»Ich habe protestiert«, berichtete Bonacelli, »habe gesagt, ich könne meine Position als Seelsorger nicht dazu missbrauchen, einen Politiker zu unterstützen, egal welcher Partei. Da hat der Monsignore mir vorgeworfen, dass ich keine Skrupel gehabt hätte, meine Position als Pfarrer auszunutzen, um es mit einer unbescholtenen Frau zu treiben.« Er wischte sich über das Gesicht, das jetzt glänzte. »O Gott, Sergio! Das sind nicht meine Worte. Das hat seine Exzellenz zu mir gesagt. Über einer Tasse Kaffee. Ich habe ihn gebeten zu gehen. Nein, das ist nicht der richtige Ausdruck. Ich habe ihn hinausgeworfen. Meinen Bischof!« Er schluckte. »Wie hättest du denn reagiert?«

Schon der Gedanke, jemand könne ihn wegen seiner Liebe zu Giulia unter Druck setzen, löste in Sergio die Wellen aus, die sich zu einem Erdbeben auswachsen konnten. *Terremoto brutale.* Aber deshalb würde er niemanden umbringen. »Wie es scheint, hat Amendola seine Drohung nicht wahr gemacht. Du bist immer noch hier.«

»Er hat nicht lockergelassen, noch mehrmals angeordnet, ich solle Ugo Marchettis Namen predigen. Ich bin bei meiner Weigerung geblieben. Rossella und ich haben uns vorsichtshalber eine Weile nicht gesehen …«

Das Spiel der Macht kennt keine Gebote, dachte Sergio. Und Bischof wurde man vermutlich auch nur, wenn man dazu fähig war, seine Widersacher mit Doppelmoral zur Strecke zu bringen. »Was hast du dann gemacht, Adriano?« Sergio flüsterte. »Sag die Wahrheit.«

»Das tue ich ja«, versicherte der Priester. »Was sonst könnte ich dir sagen, umringt von einem Dutzend Bischöfen?« Er deutete auf die Grabplatten um sie herum. »Am Tag von Amendolas Tod habe ich einen Brief von ihm in der Post gefunden. In dem Umschlag steckte der Antrag auf meine Laisierung. Der Bischof hatte mir eine Kopie zugeschickt. Am Nachmittag rief er mich an, fragte, ob ich das Schreiben gefunden hätte. Dann erklärte er, er gebe mir noch eine Gelegenheit, ihn dazu zu bringen, den Antrag zu zerreißen. Er hat mich aufgefordert, nachts in die Kirche zu kommen.«

»Warum?«

»Das weiß ich nicht. Es war das Letzte, was ich von Amendola gehört habe. Ich bin in dieser Nacht nicht hingegangen, um mich mit ihm zu treffen. Das musst du mir glauben. Stattdessen habe ich zu Hause gesessen und zu Gott gebetet, er möge dem Monsignore vergeben. Am nächsten Tag erschien seine Exzellenz nicht zum Fest. Und schließlich haben wir ihn gemeinsam gefunden.«

Sergio wusste nicht zu sagen, wie viel von dem, was der Pfarrer berichtete, der Wahrheit entsprach. Eins aber war sicher: Die Tränen, die Bonacelli über die Wangen rannen, waren echt.

KAPITEL 27

Ausnahmsweise drehte Sergio das Türschild der Trattoria am Abend nicht zur gewohnten Zeit auf *Aperto* – Geöffnet. Matteo schickte er nach Hause. Seinem Vater hätte das nicht gefallen, aber der war nicht da. Angelo traf sich mit seinem Wahlkampfteam im Stadtzentrum, in der Werkstatt von Federica, um letzte Vorbereitungen für das Rededuell am kommenden Tag zu treffen und um sich von der Silberschmiedin und Valentina, der Nachtmalerin, wegen eines neuen Hemdes beraten zu lassen. Gemeinsam wollte man bei Bellanci, dem Herrenausstatter, eins aussuchen. Angelo sollte seinem Rivalen Ugo Marchetti in nichts nachstehen, wollte sich aber auch nicht herausputzen. »Es ist ein Duell, kein Hahnenkampf«, hatte er am Morgen auf der Piazza gesagt. Sergio war sich da nicht so sicher.

Das Schild schwang vor der rot karierten Gardine im Türfenster hin und her, als er das Lokal von außen abschloss. Er überquerte den Borgo und ging unter dem mittelalterlichen Steinbogen zwischen den Häusern hindurch, die hier am westlichen Stadthang lagen. Auf der obersten der ausgetretenen Stufen, die zur Via della Frana hinabführten, blieb er stehen. Der Himmel über der weiten toskanischen Landschaft mit ihrer schwungvollen Zeichnung leuchtete in Rosa- und Orangetönen. Sergio tauchte für einen Moment darin ein, dann machte er sich auf den Weg zu den Tre Amici. Drei Freunde, so hieß der Aussichtspunkt bei seiner Wohnung. Vor einem Transformatortürmchen hatte jemand vor langer Zeit drei ausrangierte Stühle aufgestellt. Seither gehörte dieser improvisierte Treffpunkt zu den beliebtesten Orten im Viertel, denn von dort hatte man einen wunderbaren Blick ins Cecina-Tal, konnte die Lichter am Meer flackern sehen, an warmen Tagen einen kühlen Wind auf dem Gesicht spüren und dabei die neuesten Nachrichten aus Volterra austauschen. Viele Bewohner von San Giusto gingen, bevor sie in die Trattoria Mortale kamen, auf einen Schwatz zu den Tre Amici, um vor dem Essen ihren Geist mit Gerüchten zu füttern.

An diesem Abend wehte ein frischer Wind vom Meer herauf, und es roch nach Regen. Sergio hatte sich mit Giulia, Alessandro und Don Tiberio bei den Tre Amici verabredet, denn was er am Nachmittag in der Krypta herausgefunden hatte, musste mit allen Beteiligten besprochen werden. Bischof Amendola war in ein Geflecht von Erpressung und Korruption verstrickt gewesen und vielleicht deshalb ermordet worden. Der Fall des toten Bischofs entwickelte sich zu einem Drama alttestamentarischen Ausmaßes.

Ein Auto kam mit hoher Geschwindigkeit heran und hielt mit schlitternden Reifen neben dem Transformatortürmchen. Don Tiberio schaute aus dem Fenster. »Bin ich hier richtig, Agente?« Sergio reckte einen Daumen in die Höhe und deutete auf die Stühle.

Kurz darauf hatten sich alle am Treffpunkt eingefunden. Alessandro war in seiner liebsten Freizeitkleidung gekommen, einer hellen Baumwollhose und einem Hawaiihemd. Für diese Gelegenheit hatte er eins ausgesucht, das lächelnde Delfine in einem Korallenriff zeigte. Sergio hatte schon vor Jahren aufgegeben, seinen Freund mit seinem Geschmack aufzuziehen. Alessandro war eben Alessandro. Man musste ihn einfach mögen, mit seiner Korrektheit, seinen Listen, seinem Orangensaft ... und seiner Vorliebe für eigenwillige Kleidung. Giulia begrüßte Sergio mit einer Umarmung und schaute von einem zum anderen. »Ein Mönch in einer Kutte, ein Polizist in einer zerknitterten Uniform und einer in einem Hemd mit Delfinen. Ihr hättet mir sagen können, dass ihr einen Auftritt als Village People plant, dann hätte ich meine Busfahrermontur angelassen.«

Don Tiberio pfiff die Melodie von *Y.M.C.A.*

»Wieso treffen wir uns zu viert bei den drei Freunden?«, wollte Alessandro wissen.

Sergio verdrehte die Augen. Glaubte er wirklich, mit diesem Team einen Mörder fangen zu können? »Ich bleibe stehen«, sagte er und postierte sich vor den Stühlen wie ein Lehrer vor der Schulklasse. Die anderen setzten sich.

Dann erzählte Sergio, was das Gespräch mit Padre Bonacelli ergeben hatte: dass der Priester ein Verhältnis mit einer Teilnehmerin des Hexenzirkels hatte; dass Bischof Amendola davon erfahren hatte und den Pfarrer zwingen wollte, Ugo Marchetti bei der Bürgermeisterwahl zu unterstützen; dass sich Bonacelli geweigert hatte.

»Woher willst du wissen, dass er die Wahrheit sagt?«, fragte Alessandro.

»Erstens: Von dem Verhältnis wusste ich bereits«, zählte Sergio auf. »Zweitens: Ich hatte zuvor schon den Verdacht, dass Amendola und Marchetti etwas gemeinsam ausgeheckt haben. Warum sonst sollte der Bischof versucht haben, Angelos Neugestaltung der *brigidini* zu verbieten? Er hat zwar behauptet, das sei Gotteslästerung. Aber die Anisplätzchen haben nicht so viel mit dem Glauben zu tun, eher mit dem Jahrmarkt zum Kirchenfest. Drittens: Bei der Diözese hat man mir heute Nachmittag am Telefon bestätigt, dass Bischof Amendola der Kurie empfohlen hat, den Padre aus dem Kirchendienst zu entfernen.«

»Damit ist Adriano Bonacelli weiterhin verdächtig?«, fragte Giulia.

»Er beteuert seine Unschuld, aber es bleibt dabei: Er hat ein Motiv, und er hat kein Alibi.«

»Wir sollten bei alldem die verschwundenen Reliquien nicht vergessen«, mahnte Don Tiberio. Der Wind zauste seinen rötlichen Haarschopf, er schlug die Kapuze hoch und verschränkte die Arme vor der Brust.

»Wir gehen den Spuren nach, die wir haben.« Sergio begann, vor den dreien auf und ab zu gehen. Unruhe hatte ihn erfasst.

Alessandro rutschte auf seinem Stuhl herum. »Sollten wir das nicht gemeinsam mit Morelli und Bertini in der Wache besprechen?«

»Die Kollegen sind weder Experten für Reliquien«, Sergio deutete auf Don Tiberio, »noch Vertraute von Ugo Marchetti.« Sergio nickte Giulia zu. »Und beides ist genau das, was wir jetzt brauchen.«

Dann kam er auf die Knochenfunde der Archäologen am Nordhang der Stadt zu sprechen – und auf einen Verdacht, den er hegte. »Deshalb schlage ich vor, dass Sie, Don Tiberio, sich die Funde mal ansehen. Bei Dottor Cantarini in der Bodendenkmalbehörde.«

Der Mönch machte große Augen. »Ein Archäologe, der einem Geistlichen seine Funde präsentieren soll?« Er grinste. »Einverstanden. Aber der Dottore wird …«

»… begeistert sein«, unterbrach ihn Sergio. »Wir haben ihm ohnehin noch einen Fund zu melden – den Knochen, den mein Onkel mit dem Hund im Wald entdeckt hat.«

Don Tiberio nickte.

»Bringen Sie das Fundstück zu Cantarini. Er hat sein Büro im Rathaus. Wenn der Oberschenkelknochen das ist, wofür Sie ihn halten, könnte er der Schlüssel zu einem bislang unbekannten archäologisch bedeutsamen Areal in der Nähe des Era sein. Sie sagten doch selbst, dass dort möglicherweise ein Friedhof liegt.«

»Vielleicht sogar die dazugehörige Siedlung«, ergänzte der Mönch.

»Dottor Cantarini wird keinen Konkurrenten in Ihnen sehen, sondern einen Kollegen. Geben Sie ihm den Knochen und stellen Sie Ihre Arbeit vor. Ich bin sicher, dass er einem Profi einen Blick auf die Gebeine vom Nordhang zugestehen wird. Wir müssen wissen, was es damit auf sich hat. Und als Nächstes müssen wir mehr über die Verbindung zwischen Bischof Amendola und Ugo Marchetti in Erfahrung bringen.« Er schaute Giulia an.

»Was auch immer du dir vorstellst, Sergio«, entgegnete sie kühl, »ich werde Ugo nicht hintergehen, damit dein Vater die Wahl gewinnt.«

Damit hatte Sergio gerechnet. »Es geht nicht mehr um den Sieg bei der Bürgermeisterwahl, sondern um die Aufklärung des Mordfalls.«

Giulia stand auf. Die letzten Sonnenstrahlen ließen ihre grünen Augen strahlen und flossen über das schwarze Leder ihrer Jacke. Ihre Hände hielten ihre Ellbogen umklammert. »Also gut! Lassen wir den Wahlkampf für einen Moment beiseite. Ich werde Ugo ein paar Fragen stellen ...«

»Ich wusste, dass ich auf dich zählen kann«, sagte Sergio.

Giulia war noch nicht fertig. »... aber wenn sich herausstellen sollte, dass Ugo unschuldig ist, verlange ich von dir, dass du bei der Bürgermeisterwahl für ihn stimmst, statt für deinen Vater.«

Sie setzte sich wieder, zog die Säume ihrer Lederjacke zusammen und den Reißverschluss bis zum Kinn hoch.

»Und was machen wir?« Alessandros buntes Hemd flatterte im Wind, und die Delphine zogen Grimassen.

»Du und ich«, sagte Sergio, »wir beide gehen den offiziellen Weg. Es gibt einen Verdacht gegen Ugo Marchetti, und wir müssen herausfinden, ob da was dran ist.«

Alessandro hob die Arme. »Wie stellst du dir das vor?«

»Wir setzen unsere Geheimwaffen ein.« Sergio schmunzelte.

»Was für …« Auf Alessandros Gesicht spielte sich das Drama des späten Erkennens ab. »Das kann doch nicht dein Ernst sein.«

»Doch«, sagte Sergio. »Wir informieren Baldi und Rossi. Die beiden stochern schon eine ganze Weile im Nebel und werden dankbar sein, wenn sie zur Abwechslung mal auf eine Fährte stoßen.«

»Sollten wir das nicht besser selbst erledigen?«, schlug Alessandro vor. »Mit Fingerspitzengefühl?«

»Unsere Finger sind leider nicht lang genug, um in die Tiefen von Ugo Marchettis Wahlkampfkasse hinabzureichen.«

»Was soll das heißen?«, fragte Alessandro.

Aus dem Schatten, den die Kapuze auf sein Gesicht warf, schaute Don Tiberio von einem Polizisten zum anderen. Seine Augen funkelten.

Langsam sprach Sergio weiter. »Bei der Verbindung von Marchetti und Amendola war vielleicht Geld im Spiel. Das ließe sich nachweisen, damit kämen wir weiter.«

»Wie kommst du darauf?«, wollte Giulia wissen.

»Amendola hat sich Bonacelli gegenüber verhalten, als hätte er etwas zu verlieren. Aber was?«

»Du meinst, dass der Bischof für den Segen der Kirche eine Gegenleistung von Marchetti verlangt hat«, schlussfolgerte Alessandro.

»Um das herauszubekommen, müssen Ugos Konten überprüft werden. Ebenso wie die der Diözese. Dafür reichen unsere Befugnisse nicht aus.«

»Deshalb willst du Baldi und Rossi das Steuer überlassen.« Alessandro war anzusehen, dass er nicht viel davon hielt.

»Wir werden sie das glauben lassen. Denk doch mal daran: Wenn wir den Mörder finden, werden sie die Belobigung ernten und glauben, so etwas wie Sherlock Holmes und Doktor Watson auf Italienisch zu sein.«

»Cerlocchio Holmanello und Dottor Wattsone«, rief Giulia und brachte die anderen zum Lachen.

»Also«, fuhr Sergio fort, »werden sie überhaupt nicht mehr darüber nachdenken, dass wir verbotenerweise auf eigene Faust ermittelt haben. Das Licht, in dem sie baden, wird so hell sein, dass es sie blendet.«

Beinahe wäre es Alessandro gelungen, ernst zu bleiben. »Marchetti, Baldi und Rossi – das wären drei Fliegen mit einer Klappe.« Er schlug sich auf die Schenkel und stand auf. »Also *deshalb* haben wir uns bei den Tre Amici getroffen!«

KAPITEL 28

Als in der Ferne die Sonne im Meer versunken war, verließen Don Tiberio und Alessandro die Tre Amici. Der Mönch bot dem Polizisten an, ihn mit dem Auto mitzunehmen, auf dem Weg zu seiner Herberge am anderen Ende der Stadt könne er ihn überall absetzen. Alessandro dankte ihm, winkte aber ab, der Park von San Giusto läge so nahe, dass man seine drei kleinen Söhne, die dort herumtobten, fast hören könne. Dröhnend verschwand der kleine rote Wagen hinter einer blauen Abgaswolke. Sergio fasste Giulias Hand und wollte mit ihr ins Haus gehen, doch sie blieb sitzen.

»Jetzt, wo endlich Platz für uns beide ist, willst du fort?«, fragte sie.

Sergio rückte den weißen Stapelstuhl aus Kunststoff neben ihren ausrangierten Küchenstuhl mit dem aufgenagelten Brett und setzt sich zu ihr. Am dunklen Himmel hingen Schlieren von Licht wie die letzten Erinnerungen an den vergangenen Tag. Vom Hang, an dem einige große Gärten lagen, stieg der Duft von Wildkräutern zu ihnen herauf. Die Glöckchen von Pavanellis Schafherde waren zu hören, ebenso wie das Kläffen des Hundes, der die Tiere zusammentrieb, dazu das ausgelassene Gebell eines zweiten – das war unverkennbar Cardenio. Giulias Hund streunte mal wieder durch das Viertel.

Sie hielt Sergios Linke mit beiden Händen fest und zog sie an sich. »Schade, dass wir das Himbeertiramisu in der Tombe zurücklassen mussten«, sagte sie leise. »Es hat uns zusammenrücken lassen.«

»Gute Gelegenheiten kehren manchmal zurück. Man muss nur ein wenig nachhelfen.« Sergio verschränkte seine Finger mit ihren. Er hörte am leisen Knarzen von Giulias Lederjacke, dass sie sich ihm zuwandte. Er schaute zu ihr hinüber. Ihre Nase, ihre Wangen, ihre Lippen, ihr Kinn wurden von einem feinen Schimmer umschmeichelt.

Trotz des kühlen Windes wurde es Sergio warm in seiner Uniform, und er wünschte sich, wohl zum ersten Mal, eines von Alessandros Hemden zu tragen. Er streckte die Beine aus, zog sie jedoch sofort wieder an. Hätte Giulia nicht seine Hand gehalten, wäre er aufgestanden und umhergegangen. Er kannte Momente wie diesen, so fühlten sich die Augenblicke an, die ein Leben ändern können. Es spielt keine Rolle, was du willst oder nicht willst. Der Moment ist plötzlich da und verlangt eine Entscheidung – eine Entscheidung mit Folgen.

»Es gibt einen weiteren Fall, an dem ich arbeite«, begann er. Als er spürte, wie Giulia ihre Hand zwischen seinen Fingern zurückziehen wollte, hielt er sie fest. »Um diesen Fall zu lösen, brauche ich deine Hilfe. Es geht um deine Tante Sofia.«

»Was ist mit ihr?«, fragte Giulia mit leiser Sorge in der Stimme.

»Nichts, wenn man von ihrer Unterstützung für Ugo Marchetti absieht. Aber neulich, als du bei ihr die Wahlplakate angebracht hast, da hat sie gesagt …« Das Wort Verlobung blieb ihm auf der Zunge kleben.

»Ja«, sagte Giulia. »Da hat sie etwas gesagt.« Daran, dass sie es nicht aussprach, erkannte Sergio, dass ihr das Thema genauso unangenehm war wie ihm selbst.

»Seither frage ich mich, wie sie darauf gekommen ist«, fühlte Sergio nach, vorsichtig genug, wie er hoffte.

Obwohl der Wind in den Sträuchern rauschte, konnte er Giulia schlucken hören. »Also, das war so«, begann sie. »Ich war zuvor im Il Mulino, um mit Tante Sofia über die Dekoration für eine Hochzeitsfeier zu sprechen, die dort stattfinden soll. Sie meinte, ich hätte ein Auge für so etwas, außerdem solle ich mir überlegen, dort mit der Jazzband der Musikschule aufzutreten. Während wir über die Sitzplätze für die Braut und den Bräutigam sprachen, kamen wir darauf, was es heutzutage bedeutet, verheiratet zu sein.«

Sergio versuchte, sein im Zickzack springendes Herz zur Ruhe zu bringen.

»Das ist ein heikles Thema für meine Tante«, fuhr Giulia fort. »Du weißt ja, dass sie nie verheiratet war. Hin und wieder gab es eine Liebelei, aber nichts von Dauer.«

Sergio erinnerte sich, dass er eine Zeit lang seinen Onkel Lorenzo bei Sofia hatte ein und aus gehen sehen. Überdies hatte er den Eindruck, dass Sofias Konkurrenzkampf mit Angelo manchmal eher eine Neckerei war – wovon sein

Vater allerdings noch nie etwas bemerkt zu haben schien. »Und weiter?«

»Weiter nichts.« Giulias Worte hörten sich an, als spräche sie mit vorgeschobener Unterlippe. »Wir haben über die Ehe gesprochen, und da hat sie mich gefragt, ob das mit uns beiden etwas Dauerhaftes sei.« Sie räusperte sich. »Ob wir uns schon verlobt hätten. Das war alles.«

»Alles?«, fragte er, mehr brachte er nicht raus. Bebte seine Stimme?

»Nicht ganz.« Giulia schüttelte den Kopf, und ihr Haar streifte sein Gesicht. Es roch nach Flieder. »Am selben Abend habe ich von Onkel Lorenzo erfahren, dass wir beide uns verloben wollen. Und als ich am Tag darauf meine Runde mit der Linie 1 drehte, da kamen Maria und Giovanna im Bus zu mir nach vorn, schüttelten meine Hand und gratulierten zur Verlobung. Sie müssen mein Erstaunen bemerkt haben und erklärten, das würden die Spatzen von den Dächern Volterras pfeifen. Pandolino! Was hat es damit auf sich?«

Das also war es gewesen, was Giulia ihm hatte entlocken wollen, als er spätnachts von der Plakatverwüstung nach Hause gekommen war, die Angelo angerichtet hatte. Sein schlechtes Gewissen hatte ihn taub für die Zwischentöne ihrer Worte gemacht. Doch auch sonst hätte Sergio keine Antwort auf ihre Frage gewusst. Weder hatte er vor, sich mit ihr zu verloben, noch hatte er jemandem erzählt, dass er das wolle.

Doch. Angelo.

Im Fotolabor, hinten im Lagerraum der Trattoria, hatte

Sergio seinen Vater für die Wahlplakate abgelichtet. Und um ihn zum Lächeln zu bringen, hatte er berichtet, er wolle sich mit Giulia verloben. Das hatte zu dem gewünschten Ergebnis geführt: Angelo hatte gestrahlt. Aber dann hatte Sergio es versäumt, die Sache richtigzustellen. Natürlich hatte sein Vater Zitadelle, Trommelfeuer und Kugelblitz von der Neuigkeit erzählt. Und vom Stammtisch des Il Gusto aus war es nur ein kurzer Weg bis in die Ohren der Nachbarn, die ein gehaltvolles Gerücht zu schätzen wussten wie eine gute Flasche Wein. Und ein Gerücht, das wusste Sergio genau, ist wie ein Bumerang: Es kehrt immer wieder zu dir zurück.

»Dann wolltest du also nur deinen Vater zum Lachen bringen«, stellte Giulia fest, nachdem er ihr von der Situation im Fotolabor berichtet hatte.

»Genau.« Diesmal war Sergio erleichtert. »Und du wolltest eigentlich nur mit deiner Tante schwatzen. Das alles war nur ein Missverständnis.«

»Ein Missverständnis«, sagte Giulia.

Sie saßen noch eine Weile bei den Tre Amici und lauschten dem Wind. Als es leise anfing zu regnen, gingen sie hinein.

KAPITEL 29

*H*igh Noon«, sagte Alessandro. »Kennst du noch den alten Film?«

Sergio lehnte an der Theke der Bar Piazza. Es war Donnerstagmittag, zwölf Uhr. Draußen auf dem Platz versammelte sich eine Menschenmenge vor der Bühne, um dem Duell zwischen Angelo Panda und Ugo Marchetti beizuwohnen. Der Regen, der die Nacht über gefallen war, hatte erst vor einer Stunde aufgehört. Es war ein warmer Spätsommerregen gewesen, einer, der die Wärme aus dem Tuffstein trieb und den Geruch von nassem Sand aufsteigen ließ.

Bevor das Spektakel begann, nahmen Sergio und Alessandro noch einen *caffè* und einen Orangensaft an der Bar. Giacomo, der Kellner, wischte mit einem Tuch über den Marmortresen. »*High Noon?*«, fragte Sergio. »Na klar, das ist doch ein Western, ein Klassiker. Gary Cooper tritt gegen eine Bande von Schurken an, und die Leute in der Stadt helfen ihm nicht, sondern verkriechen sich in ihren Häusern.« Sergio hatte sich Alessandro nicht direkt zugewandt, sondern schaute ihn in dem breiten Spiegel hinter der Bar an.

Alessandro nickte dem Spiegel-Sergio zu. »Das da draußen erinnert mich ein bisschen daran, es gibt ein Duell auf offener Straße. Dein Vater hat auch was von der grimmigen Entschlossenheit Gary Coopers. Nur verstecken sich hier im Städtchen die Leute nicht. Leider. Sonst könnten wir es heute ruhig angehen lassen.«

Sergio lachte. »Was sich gleich da draußen abspielt, hat wohl eher was von einem Italowestern.«

»Du meinst so einen von Sergio Leone? Deinem Namensvetter?«

»Wenn ich hier die Regie führen dürfte, hätten wir ein paar Probleme weniger«, gab Sergio zurück.

»Ansichtssache.« Alessandro nahm einen Schluck von seinem Orangensaft, im nächsten Moment wurde sein Spiegelbild von Giacomo, dem Kellner, verdeckt. »Noch einen Drink für euch Cowboys?«

In diesem Moment erklang von draußen Geschrei.

»Es geht los«, sagte Alessandro und klopfte in seine Dienstmütze, bevor er sie aufsetzte. Die Polizisten tranken aus und verließen die Bar. Vor der Bühne drängte sich ein bunt gemischtes Publikum: Die einen standen mit verschränkten Armen und steinerner Miene da wie bei einem unter den Volterranern beliebten Blickduell, die anderen hatten sich in Grüppchen versammelt und diskutierten laut und gestenreich. Einige Touristen hielten ihre Mobiltelefone auf die Bühne gerichtet. Dort waren bislang nur zwei Mikrofonständer zu sehen. Angelo und Ugo hielten sich wohl noch hinter der Bühne auf und übten sich darin, einander zu ignorieren. Auf der rechten Seite des Bretterbodens,

Ugos Seite, war ein weißes Laken über einem unförmigen Gebilde von der Größe eines Kinderwagens ausgebreitet. Links, auf Angelos Seite, waren die Staffeleien auf dieselbe Art verdeckt. Daneben stand ein junger Mann mit strubbeligem Haar, der einen Schrei ausstieß, wie Sergio und Alessandro ihn gerade erst gehört hatten, und in die Hände klatschte, um das Publikum auf sich aufmerksam zu machen. Er trat ans Mikrofon und kündigte »das Duo Giulia und Juan« an.

Giulia hatte Sergio am Abend zuvor erzählt, dass sie und der Straßenmusiker das Duell der Kandidaten mit Musik untermalen würden. Mehr hatte sie nicht verraten wollen. Jetzt hoffte Sergio, dass ihm gleich nicht Hören und Sehen vergehen würde.

Juan und Giulia kletterten auf die Bühne: Giulia von rechts, von Ugos Seite, und Juan von links. Der spanische Straßenmusiker trug eine schwarze Lederhose mit Fransen und ein hellblaues Leinenhemd, dessen Saum ihm über dem Hosenbund hing. Um die Schulter hatte er die Gitarre gegurtet, seine von Wind, Wetter und tausend Liedern gezeichnete Begleiterin. Giulia trat in dunkler Hose und Lederjacke auf, dazu trug sie einen eleganten spanischen Hut mit flacher Krempe und runder Krone. Aus dem Schatten, den der Hut auf ihr Gesicht warf, leuchteten ihre Lippen hervor, als sie jetzt in Sergios Richtung die Luft küsste. Um Giulias Hals hing ihr Saxophon, ein silbernes Selmer von der Art, wie es John Coltrane gespielt hatte. Das wusste Sergio, seit Giulia ihn mit dem Jazz bekannt gemacht hatte.

Ein Bellen mischte sich unter den Applaus und das Murmeln des Publikums. Cardenio hatte hergefunden. Die Wege, die Giulias Mischlingshund durch die Stadt nahm, waren nur ihm selbst bekannt. Jetzt lief der schwarz-weiße Rüde vor der Bühne auf und ab und suchte nach einer Möglichkeit, nach oben zu gelangen.

Juan drehte an den Wirbeln seines Instruments und stimmte eine Saite. Dann zupfte er prüfend einen Akkord, zog das Plektrum zwischen den Lippen hervor und begann, mit dem Plättchen zwischen den Fingern einen schnellen Dreiviertelrhythmus zu spielen. Die Taktart war gut gewählt, denn in früherer Zeit hatten auch die Bänkelsänger und Spielleute ihre Balladen und Moritaten oft im Dreivierteltakt vorgetragen. Sergio war gespannt, was sich Giulia und Juan ausgedacht hatten. Spottlieder auf den Favoriten des jeweils anderen? Darin war Juan mittlerweile ein Meister: Er hatte, seit Ugo ihn auf der Piazza beschimpft hatte, so viele Texte zu bekannten Melodien erfunden, dass es für eine CD reichen würde. Giulia hingegen wäre bei einer Schmäholympiade im Nachteil, denn obwohl sie Ugo Marchetti unterstützte, war sie doch mit Angelo befreundet und hätte es niemals fertiggebracht, ihn in der Öffentlichkeit zu verunglimpfen.

Wie sich im nächsten Moment herausstellte, lag Sergio falsch. Juan wechselte zu einem Marschrhythmus, hielt den Mund ans Mikrofon und begann *Die Internationale* zu pfeifen. Das alte sozialistische Kampflied schien das verabredete Zeichen für Angelo zu sein, denn er erschien an der Seite der Bühne, winkte kurz in die Menge und stieg die vier Stufen der hölzernen Treppe hinauf. Recht viele Zuschauer klatschten den Rhythmus mit. Kugelblitz, Trommelfeuer und Zitadelle, die sich unter die Leute gemischt hatten, sangen sogar den Text. Allerdings kannten sie nur die erste Strophe.

Schließlich stand Angelo auf der Bühne. Er trug wie üblich Jeans – allerdings eines der weniger ausgeblichenen Exemplare, das zudem gebügelt worden war – und ein neues, dunkelrotes Hemd unter seinem hellen Leinensakko. Federica und Valentina hatten ihn gut beraten. Er sah aus wie der Wirt aus Volterra, den viele im Publikum kannten, wie Angelo Panda, bei dem jede Suppe ausgelöffelt wurde, die man sich eingebrockt hatte.

Während Juan weiterspielte und die Melodie pfiff, stand Angelo schräg hinter ihm und wartete. Der Musiker schien das Ende des Stücks nicht zu finden. Mittlerweile war das Klatschen verstummt. Schließlich gab Giulia ihm ein Zeichen, indem sie die Melodie auf ihrem Saxophon mitspielte. Juan hörte auf zu pfeifen, spielte aber mit der Gitarre noch einige Momente den Rhythmus und überließ ihr dann das Feld. Das Ganze war perfekt improvisiert. Giulia spielte weiter und überführte die Internationale in etwas anderes. Sergio applaudierte. Seine Begeisterung endete abrupt, als er erkannte, was Giulia da spielte – und warum.

Es war die berühmte Titelmusik von *Il buono, il brutto, il cattivo, Zwei glorreiche Halunken*, einem Italowestern mit Clint Eastwood von … Sergio Leone. Die Verbindung zum Duell in einem Wildwestfilm hatten also nicht nur Sergio und Alessandro gezogen. Giulia spielte das berühmte Thema und zwinkerte Sergio zu. Die Töne flogen über die

Bühne, die Piazza und hallten von den Wänden der Palazzi wider. Obwohl diesmal niemand klatschte oder mitsang, klang die eingängige Melodie wie eine Beschwörung.

Ugo Marchetti erschien. Er kam jedoch nicht hinter der Bühne hervor – er trat aus dem Rathaus. Für einen Moment verharrte er im Eingang des prächtigen Palazzo und reckte die Hände in die Höhe. »*Buongiorno, Volterra!*«, rief er. Sofort war Joe Bonos zur Stelle und schoss ein paar Fotos. Es gab Applaus, und Ugo schritt, begleitet von der Musik, auf die Bühne zu. Wenn jemand Zweifel hatte, wer der andere Halunke sein sollte, so wurde diese Frage im Handumdrehen beantwortet, denn Romolo Volpi begleitete Ugo auf seinem Zug durch die Menge.

Sergio sah missmutig zu, wie einige der Umstehenden Ugo auf die Schulter klopften. Vermutlich hatte er sie für seinen Auftritt engagiert.

Von der Bühne aus verfolgte Angelo mit gemeißelten Zügen, wie Ugo die Längsseite des Aufbaus abschritt und winkte, bis er schließlich mit jugendlichen Sprüngen die Treppe hinauffederte.

Der Moment war gekommen. Juan und Giulia zogen sich zurück, Romolo Volpi trat ans Mikrofon. Sergio stockte der Atem. Wo war der Moderator? Es musste doch einen Unparteiischen geben, der die Kontrahenten vorstellte und das Gespräch leitete. Den Worten Volpis war zu entnehmen, dass er diese Aufgabe übernehmen wollte. Ugo stand zufrieden lächelnd im Hintergrund. Sergio kochte vor Wut über die Ungerechtigkeit. Marchetti hatte wohl nicht nur Claqueure engagiert, sondern auch den Ansager ausgetauscht.

Sergio fragte sich, ob er einschreiten solle. Doch schon ging Angelo mit schnellen Schritten zu Volpi hinüber, zog das Mikrofon aus dem Ständer und kehrte damit an seinen Platz zurück. Mit dem einen Mikrofon in der Hand und dem anderen in der Halterung rief Angelo ein krächzendes »*Giorno*« über die Piazza. Das genügte, um die raunende Menge verstummen zu lassen. Alle Augen richteten sich nun auf ihn.

»Ich bin Angelo Panda«, sagte er laut in das Mikrofon, »der Wirt des Il Gusto. Einige hier kennen mich. Ich möchte euer Bürgermeister sein.«

»Stockfisch für alle!«, rief ein Vorlauter.

Angelo nickte der Menge zu. »Genau, Gianni. Jeder hier bekommt Stockfisch, so viel er will. Bei mir in der Trattoria, ab …« Er schaute auf seine Uhr. »… sieben Uhr. Die Portion für achtzehn Euro.«

Obwohl Angelo sein ernstes Wirtshausgesicht aufgesetzt hatte, erntete er Gelächter. Ein guter Einstieg. Ugo Marchetti hatte seine Machenschaften und seine Hintermänner. Aber Angelo hatte Charme.

Am anderen Ende der Bühne flüsterte Romolo Volpi mit vorgehaltener Hand Ugo Marchetti etwas zu. Der Bürgermeisterkandidat schüttelte den Kopf, und Volpi ging die Treppe hinunter, kurz darauf war er außer Sicht. Hatte Volpi Angelo die Mikrofone abnehmen wollen, und Ugo war dagegen, weil er genau wusste, dass eine Rauferei ein schlechtes Licht auf ihn werfen würde? Obwohl sich die Lage entspannt hatte, spürte Sergio, wie sich seine Bauchmuskeln verkrampften.

Als er sah, dass Volpi verschwunden war, hielt Angelo eines der Mikrofone Ugo entgegen, ging jedoch keinen Schritt auf seinen Rivalen zu, sondern wartete, bis Marchetti zu ihm gekommen war. Nun stellte Ugo sich vor, prahlte mit seiner Vergangenheit als erfolgreicher Bankier und seinen geschäftlichen Kontakten in Pisa, Florenz und Rom. »Die Leute, mit denen ich dort zusammenarbeite, verfügen über Geld«, rief er. »Geld, das sie in die Zukunft Volterras investieren wollen. In ein geothermisches Kraftwerk, das unserer Stadt Wohlstand bringt. Wohlstand für alle.«

»Wir wollen lieber *stoccafisso*«, kam es aus der Menge – die Stimme gehörte Kugelblitz.

»Uns wird der Stockfisch noch vergehen«, sagte Angelo ins Mikro, »wenn wir unsere Heimat den Haien ausliefern.«

Ugo hob eine Hand und ging zu dem Aufbau auf der rechten Seite hinüber. »So schlimm ist ein Kraftwerk gar nicht. Malt nicht gleich den Teufel an die Wand.« Er zog das Laken weg und offenbarte das Modell einer Industrieanlage. Alles daran war weiß: der Tisch, auf dem es stand; der Kunststoff, aus dem die Modellbauten gegossen waren; die Röhren, die von dem zentralen Kraftwerk in alle Himmelsrichtungen wegführten; sogar die Landschaft um die Anlage war weiß. Ugo Marchetti wusste, wie er überzeugen konnte.

»Hat jemand von euch schon mal ein weißes Kraftwerk gesehen?« Angelo zeigte auf das Modell. »Wollt ihr wissen, wie es in Volterra wirklich aussehen wird, wenn Ugo so ein Ungetüm in unser Städtchen pflanzt?« Er stellte sich hinter die drei verdeckten Staffeleien und zog mit der Serviettengeste des geübten Gastwirts ein Tuch nach dem anderen herunter. Hatte es bei der Offenbarung von Ugos Modell kaum Reaktionen aus dem Publikum gegeben, so raunte die Menge, als sie erkannte, was Angelo präsentierte: vier Bilder von den bekanntesten Ansichten der Stadt. Eins zeigte den Blick vom Busbahnhof nahe der Piazza über die alten Ziegeldächer, mit der toskanischen Landschaft im Hintergrund, eins eine Ansicht des Römischen Theaters von oben, auf der man nicht nur die imposante Ruine, sondern auch die Hügel dahinter erkennen konnte. Das Motiv für das dritte Gemälde war besonders geschickt gewählt, denn es stellte die Piazza in genau der Perspektive dar, die die Leute vor der Bühne hatten.

Sergio nickte anerkennend. Obwohl Valentina es gewohnt war, nächtliche Landschaften zu malen, hatte sie sich im Sonnenschein wunderbar zurechtgefunden und das einzigartige weiche Licht des Herbstes in Volterra in ihren Bildern eingefangen. Die Dächer, die Hügel, die Pinien und Zypressen waren allesamt von einer Aura aus Licht umschmeichelt. Ebenso wie die Röhren aus blitzendem Metall, die sich wie die Gedärme eines Riesen durch die Idylle schlängelten.

Angelo wusste noch einen anderen Vergleich für die Abscheulichkeiten. »Seht ihr die Finger, die nach unserer Stadt greifen?«, rief er und hustete. Seine Stimme dröhnte unheilvoll über die Piazza. »Wollt ihr in so einer Stadt leben?« Seine Hand beschrieb einen Bogen zu den Fassaden, die den Platz umringten. Die Hälfte davon lag im goldenen Licht, die andere im Schatten. »Oder in so einer?« Er zeigte auf die Bilder. »Wollt ihr Ugo Marchetti oder euren alten Angelo Panda?«

Er war gut. Er war in Form. Er bekam Beifall. Sergio steckte zwei Finger in den Mund und pfiff. Neben ihm applaudierte Alessandro.

»Darf ich fragen, was das für Bilder sind?«, rief Ugo Marchetti ins Mikrofon und brachte die Menge damit zum Schweigen.

Angelo erklärte es ihm.

»Es sind also keine Fotografien«, fasste Ugo zusammen. »Wie sollte das auch möglich sein. Diese Röhren gibt es ja gar nicht in Volterra. Und es wird sie auch nie geben.« Er hob eine Hand und die Stimme. »Was Angelo Panda uns da weismachen will, sind nur Auswüchse seiner Fantasie, der Angst eines alten Mannes.«

Zum Glück lief Zitadelle rechtzeitig auf die Bühne, um Angelo festzuhalten. Er sagte ihm etwas ins Ohr, so wie ein Boxtrainer seinen Champion zwischen den Runden aufmuntert. Angelo nickte. Zitadelle verschwand wieder.

Kein Zweifel. Marchetti hatte Angelo getroffen, doch der hatte Kraft genug, um zum Gegenschlag auszuholen. »Dann verrate uns doch mal, Ugo, wie die Erdwärme aus dem Boden ins Kraftwerk geleitet werden soll, wenn nicht auf diese Art. Willst du sie etwa mit Eimern durch die Stadt tragen? Ich habe mich erkundigt, Ugo, aber anders als du habe ich nicht dort angerufen, wo das Geld sitzt, sondern das Wissen. Und weißt du, was ich herausgefunden habe? Dass das Kraftwerk in Volterra fünfzig Jahre laufen müsste, um die Kosten einzuspielen. Wir wären ein halbes Jahrhundert die Sklaven von irgendwelchen Wirtschaftsbossen. Wenn es wenigstens Einheimische wären! Aber du verkaufst unsere Heimat an Pisa, Florenz und Rom.« Er spie die Namen der Städte aus.

Sergio schmunzelte. Er hatte seinen Vater unterschätzt. Angelo und sein Wahlkampfteam hatten ihre Hausaufgaben gemacht und sich nicht allein auf ihr Bauchgefühl verlassen, sondern nachgeforscht und Informationen zusammengetragen. Angelos Auftritt war die perfekte Mischung aus Leidenschaft und Wissen.

Das schienen auch die Umstehenden so zu empfinden. Sie applaudierten und riefen: »Angelo, Angelo!«

Babbo, du hast gewonnen, dachte Sergio. Jetzt geh von der Bühne. Lass Ugo noch ein bisschen zetern und mit Geldscheinen wedeln. Du hast ihn in die Tasche gesteckt.

Angelo schaute sich um.

Runter von der Bühne! Sergio konzentrierte sich auf die Worte. Sein Vater wusste doch sonst auch immer, was Sergio dachte. Warum nicht jetzt?

»Angelo, Angelo«, erklangen die Rufe. Einige hielten sein Wahlplakat in die Höhe.

Ein Lächeln erschien auf Angelos Gesicht. Es wurde zu einem Grinsen. Er beugte sich vor und ließ sich eines der Plakate geben, sagte ins Mikrofon: »Das ist der Beweis, dass Ugo Marchetti ein Betrüger ist. Ebenso wie er uns Volterra wegnehmen will, hat er meine Worte gestohlen. Rettung für Volterra. Das habe *ich* mir ausgedacht. Weil es stimmt. Und Ugo hatte nichts Besseres zu tun, als genau dieselben drei Worte auf seine hässlichen Plakate drucken zu lassen.«

Sergio schüttelte den Kopf. Alessandro schaute irritiert zu ihm herüber.

Ugo kramte hinter dem Modell herum und kam nun ebenfalls mit einem Plakat in der Hand hervor, hielt es hoch. Die beiden Männer sahen aus, als wollten sie den jeweils anderen durch den Anblick ihrer Plakate in die Flucht schlagen. »Seht ihr das?«, fragte Marchetti die Menge. »Das ist eines meiner Plakate. Es stimmt, was Angelo Panda sagt: Die Worte darauf sind dieselben. Weil *er* sie gestohlen hat. Und damit das nicht auffällt, hat er meine Plakate des Nachts heimlich abgerissen und behauptet, seine seien zuerst da gewesen.«

»Das ist eine Lüge!«, wehrte sich Angelo.

Ugo hielt das Plakat noch höher. Jetzt konnte es jeder sehen: Das Papier war eingerissen, es hatte Löcher, und auf Ugos Gesicht hatte jemand eine Zahnlücke und eine Augenklappe gekritzelt.

»Pfui!«, rief jemand. Aus dem Publikum waren Pfiffe zu hören.

Angelo versuchte, sich Gehör zu verschaffen. »*Ich* bin die Rettung für Volterra!«, rief er. »Nicht der da. Ugo Marchetti ist unser Untergang. Woher willst du überhaupt wissen, dass unter Volterra warme Quellen liegen?«, fragte er mit vorgeschobenem Kinn. »Das steht doch gar nicht fest. Du prahlst damit, ein Kraftwerk bauen zu wollen. Womit willst du es denn betreiben? Mit dem Geld deiner Mitbürger? Mit heißer Luft?«

Ugo ließ das Plakat sinken. »Die Probebohrungen werden das ergeben.«

»Probebohrungen?«, echote Angelo.

Ugo schaute ihn verdutzt an. »Die Probebohrungen am Nordhang. Auf dem Gelände neben dem Friedhof, wo … Moment mal, willst du mir erzählen, dass du davon gar nichts weißt?«

Angelo stand da wie versteinert.

Marchetti lachte. »Angelo Panda will Bürgermeister einer Stadt werden, die er überhaupt nicht kennt. Seit einer Woche bereiten wir die Bohrungen am Nordhang vor. Die Archäologen waren dort, die Polizei, ein ganzer Friedhof ist gefunden worden, die ersten Bohrungen laufen inzwischen. Und Angelo Panda weiß nichts davon!«

Es wurde still auf der Piazza. Der Applaus, den Angelo vor einigen Minuten geerntet hatte, war zu peinlichem Schweigen verebbt.

Sergio zog sich den Schirm der Dienstmütze ins Gesicht. *Porca miseria!* Mehrfach hatte er Angelo von Cantarinis Fund und den Arbeiten am Nordhang erzählen wollen, aber immer war etwas dazwischengekommen.

»Wo ist mein Sohn?« Angelo verließ die Bühne, stieg die kleine Treppe hinab und kam auf Sergio zu. Die Menge bildete eine Gasse. Schließlich blieb er vor Sergio stehen. »Du hast gehört, was Ugo gesagt hat. Stimmt das? Gibt es diese Bohrungen?«

Sergio nickte.

»Dann musst du sie sofort verbieten. Du bist die Polizei. Niemals gibt es für so etwas eine Genehmigung.«

Doch, die gab es, wie Sergio wusste. Ugo war den offiziellen Weg gegangen. Er hatte sogar die Archäologen ihre

Arbeit erledigen lassen, bevor er Volpi mit dem Bohrer losgeschickt hatte.

Jetzt hätte Sergio seinem Vater gern eine Hand auf die Schulter gelegt oder ihm anderweitig seine Zuneigung und Unterstützung demonstriert. Doch das ging nicht. In diesem Augenblick war er nicht der Sohn des Bürgermeisterkandidaten, sondern Agente bei der Polizia di Stato. »Ugo hat diese Genehmigung. Daran lässt sich nichts ändern«, sagte er.

»Dann bist du jetzt also auch auf der Seite dieses Kriminellen«, stieß Angelo hervor. »Auf der Seite von Schmutz und Korruption.« Er sah aus wie jemand, der die Welt nicht mehr verstand.

»Angelo Panda hat den Ring verlassen«, rief Ugo Marchetti ins Mikrofon.

Angelo zog die Augenbrauen so stark zusammen, dass sich die Haare der linken und der rechten Braue berührten. »Das wollen wir ja mal sehen«, sagte er in Sergios Richtung. Er drängte sich zwischen den Zuschauern hindurch, bis er außer Sicht war. Auf die Bühne kehrte Angelo Panda nicht zurück.

Kapitel 30

Angelo ließ die Piazza hinter sich und damit Ugo Marchetti und dessen ignorante Nachläufer. Mit Schritten, die seine alten Hüften erschütterten, lief er die Via delle Prigioni hinunter, dann die Via dei Sarti und die Via Guarnacci, bis zur Porta Fiorentina. Mit einer Hand stützte er sich am kühlen Stein des Stadttors ab. Er bekam schlecht Luft. Aber das lag nicht an seinem Alter, *no, no*. Das lag einzig und allein an Ugo. Der Kerl würde ihn noch ins Grab bringen. Also würde Angelo dafür sorgen, dass Ugo den Kampf um Volterra verlor. Auf keinen Fall würde dieser Tagedieb und Taugenichts Bürgermeister werden, und wenn Angelo alle Löcher, die Marchetti in den Boden dieser schönen Stadt bohrte, eigenhändig wieder zuschaufeln müsste.

Über die Stadtmauer drang Ugos Plärren, zum Glück konnte Angelo die Worte auf die Entfernung nicht verstehen, sonst hätte er kehrtgemacht und ihn gezwungen, das Mikrofon zu schlucken. Als Sinnbild dafür, was er mit seinen Lügen anstellen sollte. So aber verschloss Angelo seine Ohren – sie waren ohnehin nicht mehr die besten – und lief weiter, an der Piazza del Bastione vorbei und die Via di Porta Diana hinunter, jene Straße, die zum alten Stadttor der Etrusker und zum Friedhof führte.

Seine Beine schmerzten. Seine Knie hatten in letzter Zeit etwas nachgelassen, dabei war er nie ein schwerer Mann gewesen. Seine Gelenke hatten keinen Grund gehabt, ihn im Stich zu lassen. Aber genau das war es, was gerade jeder in seiner Nähe tat. Sogar sein eigener Sohn. War es zu viel verlangt, dass Sergio sich um diese Bohrungen kümmerte? Dass er seinen Polizeiausweis zückte und beendete, was dem Boden Volterras angetan wurde?

Angelo schauderte es. Hier ging es nicht allein darum, was Ugo Marchetti und sein Handlanger in ihren Löchern fanden. Hier ging es darum, dass die seit Jahrtausenden bestehenden Fundamente der Stadt von einer Maschine aufgerissen wurden. Niemals würde er das zulassen, ob er nun Bürgermeister war oder nicht.

Er lief an den rötlich gelben Zyklopensteinen der uralten etruskischen Stadtmauer entlang. Linker Hand versprühte der Rosmarinstrauch von Castelloni seinen Duft, ein haushohes Ungetüm, das so alt sein sollte wie die Stadt selbst. Er hörte Lärm, als er die Friedhofsmauer erreichte. Die dunkelgraue Wand erhob sich in den strahlend blauen Himmel. Dahinter lagen die Gräber der Verstorbenen Volterras, darunter das von Pina. Und jetzt störte jemand, wahrscheinlich einer von Ugo Marchettis Schergen, die Ruhe dieser einzigartigen Frau mit seiner Bohrmaschine.

Gegenüber der Friedhofsmauer öffnete sich eine Brachfläche. Das abfallende Gelände war mit Sonnenblumen bewachsen. Wo der Boden aufgerissen worden war, lagen Gräben, so tief, dass man einen Kleinwagen darin hätte versenken können. Hinter den Gräben stand ein roter Lastwagen mit Traktorreifen und einer Art Kran auf der Ladefläche. An dem Kran hing eine metallene Röhre, die sich rasend schnell drehte und in der Erde verschwand. Daneben stand ein Kleintransporter. Auf der Ladefläche war ein Wassertank vom Ausmaß einer Garage befestigt. Schläuche ragten daraus hervor und verschwanden in dem Bohrloch. Wasser spritzte hoch. Für Angelo sahen die Maschinen aus wie Kreaturen aus einem anderen Erdzeitalter, Monstren, die sich an seiner Heimat vergingen. Dem würde er ein Ende bereiten.

Der Regen vom Vormittag hatte das Gelände verwandelt. Die Köpfe der Sonnenblumen hingen schlapp herunter, der Boden war aufgeweicht. Angelo zog das Jackett aus und legte es auf die Bank an der Friedhofsmauer. Er schaute an sich herab. Um die Jeans war es nicht schade. Auch die Weste würde er anbehalten, aber die neuen Schuhe sollten nicht leiden, also entledigte er sich ihrer mitsamt den grauen Strümpfen und stopfte diese in die Schuhe. Nachdem er sie unter der Bank abgestellt hatte, rollte er die Hosenbeine hoch und lief zu dem Bohrer hinüber. Der Lehm war kalt und glitschig unter seinen Füßen, und er ruderte mit den Armen, um nicht auszugleiten. Einmal musste er einen Umweg machen, da ihm ein Graben den Weg versperrte. Doch schließlich stand er vor dem Bohrer, bis zu den Knöcheln im Schlamm. Das Ding machte einen infernalischen Lärm.

»Ist jemand hier?«, rief Angelo gegen den Krach an. Wenn jemand antwortete, so hörte er das nicht. Also gut: Er hatte sich bemerkbar gemacht, aber da niemand widersprach, konnte er tun und lassen, was er wollte. Er langte nach der Tür der Fahrerkabine und zog sie auf. Er setzte einen Fuß auf die Stufe und fluchte, als die Rillen des Blechs, die ein Abrutschen verhindern sollten, in seine Haut schnitten. Er zog sich hoch und landete auf dem Fahrersitz. Durch die mit Schlamm bespritzte Windschutzscheibe hatte er einen Blick über das menschenleere Gelände.

Auf dem Beifahrersitz lag eine Sporttasche. Der Reißverschluss stand offen, und der Stoff einer violetten Jacke schaute hervor. Zwischen den Sitzen befand sich eine Steuerkonsole mit Tasten, so groß wie Zweieuromünzen. Einige waren grün, andere rot. Angelo drückte die drei roten Punkte gleichzeitig, presste die Finger so tief und so lange auf die Schalter, dass er hoffte, die ganze Anlage würde auseinanderfallen. Jetzt würde sich zeigen, wer besser bohren konnte.

Das tiefe Brummen verwandelte sich in ein Jaulen, dann verstummte es. Nun war noch das Platschen des Wassers zu hören, denn die Pumpe an dem kleineren Wagen lief weiter. Jemand schrie. Durch die dreckige Windschutzscheibe konnte Angelo einen Mann aus einem der Gräben klettern sehen. Es war Romolo Volpi. Er trug einen blauen Arbeitsoverall und war mit Matsch bedeckt.

Ugos Gehilfe hatte die Piazza verlassen und war offenbar direkt hierhergekommen. Der Grund dafür lag auf der

Hand: Marchetti wollte so schnell wie möglich den Beweis für Erdwärme unter Volterra liefern, am liebsten während er noch von der Bühne herab für sich als Bürgermeister warb. Angelo musste anerkennend nicken. Ugo, du bist gerissen. Aber nicht gerissen genug.

Romolo Volpi hatte den Lastwagen erreicht und riss die Tür auf. »Was machen Sie hier?«, rief er, als er Angelo auf dem Fahrersitz entdeckte.

»Rettung für Volterra«, stieß Angelo aus. »Hier wird nicht gebohrt, solange ich noch …«

Volpi streckte eine Hand aus und versuchte, Angelo aus dem Wagen zu zerren. Dabei griff er die Weste aus feinem Wollstoff und beschmierte sie mit dem Dreck an seinen Händen.

»Loslassen!« Angelo stemmte sich gegen Volpi, aber Marchettis Mann fürs Grobe war jünger, schneller und kräftiger. Angelo hielt sich am Lenkrad fest. Volpi packte mit beiden Händen zu und riss an der Jeans. Angelo drückte eine Hand gegen Volpis Gesicht. Unweigerlich rutschte er von dem durchgesessenen Fahrersitz ins Freie. Dabei griff er hinter sich, seine Finger fanden die Sporttasche. Er holte aus und schlug sie Volpi auf den Kopf. Etwas schepperte. Volpi schrie auf, ließ Angelo los und taumelte zurück. Mit beiden Händen hielt er sich den Kopf.

Angelos Gedanken rasten. Er hatte nur Sekunden, bevor Volpi ihn wieder angehen konnte. Sollte er versuchen zu entkommen? Aber wozu? Dieser Gelegenheitsdenker würde den Bohrer einfach wieder anschalten und weitermachen. Das durfte nicht passieren!

Lieber wollte Angelo eine Abreibung in Kauf nehmen, als einfach das Feld zu räumen. Er musste den Bohrer zerstören. Und zwar schnell. Er hieb mit der Faust auf die Mittelkonsole, doch das brachte ihm nur einen stechenden Schmerz im Handgelenk ein. Er rüttelte an den Schaltern, aber die Armatur bewegte sich nicht.

»Raus da!«, brüllte Volpi.

Angelo spürte die Hände an seinen Beinen.

In der Tasche war etwas Schweres gewesen. Angelo griff hinein, seine Hand kam mit einem Stemmeisen wieder hervor. Und mit der violetten Jacke.

Er warf Volpi die Jacke über den Kopf. Dessen Hände fuhren hoch und warfen den Stoff beiseite.

Das war keine Jacke. Das war ein Tuch aus purpurfarbenem Samt mit goldenen Fransen und Troddeln an der Seite. Ein solches lag normalerweise im Schrein der Reliquien von San Giusto und San Clemente und wurde – wie die Gebeine selbst – vermisst.

Angelo verharrte mit dem Stemmeisen in der Hand.

Was war das für ein wölfisches Grinsen auf dem Gesicht des Geologen? Verhieß das Blitzen in seinen Augen, dass er mit Angelo jetzt kurzen Prozess machen würde? Angelo packte das Werkzeug fest, das kalte Metall erwärmte sich in seinem Griff.

Volpi streckte seine Pranken nach ihm aus. Angelo hob die Eisenstange und rammte das gespaltene Ende des Stemmeisens in die Mittelkonsole. Etwas knackte, Plastik platzte. Volpi zog Angelo aus dem Wagen, aber Angelo hielt das Werkzeug fest. Er leitete die Kraft seines Gegners um.

Mit jedem Ruck Volpis rutschte Angelo weiter aus dem Fahrerhaus und zerrte stärker an der Konsole. Blaue Funken sprühten. Angelo ließ los. Er wurde aus dem Wagen gerissen, sein Kinn schlug auf Metall, und er landete im Dreck.

Er rollte herum. Volpi stand über ihm, packte ihn an den Aufschlägen seiner vor Schmutz starrenden Weste. Schmutz? Das war kein Schmutz, das war der Boden, um den er kämpfte.

Angelo trat zu. Sein bloßer rechter Fuß traf Volpis Knie. Hätte er Schuhe getragen, wäre der Schurke zu Boden gegangen. So aber strauchelte er bloß. Das gab Angelo Zeit, auf die Beine zu kommen. Gegen den Geologen hatte er keine Chance. Aber er hatte etwas anderes, etwas, das nicht nur Romolo Volpi zu Fall bringen würde, sondern auch Ugo Marchetti und seine schmierigen Freunde in Pisa, Rom und Florenz.

Angelo lief los, bückte sich so tief, wie es sein Rücken zuließ, und klaubte das lilafarbene Tuch vom Boden auf. Er schleifte es hinter sich her. Volpi rief etwas. Seine Stimme klang weiter weg, als ein Arm reichen konnte. Angelo rannte. Er war leicht, er setzte über den Matsch, ohne darin zu versinken. Ein Blick über die Schulter verriet ihm, dass das für Volpi nicht so einfach war. Der Geologe war groß und schwer, an seinen Arbeitsschuhen klebten Dreckklumpen. Er kam kaum vom Fleck. Angelo würde es schaffen. Ugo war geliefert!

Beim nächsten Schritt fand sein Fuß plötzlich keinen Halt mehr. Er schrie auf, kippte nach vorn, fiel, prallte mit der Schulter auf. Es war dunkel um ihn herum. Nur über sich sah er einen kreisrunden Lichtfleck.

Angelo stöhnte. Er war in eines der Bohrlöcher gestürzt. Er lag auf dem Rücken, seine Beine waren über ihm. Er versuchte, seinen Körper in die normale anatomische Ordnung zu bringen, aber das Loch war zu eng. Der Rücken schmerzte, seine rechte Hand war taub, und die Angst biss ihm ins Herz.

Oben am Rand des Lochs tauchte Romolo Volpi auf, eine Silhouette gegen den blauen Himmel, die Hände in die Hüften gestemmt. Etwas flog zu Angelo herunter und landete auf seiner Weste. Volpi hatte ihn angespien.

»Ich komme hier schon wieder raus«, krächzte Angelo. Von seiner Stimme war nicht viel übrig, ebenso wenig von seinem Mut. Er grub seine Finger in den Lehm und wollte sich hochziehen, doch das Erdreich gab nach.

Als er wieder nach oben schaute, war Volpi verschwunden. »Hilfe!«, rief Angelo, und noch einmal: »Hilfe!« Die Antwort, die er erhielt, war das Tuckern eines Motors, erst leise, dann wurde es lauter. Im nächsten Moment fielen schwere Brocken auf ihn herab.

Romolo Volpi schüttete das Bohrloch zu.

Das war Angelos letzter Gedanke, bevor Dunkelheit ihn umfing.

Kapitel 31

Sergio steuerte die Erbse die Straße zum Friedhof hinab. Er hatte Giulias grünen Cinquecento ausgeliehen, um so schnell wie möglich zum Nordhang zu gelangen und zu verhindern, dass Angelo sich dort mit den Bauarbeitern anlegte. Sein Vater war aufgebracht, und in dieser Gemütsverfassung verlor er meist den Überblick darüber, was Ordnung war und was Chaos.

Vorhin, auf der Piazza, hatte Angelo ihm vorgeworfen, auf der falschen Seite zu stehen, auf der Seite von Schmutz und Korruption. Sergio hatte als Polizist darauf reagiert, aber als Sohn hatte ihn der Vorwurf getroffen. Er konnte es kaum erwarten, die Baustelle zu erreichen, die Arbeiter dort vor Angelo zu beschützen und seinem Vater deutlich zu machen, dass er auf seiner Seite stand, auch dann, wenn es sich um eine Schattenseite handelte.

Er trat auf die Bremse. Wie alles in dem alten Fiat waren auch die Pedale winzig. Wenn man eine Schuhgröße wie Sergio hatte, musste man aufpassen, nicht alle drei Pedale zugleich zu betätigen. Es gelang ihm, den Wagen neben der Friedhofsmauer zum Stehen zu bringen. Er stieg aus.

Maschinenlärm brüllte ihn an. Auf der Grabungsfläche zuckelte ein Minibagger umher und schob einen Haufen Erde in ein Loch im Boden.

Sergio umrundete den Fiat, aus dem Augenwinkel nahm er eine alte Jacke und ein Paar Schuhe unter einer Bank wahr. Er hielt den Blick auf den Bagger gerichtet. Darin saß Romolo Volpi. Der Geologe hatte sein Flanellhemd gegen eine blaue Arbeitsmontur getauscht und steuerte das Baustellenfahrzeug mit verkniffenem Gesicht. Angelo war nirgendwo zu sehen.

Grübelnd schabte Sergio sich über die Wange. Sollte er falschgelegen haben? War sein aufgebrachter Vater überhaupt nicht zu den Probebohrungen gelaufen, um seine Wut an den Maschinen auszulassen? Wohin sonst könnte er gegangen sein?

Das Einfachste war, Volpi zu fragen. Vielleicht war Angelo hier gewesen und mit dem Geologen aneinandergeraten. Darauf wies Volpis Gesichtsausdruck hin. Sergio überquerte die Brachfläche mit schmatzenden Schritten und klopfte gegen das Fenster des Minibaggers. Volpi zuckte zusammen. Als er Sergio sah, ging eine Veränderung mit ihm vor. Seine Züge erschlafften, sein Mund stand offen und seine Augen weiteten sich. Nur einen Augenblick lang, dann hatte er sich wieder unter Kontrolle. Freundlicher sah er deswegen aber nicht aus.

Der Geologe schaltete den Bagger ab, stieß die Tür auf und stieg aus. »Ja?« Es gab keine Begrüßung, kein Händeschütteln, kein höfliches Lächeln. Sergio kannte das. Wer unversehens mit der Polizei konfrontiert wird, gibt sich zurückhaltend. Romolo Volpi aber war nicht bloß zurückhaltend. Er war unfreundlich.

»Signor Volpi«, sagte Sergio, »ich suche meinen Vater. Angelo Panda. Haben Sie ihn gesehen?«

»Hier war niemand. Hab zu tun«, entgegnete Volpi. Seine Worte wurden untermalt von einem Rauschen. In einiger Entfernung stand ein roter Lastwagen mit einem geologischen Bohrer. Aus dem Loch, in dem der Bohrer steckte, blubberte Wasser hervor.

»Warum lassen Sie Wasser in das Loch laufen?«, fragte Sergio.

»Zur Kühlung«, antwortete Volpi.

Sergio kannte das Prinzip: Wenn der Bohrer sich durch das Gestein fraß, konnte sich das Metall so stark erhitzen, dass es schmolz und stecken blieb. Um das zu verhindern, leitete man Wasser ins Bohrloch.

»Warum kühlen Sie?«, setzte Sergio nach. »Der Bohrer steht doch still.«

»Da ist was kaputtgegangen«, erklärte Volpi knapp. »Ich muss jetzt weitermachen.«

Sergio ging zu dem Bohrer hinüber. Das Wasser sprudelte aus dem Loch heraus, floss den Hang hinunter und hatte weiter unten bereits einen kleinen Teich gebildet. Hinter sich hörte er einen Knall. Volpi hatte die Tür des Bohrtrucks zugeschlagen und drückte auf die Verriegelung in seiner Hand. Die Blinker des Wagens leuchteten auf. Sie schienen Sergio zuzuzwinkern. Verbarg Volpi etwas?

Sergio ging zu dem Laster, zog sich an der Tür hoch, hielt eine Hand gegen das Seitenfenster und schaute ins Innere.

Die Steuerkonsole war ein Trümmerhaufen. »Kaputtgegangen sagen Sie?« Er ließ die Tür los und sprang zu Volpi hinunter. »Das sieht eher aus, als sei was explodiert.«

»Das muss heute Nacht passiert sein.« Volpi räusperte sich. »Randalierer.«

»Warum rufen Sie nicht die Polizei?«

»Sie sind ja schon da.«

Das passte nicht zusammen. Wenn der Bohrer in der Nacht zerstört worden war, warum lief dann noch Kühlflüssigkeit in das Loch?

»Schalten Sie das Wasser ab«, ordnete Sergio an. »Bevor der Hang ins Rutschen kommt.«

Volpi verschwand in dem Kleintransporter. Der Strom versiegte, und das Rauschen fiel zu einem Plätschern zusammen, als das letzte Wasser aus dem Bohrloch schwappte.

War Angelo hier gewesen? War er es, der für die Zerstörung in dem Lastwagen verantwortlich war? Das mochte Sergio nicht glauben. Sein Vater war impulsiv, aber er war kein Vandale. Allenfalls hätte er Romolo Volpi beschimpft, vielleicht hätte er noch versucht, den Bohrer auszuschalten. Aber die Konsole in dem Wagen war brutal zerstört worden. Mit großer Kraft. Das konnte unmöglich Angelos Werk sein.

Gab es militante Kraftwerksgegner? Das wäre ein neues Problem. Dieser verdammte Wahlkampf! Die Gedanken rasten durch Sergios Kopf. Er musste so schnell wie möglich mit Alessandro sprechen.

»Kann ich jetzt weiterarbeiten?«, fragte Volpi ungeduldig und kam wieder heran. »Sie behindern die Bodenuntersuchung. Das ist gegen das Gesetz. Das Gelände ist frei-gegeben.«

In Sergio kochte etwas hoch, das kein Wasserschwall kühlen konnte. Hatte dieser Kerl gerade versucht, ihm zu erklären, was Recht war und was nicht? »Ich muss mir die Bohrlöcher ansehen«, sagte er mit Bestimmtheit.

»Wozu das?«

»Die sind nicht gesichert. Es könnte jemand hineinfallen.«

»Ich war ja gerade dabei, sie zuzuschütten«, versicherte Volpi. Aber Sergio war schon losgegangen, auf das am nächsten liegende Loch zu.

Es hatte einen Durchmesser von einer halben Mannslänge. Der Boden am Rand bestand aus Humus und war unbefes-tigt. Als Sergio näher trat, brach ein Stück ab und fiel in die Tiefe. Er beugte sich vor, aber in dem Loch war es dunkel. »Wie weit geht das runter?«

»Das ist nur ein Test für den Bohrer gewesen«, sagte Volpi. »Um auszuprobieren, wie die Maschine auf die Gesteinsschichten anspricht. Ich wollte das Loch gerade zuschütten. Wenn Sie mich wieder an die Arbeit lassen, ist das Gelände hier im Nu gesichert.«

Sergio stutzte. Auf der gegenüberliegenden Seite lag ein Stück Stoff, es war lila und halb von Matsch begraben.

Als Volpi Sergios Blick bemerkte, huschte er zu dem Tuch hinüber, zog es aus dem Schlamm, knüllte es zusam-men und warf es in das Bohrloch hinein.

»Was tun Sie da?«, fragte Sergio.

»Das mache ich immer so. Bevor ich die Löcher verfülle, werfe ich den Müll rein, der anfällt.« Wie um seine Worte unter Beweis zu stellen, lief er im Halbkreis umher, klaubte Plastikfolie auf und zerrissene Säcke aus Kraftpapier, aus denen gelbe Staubfahnen aufstiegen. Mit beiden Armen voller Verpackungsresten kehrte er zu Sergio zurück und warf alles in hohem Bogen in das Loch. »Sehen Sie? So mache ich das immer. Dann ist das Gelände hinterher schön sauber, und es fliegt nichts in den Gärten der Nachbarn herum. Ich muss es halt nur zuschütten.«

»Hier wird überhaupt nichts mehr zugeschüttet«, rief Sergio. »Was Sie da tun, ist Umweltverschmutzung höchsten Grades. Was war in den Säcken?«

Volpi stutzte. »Nur ein paar Tonstabilisatoren und aromatische Aldehyde.«

Sergio lief ein paar Meter, bis er einen weiteren leeren Sack fand. Er bürstete den Schmutz ab und las den Aufdruck. *Schwefelwasserstofffänger, Kaliumchloride, Salzsäure* stand auf dem Papier. Er schaute zu Volpi hinüber, der noch immer vor dem Loch stand, breitbeinig, als wolle er es verteidigen. Sergio riss das Etikett von dem Sack ab, faltete das dicke Papier zusammen und steckte es in die Tasche seiner Uniformjacke. Der Ausflug hatte sich gelohnt. Zwar hatte er Angelo nicht gefunden, dafür aber eine Möglichkeit, Ugo Marchetti einen Stock in die Speichen zu schieben. Und zwar ganz legal.

»Sie verstoßen gegen Umweltauflagen«, sagte Sergio. »Bis zur Prüfung des Vorfalls untersage ich weitere Arbeiten auf dem Gelände. Sie haben es sofort zu verlassen, da Gefahr besteht, dass Sie die Vorkommnisse verschleiern.«

»Das dürfen Sie nicht.« Volpi stapfte auf Sergio zu. Von

seinen Händen wehte weiterhin der gelbe Staub. »Ich habe mir die Rechte an diesem Gelände gesichert. Es gehört praktisch mir.«

»Selbst wenn das Land hier in Ihrem Besitz wäre, dürften Sie keine Gifte in den Boden einbringen. Aber soweit ich weiß, steht der Verkauf noch aus. Das Areal ist Eigentum der Kommune. Ich fordere Sie noch einmal auf, das Gelände zu verlassen. Sollten Sie sich weigern oder gar zurückkehren, werde ich dafür sorgen, dass Sie nie wieder einen Fuß auf diesen Boden setzen.«

Lautstark missbrauchte Volpi den Namen Gottes, verließ aber, als er erkannte, dass er gegen Sergio nichts ausrichten konnte, die Brachfläche, nachdem er den Minibagger verschlossen hatte. Sergio beobachtete, wie der Geologe zu seinem Auto ging, einem silbernen Mercedes, dessen Reifen und Kotflügel mit Schlamm bespritzt waren. Bevor Volpi einstieg, sammelte er noch die Jacke und die Schuhe von der Bank an der Friedhofsmauer, klappte den Deckel des Kofferraums hoch und warf beides hinein. Dabei murmelte er unablässig Verwünschungen.

Nachdem Volpi davongebraust war, ging Sergio zur Erbse, streifte seine Schuhe an einer Grassode ab, stieg in das kleine Auto ein und fuhr los. Er hatte das beruhigende Gefühl, Angelo einen Dienst erwiesen zu haben.

Kapitel 32

Sergio stellte den Cinquecento vor der Musikschule ab – neben dem bunten Gewirr der Motorroller, die hier eigentlich ausschließlich parken durften, war noch eine winzige Lücke gewesen. Das alte Gebäude lag am Busbahnhof, an der Piazza Martiri, nur wenige Meter vom Rathaus entfernt. Aus den offen stehenden Fenstern drangen die Geräusche von gut einem Dutzend Musikstücken gleichzeitig. Wie hielt Giulia als Leiterin der Schule das nur aus? Sergio musste schmunzeln. Für sie sei das der schönste Lärm der Welt, sagte sie immer.

Die ehemalige Bar Bellezza war zu einem kleinen Empfangsraum mit Café umgebaut, die Tische waren von Musikern besetzt, Kindern und Jugendlichen, und auch einige Erwachsene hatten sich von Giulias Begeisterung für die Musik anstecken lassen. In einem Artikel in *Volterra Adesso* hatte Joe Bonos geschwärmt, Giulia habe die Musik überhaupt erst in die Stadt gebracht. Der Zeitungsausschnitt war mit einer grünen Heftzwecke an der Küchenwand ihrer gemeinsamen Wohnung befestigt.

Er fand Giulia in ihrem Büro im ersten Stock, wo sie

gerade ihren Saxophonkoffer in einen Schrank räumte. Sie trug noch die Uniform der Busgesellschaft, zwischen ihren Fahrten mit der Linie 1 und der Arbeit in der Musikschule war meistens nicht viel Zeit. Sie umarmten sich zur Begrüßung. An der Flüchtigkeit ihrer Bewegungen spürte Sergio, dass immer noch etwas zwischen ihnen stand.

»Das war ein wunderbarer Auftritt, vorhin auf der Piazza«, sagte er und gab ihr den Autoschlüssel zurück.

»Beinahe hätte Juan mich nicht zum Zuge kommen lassen. Du hast vermutlich bemerkt, dass ich ihm in die Parade fahren musste.«

»Wenn es um die Zukunft Volterras geht, steht wohl jeder gegen jeden. Wo soll das hinführen?«

»Morgen ist Wahltag. Danach wird sich wohl alles beruhigen.«

»Hast du mit Ugo gesprochen? Konntest du etwas über seine Verbindung zu Bischof Amendola herausfinden?«

Giulia hielt einen Moment inne.

»Ugo hatte tatsächlich eine Absprache mit dem Bischof«, sagte sie dann. »Du hattest ja schon vermutet, dass es um Geld ging, und du hast gewonnen, Pandolino.«

»Eher habe ich etwas verloren, und zwar schon längst: die Geduld mit diesem Bürgermeisterkandidaten. Wie hast du das erfahren?«

»Das war einfacher, als ich dachte. Vorhin auf der Piazza, da war Ugo euphorisch. Er hatte seinen Rivalen aus dem Feld geschlagen. Die Leute haben ihm zugejubelt. Er hat ein Bad in der Menge genossen, Autogramme verteilt und gelächelt, als stände er unter Drogen. In dem Moment habe ich ihn aufgehalten und gesagt, ich wolle noch ein paar Plakate drucken lassen, ob noch was von Amendolas Geld übrig sei. Da hat Ugo genickt.«

Sergio runzelte die Stirn. »Das könnte auch ein Missverständnis gewesen sein.«

»Das habe ich zuerst auch gedacht. Zumal es ziemlich laut war um uns herum. Aber wenn es sich nur um einen Irrtum gehandelt hätte, dann hätte er mich nicht anschließend sofort beiseitegenommen und wäre mit allerlei Ausflüchten gekommen. Er hat mir versichert, dass er nicht richtig begriffen habe, was ich von ihm wissen wollte.«

»Wie hast du darauf reagiert?«

»Ich habe ihm versichert, dass ich hingegen sehr gut verstanden hätte, was er da zugegeben hat. Dann bin ich gegangen.«

Sergio wurde es mulmig. Er hatte nicht erwartet, dass Giulia die Angelegenheit so direkt angehen würde. Doch sie war mit der Tür ins Haus gefallen und hatte das Gebäude beinahe zum Einsturz gebracht. »Das war vielleicht etwas forsch. Wenn Ugo tatsächlich etwas zu vertuschen hat – und danach sieht es ja aus –, kann er keine Mitwisser gebrauchen.«

»Du glaubst, er sei gefährlich?« Giulia lachte auf.

»Es ist vielleicht besser, wenn du den Abend heute in der Trattoria verbringst«, schlug Sergio vor. »Zur Sicherheit. Außerdem könnte Angelo ein wenig Zuspruch gebrauchen. Und von mir lässt er sich normalerweise nicht trösten.«

Giulia lächelte. »In Ordnung. Angelo hat mir vorhin auf der Piazza so leidgetan, dass ich am liebsten sofort die Seiten gewechselt hätte. Ich werde ihm heute Abend deine letzte Cocktail-Schöpfung mixen, den Egal, mit dem löst sich der Kloß in seiner Kehle in Wohlgefallen auf.«

Sergio verabredete sich mit Giulia in der Trattoria und verließ die Musikschule. Die Sonne stand tief über der Stadt und tauchte die Gebäude in warmes Licht. Es roch nach Herbst und den Abgasen der auf dem nahen Parkplatz wartenden Busse. Er hatte es geschafft, die Bohrungen am Nordhang vorerst zu beenden, und Giulia hatte den Verdacht erhärtet, dass es eine Verbindung zwischen Amendola und Marchetti gab. Er beschloss, sein Glück herauszufordern und bei Don Tiberio nachzuhaken. Vielleicht war der Franziskanermönch bei der Untersuchung der Skelette vom Nordhang auch schon weitergekommen. Wenn sie Ugo Marchetti weiter in die Ecke drängen konnten, würde das dazu beitragen, das Verbrechen an Bischof Amendola aufzuklären. Und ein Pflaster auf der Wunde von Angelos Niederlage vorhin auf der Piazza wäre es auch. Sergio holte sein Telefon hervor und wählte Don Tiberios Nummer. Der Mönch hob nach dem zweiten Klingeln ab.

»Agente«, rief er, »gut, dass Sie anrufen. Ihr Freund, Dottor Cantarini, ist ein genialer Wissenschaftler. Ich bedauere, dass ich ihn nicht schon früher kennengelernt habe.«

Sergio erreichte die Piazza dei Priori. Dabei hielt er sich am Rand des großen Platzes, denn in der Mitte standen noch immer Zuschauer des Rededuells in Gruppen zusammen und diskutierten. »Hat Cantarini Ihnen erlaubt, einen Blick auf die Skelette vom Nordhang zu werfen?«, fragte er Don Tiberio.

»Ja, sogar mehr als das, wir haben uns die Knochen gemeinsam angesehen«, kam die Antwort. »Aber wir haben uns auch intensiv über die Möglichkeiten der Molekularbiologie zur Bestimmung von Verwandtschaftsgraden ausgetauscht. Wussten Sie, dass der Dottore in Ägypten war und die DNA der Pharaonen untersuchen konnte?«

Sergio schmunzelte. Der Archäologe und der Reliquiendetektiv aus dem Kloster gaben ein gutes Gespann ab – das Sergio allerdings von den goldenen Pfaden der Genforschung zurück auf den matschbraunen Weg zu den Probebohrungen lenken musste. »Die Gebeine vom Nordhang.« Er legte Nachdruck in seine Worte. »Was ist damit?«

»Dazu wollte ich gerade kommen. Die Skelette sind geborgen worden und liegen hier im Magazin, wir hatten bereits einige Knochen unter dem Mikroskop.«

»Sind Sie im Archiv der Bodendenkmalbehörde?«

»Genau«, sagte Don Tiberio. »Im Keller des Rathauses.«

Sergio blieb stehen und schaute nach links zum Palazzo dei Priori. Die beiden Flügel der Eingangspforte standen offen. »Ich bin in einer Minute bei Ihnen.«

Die Stufen, die unter das Rathaus führten, waren zwar aus Stein, aber so ausgetreten, dass in ihrer Mitte Mulden entstanden waren, die im Licht der Neonröhren glänzten. Sergio erreichte den Keller und folgte den Schildern an der Wand. Sie führten ihn durch einen Gang mit niedrigem Gewölbe. Die Wände bestanden aus Ziegelmauern, in deren Fugen sich Moos gebildet hatte. An einer Einmündung fehlte ein Hinweisschild, es ging in zwei Richtungen, Sergio entschied sich für links. Erst glaubte er, in die Irre gelaufen zu sein, denn das Gewölbe wurde niedriger, und die Lampen an den Wänden wurden spärlicher. Dann endete der Gang vor einer hellgrau lackierten Eisentür. Da statt einer Klinke nur ein Knauf zu sehen war, klopfte er.

Er musste nicht lange warten. Die Tür wurde aufgezogen, und das Gesicht von Cosimo Cantarini tauchte auf. Der Archäologe trug ein kariertes, kurzärmeliges Hemd, aus dem seine kräftigen, schwarz behaarten Arme hervorschauten. Sein runder Schädel glänzte, und die Enden seines Schnauzbartes bogen sich nach oben: Cantarini lächelte. Das war etwas, das Sergio bei dem Forscher nie zuvor gesehen hatte.

»Agente«, rief er und zog Sergio durch die Tür, »Sie haben mir einen äußerst fähigen Mann geschickt. Ich muss Ihnen danken. Auch für den Knochen, den Ihr Onkel entdeckt hat, ich werde mir den Fundort noch in dieser Woche ansehen und Suchschnitte anlegen lassen.«

Sergio folgte dem Chef der Bodendenkmalbehörde einen weiteren Gang entlang. Die Wände waren von Regalen gesäumt, in denen sich graue Pappkartons stapelten. Der Flur war eng, und Cantarinis Schultern waren so breit, dass er immer wieder mit einem schleifenden Geräusch an einem Regal hängen blieb. Schließlich gelangten sie in einen großen Raum, in dessen Mitte sechs Tische zusammengeschoben waren. Darauf lagen die Plastiktüten mit den Funden vom Nordhang.

Don Tiberio schaute von einem Lichtmikroskop auf. Das Okular hatte einen Ring in die Haut um sein rechtes Auge gedrückt. »Agente Panda. Das müssen Sie sich ansehen.« Er schob das Mikroskop hinüber.

Sergio beugte sich vor und warf einen Blick hinein. Was er sah, erinnerte an einen Schwamm.

»Das ist das Knochenmark«, erklärte Don Tiberio begeistert. »Das Gewebe ist ziemlich weitmaschig, finden Sie nicht?«

Sergio nickte.

»Das bedeutet, dass der Knochen tatsächlich alt ist. Das Ergebnis des Lippentests, den Sie auf der Grabungsfläche durchgeführt haben, war korrekt.«

»Sind das die verschwundenen Reliquien?«, wollte Sergio wissen. Dieser Verdacht war ihm gekommen, als er versucht hatte, die Einzelteile dieses Falls zu einem Bild zusammenzulegen.

»Das stellen wir gerade fest.« Cantarini wedelte mit einem Papier. »Die Kohlenstoffdatierung steht noch aus. So etwas dauert in der Regel zwei Wochen. Aber in einigen Gräbern lag Holz, vermutlich Reste der Särge. Das hat uns einen Dendro-Check ermöglicht.«

»Einen was?«

»Eine dendrochronologische Datierung. Das Holz weist Jahresringe auf«, erklärte Cantarini. »Je nachdem, ob es sich um ein trockenes oder um ein feuchtes Jahr gehandelt hat, sind diese Ringe unterschiedlich breit. Ihre Abfolge im Stamm eines Baums ist so unterschiedlich, dass sie unverwechselbar ist, quasi eine Art botanischer Fingerabdruck. Wir haben ein Archiv dieser Jahresringe für die vergangenen tausend Jahre in unserer Region. Wenn wir ein Holzstück in einem archäologischen Zusammenhang finden, lesen wir die Abstände der Ringgrenzen daran ab und suchen die entsprechende Stelle im Archiv. Damit können wir mit ziemlicher Sicherheit feststellen, wann der Baum, dessen Holz für die Särge verwendet worden ist, gefällt wurde.«

»Ein komplettes Dendro-Archiv.« Don Tiberios Augen leuchteten. »So etwas habe ich noch nie gesehen. Da stecken Jahrzehnte Forschungsarbeit drin.«

»Ach, das ist alles nicht so …« Cantarini schob mit einem Finger einen der Fundbeutel über die Tischplatte. »Na ja, es ist schon so etwas wie mein Lebenswerk.«

Sergio war erleichtert, dass die beiden Forscher so gut miteinander auskamen. Vermutlich lag das auch daran, dass Don Tiberio in einem Kloster arbeitete und nicht bei einer konkurrierenden Stelle, etwa einer Universität. Forschende wussten, ebenso wie Handwerker, immer alles besser als ihre Kollegen. Begutachtete jemand aus derselben Zunft das Werk eines anderen, schüttelte er erst den Kopf und goss dann seine Häme darüber aus. Diesmal nicht. Don Tiberio war viel zu begeistert, um neidisch sein zu können.

»Dieser Dendro-Check«, sagte Sergio, »was hat der ergeben?«

»Das Holz stammt aus der Renaissance«, gab der Archäologe zurück. »Wir können es auf das Jahr genau festlegen: 1446.«

»Und das bedeutet?«

»Das müssen Sie den Reliquienexperten fragen«, antwortete Cantarini. »Ich bin nur für die Naturwissenschaft zuständig.«

Don Tiberio lehnte mit verschränkten Armen an einem Regal. »Reliquien sind in der Regel älter. Die heiligen Männer und Frauen starben für ihren Glauben, in einer Zeit, in der man sie deshalb verfolgt hat: in der Antike.«

»Das bedeutet«, fasste Sergio zusammen, »dass die Skelette vom Nordhang zwar alt sind, aber gleichzeitig zu jung, um Reliquien zu sein. Der alte Friedhof ist echt.«

»So sieht es aus«, sagte Cantarini.

»Was geschieht jetzt mit den Gebeinen?«

Der Archäologe stieß pfeifend Luft aus. »Zunächst mal ist das ein Puzzlespiel. Alle Tüten müssen geleert und die Inhalte katalogisiert werden. Anhand der Beschriftung der Fundbeutel, unserer Fotos und Zeichnungen können wir die Knochen einander zuweisen, so wie sie in den Gräbern lagen. Dann legen wir das, was zusammengehört, zueinander, übergeben alles der Diözese, und die lässt die Knochen wieder bestatten, vermutlich auf dem Volterraner Friedhof.«

»Also ein Umzug auf die andere Straßenseite mit Umweg über dieses Magazin«, stellte Sergio fest.

Cantarini nickte.

Als er das Gewölbe verließ, grübelte Sergio darüber nach, ob sich dieser knochenharte Fall wirklich knacken ließ.

Kapitel 33

A ngelo ist nicht da!«, beschwerte sich Matteo. Der Koch des Il Gusto klang genervt, das Zischen von heißem Bratfett drang durchs Telefon. »Sergio, wir öffnen in einer Stunde.«

»Ich bin unterwegs«, sagte Sergio in den Hörer. »Du und ich, wir beide schmeißen den Laden auch allein.« Er schaute auf die Uhr an seinem Handgelenk. Kurz nach sechs. Wo war sein Vater?

Sergio beendete das Gespräch und beschleunigte seine Schritte, in Windeseile hatte er den Weg vom Rathaus bis zur Porta San Francesco zurückgelegt und ließ das mittelalterliche Stadttor hinter sich. Alle Versuche, unterwegs Angelo anzurufen, endeten bei der mechanischen Ansagestimme, die hartnäckig mitteilte, der Teilnehmer habe sein Gerät ausgeschaltet. Einige Geschäftsleute schlossen ihre Läden, zogen Holzpforten zu und Metallgitter hinunter, und aus den Fenstern der Wohnhäuser zog der Duft von Abendessen durch die Straßen. Sergios Magen grummelte. Abgesehen von dem *caffè* in der Bar Piazza hatte er seit dem Vormittag nichts zu sich genommen.

Das Grummeln verstärkte sich, als er die Trattoria erreicht hatte und hörte, was Matteo zu berichten hatte. »Angelo ist verschwunden. Kugelblitz, Zitadelle und Trommelfeuer haben angerufen, sie sind gleich hier. Sie haben nach ihm gesucht – vergeblich.«

»Was?« Mehr brachte Sergio nicht heraus. Er hatte damit gerechnet, dass Angelo und sein Wahlkampfteam längst im Il Gusto zusammensaßen, sich die Wunden leckten und mit etwas Hochprozentigem desinfizierten.

»Sie sagten, er sei nach dem Duell auf der Piazza in Richtung Friedhof gegangen.«

»Neben dem Friedhof werden die Probebohrungen für das Kraftwerk durchgeführt«, erklärte Sergio eine Viertelstunde später. Um ihn herum saßen die drei Stammgäste. Matteo lehnte in der Durchreiche zur Küche, der herbe Geruch des angefeuerten Pizzaofens zog in die Gaststube. »Ich war dort, weil ich vermutet hatte, dass mein Vater die Arbeiten stoppen würde.« Dass die Bohrungen nun durch Sergios Eingreifen ausgesetzt worden waren, ließ er aus. Diese Erfolgsmeldung wollte er Angelo lieber selbst überbringen, wenn der später am Abend auftauchte.

»Vermutlich muss er sich von Marchettis Tiefschlag erst erholen«, mutmaßte Zitadelle. »Das war unfair.«

»Was hast du denn von diesem Dreckskerl erwartet?«, wollte Trommelfeuer wissen. Die drei begannen, das Rededuell Revue passieren zu lassen, spielten einzelne Passagen noch einmal durch und verdrehten die Worte zu Angelos Gunsten. Was schließlich dazu führte, dass Marchetti nur Unsinn und Unwahrheiten erzählt zu haben schien.

»Lügen hatten schon immer kurze Beine«, steuerte Kugelblitz bei, »aber dass sie so kurz sind wie die von Ugo Marchetti, hätte ich nicht gedacht.«

Sergio schob seinen Stuhl zurück und verließ das Lokal, um in Angelos Wohnung nach seinem Vater zu sehen. Sie lag im oberen Stockwerk des Hauses. Zwar hatten die anderen dort schon geklingelt, aber es hatte niemand geöffnet. Sergio hatte einen Schlüssel.

Er stieg die Treppe hinauf, klopfte und rief, während er eintrat, den Namen seines Vaters. Die Wohnung war leer. Wohnzimmer, Küche, Schlafzimmer und Bad zeigten die typische Angelo-Panda-Ordnung: Alles war an seinem Platz, damit man es schnell finden konnte, aber nichts war zusammengefaltet, abgeheftet oder verstaut. Alles lag herum. Es herrschten zugleich Chaos und Kontrolle. Bevor Giulia bei Sergio eingezogen war, hatte seine Wohnung ähnlich ausgesehen.

Sergio Schritte knarrten auf den Eichendielen. In der Mitte des Wohnzimmers stand ein mit dunkelgrünem Samt bespannter Ohrensessel, daneben lagen Bücher, Romane von Carlo Cassola, und Tageszeitungen. Das war der Lieblingsplatz seines Vaters, denn an der Wand gegenüber hing eine Fotografie von Pina Panda, Sergios Mutter. Angelo liebte es, nach aufregenden Abenden in der Trattoria in diesen Sessel zu fallen, sich ein Glas Wein einzuschenken und Pinas stille Gesellschaft zu genießen, bis er einschlief.

Doch jetzt war der Sessel leer. Es standen keine benutzten Gläser herum, weder im Wohnzimmer noch in der Küche. Wenn Angelo nach dem Debakel auf der Piazza etwas gegessen oder getrunken hatte, dann jedenfalls nicht hier.

»Wo könnte er stecken?« In Matteos Stimme schwang Besorgnis mit, als Sergio ins Il Gusto zurückkehrte. Sie spiegelte sich in den Mienen von Kugelblitz, Trommelfeuer und Zitadelle wider, die sich inzwischen als Aushilfskellner betätigten und die ersten Gäste bedienten. Angelos Kumpane hatten den Betrieb auf ihre spezielle Art schon mehrmals am Laufen gehalten. Diesmal hatte Kugelblitz jedoch darauf verzichtet, das Radio aufzudrehen und Popsongs mitzusingen, und Zitadelle hielt sich bei der Unterhaltung der Gäste mit Witzen zurück.

»Wir warten einfach auf ihn«, sagte Sergio so bestimmt wie möglich, als sie alle an der Durchreiche zur Küche standen. Auch Giulia war inzwischen eingetroffen. »Angelo sitzt irgendwo herum und wartet, bis sich seine Wut abgekühlt hat. Glaubt mir: Das ist für alle das Beste.«

Die Türglocke ging. Weitere Gäste kamen herein, darunter eine Geburtstagsgesellschaft. Normalerweise brachte so etwas Schwung ins Lokal, und alle sangen *Tanti auguri a te* – Zum Geburtstag viel Glück –, wenn Angelo Panda das Licht löschte und mit einer Torte voller Kerzen aus der Küche kam. An diesem Abend fiel Sergio diese Aufgabe zu, und er erledigte sie mit der gebotenen Würde, aber seine Heiterkeit war aufgesetzt. Während das Geburtstagskind, der zwölfjährige Alfredo aus der Nachbarschaft, die Kerzen ausblies und es für einen Moment stockfinster in der Trattoria wurde, wanderte Sergios Blick zur Theke hinüber, und er wünschte sich, sein Vater stände dort, wenn das Licht wieder angeschaltet wurde. Vier Stunden waren vergangen, und die Zeit hatte die Sorge um Angelo tief in Sergio hineingegraben.

Nachdem die letzten Gäste gegangen waren, ließ sich Sergio schwer auf den freien Stuhl am Stammtisch fallen und stimmte in das Schweigen der anderen ein. Angelos Kumpane saßen mit ihm zusammen, Giulia lehnte mit Matteo in der Durchreiche zur Küche.

»Dahinter steckt Ugo Marchetti«, knurrte Zitadelle nach einer Weile. »Er hat Angelo entführt und hält ihn irgendwo gefangen. Damit er der einzige Bürgermeisterkandidat ist.«

»Dieses Schwein!«, schimpfte Kugelblitz.

»Wir besuchen ihn und quetschen es aus ihm raus«, schlug Zitadelle vor. »Jetzt gleich. Weiß jemand, wo Marchetti wohnt?«

Sergio musste sich zusammennehmen, um den dreien nicht mit Arrest zu drohen. »Beruhigt euch. Mein Vater wird schon auftauchen«, sagte er ohne Überzeugung in der Stimme. Dabei drehte er sein Telefon auf dem Tisch herum. Schließlich tippte er Alessandros Nummer ein. Sein Freund hob nach dem dritten Tuten ab.

»*Pronto!*«

»Sergio hier. Du hast nicht zufällig meinen Vater gesehen, nachdem er von der Bühne gestiegen ist?«

Hatte Alessandro nicht. »Du machst dir Sorgen, nicht wahr? Hast du es schon bei Sofia probiert?«

Nein, das hatte Sergio noch nicht. Es war auch unwahrscheinlich, dass Angelo ausgerechnet im Ristorante seiner

Rivalin sitzen würde. Andererseits hatte Sofia neulich unverblümt ihre Sorge um Angelo ausgedrückt. Vielleicht hatte sie ihn tatsächlich unter ihre Fittiche genommen.

Alessandro versprach, in der Wache anzurufen und Bertini, der Spätdienst hatte, zu fragen, ob es Meldungen gegeben hätte, die auf Angelo schließen ließen. Er unterließ es, das zu veranschaulichen. Sergio wusste auch so, was gemeint war. Alessandro legte auf.

Sofia hatte Angelo nicht gesehen, sie war nicht mal bei dem Rededuell auf der Piazza gewesen. »Das hätte ich nicht ertragen«, sagte sie Sergio am Telefon. »Ich will ja nicht, dass Angelo gewinnt. Aber dass er verliert, wünsche ich ihm ebenso wenig.«

Kurz darauf meldete sich Alessandro zurück. Bertini habe keine Hinweise, denen nachzugehen sich lohne. Gemeldet wurden ein Einbruch ins Bettenlager des Krankenhauses und ein Lkw-Fahrer, der auf der Straße nach Saline in eine Mauer geprallt war, weil er während der Fahrt an seinem Telefonino herumgespielt hatte. Keine Spur von Angelo. Allerdings, versicherte Alessandro, habe er Bertini losgeschickt, um in der Innenstadt Streife zu gehen und nach dem Vermissten zu suchen.

»Danke«, sagte Sergio und verabschiedete sich.

»Und?«, fragte Zitadelle.

»Noch nichts.« Sergio schaute zum Fenster hinüber. Auf der anderen Seite der Scheibe war es dunkel.

KAPITEL 34

Angelo schlug die Augen auf. Um ihn herum herrschte Finsternis. Er stöhnte. Sein Kopf pochte schmerzvoll, und es klingelte in seinen Ohren. Es roch scharf nach Schwefel, irgendetwas lag auf seinem Gesicht. Er schob es beiseite, spürte Kunststoff unter seinen Fingern und Pappe. Weg damit! Die Luft wurde besser. Dunkel war es aber immer noch. Was war geschehen?

Er war auf der Flucht vor diesem Volpi gewesen und in eines der Bohrlöcher gestürzt, dann hatte der Schurke versucht, ihn lebendig zu begraben. Erst jetzt bemerkte Angelo, dass er die Beine nicht bewegen konnte, sie steckten im Erdreich fest. Volpi hatte sein Vorhaben aus irgendeinem Grund nicht zu Ende geführt. Warum?

Nach einer Weile bekam er die Beine frei, schaute nach oben. Der Rand des Lochs zeichnete sich durch einen schwachen Lichtkreis vom Himmel ab, den das Mondlicht darauf zu werfen schien. Er würde nicht hinaufgelangen, die Grube war zu tief, und die Wände dieses Gefängnisses waren zu brüchig. Ein Brausen war zu hören. Der Wind trieb Blätter vorbei, den schwarzen Schnee der Nacht.

Das Loch drehte sich. Angelo senkte den Kopf, aber der Schwindel verließ ihn nicht ganz. Er rieb sich den Nacken. Bei dem Sturz musste er sich etwas verrenkt haben. Wenn das alles war, hatte er Glück gehabt. Wie lange lag er schon hier unten?

»Hilfe!«, rief er, aber nur ein Krächzen entrang sich seiner Kehle. Er räusperte sich. Sein Mund war trocken. Auch beim zweiten Versuch brachte er nur ein schwaches Stöhnen hervor. So würde ihn hier unten niemand bemerken. Wie auch? Das Gelände lag jenseits der Wohnbebauung. Die nächsten Häuser waren einen halben Kilometer entfernt. Hangabwärts gab es eine Kapelle, aber die wurde nur an Festtagen für Andachten geöffnet. Der Friedhof war in der Nähe, aber dort gab es keinen Nachtwächter.

Panik stieg in Angelo hoch. Er atmete einige Male tief durch und versuchte, sich zu beruhigen. Wenn er sich von Angst überwältigen ließ, würde ihm das kaum helfen. Er sammelte seine Gedanken, tastete sich ab. Es schien nichts gebrochen zu sein. Das war ein guter Ausgangspunkt. Jetzt musste er nur einen Weg finden, um hier herauszukommen.

Wo war sein Telefon? Er hatte es in die Innentasche seines Jacketts gesteckt. Und das hatte er auf die Bank am Friedhof gelegt, bevor er hergekommen war. Also gut! Wenn er keine Hilfe herbeirufen konnte, musste er sich eben selbst aus dem Loch befreien. Pah! Hatte er nicht sein halbes Leben so verbracht?

Angelo tastete die Wände ab. Sie waren weich und matschig. Insekten krochen ihm über die Finger. Er schüttelte sie ab. Nun bemerkte er, wie kühl es war. Die Feuchtigkeit des Erdreichs hatte seine Kleidung durchdrungen und, so kam es ihm jedenfalls vor, auch seine dünne Altmännerhaut. Die Kälte biss in seine Knochen.

Er streckte sich und suchte nach einem Halt, fand einen Stein, der nur ein wenig wackelte. Er hob den rechten Fuß so hoch, dass er ihn daraufstellen konnte, forschte mit der Hand nach einem weiteren Hilfsmittel. Eine Wurzel ragte aus der Wand. Die packte er und zog sich daran hoch. Im nächsten Moment lag er wieder auf dem Boden des Lochs, die Wurzel in der Hand, den Mund voller Erde. Er spuckte aus und schrie vor Wut.

Der Geruch des Bodens, den er sonst genoss, wenn er an einem frisch gepflügten Feld vorüberging, war ihm hier unten zuwider. Es stank nach Moder und Vergänglichkeit, nach Unaussprechlichem. Angelo schlug mit der Faust auf den Boden. Dabei griff er in etwas Weiches. Er spürte Stoff, zog ihn mit beiden Händen auseinander, glaubte erst, Volpi habe ihm seine Jacke hinterhergeworfen. Doch unter seinen tastenden Fingerspitzen offenbarte sich nicht das vertraute Gefühl seines Leinenjacketts, sondern etwas Zartes, wie Samt oder Seide. Er hielt das Tuch in Händen, das er in Volpis Sporttasche gefunden hatte. Jetzt war er sicher: Es war das Tuch, auf dem die Gebeine von San Giusto und San Clemente geruht hatten. Er knüllte es zusammen. Immerhin hatte er herausgefunden, wer die Reliquien gestohlen hatte. Und Volpi war wahrscheinlich nicht nur ein Kirchenschänder, sondern vermutlich auch ein Mörder. Angelo musste ihn zur Strecke bringen. Er hatte den Beweis. Er musste ihn bloß noch an die Oberfläche bringen.

Seufzend gestand er sich ein, dass sein Wahlspruch *Rettung für Volterra* nun auch für ihn selbst galt. »Rettung für Angelo!«, rief er heiser. Aber selbst das nutzte nichts. Und dann: »Sergio!«

Husten schüttelte ihn. Erschöpft lehnte er sich gegen die Wand des Lochs. Da tupfte etwas gegen seine Stirn. Er tastete danach und spürte Feuchtigkeit zwischen den Fingern. Als er das Gesicht zum Himmel hob, stellte er fest, dass das Mondlicht verschwunden war. Es hatte zu regnen begonnen.

KAPITEL 35

In dieser Nacht hatte der Herbst in Volterra Einzug gehalten. Blätter waren durch die Stadt geweht, in den Winkeln zwischen den Häusern lagen bunte Haufen. Die ganze Nacht lang hatte es geregnet. Sergio hatte kein Auge zugetan. Erst hatte er am Fenster gehockt, dann war er in die Trattoria gegangen. Giulia hatte ihn begleitet und versucht, ihn mit Plauderei von seinen Sorgen abzulenken, darüber, wie Kugelblitz, Trommelfeuer und Zitadelle im Chor der Musikschule mitmischten, über Astorre, einen der Stammgäste in ihrem Bus, über ihre gemeinsamen Erlebnisse als Kinder. Eine Weile hatte das funktioniert. Aber immer wenn es im Gebälk der Trattoria knackte, wenn der Wind an der Tür rappelte oder der Regen gegen die Scheibe prasselte, hatte Sergio sich umgesehen, weil er gehofft hatte, Angelo sei zurückgekehrt.

Nach zähen Stunden mit viel *caffè* hatte er Giulia geweckt, die ihm gegenüber am Tisch eingeschlafen war. Sie hob den Kopf von den Armen und strich sich das Haar aus dem Gesicht. »Ich mache mich auf den Weg zur Wache«, sagte er. »Aber erst bringe ich dich ins Bett.«

»Ich komme mit hoch in die Stadt und gehe auch zur Arbeit«, verkündete sie.

Sie machten sich im Waschraum frisch und verließen die Trattoria. Der Morgen war kühl. Der Geruch von nassem Asphalt hing zwischen den Häusern. Sie beschlossen, Giulias Wagen stehen zu lassen und zu Fuß zu gehen. Vielleicht stießen sie auf einen Hinweis oder gar auf Angelo selbst.

»Er wird irgendwo Unterschlupf gefunden haben«, sagte sie, als sie die Piazza dei Priori erreichten. Die Bühne war abgebaut. Nichts erinnerte mehr an das Duell vom Tag zuvor. Aus Richtung des Busbahnhofs strömte die erste Gruppe Touristen ins Zentrum. Stadtführer Carlo ging voraus und hielt sein selbst gebasteltes Fähnchen in die Höhe: eine abgebrochene Autoantenne, um deren Spitze er ein Taschentuch geknotet hatte. Sie baten ihn, sofort anzurufen, falls er Angelo irgendwo begegnen sollte.

Vor der Polizeiwache verabschiedete sich Giulia von Sergio mit einem Kuss und ging zum Dienst. Die Linie 1 wartete auf sie. Sie hatte vorgeschlagen, sich den Tag freizunehmen, um weiterzusuchen, sich dann aber von Sergio überzeugen lassen, dass sie im Bus gleich mehrfach die Stadt durchqueren und die Fahrgäste nach Angelo fragen konnte.

Sergio lief die Treppen im Palazzo Pretorio hinauf. Die Wachstube war mit Alessandro und Morelli besetzt. Bertini, der Nachtschicht gehabt hatte, schlief sich zu Hause aus. »Und?«, fragte Sergio, nachdem er hereingekommen war. Mehr brauchte er nicht zu sagen.

»Nichts.« Alessandro schüttelte den Kopf. »Bertini hat die halbe Nacht nach deinem Vater gesucht. Keine Spur.«

»Ins Krankenhaus ist er auch nicht eingeliefert worden«, ergänzte Morelli. »Wenn er da auftauchen sollte, wissen die Ärzte Bescheid und melden sich sofort.«

Sergio ließ sich auf dem Stuhl hinter seinem Schreibtisch nieder. Natürlich hatte er längst damit gerechnet, dass Angelo etwas zugestoßen sein könnte. Dass Morelli es jetzt aussprach, ließ alles noch konkreter, noch schlimmer werden.

»Könnte Ugo Marchetti dahinterstecken?«, fragte Morelli. »Er ist Angelos größter Rivale.«

Sergio schüttelte den Kopf. »Das glaube ich nicht. Ugo hat das Rededuell gewonnen. Er ist bereits Sieger, und die Chancen stehen gut, dass er Bürgermeister wird. Warum sollte er sich die Mühe machen, einen Konkurrenten zu beseitigen, der ihm nicht mehr gefährlich werden kann?«

»Vielleicht weiß Angelo etwas über Marchetti, das er besser nicht wissen sollte«, mutmaßte Alessandro.

Sergio verzog das Gesicht. »Alles, was Angelo dabei geholfen hätte, Ugo auf offener Bühne zu schlagen, hätte er bestimmt vorgebracht.« Er zögerte.

Die drei Männer schauten sich an.

»Hätte er das?«, fragte Morelli. »Dein Vater ist ein Ehrenmann. Er ist zwar streitlustig, aber so, wie ich ihn kennengelernt habe, gibt es Grenzen, die er nicht überschreiten würde.« Sergio stand die Szene vor Augen, als Angelo von der Bühne gestiegen war und ihn aufgefordert hatte, etwas gegen Marchetti zu unternehmen. Das war das letzte Mal gewesen, dass er seinen Vater gesehen hatte.

Drei Telefone klingelten gleichzeitig. Bertini musste die die Apparate während der Nachtschicht zusammengeschaltet haben. Alessandro hob ab und meldete sich. »Verstehe«, sagte er in den Hörer. »Wir kommen sofort.« Er legte auf.

»Das war er.« Er tippte auf das graue Plastik des Geräts.

»Wer?« Sergio sprang auf. »Mein Vater?«

»Nein«, sagte Alessandro. »Ugo Marchetti. Bei ihm zu Hause sind drei Männer aufgetaucht, die ihn bedrohen.«

Sergio verdrehte die Augen. »Ich glaube, ich weiß, wer das ist.«

Alessandro steuerte den hellblauen Fiat nordwestlich aus der Stadt heraus, sauste auf der Landstraße SP 15 an der Kirche San Giusto und am Felsen Masso di Mandringa vorbei. Marchetti wohnte hinter dem Weiler Montebradoni in einem alten toskanischen Gehöft, das er hatte luxuriös renovieren lassen. Zitadelle, Kugelblitz und Trommelfeuer hatten vermutlich keine Probleme gehabt, die Adresse herauszufinden: durch das gesammelte Wissen der Leute auf der Bocciabahn, das Internet Volterras.

»Du glaubst, unsere drei Freunde aus dem Il Gusto machen Ärger bei Marchetti?« Alessandro schüttelte verständnislos den Kopf. Er hatte das Fenster heruntergelassen, steuerte mit einer Hand und ließ die andere außen an der Tür herabhängen, seine bevorzugte Haltung beim Autofahren.

»Sie verdächtigen ihn, Angelo entführt zu haben. Gestern Abend haben sie angekündigt, dass sie ihn dazu bringen würden, ihnen zu verraten, wo mein Vater steckt. Ich hätte damit rechnen müssen, dass sie das wahr machen.« Der Fiat schlingerte um einen Traktor herum. Alessandro schaltete die Sirene ein, legte beide Hände ans Steuer und trat aufs Gas.

Die Weinreben der Familie Chantarocchio flogen vorbei. Die Straße verlief abschüssig, trotzdem blieb Alessandro auf dem Gaspedal stehen. In den Kurven, von denen es eine Menge gab, wurde Sergio in seinem Sitz herumgeschleudert und stützte sich am Fahrzeughimmel ab. Der Wind pfiff durch das offen stehende Fenster und vermischte sich mit dem Heulen der Sirene.

Das Polizeiauto erreichte die Einfahrt von Marchettis Anwesen. Darin standen Ugos Limousine und ein dunkelblauer Kleinwagen. Alessandro bremste so hart, dass der Schotter unter den Reifen zur Seite spritzte.

Kaum waren die beiden Polizisten aus dem Wagen gestiegen, hörten sie Gebrüll. Alessandro rannte los. Er vergaß sogar, seine Dienstmütze aufzusetzen. Sergio lief hinter ihm her. Die Rufe kamen von der anderen Seite des Wohngebäudes. Sie umrundeten das Haus. Wilder Wein wuchs an der Fassade hinauf. Die Weinbeeren zerplatzen unter ihren Schuhen. Als sie um die Ecke bogen, blieben sie abrupt stehen.

Vor ihnen erstreckte sich ein Schwimmbecken. Es lag am Rand des Hügels, dahinter öffnete sich die toskanische Landschaft. Blätter trieben auf der Wasseroberfläche – ebenso wie eine grüne Luftmatratze mit Ugo Marchetti darauf, der seinen behaarten kleinen Körper in eine Badehose gezwängt hatte, die zuletzt vor fünfzig Jahren modern gewesen war. Neben Ugo tauchte gerade der Kopf von Kugelblitz aus dem Wasser. Der Pensionär prustete und schüttelte den Kopf, obwohl er kaum Haare hatte, die ihm nass vor den Augen hängen konnten. Auch Trommelfeuer war nur bis zu den mit weißem Haar bewachsenen Schultern zu sehen, denn er klammerte sich mit beiden Armen an den Rand des Beckens und saugte an einem Strohhalm, der aus einem Longdrink-Glas herausragte. Zitadelle hatte sich auf einer der fünf blau bespannten Sonnenliegen ausgestreckt und die Arme hinter dem Kopf verschränkt. Er war nackt. Vermutlich galt das auch für die anderen, denn neben dem Sprungbrett türmte sich ein Haufen Kleidung.

»Was ist hier los?«, rief Alessandro. Offenbar fiel es ihm schwer, seine Alarmbereitschaft abzuschalten, denn er eilte mit aufgerissenen Augen am Beckenrand entlang. Sergio hielt ihn am Arm fest.

»Ihr scheint euch geeinigt zu haben«, stellte Sergio fest.

Ugo ließ sich von der Luftmatratze ins Wasser gleiten und machte ein paar Schwimmzüge auf die beiden Polizisten zu. Er stieg an einer Leiter aus dem Wasser, zu seinen Füßen bildete sich eine Pfütze, und eine Gänsehaut überzog seinen Körper, als der Wind darüberstrich. Er fischte nach einem kirschroten Bademantel. »Die drei Herrschaften sind hier aufgetaucht und waren etwas erzürnt. Zuerst dachte ich, sie wollten mich verprügeln, weil ich gestern das Duell auf der Piazza gegen ihren Kumpan gewonnen habe. Deshalb habe ich die Polizei gerufen. Dann stellte sich heraus, dass die Signori glaubten, ich hätte Angelo Panda entführt. Was für ein Unsinn! Ich konnte sie davon überzeugen, dass ich so etwas niemals tun würde. Und weil der Tag so schön ist, habe ich die unerwarteten Gäste zu einem

Drink und einer Runde im Pool eingeladen. Sie sehen ja, dass das geholfen hat, die Gemüter zu kühlen.«

Ugo Marchettis spärliches dunkles Haar klebte ihm an der Stirn und sah aus wie eine Tätowierung. »Danke, dass Sie trotzdem so schnell gekommen sind. Auf die Polizei von Volterra ist Verlass.«

Sergio schauderte es vor Marchettis jovialen Sprüchen und seiner Art, um jedermanns Schulter seinen Arm zu legen, der in Wirklichkeit ein Tentakel war. Sogar Männer wie Trommelfeuer, Zitadelle und Kugelblitz hatte er damit eingewickelt. »Warum haben Sie nicht noch mal angerufen?«, knurrte Sergio. »Wir hätten uns den Weg sparen können.«

»Ich dachte, es interessiert Sie zu sehen, wie harmonisch politische Rivalen miteinander umgehen können. Wir haben nichts voreinander zu verbergen.« Er deutete auf Zitadelle, unter dessen bloßem Leib sich die Liege bog.

Sergio beschloss, die Gelegenheit zu nutzen und dem Bürgermeisterkandidaten einige Fragen zu stellen. »Wann haben Sie meinen Vater zum letzten Mal gesehen?«

Marchetti zögerte keine Sekunde lang. »Gestern auf der Bühne. Sie waren ja auch da.«

Alessandro schaltete sich ein. »Und seither?«

»Seither nicht. Was ist denn nun mit Angelo?«

»Mein Vater ist verschwunden«, sagte Sergio. »Wie vom Erdboden verschluckt.«

Ugo setzte eine Mitleidsmiene auf. »Das ist ja furchtbar.« Seine Hand berührte Sergios linken Oberarm. »Hoffentlich ist ihm nichts zugestoßen«, fuhr er fort. »Wenn ich irgendwas tun kann ...«

Im Hintergrund stiegen Kugelblitz und Trommelfeuer aus dem Becken und trockneten sich ab.

»Wenn Sie etwas erfahren«, erwiderte Sergio, »rufen Sie die Polizei. Sie wissen ja, wie das geht.«

Ugo schmunzelte, zog dann ein mürrisches Gesicht und schmunzelte wieder. »Natürlich. Aber da Sie schon mal hier sind, Agente Panda.« Er wischte sich Tropfen vom Gesicht. »Mein Kompagnon, Signor Volpi, hat mir berichtet, sie hätten die Bohrungen auf dem Gelände neben dem Friedhof stillgelegt. Brauchen Sie dafür nicht den Beschluss eines Gerichts oder einer Behörde?«

»Nicht, wenn Gefahr im Verzug ist.« Sergio erwartete, dass Alessandro überrascht nachfragte, denn bisher hatten sie noch keine Gelegenheit gehabt, über den Vorfall zu sprechen – Angelos Verschwinden hatte alles andere beiseitegedrängt. Doch Alessandro schwieg. Sergio fuhr fort: »Wie Signor Volpi Ihnen vermutlich mitgeteilt hat, habe ich gesehen, wie er Giftmüll in einem der Bohrlöcher vergraben wollte.«

Am Beckenrand stiegen die drei Pensionäre in ihre Hosen. Kugelblitz war bereits dabei, sein Hemd zuzuknöpfen.

»Giftmüll?« Ugo runzelte die Stirn. »Romolo sucht doch nach geothermischen Quellen. Wir vergraben keinen Giftmüll.« Es war ihm anzusehen, dass er sich Sorgen um seine Kandidatur machte. Sergio jedenfalls hätte das an seiner Stelle getan.

Er erklärte, was er auf den Säcken gelesen hatte, die in den Löchern verschwinden sollten. Und dass noch Rückstände darin gewesen waren.

»Damit kenne ich mich nicht aus«, wiegelte Marchetti ab. »Aber Romolo ist ein gewissenhafter Geologe. Wenn er dieses Zeug für seine Arbeit braucht, dann wird es damit seine Richtigkeit haben. Verstehen Sie, Agente? Ich stehe kurz vor der Wahl zum Bürgermeister. Glauben Sie im Ernst, ich würde mir so knapp vor dem Ziel einen Umweltskandal ans Bein hängen lassen?« Er zog den Gürtel seines Bademantels straff. »Warten Sie! Ich werde den Kollegen anrufen und die Sache klarstellen.«

Er tappte zu dem Kleiderhaufen hinüber, der jetzt, da seine Gäste wieder angezogen waren, geschrumpft war, wühlte darin herum, dann kehrte er schulterzuckend zu Sergio und Alessandro zurück. »Ich kann mein Telefon nicht finden, dürfte ich Ihres benutzen?«

Alessandro reichte Marchetti seinen Apparat. Ugo tippte darauf herum und hielt sich das Gerät ans Ohr. »Romolo? Hier spricht Ugo. Ich habe zwei Herren von der Polizei hier, wir sprechen über den Fortgang der Arbeiten am Nordhang.« Er lauschte. »Du hättest mir das sofort sagen müssen.« Wieder machte er eine Pause. Aus dem Gerät war schwach eine Stimme zu hören, sie klang aufgebracht. »Verstehe. In Ordnung. Dann beeil dich. Ich will keinen Ärger.« Er unterbrach die Verbindung und reichte Alessandro den Apparat zurück. »Der Kollege entschuldigt sich für die Unannehmlichkeiten.«

Für Sergio hatte das, was da gerade aus dem Telefonino zu hören war, nicht gerade nach einer Entschuldigung geklungen. Eher nach einem Wutausbruch.

Ugo sprach weiter. »Wenn Sie damit einverstanden sind,

wird Signor Volpi auf das Gelände fahren und alle Überreste der Chemikalien fachgerecht entsorgen.«

Sergio schaute Alessandro an. Der nickte. »In Ordnung. Aber erst überprüfen wir das, danach können die Arbeiten dort weitergehen.«

»Wunderbar!« Ugo klatschte in die Hände. »Mein Kollege ist bereits auf dem Weg. Er sagte, dass er bis morgen alle Probleme beseitigt haben wird.«

Sergio hatte ein mulmiges Gefühl. Es wäre ihm lieber gewesen, wenn die Bohrungen dauerhaft ausgesetzt worden wären. Aber dachte er in diesem Moment als Sohn oder als Polizist? Er überlegte, ob er die Gelegenheit nutzen sollte, um Ugo Marchetti nach seinen Verbindungen zu Bischof Amendola zu fragen, entschied sich aber dagegen. Alles, womit er den Bürgermeisterkandidaten konfrontieren konnte, waren die Behauptungen eines wegen Diebstahls und Mordes verdächtigen Priesters. Er brauchte etwas Handfestes, er brauchte Zahlen und Belege. Die sollten eigentlich Baldi und Rossi liefern, doch die Kollegen aus Pisa arbeiteten mal wieder so schnell, dass vermutlich der Schnee fallen und wieder tauen würde, bevor sie ein Ergebnis erzielten.

»Sergio?« Zitadelle begrub seine Schulter unter einer seiner Pranken. »Wir müssen los.«

Sergio nickte. Immerhin hatte der Besuch bei Marchetti ein friedliches Ende gefunden. »Wir sehen uns am Abend in der Trattoria«, sagte er.

Zitadelle rührte sich nicht vom Fleck. »Ich dachte, ich könnte vielleicht mit euch fahren.«

»Mit uns?« Alessandro runzelte die Stirn. »Ist was mit eurem Wagen?«

»Er ist zu klein für uns drei«, erklärte Zitadelle. »Du kennst ja Trommelfeuers Nuckelpinne.«

Sergio schaute Trommelfeuer und Kugelblitz hinterher, die bereits hinter der Hausecke in Richtung Einfahrt verschwanden. Die beiden gingen, ohne zu wissen, ob der Dritte in der Runde im Polizeiwagen mitfahren durfte. Das war ihre Art, Tatsachen zu schaffen, denn zurücklassen würde Sergio Zitadelle bestimmt nicht.

»*Andiamo!*«, sagte Alessandro. »Fahren wir!«

Zitadelle schlürfte den Rest seines Cocktails durch den Strohhalm und verabschiedete sich von Ugo. Nachdem sie in den Fiat gestiegen waren, bat der große Toskaner Alessandro, das Fenster hochzufahren.

»Was soll das?« Sergio drehte sich auf dem Beifahrersitz zu Zitadelle um. »Hast du Angst, dich zu erkälten?«

Zitadelle ließ sich nicht provozieren. »Geheimnisse sollten nicht durch die Luft fliegen«, sagte er lakonisch, während er sich auf der Rückbank ausstreckte, seine Arme lagen auf der Lehne, die Spannbreite war größer als der Wagen. Zitadelle lachte.

»Was für ein Geheimnis?« Alessandro schaute Zitadelle durch den Rückspiegel an.

Im Innern des Fiat begann es nach Schwimmbad zu riechen. Sergio stellte die Lüftung ein.

»Das hier.« Zitadelle griff umständlich in seine Hosentasche, holte ein Mobiltelefon hervor und hielt es Sergio hin.

»Was ist damit?« Sergio nahm den Apparat entgegen und betrachtete ihn von allen Seiten. Er war ausgeschaltet.

Ein Wagen überholte sie mit hoher Geschwindigkeit. Das Tempo und die Farbe erinnerten Sergio an die Bianchina von Don Tiberio. »Der ist reif«, rief Alessandro und trat aufs Gas. »Hier ist fünfzig. Und das waren mindestens …«

»Das ist das Telefon von Ugo Marchetti«, teilte Zitadelle von hinten mit.

Sergio hielt das Gerät zwischen Daumen und Zeigefinger in die Höhe wie eine blutbefleckte Tatwaffe. »Woher hast du das?«

Zitadelles Grinsen verhieß nichts Gutes. »Weißt du, Sergio, Trommelfeuer, Kugelblitz und ich, wir können auch ermitteln. Vor allem, wenn es um unseren Freund Angelo geht.«

»Heißt das, du hast das Telefon geklaut?«

Der Polizeiwagen sprang über eine Bodenwelle. Alessandro schaltete Sirene und Blaulicht ein. Den Raser vor ihnen schien das nicht zu kümmern.

»Wir haben einen Plan ausgeheckt.« Zitadelle brüllte gegen den Lärm der Sirene und des hochdrehenden Motors an. »Wir wollten herausfinden, ob Ugo was mit Angelos Verschwinden zu tun hat. Immerhin sind die beiden politische Gegner. Also sind wir hingefahren und haben ein bisschen Krach geschlagen. Ugo hat euch gerufen. Danach haben wir uns besänftigen und einladen lassen. Es war unser Ziel, bei Ugo herumzuschnüffeln. Ich hatte mir das so vorgestellt, dass ich in seinem Arbeitszimmer stöbere, während die anderen ihn ablenken. Aber dann ist alles anders gekommen. Ugo hat uns zum Schwimmen eingeladen. Badehosen bräuchten wir nicht, hat er gesagt, wir seien unter uns. Da haben wir zugestimmt, haben so getan, als seien wir gar nicht so böse. Und dann wäre der Plan beinahe schiefgegangen.«

»Was ist passiert?«, rief Sergio.

»Ugo hat sein Haus verriegelt. Ich wollte da eigentlich rein, während er im Pool trieb, aber die Türen waren verschlossen. Daraus wurde nun nichts, ich konnte ja nicht einbrechen, während er dabei war. Wir dachten schon, wir wären umsonst gekommen. Na, immerhin gab es ein bisschen Spaß im Pool. Aber dann hat sein Telefonino geklingelt.«

Sergio hielt den Apparat in die Höhe. »Dieses hier?«

»Das Klingeln kam aus Ugos Klamotten. Wir hatten uns alle ausgezogen und die Sachen neben dem Becken liegen gelassen.«

Sergio erinnerte sich an den Kleiderhaufen am Rand des Sprungbretts.

»Ugo hat das Klingeln nicht gehört, er tauchte gerade, um uns zu zeigen, wie lange er die Luft anhalten kann. Es war nicht besonders lange. Mich hat er damit nicht beeindruckt. Ich schaffe vier Minuten, wenn das Wasser nicht allzu tief ist. Aber Ugo musste schon nach …«

»Weiter«, drängte Sergio. »Was war mit dem Telefon?«

»Ach ja, das.« Zitadelle räusperte sich. »Ich hörte es also läuten, und da kam mir eine Idee.« Er schlug sich mit der flachen Hand gegen die Stirn. »Wer braucht Akten und

Unterlagen, Gesprächsprotokolle und geheime Notizen eines Mannes, wenn er dessen Telefon hat? Da steht alles drin. Also habe ich Ugo dazu gebracht, noch mal zu tauchen, länger diesmal, bin aus dem Becken raus und habe sein Telefon an mich genommen.«

»Du hast es gestohlen«, betonte Sergio. Er war froh, dass Alessandro mit der Verfolgung des Rasers beschäftigt war und von Zitadelles Geständnis nur die Hälfte mitbekam, sonst wären sie vermutlich längst wieder unterwegs zu Ugos Anwesen, um den Apparat zurückzubringen.

»Nicht gestohlen, nur geliehen«, verbesserte ihn Zitadelle. »Ich dachte: Ihr seid doch von der Polizei, und ihr habt jede Menge Technik, um Verbrecher zu schnappen. Da könnt ihr bestimmt auch mal nachsehen, ob sich was in Ugos Telefon versteckt. Danach bringe ich es wieder zurück, erkläre ihm, es sei beim Wühlen in den Kleidern in meine Tasche gerutscht. Ihr habt praktisch nichts damit zu tun.«

»Wir sind Mitwisser eines Verbrechens«, rief Alessandro. Seine Hände umfassten das Lenkrad so fest, dass die Knöchel weiß hervortraten. Der Polizeiwagen klebte jetzt an der hinteren Stoßstange des roten Flitzers. Alessandro verrenkte den Hals, um zu sehen, ob ihnen ein Fahrzeug auf der anderen Straßenseite entgegenkam. »Festhalten!«, rief er, riss das Lenkrad herum und setzte zum Überholen an.

Sergio wurde in den Sitz gepresst.

Zitadelle stieß einen Freudenschrei aus. »Ist das bei euch immer so aufregend? Ich hätte auch zur Polizei gehen sollen!«

Alessandro und der Raser waren jetzt auf derselben

Höhe. Sergio sah neben sich Don Tiberio, der ihn durch das kleine Autofenster überrascht anschaute. Im nächsten Moment kam ihnen etwas Großes, Orangefarbenes entgegen. Ein Linienbus. Eine große *Eins* leuchtete auf der Anzeigetafel. *Oh, no!*

Sergio stemmte den rechten Fuß auf eine Bremse, die es auf seiner Seite nicht gab. Alessandro trat das Gaspedal durch. Der andere Wagen blieb plötzlich zurück. Alessandro riss das Steuer herum und wich dem Bus aus, der nun ebenfalls langsamer geworden war und mit lautem Hupen zum Stehen kam. Hinter den getönten Scheiben war Giulia zu erkennen, die Lippen bewegten sich rasch, ihre Hände zerteilten die Luft mit Karateschlägen.

Sergio atmete aus. Seine Knie waren weich, als er die Tür öffnete, den Sicherheitsgurt löste und sich aus dem Sitz schälte. »Dafür sollte man dir den Führerschein wegnehmen«, rief er Alessandro übers Dach zu. Doch der Kollege stapfte bereits auf den Wagen des Rasers zu, eine knallrote Autobianchi Bianchina. Die Tür des kleinen Autos öffnete sich, ein Fuß in einer Sandale erschien, ein Bein unter einer braunen Kutte, eine Hand, die das Kreuzzeichen schlug. »Bin ich zu schnell gefahren?«, fragte Don Tiberio.

Kapitel 36

Ein kreisrundes Stück Himmel war alles, was es von der Welt noch gab. Angelo starrte nach oben, bis sein Nacken schmerzte, dann machte er eine Pause und hob den Kopf erneut. Längst hatte er die Hoffnung aufgegeben, dass dort jemand erscheinen würde, um ihn hier herauszuholen. Aber der Blick auf das toskanische Blau spendete ihm wenigstens ein bisschen Trost.

Die ganze Nacht über hatte es geregnet, und Wasser war in das Loch gelaufen. Der Lehm hier unten war dicht. Erst hatte Angelo in einer Pfütze gestanden, dann in einem Teich, schließlich hatte ihm das Wasser bis zu den Knien und bald darauf bis zum Bauch gereicht. Er war ein Mann von normaler Größe, einige seiner Feinde wagten sogar zu behaupten, er sei klein. Wäre er hochgewachsen, stände es ihm jetzt nicht bis zur Brust. Schon seit Stunden konnte er seine Füße nicht mehr spüren. Die Kälte hatte ihn benommen gemacht, und er wäre mehrfach beinahe eingeschlafen. Dann wäre er in der Brühe, die um ihn herumschwappte, versunken. Vielleicht für immer.

Er kämpfte gegen die Erschöpfung an. Der Blick nach

oben half ihm, wach zu bleiben. Ab und zu schaute er auf die Wasseroberfläche. Der Lehm hatte das klare Regenwasser in eine braune Plempe verwandelt, auf der Schlieren schwammen. Dazwischen trieb das lilafarbene Tuch aus der Kirche von San Giusto, nun wohl endgültig ruiniert. Vielleicht würde es wieder als Unterlage für Reliquien dienen, die Gebeine von Angelo Panda.

Eine Zeit lang hatte er geglaubt, das Wasser könnte ihn nach oben tragen, dass er, sobald es hoch genug gestiegen war, nur mit den Armen und Beinen rudern musste, und darauf warten, dass es weiterregnete, immer weiter und weiter, immer höher und höher. Aber so einfach war das nicht. Zum einen hörte es irgendwann auf, zum anderen war der Schacht zu eng, um sich darin schwimmend zu bewegen. Er konnte von Glück reden, dass das Wasser nicht noch höher gestiegen war.

Glück! Pah!

Er versuchte, seine Zehen zu bewegen, um das Blut zum Zirkulieren zu bringen, hob die Hände aus dem Sumpf und inspizierte sie. Die Haut hatte einen hellblauen Schimmer. Wenn er die Finger krümmen wollte, musste er sich anstrengen. Er keuchte.

Rufen hatte nichts gebracht. Die Nacht über hatte Angelo seine Stimme malträtiert, ohne dass jemand hergekommen war. Nach Sonnenaufgang hatte er nicht gewusst, ob er hoffen oder fürchten sollte, dass die Arbeiten mit dem Bohrer oder dem Bagger fortgesetzt werden würden, doch niemand war erschienen. Vermutlich wollte dieser Volpi ihn einfach verrotten lassen.

Aber das sollte ihm nicht gelingen!

»Hilfe! Rettung für Volterra!«, rief Angelo. Er musste sich eingestehen: Von seiner ohnehin heiseren Stimme war nur noch ein armseliges Krächzen übrig. Sie war noch nie das Stärkste an ihm gewesen. Das war sein Wille. Und der würde ihm helfen, hier unten zu überleben. Wenn es sein musste, würde er ausharren, bis Ugo Marchetti sein Kraftwerk baute, und beim Ausheben der Fundamente würde Angelo aus dem Loch steigen – der Lazarus von Volterra.

Er hustete. Am schlimmsten war der Durst. Direkt vor ihm schwappte Wasser, aber darin schwamm nicht nur Dreck, sondern auch der nach Schwefel stinkende Rest aus den Säcken, die Volpi auf ihn heruntergeworfen hatte. Angelo beugte den Kopf und näherte sich der Wasseroberfläche mit den Lippen. Er atmete den Geruch der Brühe ein. Vielleicht würde ihm ein Schluck schon helfen, nur ein einziger Schluck.

Die Wasseroberfläche vor seinen Augen bewegte sich leicht, so als streife ein sanfter Wind darüber. Allerdings reichte kein Wind in diesen Brunnen hinein, ebenso wenig wie ein Sonnenstrahl. Das Erdreich war in Bewegung. Draußen regte sich etwas. Im nächsten Moment hörte Angelo, wie sich ein Wagen näherte. Der Motor erstarb, eine Tür schlug zu, dann folgten schmatzende Schritte und Flüche. Volpis Stimme. Der war bestimmt nicht gekommen, um Angelo zu retten. Vermutlich wollte er nachsehen, ob von seinem Widersacher noch etwas übrig war. Die Flüche waren einfallslos und plump – ein Zeichen, dass dieser Kerl unmöglich aus der Toskana stammen konnte. Auch

das noch! Angelo hatte sich von einem Fremden über-
tölpeln lassen. Die Empörung, die in diesem Gedanken
keimte, mobilisierte noch einmal seine Kräfte.

Er lauschte. Der Schacht trug die Geräusche von
außerhalb klar und deutlich zu ihm hinab. Die Schritte und
Beschimpfungen entfernten sich. Volpi schien Schwierigkeiten zu haben, das Gelände zu überqueren. Der Regen
musste es in einen Morast verwandelt haben. Angelos Herz
schlug schneller. Der Schurke schien nicht mehr zu wissen,
in welches der Löcher er gestürzt war.

Wie viele waren über das Gelände verteilt? Vier, fünf,
vielleicht sechs. Wenn Angelo Glück hatte, rutschte Volpi
auf dem unsicheren Grund aus und stürzte seinerseits in
eine Grube. Wenn es doch diese hier wäre! Er wusste genau,
was er dann mit dem Geologen anstellen würde.

Schließlich war es so weit. Das Platschen und Schlurfen
kam näher. Sollte Volpi Angelo in dem Loch entdecken,
würde er es zuschütten, daran bestand kein Zweifel. Er
musste sich verstecken. Das war einfach. Und zugleich
schwierig.

Angelo holte tief Luft, sog seine Lunge so voll, dass sie
schmerzte, und tauchte unter. Dabei achtete er darauf,
die Wasseroberfläche möglichst nicht in Bewegung zu versetzen, damit Volpi keinen Verdacht schöpfte, wenn er
einen Blick hinabwarf. Er sollte glauben, dass Angelo er-
trunken war.

Angelo presste die Lider und die Lippen zusammen und
hielt sich die Nase zu. Die kalte Brühe schwappte über seinen Kopf. Er konnte lange aushalten. Mit Zitadelle, Kugel-

blitz und Trommelfeuer war er früher oft im Fluss schwimmen gegangen, dabei hatten sie Wettbewerbe abgehalten, um herauszufinden, wer am längsten tauchen konnte. Sieger war immer Zitadelle gewesen, er hatte den größten Brustkorb und konnte am meisten Luft einsaugen. Angelo hatte es auf Platz zwei gebracht. Das war zwar schon eine Weile her, aber was man einmal kann, verlernt man nicht.

Seine Lunge brannte nur ein kleines bisschen. Allerdings hatte er erwartet, dass sich die Luftnot erst viel später bemerkbar machen würde. Er presste die Lippen so fest aufeinander, dass die Schneidezähne schmerzten. Er würde nicht atmen, es nicht einmal wollen, er war Angelo Panda, Herrscher über seinen Körper.

Wurde ihm etwa schwarz vor Augen? Das konnte er mit zusammengepressten Lidern nicht feststellen. Und was man nicht sehen konnte, das gab es auch nicht. Erst jetzt bemerkte er, dass er die Finger in die Wand krallte und mit den Füßen paddelte. Er versuchte, sich nicht zu bewegen, um so wenig Sauerstoff wie möglich zu verbrauchen, aber das Krallen und Paddeln ging einfach weiter. Schließlich hielt er es nicht länger aus: Er stieß mit dem Kopf durch die Oberfläche und saugte gierig die Luft ein. Jedenfalls wollte er das, aber etwas klebte ihm vorm Mund. Das Tuch der Heiligen. Er war genau darunter gewesen und nun hing es wie ein Schleier vor seinem Gesicht. Angelo wischte es weg. Sauerstoff strömte in seine Lunge. Er schmeckte süß und frisch, gar nicht mehr so abgestanden und modrig wie zuvor.

Nachdem er sich den Schlamm aus den Augen gewischt hatte, schaute er nach oben. Das kreisrunde Stück Himmel war leer. Kein Romolo Volpi starrte zu ihm herunter. Dafür war die Stimme einer Frau zu hören.

»Haben Sie hier jemanden rufen gehört?« Das war Sofia! Sofia Zacchi! Was tat sie hier? Angelo wollte sich bemerkbar machen, doch wieder kam nur ein Krächzen aus seiner Kehle. Er keuchte, sammelte Spucke und Atem, um einen Schrei auszustoßen. Dann besann er sich. Wenn Sofia herausfand, dass er in einem der Löcher feststeckte, dann wusste auch Volpi, dass Angelo noch lebte. Er würde alles daransetzen, das zu ändern. Und die Zeugin müsste er auch beseitigen.

Angelo schluckte Spucke, Worte und alles, was sich in ihm angesammelt hatte, hinunter. Er durfte Sofia nicht alarmieren. Es musste einen anderen Weg geben.

»Hier ruft niemand«, sagte Volpi. Das stimmte. »Ich bin schon den ganzen Morgen hier.« Das war gelogen.

Angelo lauschte.

»Aber es hat jemand etwas gehört«, sagte Sofia.

Also waren seine Bemühungen doch nicht umsonst gewesen!

»Die Leute hören alles Mögliche.« Das war Volpis Stimme. »Hier fegt nachts der Wind durch die Maschinen.«

Ein Schweigen setzte ein. Sofia schien zu überlegen. »Wissen Sie«, begann sie dann von Neuem, »mein Freund Angelo ist verschwunden. Angelo Panda. Der Gastwirt aus der Trattoria Mortale, dem Il Gusto.«

Wenn Volpi ein Zeichen des Erkennens von sich gab, dann bekam Angelo das nicht mit.

»Heute Morgen war Michaela bei mir, Michaela Abruzzo.

Sie kommt gern auf einen Schwatz vorbei und trinkt bei mir einen Kaffee, während ich das Lokal für den Abend vorbereite. Ich liebe diese Zeit, wenn alles noch nach dem vergangenen Abend duftet und man sich schon auf den nächsten freuen kann. Ach, das wissen Sie vielleicht nicht: Ich bin die Wirtin des Il Mulino, des schönsten Ristorante in Volterra. Wir haben gerade Dorade auf der Karte. Frisch aus dem Meer bei Cecina. Also, wo war ich?«

Was immer Sofia den Geologen mit ihrer tiefen Stimme fragen wollte, es würde wohl noch eine Weile dauern. Sie war doch sonst nicht so umständlich? Angelo schlang die Arme um die Brust, um den letzten Rest Wärme in seinem Körper zu behalten. Er zitterte. Er dachte daran, dass Sofia ihn gerade »mein Freund Angelo« genannt hatte.

»Wie gesagt: Michaela Abruzzo war da. Sie ist Witwe und lebt in der Nähe des Friedhofs. Sehen Sie die Pinien dort drüben? Dahinter steht ihr Haus. Sie nennt es Il Para- diso. Und das zu Recht. Es ist eines der ältesten und schöns- ten Gebäude in Volterra. Im Garten hat Michaela … He, wo wollen Sie denn hin? Warten Sie! Ich bin noch nicht fertig.«

Schritte waren zu hören, dann kehrte Sofias Stimme zu- rück. »Ich stehle Ihnen die Zeit. Ich rede und rede, dabei haben Sie zu tun. Ich komme ja schon zu meiner Geschich- te. Also: Michaela hat mich gefragt, ob der Hexenzirkel um- gezogen sei. Das sind ein paar Frauen, die die Vergangen- heit von Volterra erforschen und sich um die Geschichte des Masso di Mandringa gekümmert haben. Die Leute glauben, dass das wirklich Hexen sind, aber das stimmt natürlich nicht. Sie nennen sich bloß so. Sagte ich schon, dass sie sich in meinem Ristorante treffen? Also gut. Jedenfalls … Michaela sagte, sie habe gestern Nacht ein Heulen und Rufen gehört, dass sie dachte, die Hexen hätten sich einen neuen Versammlungsort gesucht. Hier am Friedhof. Sie verstehen, Signor …, was sagten Sie, wie sie heißen? Volpi?« Einen Moment lang war es still. »Hexen, Signor Volpi. Friedhof. Zu diesem Schluss kommt man schnell. Aber meine Hexen haben mit diesem Satanszeug nichts zu tun. Das sind ganz normale Frauen. Für die lege ich meine Hand ins Feuer.«

Angelo fragte sich, wie es die Gäste des Il Mulino mit dieser Wirtin aushielten. Wenn Sofia einmal in Fahrt war, verstand man ja seine eigenen Gedanken nicht mehr.

»Ich wusste, dass meine Hexen nicht hier am Nordhang herumgeistern – wenn der Ausspruch erlaubt ist. Sie sind seit diesem furchtbaren Mord an Bischof Amendola kaum aktiv gewesen. Und schon gar nicht würden sie hier am Friedhof die Ruhe stören. Aber irgendetwas oder irgendjemand muss hier rufen. Michaela sagte, sie habe deutlich gehört, wie der Wind ›Rettung für Volterra‹ geheult habe. Da wusste ich, wer da ruft. Hören Sie! ›Rettung für Volterra‹ ist Angelo Pandas Wahlspruch, sein Motto, es steht auf seinen Plakaten. Deshalb bin ich hergekommen. Könnte es sein, dass er hier irgendwo steckt? Sie sind doch hier beschäftigt. Ist Ihnen nicht vielleicht doch etwas aufgefallen? Denken Sie nach, Signore!«

Ein Brummen war zu hören. Dann Volpis Stimme: »›Rettung für Volterra‹ ist der Slogan von Ugo Marchetti.«

»Das weiß ich«, erwiderte Sofia. »Aber Ugo Marchetti

wird ja nicht vermisst. Oder hat sich das seit gestern Abend geändert?«

Wieder entstand eine Pause. Wenn Romolo Volpi auf die Frage reagierte, dann schien es sich um ein Kopfschütteln zu handeln.

»Ich sehe schon, von Ihnen kann ich keine Hilfe erwarten«, sagte Sofia.

Angelo erstarrte. Wenn Sofia jetzt den Löchern zu nah kam, würde Volpi sie womöglich hineinstoßen, um kein Risiko einzugehen. Angelo schaute nach oben und beschloss, wieder unterzutauchen, sobald er Sofia nahen hörte. Verschwinde, Sofia!, dachte er so angestrengt wie möglich. Verschwinde und dreh dich nicht um!

Ihre Schritte schmatzten davon. Sie wurden leiser, und mit jedem Geräusch wuchs Angelos Erleichterung. Ebenso wie sein Bedauern. Jetzt fühlte er sich erst recht von allen guten Geistern verlassen. Der Gedanke, dass er in diesem Loch sterben könnte, kehrte zurück. Da musste Volpi gar nicht mit dem Bagger nachhelfen. Kälte, Hunger und Durst würden seinen nicht mehr ganz jugendlichen Körper schwächen. Er fröstelte. Würde er erfrieren, bevor er ertrank? Sofia!, dachte Angelo, und ein kleines bisschen Wärme durchströmte ihn. Sofia war eine gute Seele. Hier unten konnte er es sich ja eingestehen. Er schreckte zusammen. Versank er gerade nicht nur im Schlamm, sondern auch in Selbstmitleid? Das kam nicht infrage. Er musste bei Verstand bleiben. Mit dem Blick zum Himmel dachte er daran, dass seine Eltern ihm nicht ohne Grund den Namen Angelo gegeben hatten, und er wartete auf seinen Engel.

KAPITEL 37

Ihr verhaftet euch am besten gegenseitig.« Giulia stieg aus
dem Bus. Durch die Windschutzscheibe waren die
Gesichter der Fahrgäste zu sehen, die sich neugierig und
ratlos über die Rückenlehnen der Sitze reckten.

»Das kostet Sie den Führerschein, Exzellenz«, rief Alessandro Don Tiberio zu.

»Ich bin nur ein einfacher Bruder«, verbesserte der
Mönch. »Und wir müssen sofort weiter.«

»Das glaube ich auch«, sagte Sergio. Der Bus, der Polizeiwagen und Don Tiberios Bianchina verstopften die Landstraße. Auf beiden Fahrspuren warteten bereits Autofahrer
darauf, dass es weiterging. Eine Hupe plärrte.

Jetzt schälte sich Zitadelle aus dem Fond des Polizeiwagens. Er hob die Arme und machte in Richtung der sich
entwickelnden Staus beschwichtigende Gesten.

»Ich habe die Knochen weiter untersucht«, verkündete
Don Tiberio.

»Kein Grund, so schnell zu fahren«, erwiderte Alessandro. Er streckte die Hand aus. »Autoschlüssel und Papiere!«

»Sie verstehen nicht, Commissario«, fuhr der Mönch

fort. »Ich habe herausgefunden, dass mit den Knochen vom Nordhang der Stadt etwas nicht stimmt.«

Alessandros Hand blieb ausgestreckt. »Ich bin Ispettore, und Sie sollten …«

»Warte mal.« Sergio legte eine Hand gegen den Oberarm des Kollegen. »Lass ihn doch erst mal erzählen, bevor du ihn aus dem Verkehr ziehst.«

Alessandro knurrte etwas Unverständliches, ließ aber die Hand sinken.

Don Tiberio beugte sich in seinen Wagen. Als er wieder hervorkam, hielt er ein halbes Dutzend Fundbeutel in der Hand. Sie sahen genauso aus wie die im Archiv der Bodendenkmalbehörde. Und sie enthielten Knochenstücke. »Die habe ich aus dem Magazin von Dottor Cantarini mitgenommen, um sie mir noch mal genauer anzusehen.«

»Weiß Cantarini davon?«, fragte Alessandro.

Don Tiberio suchte auf dem Straßenbelag nach einer passenden Antwort, fand aber offenbar keine. Er schüttelte den Kopf.

»Nur geliehen.« Zitadelle stellte sich neben den Mönch und legte seinen rechten Arm über dessen Schultern. »Er wollte das bestimmt später wieder zurückbringen. Nicht wahr? Genauso wie ich das mit dem Telefon von Marchetti vorhabe.«

»Jetzt klauen hier schon die Geistlichen.« Alessandro zog die Dienstmütze vom Kopf und fuhr sich durchs Haar. »Wohin soll das noch führen?«

Wieder dröhnten Hupgeräusche, diesmal von jenseits des Linienbusses.

»Ruhe!«, rief Sergio. »Weiter, Don Tiberio.«

Der Mönch nickte Sergio zu. »Also, als wir in dem Keller waren und Sie mit dem Dottore sprachen, da hat er angekündigt, dass er die Skelette wieder zusammensetzen will. Das ist eine Arbeit von Wochen. Ich wollte ihm nicht widersprechen, aber wir brauchen schnellere Ergebnisse, deshalb habe ich einige Fundbeutel an mich genommen.«

»Ohne dass Cantarini das bemerkt hat?«, fragte Alessandro staunend.

Don Tiberio lächelte schief und zupfte an seiner Kutte. »Da passt jede Menge drunter.« Er hob eine Hand. »Es ist wirklich nur geliehen.«

»Schon gut«, sagte Sergio. »Was haben Sie damit gemacht? Und was haben Sie herausgefunden?«

»Vom Rathaus bin ich zu meiner Herberge gefahren, habe mich in mein Zimmer zurückgezogen und die Beutel sortiert. Ich hatte Glück. Von den sechs Tüten hatten vier dieselben Koordinaten, die Knochen stammten also von derselben Stelle und damit vom selben Skelett.«

»Weiter«, forderte nun auch Alessandro den Mönch auf.

Das Hupen wurde vielstimmig. »Ich kümmere mich darum«, sagte Zitadelle und verschwand in Richtung des Lärms.

Mit einer Hand hielt Don Tiberio die Tüten hoch, mit dem Zeigefinger der anderen deutete er darauf. »Schauen Sie: Das hier ist der obere Teil eines Oberschenkels, der Oberschenkelknochenkopf.« Er deutete auf eine andere Tüte. »Und das hier auch. Den Koordinaten zufolge gehören beide zum selben Gebein. Aber sie sind unterschiedlich. Bei diesem hier ist die kugelförmige Gelenkfläche schön rund, bei dem anderen ist sie an einer Stelle abgeflacht und wesentlich kleiner. Auch die Vertiefung, wo die Arterie verläuft, ist unterschiedlich.«

»Was bedeutet das?«, fragte Giulia, die ebenfalls herangekommen war. Sie nahm dem Mönch eine der Tüten ab, strich das Plastik vorsichtig glatt und musterte das Fundstück. Hinter ihr stiegen einige Fahrgäste aus dem Bus und spähten herüber.

»Dass diese beiden Knochen von zwei Skeletten stammen, nicht von einem«, erklärte Don Tiberio.

»Kann das kein Zufall sein?«, wollte Sergio wissen.

Das Hupkonzert hinter dem Bus kam zum Erliegen.

»Kann es. Deshalb habe ich nach weiteren zusammenpassenden Stücken gesucht. Die meisten Knochen im menschlichen Körper gibt es zweimal, allerdings liegen sie nicht in Paaren in diesen Tüten. Bis auf das hier.« Wieder wedelte er mit den Beuteln. »Das sind Fingerknochen. Sie sind recht fein, entweder stammen sie von einer jungen Frau oder von einem Kind. Davon lagen zwei vor. Sie sollten eigentlich gleich aussehen, aber sie sind so grundverschieden, dass sie unmöglich von demselben Individuum stammen können.«

»Aber es gibt doch unterschiedlich große Finger«, wandte Giulia ein.

»An einer Hand, ja.« Der Mönch nickte. »Aber das Grundglied des Daumens zum Beispiel muss an beiden Händen identisch sein.«

»Das Grundglied …?«, begann Alessandro.

»… des Daumens«, ergänzte Don Tiberio. »Jeder Finger

besteht aus drei Knochen, das Fingergrundglied ist der körpernächste. Wie Signora Giulia schon bemerkte, sind die Finger an der Hand eines Menschen unterschiedlich groß, beim Mittelfinger am kräftigsten, beim kleinen Finger am dünnsten. Man könnte nicht ohne Weiteres feststellen, ob zwei dieser Knochen von ein und derselben Hand oder von zwei verschiedenen Individuen stammen. Außer beim Daumen, dessen Grundglied ist einzigartig im Körper, es ist leicht gebogen. Hier haben wir zwei gut erhaltene Exemplare. Sie müssten gleich sein, sind aber verschieden.«

Sergio nickte. »Also ist auf dem Gelände am Nordhang doch etwas faul.«

»So ist es«, stimmte Don Tiberio zu. »Entweder hat man dort zwei Tote in einem Grab bestattet – so etwas gibt es aber seit vorchristlicher Zeit nicht mehr –, oder die Knochen in den Gräbern gehören aus einem anderen Grund nicht zusammen.«

»Die Schlussfolgerung liegt auf der Hand«, sagte Sergio. Alle sahen ihn an. »Der alte Friedhof ist doch nicht echt.«

»Deshalb wollte ich noch einmal ins Magazin und herausfinden, ob es sich um einen Zufallsbefund handelt oder ob die anderen Knochen das Ergebnis bestätigen«, schloss Don Tiberio. Seine Stimme klang drängend.

Sergio schaute auf seine Armbanduhr. Es war kurz vor zwölf. »Gleich Mittag, und es ist Freitag. Wenn wir noch ins Rathaus wollen, sollten wir uns beeilen.«

Der Mönch kletterte in das kleine rote Auto, schlug die Tür zu, ließ den Motor an und steckte den Kopf aus dem Fenster. »Darf ich den Führerschein dann behalten?«

Der Polizeiwagen raste in Richtung Stadtzentrum. Alessandro hatte wieder das Blaulicht und die Sirene eingeschaltet, außerdem hing sein Arm aus dem Fenster, und er schlug mit der Hand auf das Türblech wie auf die Flanke eines Pferdes. Don Tiberio folgte mit Zitadelle auf dem Beifahrersitz. In einiger Entfernung verschwand die Linie 1 hinter einer Serpentine. Giulia würde ihre Fahrgäste ans Ziel bringen und danach zum Rathaus kommen, hatten sie ausgemacht.

Sergio holte sein Telefonino hervor und wählte die Nummer von Dottor Cantarini in der Bodendenkmalbehörde. Es läutete einige Male, aber niemand ging ran.

Alessandro sauste die Landstraße hoch, die mittelalterliche Stadtmauer rauschte zur Linken vorbei. Auf den Bänken unter den Schatten spendenden Bäumen saßen normalerweise die älteren Bewohner der Stadt zum Plausch oder um sich das Treiben anzusehen. An diesem Freitag aber waren die Bänke leer. Vermutlich waren alle bei der Bürgermeisterwahl, um sich, nachdem sie ihre Stimme im Wahllokal abgegeben hatten, in ihrem Stammlokal über das Ereignis auszutauschen.

Alessandro bog nach links ab und fuhr unter der Porta San Francesco hindurch. Auf dem Weg zur Piazza hinauf sprangen Fußgänger zur Seite, darunter eine Touristengruppe mit Stadtführer Carlo, der das Polizeiauto und den Kleinwagen dahinter wortreich beschimpfte und dabei drohend seine abgebrochene Autoantenne schwenkte.

Schließlich erreichten sie die Piazza und hielten im Winkel zwischen Palazzo dei Priori und Dom neben dem Rathaus. Gleichzeitig mit Zitadelle und Don Tiberio sprangen sie aus dem Wagen und liefen zum Eingang. Eine Menschenmenge verstellte ihnen den Weg. Von irgendwoher war Ugo Marchettis Stimme zu hören, er war nach dem Bad im Pool wohl auch ins Rathaus geeilt. Zitadelle bahnte den anderen einen Weg. Sie erreichten die Treppe nach unten. Im Keller übernahm Sergio die Führung. Er konnte sich noch halbwegs an den Weg zum Magazin erinnern und verlief sich nur ein einziges Mal. Dann standen sie vor der Tür des Magazins. Das Licht der Neonlampen wurde von der Lackierung zurückgeworfen. Sergio klopfte. Niemand öffnete.

»Was machen wir jetzt?«, fragte Zitadelle.

»Die Archäologen sind entweder im Wochenende oder auf einer Ausgrabung.« Alessandro schaute in die Runde. »Wir könnten bis Montag warten«, schlug er vor – und hob abwehrend die Hände, als er die Blicke seiner Begleiter sah. »Schon gut, war nur so ein Gedanke.«

»Wir müssen da rein. Sofort!«, versetzte Sergio. Er spürte Druckwellen in seinem Innern, ein unterirdisches Beben kündigte sich an.

Alessandro warf ihm einem Blick zu und verzog das Gesicht. Sergio erkannte dieses Signal: Sein Freund versuchte, ein Auge zuzukneifen und ihm zuzuzwinkern. »Versuchst du es mit der Tür, Sergio? Ich gehe derweil raus und versuche, Cantarini zu erreichen«, sagte er und verschwand. Das war nur eine Ausrede, damit der Leiter der Polizeiwache nicht dabei zusehen musste, wie Sergio in eine Amtsstube einbrach. Was er nicht mitbekam, konnte er auch nicht verhindern.

Sergio musterte die Tür. Sie war massiv, hatte aber kein Sicherheitsschloss, sondern ein altes Buntbartschloss. Er ging in die Knie und spähte in das Schlüsselloch. Dahinter war es dunkel. Im Innern des Schlosses waren Staub und Fett zu erkennen. Verrostet schien das Ding nicht zu sein.

Jetzt könnte er eine Haarnadel von Giulia gebrauchen. Aber sie war noch mit dem Bus unterwegs. Sergio sah sich um. Hinter ihm standen Zitadelle und Don Tiberio und schauten ihn erwartungsvoll an. Die beiden hatten bestimmt keine Haarnadel dabei. Zitadelle trug hauptsächlich Körpermasse unter seinem Poloshirt mit sich und Don Tiberio seinen Habit mit Kordel und ein Kreuz um den Hals.

Er brauchte etwas Stabiles. Diese alten Schlösser waren zwar einfach zu öffnen, aber ihre Mechanik war schwer und massiv. Eine Büroklammer wäre zu dünn gewesen, ein Kleiderbügel aus Draht hingegen hätte helfen können. Den konnte man mit etwas Anstrengung in die benötigte Form biegen, und er wäre trotzdem stabil genug, um Druck auszuhalten. Aber es gab nichts dergleichen im Keller des Palazzo. Sergios Blick wanderte über die Regale an den Wänden und über die Lampen, dann blieb er noch einmal an seinen beiden Begleitern hängen.

Das Kreuz um Don Tiberios Hals brachte ihn auf eine Idee. Es hatte die passende Form, um damit in dem Schloss herumzustochern. Allerdings war es zu groß und aus Holz. Unter Druck würde es zerbrechen. Aber da war ja noch Zitadelle …

Vorhin im Garten von Ugo Marchetti hatte der mächtige Toskaner hüllenlos neben dem Schwimmbecken gelegen.

Sein Halskettchen hatte er allerdings noch getragen, jetzt war es unter dem Polohemd verschwunden. Es war aus Silber und daran hing: ein winziges Kruzifix.

»Kann ich mal deine Halskette haben, Zitadelle?«, fragte Sergio.

Der Angesprochene hielt sich eine Hand gegen den Hals. »Was willst du denn damit?«

»Das Türschloss öffnen.«

In Zitadelles Sorgenmiene hinein sagte Sergio: »Ich will es mir nur leihen. Du bekommst es gleich zurück.«

Zitadelles Blick war zu entnehmen, dass er die Anspielung verstand. Er lächelte gezwungen, griff mit beiden Händen an seinen Nacken und nestelte an dem Verschluss des Kettchens herum, hielt es noch einen Moment in der Hand und reichte es schließlich Sergio.

Das Kreuz war etwa so groß wie der Kopf eines Teelöffels. Sergio fasste es am langen Ende und schob das kurze in das Schlüsselloch hinein. Dabei kam sein Gesicht der Tür so nahe, dass sein Atem auf dem grau lackierten Stahl kondensierte.

Er hielt inne. Drehte sich noch einmal um. Wie er erwartet hatte, waren Zitadelle und Don Tiberio an ihn herangerückt, stützten sich mit den Händen auf den Knien ab und versuchten, ihm über die Schulter zu schauen.

»Das hier ist Polizeiarbeit. Geht ein bisschen den Gang hinunter. Ich rufe euch, wenn ich fertig bin.« Schlimm genug, dass er schon wieder das Gesetz übertrat. Da musste er nicht auch noch zwei experimentierfreudigen Männern zeigen, wie sie Volterra unsicher machen konnten.

Der Querbalken des Kreuzes war zu lang, um es in das Schloss hineinzustecken, also verkantete Sergio den Anhänger, bis er in dem Loch verschwand und nur noch das lange Ende herausschaute. Der obere Teil des Querbalkens drückte jetzt im Innern des Schlosses gegen den Mechanismus. Er ruckelte den Längsbalken so lange zurecht, bis er spürte, dass der Querbalken gegen einen Widerstand stieß. Dann drückte er das Amulett nach oben und drehte es nach rechts. Er spürte, wie sich der Schließmechanismus bewegte, aber nur ein bisschen, denn der Hebel war nicht lang genug. Dann schnappte der Mechanismus wieder zurück. Sergio packte das herausragende Ende des Kreuzes fester, allerdings passten nur seine Fingerspitzen darauf. Er presste sie zusammen, bis sie weiß wurden, er drehte und drückte. Schließlich klappte der Zylinder weg, und das Schloss öffnete sich.

Sergio wedelte mit der Hand und saugte an den Fingern, in denen es pochte. Er gab der Tür einen Schubs. Sie schwang auf.

»Ihr könnt jetzt …«, rief er, dann stellte er fest, dass Zitadelle und Don Tiberio sich nur einen Meter entfernt hatten.

Sergio zog das Kreuz aus dem Schlüsselloch und gab es Zitadelle zurück. Der hängte sich das Amulett wieder um den Hals, ohne dessen Zustand zu überprüfen. Sergio schmunzelte. Wenn Zitadelle seine Hilfe anbot, dann fragte er nicht danach, ob das einen Nachteil für ihn haben könnte.

Er hielt den anderen die Tür auf. Don Tiberio schaltete das Licht im Magazin ein. »Seht ihr?«, sagte der Mönch. »Der Herr öffnet den Verzweifelten jede Tür.«

Kapitel 38

Don Tiberio war in seinem Element. Vor ihm lagen so viele Fundbeutel, dass er wahrscheinlich Jahre an ihrem Inhalt hätte forschen können. »Sehen Sie das hier?« Er hielt eine der Tüten gegen das Licht der Deckenlampen. »Ein exzellent erhaltenes Brustbein, man kann deutlich sehen, wo die Rippen befestigt waren. Und hier: ein Stirnbein.«

Sergio unterdrückte seine bebende Ungeduld. »Sie konzentrieren sich besser darauf, die Tüten mit den passenden Koordinaten zusammenzusuchen.«

»Natürlich«, sagte Don Tiberio. »Ich werde einfach nur auf die Beschriftungen achten.«

»Dazu muss man doch kein Fachmann sein.« Zitadelle griff sich einen Beutel.

Sergio begann, ebenfalls Tüten nach Nummern zusammenzulegen. Don Tiberio sog zischend Luft zwischen den Zähnen ein und bat die beiden, ihn allein arbeiten zu lassen. »In diesem Fall ist einer schneller fertig als drei«, sagte er. »Geben Sie mir eine halbe Stunde.«

»Sergio?« Zitadelles Stimme war dicht an seinem Ohr. »Was machen wir mit Ugos Telefon?«

Sergio griff in seine Jackentasche und holte das Gerät hervor. Er betrachtete es von allen Seiten und sah die Reflexion seines und Zitadelles Gesichts auf der schwarzen Fläche. Er schaltete das Gerät ein. Kurz darauf leuchtete es auf und zeigte das Bild eines roten Fingerabdrucks. Die Aufforderung war unmissverständlich.

»Jetzt brauchen wir nur noch den passenden Finger«, stellte Zitadelle fest.

»Fingerabdrücke kann man kopieren.« Don Tiberio langte nach einer Rolle Klebestreifen, die neben dem Stapel leerer Fundtüten lag, und hielt sie Sergio hin.

»Was soll ich damit?«

»Signor Marchetti ist doch oben im Palazzo«, sagte der Mönch. »Er wird etwas trinken.«

»Sollen wir ihn betrunken machen, bis er uns das Telefon freiwillig entsperrt?«, fragte Zitadelle.

»Es gibt eine einfachere Möglichkeit, an seine Fingerabdrücke zu kommen«, erklärte Don Tiberio. »Alles, was wir brauchen, ist ein Glas, aus dem er getrunken hat. Darauf wird er Fingerabdrücke hinterlassen. Die lassen sich mit einem Klebestreifen kopieren. Dann streuen wir ein bisschen Grafit auf die Sicherungstaste seines Telefons und drücken den Klebestreifen hinein.«

»Lernt man so was auch im Kloster?« Zögerlich nahm Sergio die Rolle entgegen.

Don Tiberio spitzte die Lippen. »Nein. Aber wir schauen uns manchmal spannende Filme im Gemeinschaftsraum an. Da habe ich das schon mal gesehen.« Er räusperte sich. »Ich bin sicher, es funktioniert.«

Sergio verließ den Keller und stieg die Treppe hinauf. Das Gedränge im Foyer des Palazzo war noch dichter geworden. Das Gewirr der Stimmen klang wie das Schnattern eines Entenschwarms. Gläser klirrten. Musik drang durch die offen stehenden Türflügel von draußen herein. Vor dem Rathaus sang Juan seine Spottlieder auf Ugo.

Sergio zwängte sich durch die Menge. Die Gerüche von Prosecco, Nikotin, Parfüm und Rasierwasser mischten sich in seiner Nase. Er folgte der Bewegung der Menge zur Treppe und hinauf in den ersten Stock, wo der Ratssaal lag.

Der Saal war das Schmuckstück Volterras. Durch die hohen Bogenfenster an der Längsseite fiel das Licht des frühen Nachmittags in den Raum und schien auf die wandfüllenden Fresken. Eine der Malereien zeigte eine Verkündigungsszene, eine andere, wie bei der Hochzeit zu Kana Wasser in Wein verwandelt wurde. Die Farben waren so intensiv, dass sie Sergio seine Leidenschaft für Schwarz-Weiß-Fotografie vergessen lassen konnten. Darunter verlief auf Kopfhöhe ein Fries mit Ornamenten und Wappenschildern. Von den Tischen und Bänken der Ratsherren war im Gedränge nicht viel zu erkennen. Das galt allerdings nicht für den Platz des Bürgermeisters am Kopfende des Saals. Dort hatte sich Ugo Marchetti postiert. Er stand neben dem uralten Stuhl des Ratsvorsitzenden und hatte eine Hand auf die mit Leder bespannte Rückenlehne gelegt. Die Geste vermittelte den Eindruck, als umarme Ugo einen alten Freund. Hinzu kam, dass er direkt unter dem Verkündigungsfresko stand. Sergio musste einmal mehr zugeben, dass Ugo sich in Szene zu setzen wusste.

Er drängte nach vorn. Marchetti rief seinem Publikum etwas zu, was aber im Lärm unterging. Auf dem Tisch stand eine zur Hälfte gefüllte Sektflöte. Es war die Einzige. Gehörte sie Marchetti? Sergio beschloss, kein Risiko einzugehen. Er nahm einem Mann im dunkelblauen Anzug das Glas aus der Hand und ging, den Protestruf ignorierend, zu Ugo hinüber.

»*Salute!*«, rief er und streckte Ugo das Glas entgegen. »Möge der Bessere gewinnen.«

Marchetti schaute Sergio erstaunt an. »Das wird er«, stimmte er zu. »Denn es ist ja nur noch einer im Rennen. Das haben Sie selbst mir erzählt.«

Ugos Worte ließen die Sorge um Angelo wieder auf hoher Flamme in Sergio kochen. Er hielt das Glas mit der Hand am ausgestreckten Arm hoch. »Mein Vater ist immer noch Kandidat«, sagte er.

Marchetti schüttelte den Kopf. »Wenn er heute gewählt werden sollte – was unwahrscheinlich ist –, sollte er besser bald auftauchen. Mittlerweile weiß ganz Volterra, dass Angelo nach seiner Niederlage auf der Piazza abgetaucht ist. Und wer verschwendet seine Stimme schon auf jemanden, der sich verdünnisiert hat, weil er droht, noch mal zu unterliegen?«

Sergio sah, wie das Glas in seiner Hand zitterte. Er stellte sich vor, wie der Prosecco an Ugos Gesicht herunterlaufen würde. Das Bild gefiel ihm. Sogar in Farbe.

»Ich muss wohl nicht fragen, wer dieses Gerücht über meinen Vater in der Stadt verbreitet hat«, knurrte er. Etwas in ihm begann zu rumoren. Es war Zeit für Terremoto.

Er ließ das Glas fallen, packte Ugo am Ärmel und zog ihn zu sich heran. Mit der freien Hand fischte er das Mobiltelefon aus der Jackentasche, bog Ugos Zeigefinger herum und presste ihn auf die Taste. Dabei rückte er so dicht an Marchetti heran, dass sich ihre Gesichter beinahe berührten und Ugo nicht sehen konnte, was mit seiner Hand geschah.

»Au, Sie tun mir weh«, quiekte Marchetti.

»Sie können ja die Polizei rufen!« Sergio löste sich von ihm und wich einen Schritt zurück. Dabei ließ er das Telefon nicht schnell genug in der Tasche verschwinden. Ugo blickte auf das Gerät.

Sergio erstarrte. Die am nächsten stehenden Gäste im Ratssaal waren auf das Gerangel zwischen dem Polizisten und dem Bürgermeisterkandidaten aufmerksam geworden und schauten die beiden Männer verwirrt an.

»Agente Panda und ich ziehen am selben Strang«, stellte Ugo lauthals fest. Er entblößte lachend seine Zähne, bis das feucht schimmernde Zahnfleisch zu sehen war. Seine Bemühung, die Situation zu überspielen, nahm ihn völlig ein.

Sergio hatte, was er wollte. Er ließ das Telefon wieder in die Jackentasche gleiten und zog sich zurück. Unter seinen Schuhen knirschten Scherben. Wenn er nicht bald Ordnung in dieses Durcheinander brachte, würde noch viel mehr zu Bruch gehen.

»Ich hätte niemals gedacht, dass ein Mönch ein guter Kumpel sein kann.« Zitadelle stand neben Don Tiberio im archäologischen Magazin und schlug ihm mit der Hand auf die Schulter. Don Tiberio zuckte zusammen. »Er hat sich auch was ausgeliehen, ohne den Besitzer zu fragen – nämlich diese Knochen«, sagte er, als Sergio in den Keller zurückgekehrt war, »und er hat mir versprochen, dass er mir mal seine Kutte leiht, damit ich Kugelblitz und Trommelfeuer erschrecken kann.«

Sergio fiel auf, dass Zitadelle Angelo bei dieser Aufzählung nicht nannte, schob den Gedanken aber beiseite. »Ich habe das Telefon entsperrt«, gab er bekannt und hielt das Gerät hoch.

Don Tiberio hielt inne. »So schnell? Dann hat das mit dem Klebestreifen tatsächlich funktioniert?«

»So ähnlich«, sagte Sergio. »Wir schauen besser nach, was in dem Apparat gespeichert ist, bevor noch der Akku aufgibt.«

Wo hatte Marchetti seine Korrespondenz abgelegt? Sergio zögerte, einfach draufloszutippen. Das hier war eigentlich Ugos Privatangelegenheit. Aber wer ein Verbrechen aufklären wollte, musste manchmal Grenzen überschreiten. Die Korrespondenz war schnell gefunden. Amendolas Name tauchte dort nicht auf. Wohl aber …

»Augenblick mal!« Die Stimme, die plötzlich durch das Magazin dröhnte, ließ Sergio erstarren. »Was geht hier vor?«, fragte Commissario Baldi und trat mit der Selbstsicherheit desjenigen durch die Tür, der alles weiß und den nichts erschüttern kann. Ihm folgte Ispettore Rossi und dahinter, mit der Miene eines geprügelten Hundes, Alessandro.

»Ich habe die Kollegen vor dem Rathaus getroffen«, hob Alessandro an.

»Falsch!«, donnerte Baldi. Das Licht der Neonlampen blitzte im Goldgestell seiner Brille. »Sie haben mich nicht getroffen, ich habe Sie erwischt, Minotti.« Er wandte sich an Sergio. »Wir waren auf der Wache, wo nur Ihr junger Kollege Bertini anzutreffen war. Der wusste angeblich nicht, wo Sie sich herumtreiben, aber als ich aus dem Fenster schaute, sah ich Ispettore Minotti vor dem Rathaus auf und ab gehen. Er sah so schuldbewusst aus wie jemand, der gerade versehentlich den Papst überfahren hat.«

»Natürlich patrouilliert Kollege Minotti vor dem Rathaus«, sagte Sergio. »Wir sind damit beschäftigt, für die Sicherheit der Bevölkerung zu sorgen. Heute ist schließlich Wahltag.«

»Tatsächlich?« Baldi spielte den Erstaunten. »Und was treiben Sie dann hier unten? Ist hier etwa jemand in Gefahr?« Er schaute sich um. »Sie da«, er deutete auf Don Tiberio und Zitadelle, »raus!« Dann wandte er sich an Rossi. »Schließen Sie die Tür von außen, und achten Sie darauf, dass niemand lauscht oder versucht hereinzukommen.«

»Von außen?«, fragte Rossi. »Aber ...«

Baldis Blick traf durch seine Brillengläser wie durch ein Brennglas auf den Ispettore. Er schob Zitadelle und Don Tiberio auf den Gang hinaus und folgte ihnen.

Nachdem die Tür des Magazins ins Schloss gefallen war, rüttelte der Commissario noch einmal prüfend daran. »Ich will einen vollständigen Bericht. Sofort! Oder Sie sind die längste Zeit Polizisten gewesen.«

Sergio und Alessandro sahen sich an. Normalerweise drohte Baldi ihnen damit, sie die nächsten Monate Ausweisanträge abheften zu lassen. Ein Rausschmiss hatte bislang nicht zu seinem Strafenkatalog gehört. Die Lage war ernst.

Kapitel 39

Wenn Gott Angelo für irgendetwas bestrafen wollte, dann machte er das unmissverständlich klar. Es hatte wieder zu regnen begonnen. Die Kälte und Nässe waren bis zu seinem Hals vorgedrungen. Von oben ging ein Schwall Wasser auf ihn nieder. Offenbar sammelte es sich in den Mulden auf dem Gelände und lief dann durch die Spuren, die der Minibagger in den Boden gezogen hatte, in die Löcher. Der Pegel um Angelo herum stieg rasch. Schon musste er das Kinn recken, um weiter atmen zu können. Ironie des Schicksals: Jetzt war er die Giraffe, ein zweiter Ugo Marchetti. Nur würde niemand mehr darüber lachen.

Irgendwo über ihm bellte ein Hund. Sofias Stimme war zu hören, etwas entfernt, aber noch immer so nah, dass er die Worte verstehen konnte. War sie doch nicht weggegangen? »Guter Hund«, hörte er sie rufen. »Was hast du denn da? Einen Knochen? Doch hoffentlich nicht von unserem Friedhof.«

Um sich aufrichten zu können, presste sich Angelo mit dem Rücken gegen die Wand. Die Feuchtigkeit hatte den Lehm weiter aufgeweicht, und das Gefüge geriet ins Rutschen. Erdreich landete auf seinen Schultern und drückte ihn unter Wasser. Er tauchte an die Oberfläche, spie aus und schnappte nach Luft. Schlamm lief ihm in die Augen, in die Nase. Nachdem er ihn fortgewischt hatte, schaute er sich um. Ein Teil der Wand war weggebrochen. Besorgt tastete Angelo nach den Bruchkanten, suchte nach einer Möglichkeit, die Wand zu stabilisieren.

Wieder war das Kläffen des Hundes zu hören, und Sofias Stimme: »Cardenio! Halt! Der Kofferraum steht bestimmt nicht offen, damit du mit deinen Matschpfoten hineinhüpfst. Warte!«

Angelo langte so weit wie möglich nach oben und wühlte etwas Erdreich frei. Die Brocken ließen sich problemlos lösen und klatschten ins Wasser. Zweimal griff er zu, dreimal, dann stieß er auf etwas Hartes.

Erst glaubte er, auf eine Versorgungsleitung gestoßen zu sein, ein Abflussrohr vielleicht oder auf eine Entwässerungsleitung, und für einen Moment machte sich Hoffnung in ihm breit. Vielleicht würde ein stabiles Betonrohr im Boden dabei helfen, dass er sich länger über Wasser halten konnte. Dann hielt er plötzlich etwas in der Hand und zog es aus der Wand hervor. Einen Stein, einen gebrannten Ziegel.

Er überlegte noch, was es damit auf sich haben könnte und ob es ihm helfen würde, aus dem Loch herauszukommen, als er erneut Sofias Stimme hörte. »Sergio? Hier spricht Sofia Zacchi. Ich rufe vom Friedhof an, weil ich nach Angelo suche und hier jemand etwas gehört hat. Das war wohl falscher Alarm. Jedenfalls hat mir Signor Volpi, der hier arbeitet, deutlich zu verstehen gegeben, dass ich störe. Aber dann kam Cardenio. Also, um es kurz zu machen: Ich stehe hier vor einem Auto, und der Kofferraum steht offen. Rate mal, was Cardenio darin gefunden hat! Angelos Jacke! Diese helle Leinenjacke, die er immer anzieht, wenn er etwas Wichtiges vorhat. Sie liegt hier, Sergio, direkt vor meinen Augen. Und ein Paar Herrenschuhe. Meine Güte, hoffentlich ist Angelo nichts zugestoßen.« Mit einem Mal änderte sich ihr Tonfall. »He! Was soll das? Lassen Sie mich los!« Dann verstummte sie.

Dumpfe Angst überfiel Angelo. Angst um Sofia. Und die war viel schlimmer als die um sein eigenes Leben. »Sofia?«, rief er. Mit einem Mal war es egal, ob Volpi ihn hörte und feststellte, dass er noch am Leben war. Alle Vorsicht war vergessen. Er musste wissen, was mit Sofia geschehen war. Er musste ihr helfen. Mit beiden Händen begann er, an der Wand des Lochs herumzuwühlen. Wieder fiel Dreck auf sein Gesicht. Er rief Sofias Namen, lauter und lauter.

KAPITEL 40

Trotz der kühlen Luft in dem alten Gewölbe schien es im Keller des Palazzo warm geworden zu sein. »Commissario«, begann Alessandro. Es war ihm anzusehen, wie schwer es ihm fiel, dem Vorgesetzten reinen Wein einzuschenken.

»Lass *mich* das erklären«, sagte Sergio schnell, bevor Alessandro die Lage noch schlimmer machen konnte. Er würde sich bei Baldi entschuldigen, und zwar dafür, dass die Volterraner Polizisten auf eigene Faust ermittelt hatten, obwohl Baldi das ausdrücklich verboten hatte. So weit durfte es nicht kommen. Statt wie arme Sünder dazustehen, mussten sie den Commissario mit ihren Ermittlungserfolgen beeindrucken.

Alessandro überließ Sergio das Wort mit einem Nicken. »Also«, begann er, »angefangen hat alles unter der Kirche von San Giusto ...«

Nachdem er zu Ende erzählt hatte, starrte Fabrizio Baldi ihn an wie ein seltenes Tier, das er in seiner Hosentasche entdeckt hatte. »Verstehe ich das richtig? Sie haben Padre Bonacelli beschattet und herausbekommen, dass er von

Bischof Amendola erpresst wurde. Warum haben Sie mich nicht darüber verständigt?«

Sergio scharrte mit einem Schuh über den Zementboden. »Weil Kollege Minotti und ich nicht glauben, dass der Padre der Mörder ist.«

»Auch wenn es um einen toten Bischof geht, suchen wir den Täter nicht im Gebet«, knurrte Baldi.

»Sie hätten ihn in Untersuchungshaft gesteckt, weil Fluchtgefahr bestand, nicht wahr?«, fragte Sergio.

»Sie kennen die Vorschriften.«

»Schauen Sie, Commissario«, fuhr Sergio fort. »Padre Bonacelli ist eine Stütze des Lebens in San Giusto, und er ist gutherzig. Er hat seine Fehler, aber das macht ihn nur umso menschlicher. Hätten Sie ihn verhaftet und wären später darauf gekommen, dass er gar nicht der Täter ist, wäre er zwar wieder freigekommen, aber der Verdacht wäre an ihm hängen geblieben. Vermutlich hätte er sich versetzen lassen. Unser Viertel hätte einen wichtigen Bestandteil verloren. Deshalb wollten Kollege Minotti und ich erst herausfinden, was wirklich hinter dieser Angelegenheit steckt, bevor wir Alarm schlagen.«

»Das ist sehr rücksichtsvoll von Ihnen, aber damit haben Sie Ihren Vorgesetzten hintergangen.«

Aus dem Augenwinkel sah Sergio, wie Alessandro erbleichte. Sein Freund und Kollege glaubte an Vorschriften wie Padre Bonacelli an die Auferstehung Christi. Bisweilen war das ganz hilfreich, denn Sergio selbst hielt nicht viel von Befehlen, schon gar nicht, wenn sie von jemandem wie Commissario Baldi kamen.

»Wir haben Sie nicht hintergangen«, sagte Sergio, »sondern eine Spur entdeckt und Ihnen einen Tipp gegeben. Sie müssen zugeben: Der Tipp war gut. Sie haben etwas herausgefunden. Sonst würden Sie nicht mit uns beiden allein sprechen wollen. Sie würden uns ein Verfahren anhängen und uns vom Dienst suspendieren, wie Sie es vorhin angedroht haben. Stattdessen stehen Sie hier mit uns hinter verschlossener Tür und lassen nicht einmal Ispettore Rossi zuhören. Sie wissen etwas, das uns weiterbringt. Commissario, was hat die Überprüfung der Konten von Ugo Marchetti und Bischof Amendola ergeben?«

Baldi zögerte nur leicht, trotzdem erkannte Sergio, dass er die Lage richtig eingeschätzt hatte. Baldi hatte etwas entdeckt, aber er wusste nichts damit anzufangen. Die Einzigen, die ihm weiterhelfen konnten, waren Alessandro und Sergio. Das wollte er vor seinem Kollegen Rossi nicht zugeben.

»Wir haben alles überprüft«, sagte Baldi. »Die Konten waren sauber. Die Bankverbindungen der Diözese ebenso wie die von Bischof Amendola persönlich. Das war eine Menge Arbeit. Sie ahnen ja nicht, wie viele Spendengelder die Kirche bekommt und verwaltet! Aber nirgendwo tauchte Ugo Marchettis Name oder sonst eine Verbindung zu ihm auf. Die meisten Überweisungen auf private Konten waren auch zu geringfügig, um auf eine Straftat hinzuweisen.«

Sergio sah Baldi an, dass das nicht alles war.

Der Anflug eines Lächelns umspielte die von dem dunklen Bart umrahmten Lippen. »Die Konten der Kirche waren zwar in Ordnung und auch die von Ugo Marchetti. Aber wir haben Bargeld gefunden. Sehr viel Bargeld. Es war in den Hüten des Bischofs versteckt. Sie wissen schon, diese spitz zulaufenden Dinger.« Er gestikulierte über seinem Kopf herum.

»Mitren heißen die«, belehrte ihn Alessandro.

»Wie viel war da drin?«, wollte Sergio wissen.

»Es gab vier davon. Da passten insgesamt zwei Millionen Euro in großen Scheinen hinein«, berichtete Baldi.

Sergio sah Alessandro an. »Das muss das Geld sein, mit dem sich Amendola in das Kraftwerk einkaufen wollte.« Das hatten sie der Korrespondenz aus Ugo Marchettis Mobiltelefon entnommen.

»Einen Moment!« Baldi hob eine Hand. »Vier Mützen voller Geld sind zwar verdächtig, aber nichts Illegales. Wie kommen Sie darauf, dass der Monsignore und Marchetti Geschäftspartner waren?«

»Weil der Bischof von Padre Bonacelli verlangt hat, dass er sich beim Gottesdienst für Marchetti als Bürgermeister ausspricht. Von der Kanzel herab. Dahinter steckte der Bau des Kraftwerks. Amendola wollte in Geothermie investieren, aber das ging nur, wenn Marchetti Bürgermeister werden würde. Also half er nach. Mit den Mitteln, die ihm zur Verfügung standen.«

»Das ist doch nur eine Vermutung«, sagte Baldi, »aufgebaut auf der Behauptung eines Verdächtigen. Dünnes Eis.«

Sergio konnte die Skepsis des Commissario verstehen. Die Verwicklungen in diesem Fall waren – bei aller Nähe zur Kirche – unglaublich. Er holte das Telefon hinter seinem Rücken hervor. »Schauen Sie sich das hier an, Commissario.«

Baldi nahm den Apparat entgegen. »Und?«

»Das ist Ugo Marchettis Telefon.«

»Woher haben Sie das?« Baldi runzelte die Stirn und alles, was an seinem Gesicht Falten werfen konnte.

»Zufällig gefunden.«

»Entsperrt gefunden?«

»Lesen Sie! Da drin finden Sie die Korrespondenz zwischen Ugo und dem Bischof.«

Die Neugierde riss Baldis Zurückhaltung mit sich fort. Er fragte nicht länger nach der Herkunft des Geräts. Warum auch? Das hier war keine Anhörung vor Gericht, das war ein ungelöster Mordfall, und ihm war gerade ein Indiz in die Hand gedrückt worden. »Da stehen viele Namen, aber der von Roberto Amendola ist nicht dabei.«

Dasselbe Problem hatte Sergio vorhin, bevor Baldi hereingekommen war, auch gehabt. Mittlerweile war ihm klar geworden, unter welchem Pseudonym sich der Bischof mit Ugo Marchetti ausgetauscht hatte. »Schauen Sie unter Barbara.«

Baldi wiederholte den Namen. »Wieso Barbara?«

»Sie ist die Schutzheilige der Bergleute. Und bei diesem Unternehmen geht es um Geologie und darum, heiße Quellen im Boden zu entdecken. Probieren Sie's!«

Der Commissario tippte auf den Bildschirm. Das Licht des Displays wechselte. Er las und bewegte dabei die Lippen. Nach einer Weile schaute er auf. »Sie haben recht. Der Monsignore hat Marchetti seine Beteiligung an dem Kraftwerksprojekt zugesichert. Er verspricht ihm zwei Millionen Euro, dafür verlangt er zehn Prozent am Gewinn.«

Sergio und Alessandro sahen sich an. »Ugo Marchetti hat scheinbar doch noch etwas anderes im Sinn als das Wohl unserer Stadt.«

»Der Zusammenhang ist damit deutlich«, fasste Baldi zusammen. »Marchetti will das Kraftwerk bauen lassen. Bischof Amendola will einen Teil des Kuchens, muss aber erst helfen, die Zutaten zu besorgen. An die Kirchenkonten kommt er nicht heran, ohne aufzufallen. Also trägt er Bargeld zusammen und versteckt es bei sich zu Hause.«

»Stellt sich die Frage, woher er das Bargeld hatte«, warf Alessandro ein.

»Aus offiziellen Einnahmen bestimmt nicht«, sagte Baldi. »Sonst müsste er es ja nicht in seinen Hut stopfen.«

»Mitra«, verbesserte Alessandro.

»Die Diözese nimmt natürlich viele Spenden entgegen.« Sergio rieb sich das Kinn. »Aber zwei Millionen? Der Bischof muss einige Jahre Geld auf die Seite geschafft haben.«

»Und wenn das gar kein Spendengeld ist, sondern er es für den Verkauf der Reliquien bekommen hat?«, überlegte Alessandro laut. »Don Tiberio hat gesagt, man könne die Gebeine der Heiligen im illegalen Kunsthandel verkaufen. Es sind an vielen Orten in der Umgebung Knochen verschwunden. Als Bischof hatte Amendola Zugang zu den Kirchen. Er stahl die Märtyrer und verkaufte sie. Das wird bestimmt nicht per Überweisung geschehen sein. Das Bargeld versteckte er, bis er genug zusammenhatte, um ins Energiegeschäft einsteigen zu können.«

»Eine interessante Theorie«, räumte Sergio ein, »aber sie erklärt nicht, warum der Monsignore sterben musste, schon gar nicht, warum ihn jemand in den Reliquienschrein eingesperrt hat.«

»Die Strafe Gottes«, murmelte Baldi. Vermutlich sollte das ein Scherz sein, doch keiner der Männer lachte.

Baldi wandte sich zur Tür und öffnete sie, Don Tiberio, Rossi und Zitadelle kamen herein. Baldi sagte etwas, aber in diesem Moment läutete ein Telefon. Erst glaubte Sergio, es sei Ugos Gerät, das Baldi noch immer in der Hand hielt. Dann spürte er das Vibrieren an der Hüfte. Es war sein eigener Apparat, der sich da meldete. Er tastete danach, zog ihn hervor und hielt ihn ans Ohr. Die Mailbox meldete einen entgangenen Anruf. Dann war die Stimme von Sofia zu hören. Die Verbindung war hier im Keller, umgeben von dickem Mauerwerk mit Eisenklammern, schlecht. Sergio hielt sich das andere Ohr zu, um besser verstehen zu können. Sofia hatte etwas von Cardenio zu berichten. Von einem Auto war die Rede und vom Friedhof. Angelos Name fiel. Die Worte »Jacke« und »Schuhe« waren zu verstehen. Sie sagte noch etwas von einem Kofferraum. Dann war die Verbindung weg.

Sergio blickte auf das Display. Von der spiegelnden Oberfläche schaute sein ratloses Gesicht zurück. War Sofia auf der Suche nach Angelo? Das sähe ihr ähnlich. Bei aller Streiterei unter Konkurrenten war sie zur Stelle, wenn es in der Trattoria Mortale Probleme gab. Sofia schien etwas gefunden zu haben. Aber was hatte das mit Jacken und Schuhen zu tun?

Sergio versuchte zurückzurufen. Der Ruf ging durch, aber niemand meldete sich. Dafür redeten jetzt im archäologischen Magazin alle durcheinander. Commissario Baldi sprach mit Ispettore Rossi, der in seinem eleganten Sportsakko aussah, als wäre er einem Katalog für Herrenmode entstiegen. Zitadelle versuchte, Alessandro von etwas zu überzeugen, dabei schlug er sich immer wieder an die Brust, auf sein rosafarbenes Polohemd. Alessandro hingegen schüttelte den Kopf und zog, wohl zur Betonung seiner Autorität, seine Uniformjacke straff. Währenddessen hielt Don Tiberio in seinem braunen Habit die Fundtüten hoch und versuchte, die anderen auf etwas aufmerksam zu machen. Jeder der Beteiligten trug eigenwillige Kleidung. Die Situation war ähnlich wie neulich bei den Tre Amici.

Sergio spürte eine leichte Veränderung unter der Oberfläche seines Bewusstseins. Er hörte sich atmen. Der Anfang einer Idee kratzte in seinem Hinterkopf. Kutte, Polohemd, Uniform, Sportsakko. Sein Blick flog über die Anwesenden.

Romolo Volpi hatte ein Jackett und ein Paar Schuhe von der Bank am Friedhof in den Kofferraum seines Autos geworfen. Sergio hatte im Schlamm gestanden und zugesehen. Über die Jacke und die Schuhe hatte er sich nicht weiter gewundert, schließlich hatte Volpi in einer Schlammwüste gearbeitet und zuvor seine Straßenkleidung gegen Gummistiefel und Arbeitsoverall getauscht.

Jetzt wusste er, was Sofia gefunden hatte.

Das Jackett und die Schuhe gehörten Angelo. Es war die Kleidung, die sein Vater beim Rededuell getragen hatte.

Volpi hatte beides in sein Auto geladen. Das konnte kein

Versehen sein. Volpi wusste etwas über Angelos Verschwinden. *Porca miseria!* Und jetzt hatte Sofia das entdeckt. In einem Kofferraum. Damit konnte nur Volpis Wagen gemeint sein. Also war auch er in der Nähe.

Sergio drängte sich an den anderen vorbei und rannte los, durch die verschlungenen Gewölbegänge im Rathauskeller. Sein Ziel war der Friedhof, der kein Friedhof war. Hoffentlich.

KAPITEL 41

Auf dem Treppenabsatz zum Foyer des Rathauses prallte Sergio gegen eine Wand aus Leibern. Die Bürgermeisterwahl ging in die entscheidende Phase. Vermutlich wurden schon die ersten Stimmen ausgezählt. Die Leute strömten durch die Eingangshalle des alten Palazzo, jeder Volterraner wollte es miterleben, wenn die Entscheidung fiel, wer künftig Oberhaupt der Stadt sein würde.

»Beiseite«, rief er und ließ die Ellbogen sprechen. »Machen Sie Platz!« »Polizei!« »Dies ist ein Notfall!«

Das bahnte ihm den Weg. Er sprang die vier Stufen zur Piazza hinunter und rannte an dem singenden Juan vorbei. Beinahe hätte er das Plärren der Hupe überhört. Erst als Giulia »Pandolino! Bist du taub?« rief, drehte er sich um. Über den Köpfen der Menschen stand groß, breit und orange die Linie 1. Giulia winkte aus dem Fenster an der Fahrerseite heraus.

»Gib Gas!«, rief er, als er in den Bus sprang. »Zur Via di Porta Diana. Es geht um Leben und Tod.«

Giulia hatte schon genug mit Sergio erlebt, um zu wissen, dass er so etwas nicht leichthin sagte. Sie setzte das schwere Fahrzeug in Bewegung. Fahrgäste waren nicht mehr an Bord. Die Piazza hingegen war voller Leute. Giulia hupte und steuerte zwischen den Menschen hindurch. Sergio beugte sich aus der offen stehenden Tür und rief: »Weg da! *Avanti!* Machen Sie Platz!«

Schließlich erreichten sie ruhiges Fahrwasser. Abseits der Piazza war die Straße zwar eng, dafür aber frei. Giulia beschleunigte, schaltete einen Gang höher und steuerte die Riesenorange zwischen den Fassaden der Geschäfte hindurch. Die bunten Markisen blähten sich im Fahrtwind.

Sergio hielt sich an der Haltestange neben dem Fahrersitz fest. »Ich habe einen Hinweis darauf, was mit Angelo geschehen ist«, rief er.

Giulia umklammerte das mächtige Lenkrad. »Wo ist er?«

»Sofia hat seine Jacke und seine Schuhe in einem Wagen neben dem Friedhof gefunden. Der Wagen gehört möglicherweise Romolo Volpi.«

»Ugos Berater?« An der Porta Fiorentina büßte der Bus den linken Rückspiegel ein. Nachdem sie das alte Stadttor passiert hatten, fuhr Giulia schneller.

»Genau. Deine Tante Sofia hat angerufen. Sie ist mit Cardenio dort. Aber die Verbindung wurde unterbrochen.«

»Ist Tante Sofia in Gefahr?« Giulias Stimme hörte sich an wie der hochdrehende Busmotor. Sie schoss über die Kreuzung. Das Heck des Busses schlug aus, als ihn ein von links kommender Wagen streifte. Hupen und Schimpfwörter flogen hinter ihnen her.

Die Linie 1 mäanderte die Straße mit dem Wohngebiet hinunter. Die Zweige von Castellonis gigantischem Rosmarin kratzten über das Dach. Sergio konzentrierte sich darauf, nach spielenden Kindern Ausschau zu halten. Zwischen den Bruchsteinmauern auf der linken und rechten Seite der Fahrbahn war nicht mal genug Platz für eine Maus.

Die Bebauung blieb zurück. Die graue Friedhofsmauer war zu sehen, rechts öffnete sich die Brachfläche. Die Baumaschinen hatten das aufgeweichte Gelände in eine Schlammwüste verwandelt, aus der Sonnenblumen ragten, die sich in Düsterblumen verwandelt hatten.

»Halt an!«, rief Sergio, und Giulia stieg auf die Bremse. Er hechtete aus dem fahrenden Bus. Linker Hand, an der Friedhofsmauer, stand Volpis Mercedes. Rechts, auf dem Gelände, bewegte sich etwas. Motorenlärm war zu hören. Der Minibagger arbeitete. Darin saß eine Gestalt. Volpi ließ Erdreich in eines der Löcher fallen.

Sergio lief los. Das Gefühl von Dringlichkeit, das ihn im Keller des Rathauses gepackt hatte, war Benzin in seinen Muskeln. Er versank im Schlamm, verlor das Gleichgewicht. Den Sturz in den Matsch fing er mit beiden Händen ab, kam wieder auf die Beine. Ein Schrei war zu hören. Er kam von ihm selbst. Hundegebell antwortete. Cardenio lief in der Nähe des Minibaggers herum. Er hüpfte neben einem der Bohrlöcher auf und ab und bellte wie verrückt.

Sergio sprang über einen von Cantarinis Suchschnitten, warf bei der Landung eine Fontäne brauner Brühe auf, erreichte den Bagger und hämmerte mit der Faust gegen die Kunststoffscheibe der Tür.

Volpi fuhr herum. Als er Sergio erkannte, verzerrten sich

seine Gesichtszüge. Der Schreck in seinem Gesicht kam einem Geständnis gleich. Die Frage war: Fühlte er sich ertappt, weil er trotz Sergios Anordnung weiter auf der Fläche arbeitete? Oder hatte er etwas Schlimmeres getan? »Raus aus dem Bagger!«, brüllte Sergio und riss an der Tür. Volpi drückte auf die Verriegelung. Die Tür war versperrt. Der Geologe war wie erstarrt. Dann sah er sich um, seine Blicke flogen von Sergio zu dem Haufen Erde vor der Schaufel seines Baggers und wieder zurück. Im nächsten Augenblick trat er aufs Gaspedal und rief Sergio etwas zu. Auch ohne die Worte hören zu können, spürte Sergio beinahe körperlich, wie ihm Häme entgegenschlug.

»Aufmachen!«, rief er wieder. Gab es denn keine Möglichkeit, Volpi zum Aussteigen zu zwingen, den Bagger zu stoppen? Wie immer hatte Sergio seine Dienstwaffe nicht dabei.

»Sergio! Da unten!« Giulia war auf dem Gelände aufgetaucht, die Busfahreruniform mit Dreck bespritzt. Cardenio sprang an ihr hoch. Giulia zeigte in das Loch, vor dem der Hund herumgelaufen war. Durch den Motorenlärm des Baggers hörte er sie noch etwas rufen, dann begriff er.

Sie hatten Volpi beim Verfüllen der Löcher überrascht. Und in einem davon steckte etwas, das er begraben wollte. Entsetzen hinderte Sergio daran, den Gedanken zu Ende zu führen.

Volpi fuhr einfach weiter. Er zog einen Hebel am Armaturenbrett des Baggers, und der Arm mit der Schaufel senkte sich in einen Haufen aufgeweichte Erde. Dann kam er wieder hoch. Die Kabine drehte sich, bis die Schaufel über dem Loch hing. Die Erde donnerte hinein.

Unbarmherzig arbeitete die Baggerschaufel weiter. Sergio hämmerte gegen die Tür, dass seine Faust schmerzte. Brüllte. Der Geologe reagierte nicht. Er manövrierte die Schaufel wieder über das Loch.

Sergio kletterte auf die Ketten des Fahrzeugs und fasste mit beiden Händen den Türgriff. Er setzte sein Körpergewicht ein, zog und riss, stemmte einen Fuß gegen die Seitenwand des Baggers. Wie zum Protest röhrte der Motor auf. Der Griff bewegte sich in seinen Händen. Ein Ruck noch.

Sergio landete im Schlamm. Er hielt den Türgriff in der Hand. Das Geräusch des aus der Schaufel in das Loch prasselnden Erdreichs verursachte ihm Übelkeit. Er kam auf die Beine, warf den Türgriff in Volpis Richtung. Der Kunststoffhebel prallte wirkungslos von dem Bagger ab.

Sergio unterdrückte den Reflex, weiter auf die Kabine einzudreschen. Es musste eine andere Möglichkeit geben. Es musste einfach! Er lief um den Bagger herum. Am hinteren Teil ragte eine Blechabdeckung zwischen den Transportketten hervor. Sergio schlug sie hoch. Vor ihm röhrte der Motor. Er versuchte, sich in dem Gewirr aus Kabeln, Schläuchen und Gussmetall zurechtzufinden. Aber es sah aus wie das Gekrakel eines übermütigen Kindes. Mit beiden Händen tauchte er in die Maschine ein und packte zu. Die Hitze verbrannte seine Haut. Er versuchte, so viele Kabel wie möglich zu erwischen, und riss daran.

Benzin sprühte ihm ins Gesicht. Dampf zischte in die Höhe. Im nächsten Moment blieb der Motor stehen. Der

Bagger rutschte noch einige Meter vorwärts. Dann hauchte er sein mechanisches Leben aus. Der Arm mit der Schaufel erstarrte. Sergio rannte um die Maschine herum.

Er achtete nicht auf Volpi, stieß mit Giulia zusammen und zog sie von dem Bagger weg. Er tastete nach seinem Telefon, fand es jedoch nicht. »Ruf die Feuerwehr und die Misericordia«, rief er Giulia zu. Dann lief er auf das Loch zu.

Im Hintergrund hörte er etwas rumpeln. Volpi versuchte, aus der Kabine herauszukommen, bekam aber die Tür nicht auf. Er lehnte sich mit seinem Körpergewicht dagegen, aber die Verriegelung quittierte die unsachgemäße Behandlung mit vollständiger Verweigerung ihrer Funktion. Romolo Volpi steckte fest.

Sergio ging weiter auf das Loch zu. Jetzt war eine Stimme aus der Tiefe zu hören. Sofia. Und eine zweite, kaum vernehmbar, nur ein Krächzen. Sergio stürzte vorwärts. Der Blick in die Tiefe währte nur kurz, aber doch lang genug, um die beiden Eingesperrten zu erkennen, ihre Köpfe, die aus einem Teich Schlammwasser herausragten. Dann brach der Boden unter seinen Füßen weg. Ein großer Brocken stürzte in die Grube hinein. Ein Platschen war zu hören, als er unten auftraf – und Geschrei.

Sergio ließ sich rücklings zu Boden fallen und schob sich von dem Loch weg.

»Die Feuerwehr ist unterwegs«, rief Giulia aus dem offen stehenden Bus heraus. Sie winkte mit ihrem Telefon. In der Ferne heulten Sirenen.

Sofia hing in den Gurten der Seilwinde. Sie sah aus wie der

Golem, jenes sagenhafte Ungeheuer, das ein Zauberer aus Lehm erschaffen haben sollte. Die Feuerwehrleute hatten die Winde mit einem Stativ so über dem Loch postiert, dass das Gewicht der Stempel möglichst weit von dem brüchigen Rand entfernt auf dem Boden lastete. Der elektrische Motor surrte. Sonst war kein Laut zu hören. Alle hielten den Atem an.

Zwei Feuerwehrleute fingen Sofias Gurte mit einem an einer Stange befestigten Haken ein und zogen sie über den Rand des Lochs in Sicherheit. Dann lösten sie die Riemen, und Sofia fiel erst in Giulias Arme und dann zu Boden. Clara Manfredi und Silvano waren mit einer Trage zur Stelle, legten die Erschöpfte darauf und trugen sie zum Rettungswagen hinüber.

Währenddessen war die Winde zum zweiten Mal in das Loch versenkt worden. »Können Sie sich die Gurte selbst anlegen?«, rief jemand von den Rettungskräften in die Grube hinab. Dort harrte Angelo noch aus. Er hatte Sofia zuerst hinaufgeschickt. Aber jetzt bewegte sich das Seil nicht mehr.

»Signor Panda?«, rief der Feuerwehrmann noch einmal. »Hören Sie mich?«

Es kam keine Antwort.

»Holt die Gurte wieder hoch«, sagte Sergio. »Lasst mich runter.«

Kurz darauf schwebte er in den Trageschlaufen über dem Loch. Als er hinunterblickte, verkrampfte sich alles in ihm. Die Grube war tief, die Wände waren an einigen Stellen eingebrochen. Unten stand braunes Wasser, und daraus schaute ihm ein Gesicht entgegen, das er kaum wiedererkannte.

»Runterlassen!«, brüllte Sergio. Im nächsten Moment gab es einen Ruck, und er sank hinab. Je tiefer er kam, umso kühler wurde es. Wie hatte es Angelo nur so lange hier drin ausgehalten?

Er tauchte mit den Füßen in die Brühe ein, mit den Beinen, dem Bauch, bis er bis zum Hals drinsteckte. Als er Angelo aus der Nähe sah – oder das, was von Angelo übrig war – erstarrte er. Sein Vater war über und über mit Schlamm bedeckt. Zähfließende Tropfen rannen von seinem Kopf herunter. An den Stellen seines Gesichts, an denen er nicht matschbraun war, schimmerte die Haut grau. Nur die Augen hatten sich nicht verändert. Angelo starrte Sergio mit seinem stahlblauen Blick an. Er blinzelte nur zweimal kurz. Dann hatte er sich unter Kontrolle. »Keine Sentimentalitäten«, hauchte er. Von seiner Stimme war kaum noch etwas übrig. »Hilf mir mit den Gurten, und dann verschwinden wir von hier.«

Es war nicht einfach, Angelo in das Geschirr zu hieven. Dazu musste Sergio mehrfach untertauchen, denn sein Vater war nicht in der Lage, die Beine in die Schlaufen zu stecken. Schließlich saß Angelo im Sattel. Während Sergio die Karabinerhaken an seinem Rücken schloss, hielt sich sein Vater an seinen Schultern fest und drückte ihn zitternd an sich.

Sergio ruckte an dem Seil. »Fertig!«, rief er nach oben. Im nächsten Moment schwebte Angelo in die Höhe. Von seinen Beinen regnete Wasser auf Sergio herab. Er spürte seine Knie zittern. Als der Gurt wieder zu ihm hinuntergelassen wurde, stellte Sergio fest, dass er vor Erleichterung weinte.

KAPITEL 42

Die Reifen des Krankenwagens drehten durch, als Silvano versuchte, von dem matschigen Gelände wegzukommen. Schließlich schlingerte der Transporter davon und zog eine Schneise durch die verregneten Sonnenblumen. Als er wieder Asphalt unter den Rädern hatte, schaltete Silvano die Sirene und das Blaulicht an, der Rettungswagen verschwand in Richtung Krankenhaus – und mit ihm fuhren Angelo und Sofia davon.

Clara Manfredi versuchte, Sergio zu beruhigen. Die Notärztin erklärte ihm, dass ihre erste Untersuchung der beiden Patienten ergeben habe, dass nichts gebrochen sei. Beide hatten die Stürze in das Erdloch mit Prellungen und Abschürfungen überstanden. Weiteres müsse im Hospital festgestellt und behandelt werden. Aber wie sie Angelo und Sofia kenne, sagte Clara, würde eher der Campanile im Stadtzentrum einstürzen, als dass sich einer von ihnen in ein Krankenhausbett begeben würde.

»Was ist denn mit deinen Händen?« Sie fasste Sergio an den Handgelenken. »Die sind ja voller Brandwunden.«

Erst jetzt ließ Sergio den Schmerz, der sich bei seinem

Griff in den Motor des Baggers gemeldet hatte, zu den Rezeptoren in seinem Gehirn durch. Ein Stechen setzte ein, und er stellte überrascht fest, dass er seine Finger kaum krümmen konnte.

»Halt still«, verlangte Clara, öffnete ihre Notfalltasche und holte Verbandszeug heraus. »Ich versorge das schnell, dann fährst du damit ins Krankenhaus.« Sie ließ sich von einem der Feuerwehrmänner einen Kanister mit destilliertem Wasser reichen und goss es in einem dünnen Strahl über Sergios Hände, um den Dreck herunterzuspülen. Sergio versuchte, das Stechen zu ignorieren, und schaute zu der Stelle zurück, wo er seinen Vater aus dem Bauch der Erde befreit hatte.

Volpi steckte nach wie vor in dem Minibagger fest. Zwei Feuerwehrleute waren damit beschäftigt, die Tür aufzubrechen. Hinter ihnen stand das Empfangskomitee für den Geologen: Alessandro, Bertini und Morelli. Sie hatten ihre Dienstwaffen mitgebracht. Für Romolo Volpi gab es kein Entkommen.

Gern hätte sich Sergio den Kollegen angeschlossen und ihm gezeigt, was er davon hielt, dass er seinen Vater und Sofia Zacchi lebendig in einem Erdloch hatte begraben wollen.

»Du wirst deine Finger eine Weile nicht bewegen können«, sagte Clara, während sie ihm die Hände mit einem Tuch trockentupfte. Dann strich sie seine Haut mit Salbe ein.

»Sie sind mir schon wieder eine Erklärung schuldig, Agente.« Baldis Stimme war ins tiefe Register gerutscht. Der Commissario kam auf Sergio zu, darum bemüht, in dem Matsch das Gleichgewicht nicht zu verlieren. Sein Schatten, Ispettore Rossi, zog es vor, auf sicherem Boden zu bleiben. Er beschäftigte sich an der Straße mit dem Kofferraum von Volpis Wagen und versuchte zugleich, den vor Schlamm triefenden Cardenio davon abzuhalten, an ihm hochzuspringen.

Sergio sah Baldi lange an. In Gedanken hatte er die Puzzleteile schon zurechtgelegt. Jetzt musste er sie zu einem Bild zusammenfügen. »Romolo Volpi ist der Mörder von Bischof Amendola«, begann Sergio. »Mein Vater ist ihm auf die Schliche gekommen, also sollte er in dem Loch da vorn verschwinden. Dabei ist etwas schiefgelaufen.«

»Was ist passiert?«, fragte Baldi.

Knurren und Fluchen waren von der Straße zu hören. Gerade versuchte Giulia, den Hund von Dino Rossi wegzuziehen. Vergeblich. Der Ispettore schwenkte Arme und Beine, erreichte aber nur, dass Cardenio seine Cucinelli-Hose zwischen die Fänge bekam und daran zerrte. »Cardenio. Aus!«, rief Giulia im Tonfall der Ermunterung.

Sergio deutete auf das Gerangel von Hund und Polizist. »Cardenio mag Knochen. Er hat eine Nase dafür. Neulich hat er einen im Wald am Flussufer gefunden. Und heute einen im Kofferraum von Signor Volpis Auto. Als Cardenio an dem Wagen herumsprang, ist Sofia Zacchi darauf aufmerksam geworden. Sie hat versucht, mich anzurufen, erreichte mich aber nicht. Volpi hat Sofia überwältigt und zu Angelo in das Loch gestoßen, darin wollte er sie gemeinsam begraben. Giulia und ich sind gerade noch rechtzeitig gekommen.«

Clara hatte ausreichend Salbe aufgetragen, sie schraubte die Tube zu. Eine angenehme Kühle breitete sich auf Sergios Händen aus. Die Notärztin wechselte die Gummihandschuhe, riss eine der Verbandstüten auf und begann, Sergios Finger zu umwickeln.

Vom Bagger her war Geschrei zu hören. Die Feuerwehrleute hatten die Tür aufgebrochen. Bertini und Morelli zerrten Romolo Volpi ins Freie, drehten ihm die Arme auf den Rücken und führten ihn zum Polizeiwagen, der vor dem Mercedes des Geologen stand.

Alessandro klopfte sich die Hände ab und kam zu Sergio und Baldi herüber.

»Ein Hund, der Knochen findet und damit einen Mörder entlarvt«, fasste Baldi zusammen. »Sie müssen zugeben, Panda: Das hört sich etwas seltsam an.«

Der Verband war fertig. Sergio dankte Clara. Etwas klopfte auf seine Stirn. Er schaute nach oben. Der Himmel war grau überzogen. Es begann wieder zu regnen. Sergio deutete mit einer seiner weißen Stoffpranken auf den Linienbus. »Kommen Sie, Commissario. Wir nehmen den Bus.«

»Wohin wollen Sie denn?« Baldi wischte sich einen Tropfen von seinem Kopf.

»In die Vergangenheit.« Sergio winkte den anderen. »Alle einsteigen.«

Beinahe wirkte die Linie 1 wie ein ganz normaler Linienbus mit vier Fahrgästen und einem Hund. Giulia, Alessandro, Baldi und Rossi ließen sich auf die Sitze fallen. Cardenio schnüffelte an Rossis Schuhen herum. Er schien Gefallen an dem modischen Ispettore zu finden – und der streckte zögerlich eine Hand aus und kraulte den Mischlingshund hinter den Ohren. Cardenio hob genießerisch den Kopf und hechelte.

Gerade als Giulia die Tür schließen wollte, war ein Auto zu hören. Das Geräusch näherte sich rasch, eine Hupe plärrte, dann schlitterten Reifen über die nasse Fahrbahn, als der Fahrer in die Eisen ging. Autotüren klappten, Schritte näherten sich, Don Tiberio und Zitadelle stiegen in den Bus.

Der Blick des Mönchs wanderte über die Fahrgäste und blieb an Sergios verbundenen Händen hängen. »Was ist passiert?«

»Müssen die beiden dabei sein?«, blaffte Baldi. »Was wir zu besprechen haben, ist Angelegenheit der Polizei.«

Don Tiberio kramte ein Stück Papier aus seiner Kutte hervor und hielt es hoch. »Deshalb bin ich ja hier. Ich habe den Beweis. Aus dem archäologischen Magazin.«

»Einen Beweis wofür?« Baldi zog die Augenbrauen auf die Nasenwurzel.

Zitadelle walzte durch den Gang und setzt sich auf den Platz neben Baldi. Der Commissario wurde gegen die Scheibe gedrückt. »Lassen Sie den Mann doch ausreden«, schlug Zitadelle vor und rückte dichter an Baldi heran.

Hier ging es zu wie in der Trattoria am Sonntagabend! Sergio hob beide Hände, darin pochte der Schmerz. »Hören wir uns an, was Don Tiberio zu berichten hat. Danach werde ich versuchen, alles, was wir wissen, zusammenzufügen.« Er nickte dem Mönch zu.

Jetzt, da er an der Reihe war, fehlten dem Franziskaner die Worte. Er versuchte, von dem Bogen Papier abzulesen, ließ ihn aber wieder sinken und räusperte sich: »Wie ich schon vermutete: Die Knochen aus den Gräbern hier«, er deutete aus dem Busfenster, »passen nicht zusammen. Man erkennt das, wenn man die Einzelteile ausmisst. Sie lagen zwar zusammen in der Erde, wie in einem Grab, stammten aber von verschiedenen Menschen. Sie müssen absichtlich so abgelegt worden sein.«

»Warum sollte jemand so etwas tun?«, fragte Baldi.

»Dazu kommen wir gleich«, ging Sergio dazwischen.

Don Tiberio fuhr fort: »Wer auch immer dafür verantwortlich ist, hat sorgfältig gearbeitet. Die Gebeine, die beieinanderlagen, haben eine ähnliche Patina, das ist eine Verfärbung der Oberfläche durch Umwelteinflüsse. Je nach Beschaffenheit des Bodens färbt sich ein Knochen dunkel oder hell, auch seine Konsistenz ändert sich. Die Gebeine vom Nordhang«, er deutete wieder durch das Fenster, an dem jetzt der Regen in Schlieren herablief, »waren so zusammengelegt, dass die Färbung einigermaßen übereinstimmte. Deshalb haben die Archäologen bei der Ausgrabung zunächst nichts bemerkt.«

»Aber *Sie* haben das?«, fragte Rossi. »Ein Mönch?«

»Verzeihen Sie die Einmischung«, erwiderte Don Tiberio, »aber ich bin nicht nur Mönch, sondern auch Wissenschaftler.«

»Don Tiberio ist Fachmann für Reliquienforschung«, ergänzte Sergio, »und als Naturwissenschaftler auf die Untersuchung von Knochen spezialisiert.«

»Aber er ist ein Mönch!«, wiederholte Rossi.

»Ein Franziskanermönch, um genau zu sein«, versetzte Don Tiberio. »Wir haben zwar ein Armutsgelübde abgelegt. Aber das bedeutet nicht, dass wir auch arm im Geiste sein müssen.«

Zitadelle lachte.

»Also gut«, sagte Baldi. »Die Knochen passen also nicht zusammen. Was bedeutet das für unseren Mordfall?«

Sergio dankte Don Tiberio für die Ausführungen. »Der angebliche Friedhof ist der Schlüssel zu allem«, sagte er zum Commissario. »Aber lassen Sie mich vorn beginnen.«

Er schaute aus dem Fenster. Der Regen ging über der Grabungsfläche nieder, die Sonnenblumen ließen die Köpfe hängen. Das Loch, in dem Angelo gesteckt hatte, war nicht mehr zu erkennen. Das darin zusammenlaufende Wasser hatte einen Teich gebildet. Sergio erschauerte. Er versuchte zurückzudenken, zurück zu dem Tag, an dem Ugo Marchetti einen Teller *penne alla boscaiola* in der Trattoria Mortale bestellt hatte.

»Marchetti hatte sich in den Kopf gesetzt, ein Kraftwerk in Volterra zu bauen. In Larderello hat die Geothermie einen Energiekonzern reich gemacht. Warum sollte das nicht auch hier funktionieren? Um den Plan in die Tat umzusetzen, benötigte Ugo einen Fachmann, also engagierte er Romolo Volpi. Der schaute sich die Geologie Volterras an und schlussfolgerte, dass es Wärmequellen unter dem Nordhang geben könnte. Daraufhin erhielt er von Ugo den Auftrag, das Gelände zu untersuchen.«

»Das ist nichts Verbotenes«, sagte Baldi.

»Noch nicht«, entgegnete Sergio. »Volpi untersuchte also das Gelände. Dabei fand er Hinweise darauf, dass es dort tatsächlich geothermische Vorkommen gibt. Allerdings erkannte er auch, dass das Areal archäologisch verdächtig ist.«

»Was bedeutet das?«, fragte Zitadelle.

»Dass etwas im Boden liegen kann, das für die Erforschung der Vergangenheit wichtig ist«, erklärte Sergio. »Wenn man auf einer Baufläche so etwas vermutet, müssen alle Vorhaben gestoppt werden. Dann rücken zunächst die Archäologen an und untersuchen das Gelände. Und das kann dauern. So wie im Waschraum unserer Trattoria.«

»Dann hat Volpi diesen Friedhof entdeckt?«, wollte Rossi wissen.

»Nein«, fuhr Sergio fort. »Den Friedhof gab es zu diesem Zeitpunkt noch nicht. Volpi muss etwas anderes gefunden haben. Kein Wunder: Ein Geologe schaut da nach, wo seit Jahrhunderten oder Jahrtausenden kein Mensch mehr hingekommen ist.«

»Was hat er denn nun gefunden?«, fragte Giulia.

»Das weiß ich nicht«, antwortete Sergio. »Aber was immer es war, es muss dafür gesorgt haben, dass Romolo Volpi nervös wurde. Er musste befürchten, dass die Erdwärme an dieser Stelle nicht gefördert werden dürfte, weil das Gelände von der Bodendenkmalbehörde gesperrt werden würde.«

Baldi hob einen Finger und wedelte damit in der Luft herum. »Ihre Argumentation hat einen Haken, Agente. Volpi war doch nur zu dem Zweck engagiert, das Gelände zu untersuchen. Er hätte Marchetti das Ergebnis mitteilen und zum nächsten Auftrag weiterziehen können. Wieso sollte ihn ein möglicher archäologischer Fund stören?«

»Das habe ich mich auch gefragt.« Sergio schaute wieder auf die Grabungsfläche hinaus. Der Bagger stand dort im Regen. Seine Tür hing schief in den Angeln und schlug im Wind. »Und inzwischen ist klar: Volpi hatte Interesse am Kauf des Geländes. Er wusste als Erster, dass dort Erdwärme förderbar war, also hat er investiert. Marchetti hat er davon nichts erzählt, denn, wie wir wissen, hatte Marchetti den Bischof als möglichen Investor an der Angel.«

»Also gut«, sagte Alessandro, »Volpi steckte also Geld in das Projekt. Und fand heraus, dass aus dem Kraftwerk vielleicht nichts werden würde, weil die Archäologen ihm einen Strich durch die Rechnung machen konnten. Und dann?«

Sergio nickte. »Er versuchte, die Archäologen zu täuschen. Volpi konnte die Untersuchung nicht verhindern, aber er konnte Cantarini etwas finden lassen, etwas, das die Archäologen abziehen lassen würde.«

»Den alten Friedhof?«, fragte Giulia ungläubig.

»Genau. Volpi hat viel Erfahrung, er wusste, dass ein Friedhof aus der Renaissance für Cantarini uninteressant sein würde. Also vergrub er Skelette mit einigen Holzstücken aus dieser Zeit. Die Altersbestimmung von Holz geht schnell. Cantarini bekam das Ergebnis und winkte ab.«

»Das Gelände wurde also freigegeben«, kam es von Rossi. »Volpi war am Ziel. Aber woher hatte dieser Kerl denn all die Knochen?«

Stille senkte sich über die Versammlung. Alle sahen Sergio an. Don Tiberio lächelte.

»Du meinst …«, sagte Giulia zögerlich, »… Volpi hat die Gebeine der Heiligen aus der Kirche von San Giusto gestohlen?«

»Nicht nur die. Es sind Reliquien aus vielen Kirchen in der Region verschwunden. Don Tiberio ist nach Volterra gekommen, weil er einer regelrechten Serie von Knochendiebstählen auf der Spur war. Um einen Friedhof zu simulieren, braucht man mehr als nur zwei Gräber.«

»Und diese Reliquien sind selten vollständig«, ergänzte Don Tiberio, »sondern nur in Teilen erhalten. Deshalb passen die Knochen in den Gräbern auch nicht zusammen. Volpi musste für jedes Skelett mehrere Heilige zusammenlegen.« Er bekreuzigte sich.

»Wie passt der Mord an Bischof Amendola da hinein?« Baldi krallte sich neben Zitadelle an der Rückenlehne des Vordersitzes fest. Er sah aus wie der Pilot eines Formel-1-Wagens und nicht wie der Passagier eines parkenden Busses. »Hat der Monsignore mit Volpi gemeinsame Sache gemacht? Klären Sie uns auf, Panda!«

KAPITEL 43

In der Nacht von vergangenem Samstag auf Sonntag, Kirche San Giusto

Das Licht aus den Fenstern des Il Gusto fiel in die dunkle Gasse, als Bischof Amendola auf die Kirche zuschritt. Das Abendessen in seinem Magen erwachte wieder zum Leben. Im Gehen holte er das kleine Plastikröhrchen aus der Hosentasche und nahm eine Tablette. Der Ärger rumorte in seinen Eingeweiden. Daran war nur dieser Angelo Panda schuld! Wie konnte man auf die Idee kommen, die *brigidini* für das Kirchenfest mit einem Konterfei zu versehen? Das hatte noch nie jemand gewagt. Das musste verhindert werden. Nicht nur, um den Glauben zu schützen. Seit Wochen setzte Amendola alles daran, Ugo Marchetti auf den Bürgermeisterstuhl zu helfen. Und jetzt schwang sich dieser unbedeutende Gastwirt zu Ugos Konkurrenten auf und machte Wahlkampf, ausgerechnet beim größten Kirchenfest der Stadt. Dabei war es doch seine, Amendolas, Idee gewesen, die Kirche für politische Zwecke zu nutzen.

Er bog um die Ecke und stieg die Kirchwiese hinauf. Die Lichter der Straßenlaternen blieben hinter ihm zurück. Das Gotteshaus ragte vor ihm in den dunkelblauen Himmel. Die Fassadenbeleuchtung war ausgeschaltet, sodass von dem Bau nur ein gewaltiger Schatten zu erkennen war. Alles war still, einzig aus dem Park mit der Bocciabahn waren noch die leisen Stimmen von ein paar Nachtschwärmern zu hören. Als er sich dem Eingang der Kirche näherte, glaubte er, ein Licht aufblitzen zu sehen. Das war von rechts gekommen, wo der Fußballplatz und das alte Etruskergrab lagen. Er blieb stehen und spähte hinüber. Die Flutlichter über der Sportanlage waren erloschen, und in die Tombe ging nachts ohnehin niemand, die Besucher im Park waren weiter weg.

Er lauschte. Nein. Er hatte sich getäuscht. Vermutlich war der Scheinwerfer eines vorbeifahrenden Autos über die Kirchwiese gestrichen. Amendola setzte seinen Weg fort. Die Stufen zur Kirche waren alt und brüchig, und er musste sie mit den Füßen ertasten, so dunkel war es. Schließlich erreichte er die Tür, holte den Schlüssel hervor und sperrte auf. Er trat ein und schloss hinter sich ab.

Der Geruch von Weihrauch drang in seine Nase. Das Kirchenschiff lag im Dunkeln. Amendola wusste, wo man das Licht einschaltete, aber er wollte nicht, dass draußen jemand den Schein durch die schmalen Fenster fallen sah. Also begnügte er sich damit, Kerzen zu entzünden, und nach wenigen Minuten war das Kirchenschiff wenigstens so hell erleuchtet, dass er sich darin zurechtfinden konnte.

Wo blieb Padre Bonacelli? Amendola hatte ihn doch für

halb elf herbestellt, und jetzt war es schon fast elf Uhr. Wenn Bonacelli nicht auftauchte, konnte das nur eins bedeuten: Er wollte seinem Bischof den Gehorsam verweigern und sich nicht für Ugo Marchetti als Bürgermeister einsetzen. Das war ganz allein seine Entscheidung. Aber dann würde der Bischof ihn wegen Bruch des Zölibats aus dem kirchlichen Dienst entfernen lassen. Amendola lächelte im Kerzenschein. Er hatte schon immer gewusst, wie er seine Diözese zu führen hatte.

Um sich die Zeit zu vertreiben, sprach er Gebete vor dem Seitenaltar auf der rechten Seite, über dem das Gemälde *Die Beweinung Christi* hing. Es war allerdings in der Düsternis kaum zu erkennen. Ein Klirren erschreckte ihn. Endlich! Bonacelli war gekommen.

Voller Erwartung schaute der Bischof zum Eingang, aber der lag im Dunkel. Also setzte er sich in Bewegung, doch als er an der Tür angekommen war, musste er feststellen, dass sie noch immer verschlossen war.

Das Klirren wiederholte sich. Schritte hallten durch das Kirchenschiff. Amendola spähte in die Düsternis. Zwischen den Bänken bewegte sich ein Schatten. Da war jemand!

»Padre Bonacelli?«, rief er.

Der Schatten fror ein.

Amendola wurde bewusst, dass etwas nicht mit rechten Dingen zuging. Wenn das da vorn Bonacelli wäre, hätte er reagiert. Wer trieb sich denn sonst nachts in der Kirche herum? Und wer hatte überhaupt einen Schlüssel?

Es musste sich um einen Einbrecher handeln. Amendola erinnerte sich daran, dass aus mehreren Kirchen der Region

Reliquien gestohlen worden waren. Hatte er den Dieb auf frischer Tat ertappt?

Seine Knie wurden weich. Wenn doch nur Bonacelli kommen würde, dann wären sie zu zweit und könnten den Einbrecher festsetzen! Aber der Padre war nicht da. Amendola war auf sich allein gestellt. Er musste eine Entscheidung treffen: Entweder er überwältigte den Dieb und verhinderte die Schändung der Kirche. Oder er zog sich zurück und rief die Polizei. Er tastete nach dem Schlüssel in seiner Hosentasche, fand aber nur die Tablettenröhrchen. Er hatte den Schlüssel auf dem Seitenaltar liegen gelassen, als er die Hände zum Gebet gefaltet hatte. Gott hatte ihm die Entscheidung abgenommen.

Amendola räusperte sich. »Wer sind Sie?«, rief er. »Was tun Sie hier im Hause Gottes?«

Der Schatten setzte sich wieder in Bewegung. Er ging mit schnellen Schritten davon. Jetzt konnte der Bischof die Umrisse eines Menschen erkennen. Er trug etwas über der Schulter.

»Stehen bleiben!«, rief Amendola. »Diese Gebeine gehören Gott und der Kirche. Ich lasse nicht zu, dass sie geschändet werden.«

Seine Worte verhallten. Die Gestalt ging weiter. Auf die östliche Seite des Kirchenschiffs zu. Was wollte der Unbekannte da? Dort lag nur die Krypta.

Die Schalttafel für die elektrische Anlage der Kirche war in der Nähe der Tür angebracht. Amendola klappte die Plastikabdeckung herunter und drückte die Schalter. Mit einem Mal war es taghell. Der Schatten verwandelte sich in

einen Mann in einem rot-schwarz gewürfelten Holzfällerhemd. Er trug einen purpurfarbenen Beutel über der Schulter und hielt ein Stemmeisen in der Hand. Und jetzt drehte
er sich zu Amendola um und kam auf ihn zu.

Der Mut, der den Bischof dazu getrieben hatte, das Licht
anzuschalten, verflüchtigte sich. Amendola wich bis an die
Wand zurück. »Was haben Sie vor?«, rief er dem Einbrecher
entgegen. Der legte seine Beute auf einer Kirchenbank ab
und packte das Stemmeisen mit beiden Händen. Als Antwort genügte das.

Amendola schlug mit der Faust in den Schalterkasten.
Das Licht erlosch. Der Mann verwandelte sich wieder in
einen Schatten – einen Schatten, der näher kam.

Der Bischof tauchte nach rechts weg, an die Seite des
Kirchenschiffs, wo keine Kerzen brannten. Er hoffte, dass
die Dunkelheit ihn verbergen würde. Er lief an den Reihen
der Kirchenbänke entlang. Die Schritte des Einbrechers
folgten ihm. Amendola huschte in eine der Bankreihen und
ging auf die Knie. Augenblicklich verstummten die Schritte seines Verfolgers. Einige Atemzüge lang warteten beide
Männer darauf, dass der andere sich verriet. Schließlich
hörte Amendola wieder Schritte. Sie kamen näher. Er
spürte kalten Schweiß an seinem Hals, seiner Brust, seinen
Armen. Die Tabletten verloren ihre Wirkung, und sein
Magen rebellierte. Er unterdrückte ein Stöhnen. Warum
hatte er nur das Licht anschalten müssen?

Die Schritte entfernten sich, sie kehrten zur Tür zurück.
Offenbar wollte der Mann verhindern, dass Amendola aus
der Kirche entkam. Oder … er wollte das Licht wieder an-

schalten, um sein Opfer aufzuspüren. Wenn das geschah, war es um Amendola geschehen. Dann hockte er zwischen den Kirchenbänken wie ein Lamm auf der Schlachtbank.

Agnus Dei!, rief er in Gedanken aus. Lamm Gottes! Herr, steh mir bei!

Gott schenkte ihm einen Einfall.

Der Schrein unter dem Hochaltar war leer. Die Reliquien waren gestohlen. Das war das perfekte Versteck. Die Verkleidung des Schreins war so konstruiert, dass kaum Licht hineindrang, also konnte man auch nicht gut hineinsehen.

So schnell es ihm möglich war, kroch er auf allen vieren auf den Hochaltar zu. Er fand die Klappe, hob sie an und kroch in den Schrein hinein. Dabei musste er sich umständlich wälzen, den Bauch einziehen und die Luft anhalten, bevor er schließlich unter dem Altar verschwunden war.

Als das Licht anging, steckte noch sein linkes Bein draußen. Er zog es in den Schrein und ließ die Klappe herunter. Hatte der Einbrecher ihn bemerkt? Dummerweise war hinter den mit Bronze verkleideten Glasplatten nichts zu hören. Das Licht fiel gebrochen zwischen den Metallranken hinein und zeichnete ein Schattenmuster auf Amendolas weißes Hemd. Er hielt den Atem an.

Nach einer Weile musste er Luft holen. Da bemerkte er, dass ihm das schwerfiel. Der Kasten war luftdicht verschlossen. Wie lange würde er hier drin aushalten können, ohne die Klappe öffnen zu müssen? Er wartete noch eine Weile. Schweiß lief ihm am Gesicht herab. Der Geruch des Schreins bereitete ihm Übelkeit. Gern hätte er die Hände zum Gebet gefaltet und Gott um Beistand angefleht. Aber sein Bauch drückte gegen die Decke und war seinen Fingern im Weg.

Er beschloss, noch zehn Atemzüge lang zu warten. Dann musste er hier raus, sonst würde er das Bewusstsein verlieren. Eins, zwei, drei … vielleicht hatte der Einbrecher ja aufgegeben und die Kirche längst verlassen … vier, fünf, sechs. Das Atmen fiel immer schwerer. Gerade beschloss der Bischof, schon bei sieben aus dem Versteck zu kommen, da klopfte etwas gegen den Schrein. So gut es ging, wandte er den Kopf. Neben seinem Gesicht, nur durch die Glasscheibe von ihm getrennt, blickte er in die Augen seines Verfolgers.

Amendola schrie auf. Der Einbrecher nickte ihm zu. Seine Finger tasteten über die Klappe. Dann war ein Klicken zu hören. Der Verschluss war eingerastet.

KAPITEL 44

Freitagabend, Trattoria Mortale

Dann war es also dieser Geologe Romolo Volpi, der durch die Tombe in meine Kirche eingebrochen ist.« Padre Bonacelli vergrub das Gesicht in den Händen, verharrte einen Moment und fuhr sich mit den Fingern durch das Haar, bis er am Hinterkopf angekommen war. »Und dort hat er Bischof Amendola in dem Schrein eingesperrt, wo ihm die Luft ausgegangen ist. Ich kann einfach nicht glauben, dass ein Mensch zu so etwas fähig ist. Die Kirche hat noch viel Arbeit vor sich.«

Im Il Gusto breitete sich Schweigen aus. In der Gaststube waren Tische zusammengeschoben worden, daran saßen außer Adriano Bonacelli noch Sergio, Giulia, Alessandro, Federica und Don Tiberio sowie die Stammgäste: Zitadelle, Kugelblitz und Trommelfeuer. An jeweils einem Ende der Tafel hatten Angelo und Sofia Platz genommen. Beide waren noch am Abend aus dem Krankenhaus entlassen worden. Bei Angelo hatte der Arzt eine Unterkühlung festgestellt, hatte Bettruhe verordnet und hätte den Patienten am liebsten im Hospital behalten. Aber da war nichts zu machen. Als Sergio mit den dick verbundenen Händen am Lenkrad des Polizeiautos vorfuhr, warteten Angelo und Sofia schon im Eingangsbereich. »Entweder bringst du mich in meine Trattoria«, hatte Angelo mit dem Rest seiner Stimme gekräht, »oder ich klaue einen Krankenwagen und fahre selbst.«

Immerhin hatte Sergio seinen Vater davon überzeugen können, das Lokal an diesem Abend nicht zu öffnen. Jedenfalls nicht für jeden. Ein handgeschriebener Zettel hing neben dem Schild *Geschlossen* im Türfenster, darauf hatte jemand, wahrscheinlich Trommelfeuer, ein kleines »e« und »Gesellschaft« geschrieben. Nach und nach waren die anderen aufgetaucht. Man wollte feiern. Angelo war wieder da. Der Fall war abgeschlossen. Im Viertel würde Ruhe einkehren.

An der großen Tafel redeten jetzt wieder alle durcheinander.

»Ruhe!«, presste Angelo hervor. Obwohl er nur leise sprechen konnte, drang seine Stimme durch.

Die Gespräche verstummten.

»Schalt den Fernseher ein!«, forderte er Sergio auf und zog die Wolldecke, in die man ihn gewickelt hatte, von seinen Schultern. Darunter trug er den Norwegerpullover, den ihm die Stockfischgesellschaft im Frühjahr geschenkt hatte. Auf dem Tisch vor ihm, neben seinem Teller, lag ein lehmverkrusteter Stein.

Der alte Röhrenbildschirm stand normalerweise im Nebenraum, aber Angelo hatte darauf bestanden, dass er an diesem Abend in die Gaststube geholt wurde. Sergio drückte mit einem dicken weißen Daumen den Einschaltknopf. Vor langer Zeit hatte es auch mal eine Fernbedienung für den Apparat gegeben. Doch in der Trattoria Mortale galt: Was man nicht mit eigenen Händen tat – auch wenn sie in Verbandszeug steckten –, das trat niemals ein.

Die Röhren brauchten eine Weile, um warmzulaufen. Das Bild baute sich langsam auf. Erst erschien es in Schwarz-Weiß, dann lief Farbe hinein. Wie immer war der Lokalsender eingeschaltet. Die Piazza dei Priori war zu sehen. Der Platz war festlich erleuchtet. Vor dem Rathaus stand eine Menschenmenge. Die Kamera schwenkte bis zur Turmspitze hinauf, dann wieder hinunter und blieb auf einem Mann mit einem Mikrofon hängen. Es war ein Bericht über die Bürgermeisterwahl. Der junge Mann war sichtlich nervös. Das Blatt Papier in seiner Hand zitterte.

»… hat sich das vorläufige Ergebnis bestätigt.« Er machte eine Pause und suchte auf dem Zettel nach der passenden Information. »Ugo Marchetti ist Volterras neuer Bürgermeister. Er bekam fünfzig Prozent der Stimmen. Auf Angelo Panda entfielen achtundvierzig Prozent.« Er las weiter, murmelte etwas, runzelte die Stirn und starrte verwundert in die Kamera. »Die Wahlbeteiligung lag bei fast achtzig Prozent. So was gibt es doch gar nicht.« Wieder suchte er die Zahlenreihen auf dem Zettel ab. »Achtzig Prozent«, wiederholte er. »Das ist eine Sensation.«

»Wir sind offenbar nicht die Einzigen, denen Volterras Zukunft am Herzen liegt«, sagte Giulia. »Fast die ganze Stadt hat gewählt.«

»Aber den Falschen.« Zitadelle war die Enttäuschung anzuhören.

Sergio warf einen Blick zu Angelo hinüber. Eigentlich hatte sein Vater den Abend genießen sollen. Jetzt schaute Angelo Panda grimmig zum Fernseher. Auf dem Bildschirm tauchte gerade Ugo Marchetti auf.

Angelo lächelte.

»Du hast einen guten zweiten Platz erreicht«, sagte Sofia.

»Du bist am Ende mit erhobenem Haupt aus dem Ring gestiegen«, fügte Giulia hinzu und langte über den Tisch nach Angelos Hand.

»Ich habe noch nie einen Kandidaten gesehen, der so gekämpft hat«, sagte Alessandro.

Auch Don Tiberio trug etwas bei: »Wenn Sie gewonnen hätten, Signor Panda, wäre ich nach Volterra umgezogen.«

Angelo lächelte fortwährend. »Ich danke euch, meine Lieben. Aber ihr müsst mich nicht trösten. Ugo ist zwar Bürgermeister geworden. Aber gewonnen hat er deshalb noch lange nicht.«

Sergio spürte eine leichte Verschiebung an den tektonischen Platten seines Verstandes. Angelo hatte die Wahl verloren, blieb aber so gelassen wie frisch gefallener Schnee. Da stimmte etwas nicht. Und wenn bei Angelo etwas nicht stimmte, dann rollte Ärger auf Sergio zu, Ärger im Ausmaß einer Lawine. »Was hast du angestellt?«, fragte er.

Angelo hob beide Hände in der perfekten Geste des zu Unrecht Beschuldigten. »Gar nichts. Wie sollte ich auch? Ich habe in einem Erdloch gesteckt. Schon vergessen?« Er griff in eine der auf dem Tisch stehenden Schüsseln und holte ein paar *brigidini* hervor. Der darauf eingebackene Angelo und der echte schauten sich an. Dann hielt Angelo das Anisplätzchen hoch. »Gewonnen haben weder Ugo noch ich. Gewonnen hat unser schönes Städtchen. Und darum haben wir schließlich gekämpft.«

»Aber ...«, warf Sofia vom anderen Ende der Tafel ein, »Ugo ist Bürgermeister. Er wird das Kraftwerk bauen.«

»Daran habe ich meine Zweifel«, versetzte Angelo. »Als ich da unten in dem Erdloch festsaß, da habe ich etwas entdeckt.« Er legte eine Hand auf den Stein neben seinem Teller, einen gebrannten Ziegel von eigentümlich quadratischer Form. »Dieser Stein ragte aus der Wand. So einen habe ich schon mal gesehen: Im Waschraum unserer Trattoria, nach dem Wasserrohrbruch vor ein paar Monaten, und Cantarini und seine Archäologen sind damals bei dem Anblick ganz aus dem Häuschen geraten. Deshalb habe ich diesen Stein festgehalten und mitgenommen, als ich gerettet wurde.«

Sergio erinnerte sich daran, dass Angelo nicht von allein in den Rettungsgurt hatte steigen können. Er hatte das auf die Schwäche seines Vaters zurückgeführt. Wie sich jetzt herausstellte, hatte Angelo nur eine Hand frei gehabt.

»Und was hat dieses Ding mit Ugo Marchetti zu tun?«, fragte Kugelblitz.

Es klopfte. Matteo, der gerade das Abendessen für alle vorbereitete, lief aus der Küche zum Eingang der Trattoria und öffnete. Im Eingang stand Cosimo Cantarini. Der Archäologe trug eine forstgrüne Strickjacke. Er kam direkt auf die Tafel zu und klopfte zur Begrüßung auf den Tisch. »Ich komme hoffentlich nicht zu spät«, sagte er.

»Keineswegs«, erwiderte Angelo. »Setzen Sie sich, Dottore. Das Essen ist gleich fertig. Und die Vorspeise habe ich hier.« Er schob Cantarini den Stein zu. »Beißen Sie sich nicht die Zähne daran aus.« Angelo steckte sich einen *brigidini* in den Mund.

Cantarini nahm den Stein in die Hand und drehte ihn in alle Richtungen. Er strich mit den Fingern über die Oberfläche, nahm ein Pizzamesser und schabte einige Bröckchen davon ab. Nach ein paar Minuten, während denen alle gebannt zugesehen hatten, lehnte sich der Archäologe in seinem Stuhl zurück und nickte. »Römischer Ziegel. Da gibt es keinen Zweifel. Da haftet noch ein wenig *Opus caementitium* dran. Das ist der Vorläufer unseres modernen Zements. Eindeutig antik. Und Sie sagen, Sie haben das am Nordhang gefunden? In einem Loch?«

»In etwa vier Metern Tiefe«, berichtete Angelo. »Ich hatte ausgiebig Zeit, die Wände des Lochs zu untersuchen. Das hatte ich Ihnen ja bereits am Telefon erzählt, und Sie haben eine Theorie dazu. Bitte, teilen Sie die doch auch den anderen mit.«

Cantarini schaute in die Runde. »Meine Kollegen und ich, wir vermuten schon lange, dass es irgendwo unter Volterra ein römisches Amphitheater geben könnte.«

»Aber wir haben doch ein Römisches Theater«, warf Sofia ein. »Wieso sollten die Römer zwei gebaut haben?«

»Theater und Amphitheater sind nicht dasselbe«, erklärte Cantarini. »Im Theater wurden Schauspiele gezeigt, im Amphitheater Tierhatzen und Gladiatorenkämpfe veranstaltet. Das eine ist ein Halbrund, das andere ein Oval.«

»So wie das Kolosseum in Rom?«, fragte Giulia.

»Genau.« Cantarini nickte. »Das waren Anlagen gewaltigen Ausmaßes. Es gibt schriftliche Hinweise darauf, dass in Volterra eines stand. Die Quellen berichten, dass es bei einem Erdrutsch verschüttet worden ist. Leider hat niemand niedergeschrieben, wo genau das war.«

»Sie meinen …«, begann Don Tiberio.

»Dieser Ziegel könnte von dem verschollenen Amphitheater stammen«, fuhr Cantarini fort. »Die Lage am Nordhang würde passen. Aber natürlich müssen wir erst nachsehen.«

»Und das heißt?«, fragte Sergio, obwohl er die Antwort bereits kannte.

»Das heißt«, verkündete Cantarini, »dass wir unsere Suchschnitte am Nordhang tiefer legen müssen. Das Gelände ist bis auf Weiteres gesperrt.« In seinen Augen blitzte etwas auf. »Und wenn wir etwas finden, wird das auch so bleiben. Ein Amphitheater in Volterra. Das wäre eine Sensation für die gesamte archäologische Forschung. Das wird Wellen schlagen in ganz Italien und darüber hinaus.«

»Wie lange würden Sie brauchen, um eine solche Anlage auszugraben?«, fragte Angelo.

»Mehrere Jahre, vielleicht ein Jahrzehnt«, schätzte der Archäologe. »Sie sehen ja, wie lange es dauert, ein kleines Loch im Waschraum einer Trattoria zu untersuchen. Hier sprechen wir von einer Fläche, die so groß ist wie ein Fußballfeld.«

Jetzt lächelten alle.

»Nur damit ich das richtig verstehe«, setzte Angelo nach.

»Was wird denn dann aus diesem Kraftwerk, das nur an dieser Stelle gebaut werden kann?«

Cantarini schüttelte den Kopf, und sein multiples Kinn schlackerte. »Vorerst nichts.«

»Vielleicht in Zukunft?«, fragte Angelo mit gespielter Hoffnung in der Stimme.

»Auch nicht«, sagte der Archäologe. »Schon der Verdacht reicht aus, um das Gelände zu schützen, und sollten wir dort tatsächlich ein Amphitheater ausgraben, wird es anschließend ein Freilichtmuseum sein. Niemand baut da ein Kraftwerk hin.«

Auf dem Fernsehbildschirm lachte Ugo Marchetti. Die Giraffe war von Menschen umringt. Joe Bonos fotografierte ihn für die Zeitung. Jemand klopfte Marchetti auf die Schulter. Vielstimmige Gratulationen dröhnten in das Mikrofon, das ein Fernsehreporter dem frischgebackenen Bürgermeister vor den Mund hielt.

»Danke, Volterra!«, rief Ugo. »Ich verspreche, ich werde unsere Stadt in eine wunderbare Zukunft führen.« Er winkte in die Kamera.

Angelo winkte zurück.

»Ugo Marchetti«, krächzte er, »ist zweifellos der richtige Mann für unsere Stadt.«

KAPITEL 45

Eine Woche später

Das Klingeln der Glöckchen war noch weit entfernt. Trotzdem standen schon jetzt alle Leute am Straßenrand und schauten den festlich geschmückten Borgo San Giusto hinauf. In der Ferne war die Spitze der Standarte zu erkennen, dahinter zog die Prozession heran. Die Gebeine von San Giusto und San Clemente wurden zur Kirche getragen.

Eine Woche war vergangen, seit Ugo Marchetti zum Bürgermeister gewählt worden war. In dieser Zeit hatte sich die Aufregung in Volterra gelegt wie Sand, den man ins Meer streut. Nach der Wahl hatten Commissario Baldi und Ispettore Rossi den Fall des ermordeten Bischofs für abgeschlossen erklärt. Romolo Volpi hatte ein Geständnis abgelegt und darin Ugo Marchetti entlastet. Als er von den Machenschaften seines ehemaligen Kompagnons erfuhr, hatte der neue Bürgermeister öffentlich verkündet, das Geothermiekraftwerk nicht bauen zu wollen, da er die Zukunft der Stadt nicht mit dem Blut von Bischof Amendola erkaufen wolle. Mit dieser edlen Geste hatte Ugo sich die Gunst vieler Volterraner gesichert. Mit keinem Wort erwähnte er, dass ihm Cosimo Cantarini, der Leiter der Bodendenkmalbehörde, am ersten Tag seiner Amtszeit eine Verfügung überbracht hatte, die das Kraftwerksprojekt begrub: Das Gelände am Nordhang war mit sofortiger Wirkung für alle Bauvorhaben gesperrt, weil dort Reste eines römischen Amphitheaters entdeckt worden waren und ausgegraben werden sollten.

So war es wohl auch das Beste, dachte Sergio, der neben Alessandro auf der Kirchwiese stand und dem Treiben zusah. Die Buden für den Jahrmarkt, das Karussell und die Hüpfburg waren wieder aufgestellt worden, und sogar die Sonne war zurückgekehrt. Das Morgenlicht glänzte auf der Spitze der kirchlichen Standarte, als sie sich jetzt näherte. Historische Gruppen begleiteten die Prozession mit Trommelspiel und schwenkten die Fahnen der Stadtbezirke. Schließlich war die Sänfte mit den Reliquien zu sehen, die von vier Männern in Messgewändern getragen wurde.

»Immerhin mussten wir die Heiligen diesmal nicht erst mit dem Streifenwagen in die Stadt hinauffahren«, sagte Alessandro und klopfte in seine Dienstmütze.

Die Knochen von San Giusto und San Clemente waren vor einer Stunde im archäologischen Magazin unter dem Rathaus abgeholt und sofort in die Sänfte gelegt worden. Eine Woche lang hatten Don Tiberio und Cosimo Cantarini daran gearbeitet, die Funde aus dem gefälschten Friedhof zu sortieren. »Knochenarbeit« hatte der Mönch das genannt. An diesem Morgen, in aller Frühe, hatten die beiden Forscher das Ergebnis präsentiert.

Nun kam Don Tiberio auf Sergio und Alessandro zu und gesellte sich zu ihnen. Da sein Habit bei der Arbeit mit den lehmbeschmutzten Knochen gelitten hatte und in der Reinigung war, trug der Mönch Straßenkleidung, die er sich von Padre Bonacelli geliehen hatte. In der sportlichen Lederjacke über dem T-Shirt und in Jeans sah er aus wie jeder andere junge Mann.

»Verraten Sie mir eins«, raunte Sergio ihm zu, während die Glöckchen lauter wurden und jetzt auch der Gesang zu hören war. »Wie sicher können Sie sein, dass die Knochen, die hier angebetet werden, tatsächlich zusammengehören?«

Der Mönch schaute Sergio prüfend an. »Ihnen kann ich es ja verraten, Agente. Die Reliquien da in der Sänfte stammen vermutlich wirklich von San Giusto und von San Clemente«, er senkte die Stimme, »einige jedenfalls. Außerdem sind wahrscheinlich Gebeine des heiligen Heilers von San Biagio und der Heiligen Katharina von Siena darunter. Genau wissen wir das nicht.«

»Werden sich die Knochen jemals richtig zuordnen lassen?«, fragte Sergio.

»Da bin ich sicher.« Don Tiberio machte ein ernstes Gesicht. »Aber schauen Sie: Die Frage ist, wie echt diese Reliquien überhaupt sind.« Er zog Sergio einige Schritte beiseite. »Dottor Cantarini hat das Alter der Knochen inzwischen ermittelt. Die Kohlenstoffmethode dauert zwar etwas länger als die der Bestimmung von Baumringen, aber sie ist zuverlässiger.«

»Und?«, fragte Sergio.

»Dabei hat sich herausgestellt, dass die meisten Knochen

tatsächlich aus der Renaissance stammen«, fuhr Don Tiberio fort.

Sergio runzelte die Stirn. »Was bedeutet das?«

»Die meisten Reliquien sind gefälscht. Darauf stoße ich bei meiner Arbeit immer wieder. Die Märtyrer starben für ihren Glauben in der Antike. Die Toten in unseren Kirchen aber sind fast tausend Jahre jünger.«

»O Gott!«, stieß Sergio hervor.

»Genau«, stimmte Don Tiberio ihm zu. »Das hänge ich deshalb nicht an die große Glocke. Die Gemeinden sollen ihren Glauben bewahren. Spiritualität und Wirklichkeit schließen einander bisweilen aus. Ich werde mein Wissen mit nach Florenz nehmen. Dort wird es unserer Bruderschaft helfen, dem Verbleib der echten Reliquien nachzuspüren. Wer weiß? Vielleicht stoßen wir eines Tages auf die echten Gebeine.«

»Dann fahren Sie zurück nach Florenz ins Kloster?«

»Meine Arbeit hier ist abgeschlossen«, antwortete Don Tiberio. »Aber ich bin nicht zum letzten Mal in Volterra. Ich werde mit meinen Ordensbrüdern auf unserer nächsten Pilgerreise nach Assisi Station in Ihrer Trattoria einlegen. Wenn ich mich richtig erinnere, ist Stockfisch in der Vergangenheit ein Essen für arme Leute gewesen, nicht wahr?«

»Sie sind hier jederzeit willkommen«, sagte Sergio und reichte Don Tiberio die Hand, die mittlerweile vom Verband befreit war. »Aber ich warne Sie: Wenn Ispettore Minotti und ich Sie noch einmal mit überhöhter Geschwindigkeit erwischen, wird selbst Gott nicht verhindern können, dass wir Ihnen einen Strafzettel verpassen.«

Die Prozession hatte die Kirchwiese erreicht und führte nun bis zur Mitte des Geländes, wo ein gewachstes Seil in Stücke geschnitten und für die Lichter im Viertel gesegnet werden sollte. An der Spitze des Umzugs schritt Padre Bonacelli. Er hatte die Aufgabe übernommen, die an diesem Tag sonst Bischof Amendola zugekommen wäre. Bonacelli hatte trotz der unrühmlichen Rolle, die Amendola selbst in dem Fall gespielt hatte, darauf bestanden, den Gottesdienst im Anschluss an die Prozession dem Bischof zu weihen.

Am Rand der Wiese sah Sergio Rossella, Maria und Gina. Die drei vom Hexenzirkel hatten sich auf den Stapelstühlen neben ihrer Haustür platziert, den besten Plätzen, um dem Spektakel zuzusehen. Sie reichten eine Tüte *brigidini* hin und her, Angelo hatte eine frische Ladung der Anisplätzchen ohne sein Konterfei gebacken – »werbefrei«, wie er es nannte. Bonacelli sprach nun den Segen über dem Seil, Sergio verfolgte die Zeremonie. Fiel das nur ihm auf, oder warf dabei der Padre Rossella lange Blicke zu? Sergio war sicher, dass die beiden sich nicht zum letzten Mal nachts in der Tombe unterhalb der Kirche getroffen hatten.

An diesem Abend gab es in der Trattoria des alten Angelo Panda nur ein Gesprächsthema: Alles in Volterra würde so bleiben, wie es war. Und jeder wusste, wessen Verdienst das war.

»Erzähl doch noch mal, wie du in dem Erdloch gesteckt hast, Angelo«, rief Zitadelle durch das Lokal. Das Il Gusto war bis auf den letzten Platz besetzt, wie ständig in letzter Zeit, denn für die Volterraner war Angelo der Mann, der das Kraftwerk gestoppt hatte und dafür selbst zum Kraftwerk geworden war. Zwar hatte er die Bürgermeisterwahl verloren, aber sein Wahlversprechen, das hatte er gehalten: Rettung für Volterra.

Die Gäste konnten die Geschichten nicht oft genug hören: wie Angelo mit dem Geologen Romolo Volpi gekämpft hatte; wie er ins Loch gestoßen und beinahe lebendig begraben worden war; wie Sergio nach ihm gesucht und ihn schließlich befreit hatte. Und natürlich wie Angelo den Hinweis auf das römische Amphitheater gefunden, damit einen Schlussstrich unter die Ausbeutung der unterirdischen Quellen am Nordhang gezogen und der Stadt womöglich eine weitere archäologische Sensation beschert hatte. Nur über die Zeit, die er gemeinsam mit Sofia in dem Loch verbracht hatte, verlor Angelo kein Wort.

Wie so oft in letzter Zeit kam Sergios Vater auch an diesem Samstag kaum noch dazu, die Gäste zu bedienen. An jedem Tisch wurde er aufgehalten und mit Fragen überschüttet. Selten zuvor hatte Sergio ihn so zufrieden gesehen.

Der Abend war schon weit fortgeschritten, die Trattoria beinahe leer, als sich die Tür noch einmal für zwei späte Gäste öffnete: Giulia, in Jeans und weißem Shirt, und Sofia, in einem karamellfarbenen Seidenkleid mit einem Strohhut auf dem Kopf, den sie sich schräg aufgesetzt hatte. Silberne Armbänder klirrten an ihren schmalen Handgelenken, als sie Sergio zuwinkte.

Die Frauen setzten sich. Sergio begrüßte Giulia mit einem Kuss und reichte den beiden die Speisekarte. Da hörte er hinter sich Stühlerücken und Angelos krächzenden Protest. Trommelfeuer, Zitadelle und Kugelblitz verabschiedeten sich. Normalerweise blieben sie, bis Angelo sie vor die Tür setzte und diese von innen abschloss, damit sie nicht wieder hereinkamen.

Nicht an diesem Abend.

Giulia erhob sich wieder von ihrem Stuhl und nahm Sergio beiseite. »Wir beide essen heute zu Hause«, sagte sie. »Ich nehme Himbeertiramisu mit.« Bevor sie die Tür hinter sich schlossen, drehte Sergio noch das Schild im Fenster auf *Chiuso* – Geschlossen. Aus der Gaststube war wieder Angelos Protest zu hören, doch der verklang schnell.

»Ich glaube, die beiden haben etwas zu besprechen«, orakelte Giulia, beugte sich zu Sergio hinüber und küsste ihn auf den Mund. Dabei tupfte sie ihre Lippen nur kurz auf seine und strich anschließend mit den Fingerspitzen darüber. »An dir kann man ja kleben bleiben«, stellte sie fest. »Nach dem Lippentest von Don Tiberio bedeutet das: Du bist noch frisch.« Wieder küsste sie ihn, länger diesmal. »Ich glaube, ich schule um auf Archäologin.«

»Dann werde ich deine Reliquie sein«, erwiderte Sergio leise.

»Wenn du glaubst, dass ich dich dann anbete, täuschst du dich.«

Giulia hängte sich bei ihm ein und spazierte mit ihm die Gasse hinab. Noch an der Kurve, die zu den Tre Amici führte, waren die Stimmen aus dem Il Gusto zu vernehmen. Nie zuvor hatte Sergio seinen Vater so laut lachen gehört.

Nachspeise

In der Trattoria Mortale sitzt die Fantasie bei einem Glas Rotwein mit der Wirklichkeit zusammen. Die Geschichten um das kleine Lokal entstehen, weil sich die beiden prächtig unterhalten: über Volterra, die Stadt mit tiefer Vergangenheit und lebhaften Hochfesten.

Staunenswertes geschieht nicht nur auf dem fünfhundert Meter hohen Stadthügel, sondern auch in seinem Inneren. Ein unscheinbarer Hang im Norden, nahe des antiken Stadttors Porta Diana und in der Nachbarschaft des modernen Friedhofs, hat es in sich: Probegrabungen von Archäologen ergaben, dass sich unter der Oberfläche ein Amphitheater der Römer verbirgt – eine Sensation für Volterra und die Toskana. Die Anlage wird ausgegraben, Anfang des Jahres 2024 war etwa ein Viertel freigelegt. Nach bisherigen Erkenntnissen stammt der Rundbau aus der römischen Kaiserzeit und war Schauplatz von Tier- und Gladiatorenkämpfen. Nun ringen Forschende mit seiner Geschichte. Bisher ist keine historische Quelle bekannt, in der die Lage des Amphitheaters genannt wird, der Fund ist dem Zufall zu verdanken.

In der Toskana kann sogar heiße Luft spannend sein. Dampfend, blubbernd und zischend macht sie sich südlich von Volterra im Gebiet Colline Metallifere bemerkbar. Dort brodelt Wasser in kleinen Tümpeln, gluckert Schlamm in Pfützen, ziehen Dampfschwaden aus Felsspalten, und durch die Luft zieht der markante Geruch von Schwefel. Unter den teils bewaldeten, teils steinigen Hügeln liegen Vulkanfelder, deshalb kocht es im Erdinnern.

Diese Kraft nutzt rund um den Ort Larderello ein Energiekonzern, um Strom zu erzeugen. Aus tiefen Bohrlöchern wird der heiße Dampf zur Erdoberfläche befördert und durch ein kilometerlanges Röhrensystem zu Turbinen geführt, in denen Energie gewonnen wird. Die riesige Industrieanlage prägt mit wuchtigen Kühltürmen und silbern glänzenden Rohrleitungen, die sich durch die Landschaft winden, die Umgebung – ein ungewohntes Bild mitten in den toskanischen Hügeln. Larderello, Anfang des zwanzigsten Jahrhunderts in Betrieb genommen, gilt als ältestes Geothermiekraftwerk der Welt und Italien deshalb als Vorreiter bei der Gewinnung von Energie aus Erdwärme.

Ein heißes Thema war die geothermische Aktivität schon für die Etrusker, die im ersten Jahrtausend vor Christus in der Region lebten. Der vulkanische Dampf speiste in der Antike ihre Thermen und Bäder, später dann die der Römer. Was dem einen heilig war, ließ den anderen erschaudern: Die heißen Quellen wurden ebenso verehrt wie gefürchtet, dort betete man Götter an und vermutete Dämonen hinter den gelblichen und rötlichen Verfärbungen des Gesteins, hinter Dampffontänen und heulenden Geräuschen. Valle del Diavolo, Tal des Teufels, wird die Gegend noch heute genannt, und auch in den Geschichten um den Masso di Mandringa, einen mächtigen und bizarr geformten Felsblock über einer Quelle am östlichen Ortseingang von Volterra, sind Teufel und Hexerei im Spiel.

Glaube und Aberglaube gehen in Volterra Hand in Hand, was die Bewohner der Stadt und ihre Besucher gleichermaßen selig macht. Einmal im Jahr feiern die Volterraner ihre Schutzheiligen San Giusto und San Clemente. Das traditionelle Kirchenfest ist ein Spektakel mit zeremonieller Prozession und buntem Jahrmarkt. Wenn die sterblichen Überreste der beiden Missionare aus dem sechsten Jahrhundert mit einer großen Prozession vom Dom in die Kirche von San Giusto getragen werden, ist die ganze Stadt auf den Beinen. Zum Programm gehört auch eine Zeremonie, bei der ein gewachstes Seil zunächst um die Kirche gebunden und dann unter den Gläubigen aufgeteilt wird, die es als Kerze zu Hause ins Fenster stellen. Außerdem zieht sich ein trubeliger Jahrmarkt durch das Viertel San Giusto. Dorthin locken Spiele, Losbuden und knusprige *brigidini*, eine süße Spezialität aus der Toskana. Das beliebte Naschwerk aus Mehl, Eiern, Anis und Zucker stammt aus dem Örtchen Lamporecchio, das etwa sechzig Kilometer nördlich von Volterra liegt. Seine Erfinderinnen sollen Brigidinen gewesen sein, Nonnen des Erlöserordens von Santa Brigida, der heiligen Birgitta. Die *brigidini* ähneln Oblaten und werden – von Straßenhändlern auch schon mal frisch gebacken – auf Volksfesten und Märkten angeboten. Jahrmarktbesucher folgen dem typischen Zischen der Maschinen und bekommen das Backwerk in schmalen, langen Tüten von der Größe eines Kirmes-Hauptgewinns in die Hand gedrückt. Dann gilt wie in der Trattoria Mortale: Das Glück liegt auf der Zunge.

Autor

Luca Fontanella ist das Pseudonym eines deutschen Auto-
renduos. Während einer Reise durch die Toskana entdeck-
ten die Journalisten Jutta Wieloch und Dirk Husemann vor
über zwanzig Jahren das Städtchen Volterra und verliebten
sich in Land und Leute. Seither kehren sie immer wieder
dorthin zurück. Wenn sie nicht gerade die Toskana erkun-
den, schreiben sie Reportagen. Dirk Husemann veröffent-
licht außerdem historische Romane, die in mehrere Sprachen übersetzt werden.

Luca Fontanella im Goldmann Verlag:

Trattoria Mortale – Die tote Diva. Ein Toskana-Krimi
Trattoria Mortale – Der Tote im Weinberg. Ein Toskana-
Krimi
Trattoria Mortale – Der Tote im Palazzo. Ein Toskana-
Krimi
Trattoria Mortale – Der tote Bischof. Ein Toskana-Krimi

(📖 alle auch als E-Book erhältlich)